La mort
n'est pas
une fin

Agatha Christie

Notes, questionnaires et Dossier Bibliocollège
par Stéphane **GUINOISEAU**,
agrégé de Lettres modernes,
professeur en collège

Texte traduit de l'anglais par Marie-France Franck

Crédits photographiques

p. 5 : bas-relief peint de la XVIIIe dynastie, Nouvel Empire, musée du Louvre, photo Giraudon. **p. 7 :** photo Walter Bird/Rapho. **p. 9 :** musée du Louvre, photo Peter Willi/The Bridgeman Art Library. **p. 10 :** photo Dôme Imax. **p. 44 :** photo David W. Hamilton/The Image Bank. **p. 57 :** photo Roger-Viollet. **p. 65 :** photo G. Dagli Orti. **p. 74 :** photo John G. Ross/Rapho. **p. 75 :** illustration d'Yves Beaujard. **p. 107 :** photo Josse. **p. 115 :** photo Pierre Berenger/Rapho. **p. 123 :** photo Ch. Larrieu/RMN. **p. 137 :** papyrus égyptien, British Museum, photo Roger-Viollet. **p. 161 :** photo Hervé Lewandowski/RMN. **p. 201 :** photo Lauros-Giraudon. **p. 208 :** photo Anderson-Viollet. **p. 234 :** photo Josse. **p. 264 :** photo Lebée/RMN. **p. 284 :** photo Berenger/Rapho. **p. 307 :** lithographie de Jung, musée Carnavalet, photo Bulloz. **p. 311 :** photo The Illustrated London News Picture Library. **p. 322 :** photo Harlingue-Viollet.

Conception graphique
Couverture : *Rampazzo & Associés*
Intérieur : *ELSE*

Mise en page
Maogani

Illustration des questionnaires
Harvey Stevenson

Ce roman a paru sous le titre original :
Death come as the end

ISBN : 2.01.167846.3
© 1945, by Agatha Christie Mallowan.
Librairie des Champs-Élysées, 1995, pour la traduction.
© Hachette Livre, 1999, 43, quai de Grenelle, 75905 PARIS Cedex 15.
Tous droits de traduction, de reproduction et d'adaptation réservés pour tous pays.

Danna St-Gérard

Sommaire

(titre à chaque chapitre)

LA MORT N'EST PAS UNE FIN

Texte intégral et questionnaires

DOSSIER BIBLIOCOLLÈGE

Introduction

Au programme d'histoire en classe de sixième, l'étude de la civilisation égyptienne passionne et étonne. Qui n'a pas rêvé de voguer sur le Nil, de gravir les pyramides, de parcourir les temples, de connaître les vestiges merveilleux d'une Antiquité que l'éloignement dans le temps rend plus fascinante encore ? À tous ces rêveurs et curieux, la lecture du roman *La mort n'est pas une fin* apportera de nombreuses satisfactions. En les plongeant dans une histoire vieille de 4 000 ans, sur les rives du Nil, Agatha Christie leur propose, en effet, une véritable invitation au voyage dans le temps. Ce roman leur fait découvrir la vie quotidienne d'une famille égyptienne avec ses coutumes et ses traditions, ses passions et ses rêves, et certains s'amuseront à retrouver des éléments de leur cours d'histoire mis au service d'une intrigue qui les tiendra en haleine jusqu'au dénouement.

Si le dépaysement contente les rêves d'exotisme de chacun, si la plongée dans une époque lointaine rend la

lecture si instructive, ce ne sont pas là les seuls agréments de ce roman « égyptien ». Peut-être connaissez-vous ou avez-vous lu les titres les plus fameux d'Agatha Christie : *Dix Petits Nègres, Le Meurtre de Roger Ackroyd, Mort sur le Nil*, autant d'ouvrages qui incitent parfois à découvrir des romans moins connus de cette « reine du crime » ? Or, dans l'abondante production d'Agatha Christie, *La mort n'est pas une fin* est une véritable curiosité, une perle rare. En effet, si Agatha Christie a quelquefois choisi des cadres exotiques pour ses romans policiers, elle n'avait jamais, avant ce livre, situé un récit dans une époque aussi reculée. Ce roman est son seul « roman antique » ; il porte un éclairage tout à fait original sur l'auteur de romans policiers le plus lu au monde.

Sa popularité, Agatha Christie la doit à la subtilité de ses histoires et au suspense captivant qu'elle sait entretenir. *La mort n'est pas une fin* nous fait découvrir une série de crimes mystérieux, et très vite le lecteur se prend au jeu : il veut connaître le coupable, tandis que les suspects se multiplient et que l'intrigue gagne en complexité. L'ingéniosité d'Agatha Christie est telle qu'il faudra faire preuve d'une perspicacité étonnante pour identifier le tueur avant le dernier chapitre.

Parsemé de pièges, de fausses routes et autres surprises, chaque roman est un jeu de piste et un défi amusé à l'astuce des lecteurs. Les doutes, les interrogations qui surgissent devant la multiplicité des solutions, et les coups de théâtre font partie de notre plaisir. Tout ici est fait pour nous maintenir « intrigués » jusqu'au dénouement.

Parions que plus d'un lecteur de *La mort n'est pas une fin* sera un détective égaré et surpris, autant dire un lecteur haletant et comblé.

Note de l'auteur

L'action de ce livre se situe sur la rive ouest du Nil, près de Thèbes, 2 000 ans avant Jésus-Christ[1]. Elle aurait pu se dérouler en un autre temps et un autre lieu mais il se trouve qu'elle est inspirée, tant pour les personnages que pour l'intrigue, par deux ou trois lettres écrites sous la XIe dynastie, découvertes il y a une vingtaine d'années par la mission du Metropolitan Museum of Art de New York dans une tombe située face à Louksor et traduites par le professeur – qui ne l'était pas encore à l'époque – Battiscombe Gunn dans le bulletin dudit musée. (Ce roman ayant été écrit et publié en 1945, ladite découverte date probablement de 1925.)

Il peut être intéressant de signaler au lecteur que la « dotation pour le service du ka » – coutume répandue dans l'Antiquité égyptienne – est parfaitement similaire au principe de la demande d'une « fondation de messes pour le repos de

Portrait d'Agatha Christie par Walter Bird.

l'âme d'un fondateur » au Moyen Âge. C'est-à-dire qu'un testateur pouvait léguer une propriété terrienne à un prêtre du ka en échange de la promesse que celui-ci entretiendrait sa sépulture et procéderait aux offrandes sacrées, en certains jours de fête, pour le repos de son âme.

Les mots « frère » et « sœur », dans les textes de l'Égypte ancienne, signifient fréquemment « amoureux » et deviennent par conséquent synonymes de « mari », « époux », « femme » et « épouse » indifféremment. C'est donc ainsi qu'il faut parfois les comprendre dans ce roman.

Le calendrier de l'agriculture dans l'Antiquité égyptienne comprenait trois saisons de quatre mois de trente jours, ce qui, avec cinq jours supplémentaires en fin d'année, représentait les 365 jours de notre calendrier actuel. Il était établi en fonction de la vie paysanne qui dépendait du Nil. La grande crue du fleuve avait lieu à une période qui correspond à la troisième semaine de notre mois de juillet. Mais il n'y avait pas d'année bissextile et, au fil des siècles, l'écart s'est creusé de telle sorte que le jour du Nouvel An officiel tombe six mois plus tôt, c'est-à-dire en janvier. Cependant, afin d'éviter au lecteur l'effort de faire à chaque fois référence à cette réalité, les dates indiquées en tête de chapitre sont celles de l'année « agricole » de l'époque et peuvent être interprétées comme suit :

Inondation : de fin juillet à fin novembre ;
Hiver : de fin novembre à fin mars ;
Été : de fin mars à fin juillet.

Chapitre 1

retour au bercail

20 septembre

Renisenb était perdue dans la contemplation du Nil.

Comme au travers d'un brouillard lui parvenaient les éclats de voix de ses frères Yahmose et Sobek. S'ils se disputaient, cette fois, c'était sur l'opportunité d'étayer[1] ou non les digues du fleuve. Sobek parlait haut et fort avec son assurance habituelle. Le timbre de Yahmose était au contraire étouffé, et ses grommellements trahissaient bien sa nature inquiète. C'était un anxieux, doutant de tout et de chacun. En tant qu'aîné, et leur père étant parti visiter ses plantations au nord du pays, la tâche lui incombait plus ou moins de gérer leur domaine. Trapu, un peu lourdaud, prudent, toujours enclin à voir des problèmes là où il n'y en avait pas, Yahmose était aussi différent que possible de son cadet, le jovial et impétueux Sobek.

Dès sa plus tendre enfance, Renisenb les avait entendus

notes

1. étayer : consolider.

9

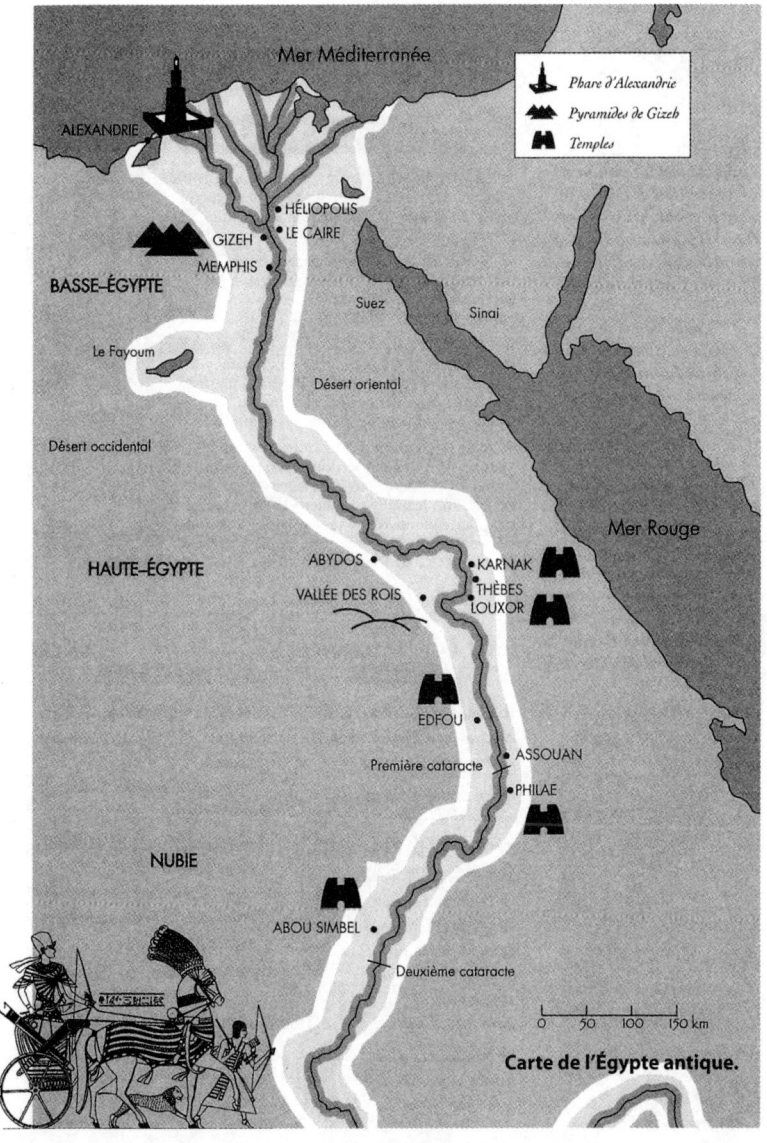

Carte de l'Égypte antique.

se quereller de la sorte et un soudain sentiment de sécurité l'envahit… Pas de doute, elle avait réintégré le bercail. Oui,
20 elle était bel et bien de retour chez les siens…

Cependant, comme son regard revenait se fixer sur les eaux claires et miroitantes du fleuve, le chagrin et la révolte la submergèrent de nouveau. Khay, son mari, était mort… Khay et son sourire éclatant, Khay, si jeune, si fort avec ses larges
25 épaules et ses muscles d'airain. Il naviguait à présent au côté d'Osiris[1] sur le Fleuve du Monde Souterrain… très loin, si loin d'elle, Renisenb, son épouse chérie abandonnée à la désolation. Huit ans d'amour − elle n'était guère encore qu'une enfant lorsqu'il l'avait épousée −, tel avait été leur lot.
30 Huit ans au bout desquels il lui avait fallu, veuve éplorée, réintégrer le toit paternel en compagnie de tout ce qui lui restait de Khay : la petite Téti.

Et voilà qu'il lui avait un instant semblé n'être jamais partie de là…
35 Cette sensation lui fit chaud au cœur…

Elle oublierait ces huit ans de bonheur sans nuage que la mort et le chagrin étaient venus réduire en miettes.

Oui, elle oublierait, elle chasserait tout cela de son esprit. Elle redeviendrait la petite Renisenb insouciante et invulnérable,
40 la fille d'Imhotep, le prêtre du ka[2]. Elle oublierait Khay, son frère, son époux. Elle oublierait cet amour si cruel qui après lui avoir tant donné s'en était venu tout reprendre. Khay… Ses larges épaules dorées par le soleil et sa bouche qui riait aux éclats… Ce n'était plus désormais qu'un gisant,

notes

1. Osiris : assassiné, dépecé et dispersé par Seth, Osiris est, selon certaines légendes, reconstitué et ressuscité par Isis, sa sœur et épouse. Il devient le roi des Morts. Dans l'au-delà, il procède à la pesée des âmes des défunts.

2. ka : le ka est le réservoir et la manifestation de l'énergie vitale qu'il faut alimenter par des offrandes. Sorte d'âme pour les Égyptiens, il protège le vivant – et ce, encore après la mort. Imhotep est donc chargé d'entretenir le ka d'un dignitaire égyptien, Meriptah (voir p. 18).

45 embaumé, emmailloté dans ses bandelettes, protégé par ses
amulettes et en route pour l'Autre Monde. Jamais plus dans
ce monde-ci ils ne fendraient ensemble les eaux du Nil à
bord de leur felouque[1], jamais plus elle ne le verrait s'arrêter
de surveiller sa ligne le temps de la regarder, d'éclater de rire
50 dans la lumière du soleil, tandis qu'allongée à l'arrière, la
petite Téti dans son giron, elle lui retournerait son rire.
« N'y pensons plus, songea-t-elle. Tout ça, c'est fini. Me voilà
rentrée chez moi. Tout est comme avant. Moi aussi, je suis
comme avant. Tout doit redevenir comme avant. D'ailleurs,
55 Téti a déjà oublié. Elle joue, elle rit avec les autres enfants. »
Renisenb fit demi-tour pour remonter vers la maison. Chemin
faisant, elle croisa un troupeau de mules lourdement chargées
qui descendait vers le fleuve. Elle dépassa les réserves à grain et
les diverses dépendances, et franchit le portail pour pénétrer
60 dans l'enceinte de la propriété. La cour intérieure était
accueillante. Une pièce d'eau y était creusée, qu'on avait entourée de lauriers-roses et de jasmins en fleurs et qu'ombrageaient
d'énormes figuiers-sycomores. Téti et les autres enfants étaient
en train d'y jouer en poussant des clameurs aux stridences
65 joyeuses. Ils s'amusaient à rentrer et sortir en courant du
pavillon d'agrément construit sur un des côtés du bassin.
Renisenb vit que sa fille traînait un petit lion de bois dont il suffisait de tirer une cordelette pour qu'il ouvre la gueule. C'était
son jouet préféré lorsqu'elle-même était toute gamine et, une
70 fois encore, elle se dit avec gratitude : « Me voilà chez moi… »
Non, rien n'avait changé. Tout était exactement comme par le
passé. La vie ici coulait sereine, paisible, immuable… à ceci près
que l'enfant bien à l'abri entre les murs de pisé[2] était à présent

---

notes

1. felouque : embarcation
légère pour naviguer sur le Nil.

2. pisé : mélange de terre
argileuse, de cailloux et de paille.

Téti tandis qu'elle-même avait rejoint la cohorte des mères. Si la structure s'était modifiée, l'essence même des choses demeurait intacte.

Une balle lancée par l'un des enfants roula jusqu'à ses pieds. Elle la ramassa et la renvoya en riant.

Puis elle s'engagea sous le portique aux colonnes vivement coloriées, traversa la pièce centrale décorée d'une frise de lotus et de coquelicots, et pénétra enfin dans les quartiers réservés aux femmes à l'arrière de la bâtisse.

Des voix aiguës y résonnaient et elle s'immobilisa pour savourer une fois encore leurs échos familiers : Satipi et Kait se chamaillaient… comme elles l'avaient toujours fait ! La voix haut perchée, agressive, dominatrice de Satipi dont elle se souvenait si bien ! Grande et belle femme à la forte personnalité et à la langue bien pendue, Satipi, l'épouse de son frère Yahmose, entendait mener son monde à la baguette et passait son temps à distribuer les ordres, à houspiller les domestiques et à critiquer tout, par principe. Chacun dans la maison redoutait ses éclats et s'empressait de lui obéir. Jusqu'à Yahmose, qui éprouvait une telle admiration pour la lucidité et la détermination de sa tendre moitié qu'il en allait même jusqu'à se laisser rabrouer et tyranniser sans protester – ce qui avait le don d'exaspérer Renisenb.

Par bribes – c'est-à-dire quand Satipi reprenait sa respiration entre deux tirades –, l'éternel ronron placide et obstiné de Kait s'interposait. Bonne grosse fille au visage ingrat, Kait était l'épouse du bel et joyeux Sobek. Tout entière vouée à sa progéniture, elle était incapable de penser à autre chose ou d'avoir un autre sujet de conversation. Au cours de ses chamailleries incessantes avec sa belle-sœur, sa technique consistait à soutenir son argument initial avec un entêtement inébranlable, sans jamais s'énerver ni modifier son point de vue. Sobek lui était très attaché et lui parlait de tout – et en

particulier de ses affaires – sans retenue aucune, assuré qu'il était que, l'esprit encombré de soucis maternels et faisant semblant d'écouter en se contentant d'émettre de temps à
110 autre un grognement approbateur ou non, elle ne se souviendrait de rien et ne risquerait donc pas de se répandre en confidences embarrassantes.

– C'est révoltant, voilà ce que je dis! criaillait Satipi. Si Yahmose n'était pas froussard au point de se dissimuler dans
115 le premier trou de souris venu, il n'admettrait jamais ça! C'est qui, le responsable dans cette maison quand Imhotep n'est pas là? C'est bien Yahmose, non? Ce qui fait que moi, en tant que femme de Yahmose, j'ai le privilège d'être la première à choisir les nattes de jonc et les coussins nouvellement tissés!
120 Et cette espèce de croisement d'hippopotame et d'esclave noire n'a rigoureusement aucun droit de…

La chaude voix de gorge de Kait interrompit la diatribe[1] :

– Non, non, mon petit trésor à sa maman, on ne mange pas les cheveux de sa poupée! Tiens, voilà quelque chose de bien
125 meilleur… un bonbon… Mmm, c'est bon, les bonbons…

– Et voilà!… Tu n'as aucune éducation, Kait! Tu n'écoutes même pas quand je te parle un peu! Ça t'écorcherait la bouche de répondre! à croire que tu as été élevée avec les porcs!

– Ce coussin bleu a toujours été à moi et… Oh, mais regarde-
130 moi Ankh, ce petit bout de chou : elle essaie de marcher!

– Ma pauvre Kait, tu es aussi stupide que tes marmots – ce qui n'est pas peu dire! Mais si tu crois t'en tirer à si bon compte, tu te fourres le doigt dans l'œil. Je saurai faire respecter mes droits, moi, tu m'entends?

135 Prudemment restée en retrait, Renisenb entendit soudain un pas furtif dans son dos. Elle sursauta et tourna la tête, inca-

notes

1. diatribe : critique violente.

pable de réprimer le sentiment de malaise qu'elle avait toujours éprouvé à la vue d'Hénet.

Le visage émacié d'Hénet était tordu par son éternel sourire
140 obséquieux[1] :

– Je parie que tu es en train de te dire que les choses n'ont
guère changé, n'est-ce pas, Renisenb ? Comment nous faisons toutes pour supporter cette langue de vipère de Satipi,
il est permis de se le demander ! Évidemment, Kait arrive
145 toujours à lui clouer le bec. Mais bien peu d'entre nous ont
cette chance ! Quant à moi, je sais me tenir à ma place – du
moins, je l'espère – et je rends grâces à ton père qui m'a
donné le gîte et le couvert. Ah ! quel homme bon que ton
père ! Enfin ! J'ai toujours fait de mon mieux. Toujours à
150 m'échiner – et que je te donne un coup de main par-ci, et
un autre par-là ! – sans d'ailleurs attendre remerciement ni
gratitude. Si ta chère maman était encore de ce monde, ça ne
se passerait pas comme ça, bien sûr. Elle m'appréciait, elle. On
aurait dit deux sœurs ! Ce qu'elle pouvait être belle ! Ma foi,
155 j'ai fait mon devoir, et j'ai respecté la parole que je lui avais
donnée. « Veille sur mes enfants, Hénet », m'avait-elle fait
jurer avant de mourir. Et j'ai tenu ma promesse. Je me suis
mise en quatre pour vous tous, ça oui, je peux le dire, et sans
jamais souhaiter – sans jamais réclamer le moindre mot gen-
160 til ! « Bah ! ce n'est que la vieille Hénet, a-t-on l'habitude de
dire, quelle importance ! » Personne ne se soucie de moi. Et
pourquoi s'en donnerait-on la peine ? Mon lot, c'est d'essayer
de me rendre utile, et voilà tout.

Coulant insidieusement son bras sous celui de Renisenb, elle
165 l'entraîna dans le quartier des femmes.

– En tout cas, pour ce qui est des coussins, continuait Kait, tu

notes

1. *obséquieux :* trop poli, hypocrite.

m'excuseras, Satipi, mais figure-toi que j'ai entendu Sobek
lui-même dire que…

Renisenb s'écarta. Sa vieille aversion à l'encontre d'Hénet
170 avait repris le dessus. Bizarre, d'ailleurs, à quel point aucun
d'eux n'avait jamais pu la souffrir. Ça devait tenir à sa voix
geignarde[1], à sa façon de s'apitoyer sans arrêt sur son sort tout
en prenant un malin plaisir à mettre de l'huile sur le feu
chaque fois que l'occasion s'en présentait.
175 « Oh! et puis, après tout, conclut Renisenb, pourquoi pas? »
C'était peut-être sa manière à elle de goûter le sel de l'existence. La vie ne l'avait sûrement pas gâtée… et il était exact
qu'elle avait toujours trimé comme une bête sans jamais rien
en échange. Mais comment témoigner de la reconnaissance
180 à Hénet? Elle insistait déjà tellement elle-même sur ses
propres mérites que ça ôtait aux mieux intentionnés toute
velléité d'en rajouter.

Hénet, songea Renisenb, était de ces gens qui semblent destinés à se dévouer en pure perte au monde entier. Laide à
185 faire peur, elle trouvait par-dessus le marché le moyen d'être
bête à pleurer. En dépit de quoi elle parvenait pourtant à toujours savoir tout ce qui se passait. Avec sa propension à se fau-
filer partout en silence, son oreille fine et son œil sans cesse
aux aguets, il allait de soi que rien ne pouvait longtemps lui
190 échapper. Il arrivait qu'elle garde pour elle ses découvertes. Il
advenait aussi parfois qu'elle aille les colporter de l'un à
l'autre avant de guetter avec délectation les résultats de ses
clabaudages[2].

Chacun, dans la maison, avait bien à un moment quelconque
195 suggéré à Imhotep de se débarrasser d'Hénet mais il n'avait

notes

1. geignarde : pleurnicheuse, *2. clabaudages :* médisances.
plaintive.

16

jamais voulu en entendre parler. Il était probablement le seul à lui porter quelque affection ; en retour, la dévotion d'Hénet à son égard était si obséquieuse, si servile qu'elle vous en donnait la nausée.

200 Renisenb resta encore quelques secondes à écouter les vociférations[1] de ses belles-sœurs, encore attisées par les interventions d'Hénet. Puis elle s'éclipsa pour se diriger sans bruit vers la chambre où se tenait toujours Ésa, sa grand-mère, en compagnie de ses deux petites esclaves noires. La vieille

205 femme était fort occupée à les houspiller avec sa bonhomie[2] coutumière et sans animosité[3] aucune tout en inspectant des tuniques de lin qu'elles soumettaient à son examen.

Là non plus, rien n'avait changé. Renisenb resta un moment à contempler la scène : la vieille dame s'était certes un peu

210 ratatinée, mais elle avait gardé la même voix et utilisait presque exactement les mêmes mots qu'autrefois, lorsque sa petite-fille s'en était allée, huit ans plus tôt…

Renisenb s'éloigna de nouveau sans bruit. Ni sa grand-mère ni les esclaves n'avaient remarqué sa présence. Elle s'arrêta

215 quelques minutes sur le seuil de la cuisine, alléchée par le fumet des canards rôtis. Les cuisiniers et leurs aides s'agitaient et plaisantaient à qui mieux mieux. De temps en temps fusait un ordre. Un monticule de légumes frais épluchés s'égouttait, prêt pour la cuisson.

220 Renisenb s'immobilisa, les yeux mi-clos. De cet endroit précis, elle pouvait tout entendre : le foisonnement varié des bruits de cuisine, la voix haut perchée d'Ésa, les glapissements[4]

---

notes

1. vociférations : propos coléreux (au cours d'une dispute).

2. bonhomie : bonté, simplicité.

3. animosité : emportement, agressivité.

4. glapissements : cris brefs et aigus.

suraigus de Satipi et le contralto immuable de Kait. Murmures, rires, gémissements, disputes, jacassements et exclama-
225   tions… La maison faisait penser à une volière…

Et soudain, elle se sentit étouffer, cernée qu'elle était par cette rumeur féminine entêtante. Le chœur des femmes ! Les vociférations des femmes ! Une maison remplie de femmes… toujours en effervescence… jamais en paix… discutaillant
230   sans cesse, s'égosillant[1] sans répit, ressassant à tue-tête ce qu'il convenait de faire et qu'elles ne feraient jamais !

Tandis que Khay… Oh ! Khay à bord de leur felouque, silencieux, attentif à son hameçon, prêt à ferrer le poisson…

Rien à voir avec cette volière caquetante et futile.

235   Renisenb se rua au-dehors pour retrouver la lumière et la chaude tranquillité du jardin. Elle aperçut au loin Sobek qui rentrait des champs, puis, plus loin, Yahmose qui montait lentement vers le Tombeau.

Elle-même s'engagea sur le sentier qui menait à la sépulture
240   bâtie au sommet de la falaise de calcaire. C'était la tombe du noble et puissant Meriptah, qui avait désigné Imhotep pour veiller rituellement à son entretien et gérer les terres et le domaine compris dans la dotation.

En son absence, c'était Yahmose qui accomplissait cette tâche
245   sacrée. Et quand, au bout d'une lente escalade, la jeune femme atteignit enfin le mausolée[2], elle trouva son frère en grande conversation avec Hori, le scribe[3] devenu le secrétaire particulier d'Imhotep. Ils se tenaient sur le seuil de la petite salle, taillée dans le roc, qui jouxtait la chambre des offrandes.

---

notes

1. s'égosillant : parlant très fort (à en perdre haleine).

2. mausolée : monument de grande taille pour les morts.

3. scribe : fonctionnaire de l'État égyptien chargé de tenir les comptes. Il sait lire et écrire.

250 Hori avait déroulé sur ses genoux un papyrus[1] sur lequel ils étaient penchés tous deux.

En voyant entrer Renisenb, ils lui sourirent et elle alla s'accroupir auprès d'eux dans un coin d'ombre. Elle avait toujours beaucoup aimé son frère aîné. Parce qu'il était 255 affectueux, gentil avec elle, mais aussi pour sa douceur et sa bienveillance en général. Et elle aimait aussi beaucoup Hori, qui lui portait depuis toujours une affection un peu grave et qui lui réparait ses jouets lorsqu'elle était enfant. Quand elle était partie, huit ans auparavant, c'était encore un tout jeune 260 homme silencieux, sérieux, aux mains fines et habiles. Il avait certes un peu vieilli, mais guère changé. Et il la regardait toujours avec le même sourire un peu triste.

Yahmose et Hori parlaient bas entre eux :

– Soixante-treize boisseaux[2] d'orge, en comptant ceux d'Ipi, 265 le cadet…

– Donc, au total, deux cent trente d'épeautre[3] et cent vingt d'orge.

– Oui, mais il faut prendre en compte le prix du bois d'œuvre. Or, à Perhaa, la coupe devait nous être réglée en 270 huile…

Et ainsi de suite. Dans une semi-torpeur, Renisenb se délectait du murmure de leurs voix. Mais bientôt, Yahmose se leva et, laissant le rouleau de papyrus à Hori, s'en fut.

Renisenb demeura immobile, désireuse de savourer le plus 275 longtemps possible cette atmosphère de paix.

---

notes

1. papyrus : plante du Nil qui avait de multiples utilités. Avec son cœur fibreux, on faisait un papier blanc et solide qui servait de support à l'écriture.

2. boisseaux : ancienne mesure qui correspondait environ à 10 litres.

3. épeautre : variété de blé dur.

Au bout d'un long moment, elle désigna à Hori un autre rouleau de papyrus et s'enquit :

– Celui-là, c'est mon père qui l'a envoyé, n'est-ce pas ?

Hori hocha la tête.

280 – Que dit-il ? demanda-t-elle avec curiosité.

Elle déroula le papyrus et écarquilla les yeux, incapable de déchiffrer les hiéroglyphes[1].

Avec un petit sourire, Hori se pencha par-dessus son épaule et, au fur et à mesure qu'il promenait son index sur les signes,

285 lui lut à haute voix la prose fleurie transcrite par un scribe public d'Héracléopolis[2] :

– « Moi, Imhotep, officier administratif du domaine et serviteur du ka, déclare ce qui suit :

Que la santé de chacun soit celle de celui qui vit un million de

290 fois. Que le dieu Herishaf[3], seigneur d'Héracléoplolis, et que tous les dieux soient avec vous. Que le dieu Ptah[4] réchauffe votre cœur aussi longtemps que vous vivrez. Le fils s'adresse à la mère, le serviteur du ka à sa mère Ésa : es-tu heureuse, en sécurité et en bonne santé ? Il s'adresse à tous ceux de sa maisonnée :

295 comment allez-vous ? à Yahmose, mon fils : es-tu heureux, en sécurité et en bonne santé ? Veille à rendre mes terres prospères. Échine-toi à la tâche, creuse le sol sans lever le nez. Je te le dis : le fruit de ton labeur sera récompensé par mes prières… »

Renisenb pouffa :

300 – Pauvre Yahmose ! Comme s'il lui arrivait de ne pas ménager sa peine !

---

notes

1. hiéroglyphes : caractères des anciennes écritures égyptiennes.

2. Héracléopolis : ville de Moyenne-Égypte qui en devint la capitale sous les IXe et X[e] dynasties. Elle est ensuite (au moment où est située l'action du roman) supplantée par Thèbes.

3. Herishaf (Herichef ou Harsaphès) : dieu à tête de bélier adoré à Héracléopolis.

4. Ptah : dieu de Memphis (la capitale du Nord), protecteur des artisans et des artistes.

Il lui avait suffi d'entendre les exhortations[1] paternelles pour voir devant ses yeux l'auteur de ses jours : l'air perpétuellement affairé, volontiers pontifiant[2], affreusement tatillon, distribuant ordres, recommandations et conseils à tous les échos.

Hori reprit sa lecture :

« Prends bien soin de mon fils Ipi. J'ai appris qu'il était mécontent. Et veille aussi à ce que Satipi traite convenablement Hénet. J'insiste là-dessus. Et n'oublie pas d'écrire au sujet du lin et de l'huile. Veille sur le fruit de mes récoltes – et en général sur tout ce qui m'appartient. Si tu ne le fais pas, tu en répondras devant moi. Si mes terres sont inondées, que le malheur soit sur toi et sur Sobek. »

– Mon père n'a pas changé, sourit Renisenb, heureuse. Rien ne lui ôtera jamais de l'idée que tout va de travers quand il n'est pas là.

Puis, laissant le papyrus s'enrouler sur lui-même, elle murmura encore à mi-voix :

– Rien, absolument rien, n'a changé…

Hori ne releva pas.

Il prit une feuille de papyrus vierge et se mit à écrire. Paresseusement, elle le contempla un long moment. Elle se sentait trop bien pour rompre le silence.

Enfin, elle remarqua, songeuse :

– Ça doit être bien de savoir écrire. Pourquoi n'apprenons-nous pas tous à écrire ?

– Parce que ce n'est pas nécessaire.

– Peut-être, mais ce doit être bien agréable.

– Tu crois, Renisenb ? Pour toi, qu'est-ce que ça changerait ?

Elle réfléchit quelques instants avant de répondre, perplexe :

– Ma foi, maintenant que tu me poses la question, je…

notes

1. exhortations : prières.　　*2. pontifiant :* prétentieux.

Franchement, Hori, je n'en sais rien.

— Pour le moment, une poignée de scribes suffit à l'administration d'un grand pays. Mais je ne serais pas étonné qu'il y
335 ait un jour pléthore[1] d'écrivains publics en Égypte.

— Et ce serait un bien, à ton avis ?

— Je n'en suis pas si sûr, fit lentement Hori.

— Ah bon ? Pourquoi ?

— Parce qu'écrire « dix boisseaux d'orge », « cent têtes de bétail »
340 ou « dix champs d'épeautre » est si facile et donne si peu de mal,
et parce qu'une fois ces mots tracés, ils semblent recouvrir une
réalité. Ce qui fait que l'écrivain, ou le scribe, risque de mépriser le laboureur, le moissonneur ou le gardien de troupeau…
Or, au bout du compte, ce qui est réel, ce sont les champs et le
345 bétail – et non quelques signes tracés à l'encre sur un papyrus.
Et si on détruisait tous nos registres et tous nos papyrus, si on
chassait tous les scribes, les laboureurs et les moissonneurs resteraient, eux. Et l'Égypte continuerait de vivre.

Renisenb le regarda attentivement et reprit, toujours pensive :
350 — Oui, je comprends. Seul existe réellement ce que l'on peut
voir, ce que l'on peut toucher, ou encore manger… écrire :
« J'ai deux cent quarante boisseaux d'orge » ne signifie rien
si cette orge tu ne l'as pas engrangée. On peut écrire des
mensonges.

355 Hori ne put s'empêcher de sourire devant l'air sérieux de la
jeune femme qui enchaîna :

— Tu m'avais réparé mon petit lion… il y a de ça longtemps,
tu t'en souviens ?

— Oui, je m'en souviens, Renisenb.

360 — À présent, c'est Téti qui joue avec… C'est le même lion.
Elle s'arrêta puis reprit, logique :

---

notes

1. pléthore : beaucoup.

– Quand Khay est parti rejoindre Osiris, j'ai été terriblement triste. Mais à présent, je suis rentrée à la maison, alors, je vais redevenir heureuse et oublier… parce qu'ici la vie est restée comme avant. Rien n'a changé.

– Tu en es bien sûre ?

Elle lui lança un regard pénétrant :

– Que veux-tu dire au juste, Hori ?

– Je veux dire que les choses changent forcément. Huit ans, c'est huit ans.

– Ici, rien ne change, insista Renisenb avec une belle confiance.

– Peut-être alors qu'il le faudrait.

– Ah ça, non ! s'insurgea-t-elle. Moi, je veux que tout reste toujours comme avant !

– Mais enfin, toi-même tu n'es plus la Renisenb qui est partie avec Khay.

– Bien sûr que si ! Et si ce n'est pas le cas, je ne vais pas tarder à la redevenir.

Hori secoua la tête :

– Tu ne peux pas remonter le temps, Renisenb. C'est comme le mesurage des récoltes, là. Si à la moitié j'ajoute un quart, puis un dixième, puis un vingt-quatrième… au bout du compte, vois-tu, la quantité aura changé.

– N'empêche que je suis Renisenb et rien d'autre.

– Mais Renisenb acquiert quelque chose à chaque instant de sa vie, et à chaque fois, tu deviens une nouvelle Renisenb.

– Non, non et non ! Et toi, tu es toujours le même Hori !

– Tu le penses sans doute, mais là aussi, tu te trompes.

– Absolument pas ! Et Yahmose aussi est le même, toujours aussi soucieux, aussi angoissé, et Satipi continue à le harceler comme elle l'a toujours fait, et Kait et elle en sont toujours à se crêper le chignon pour une natte de jonc ou un collier jusqu'au moment où elles tombent dans les bras l'une de l'autre pour se

395 réconcilier – je suis d'ailleurs sûre qu'en rentrant, je vais les retrouver en train de rire comme les meilleures amies du monde –, et Hénet, qui continue à fouiner partout, à écouter aux portes, à gémir sur son sort, et grand-mère, que je viens de trouver en train d'enguirlander ses petites servantes sur un
400 détail de tissage ! Tout se passe comme tout s'est toujours passé. Et tu vas voir : Père va rentrer, et tout le monde va être sens dessus dessous, et il dira : « Pourquoi n'avez-vous pas fait ci ? » ou « Vous auriez dû faire ça ! » et Yahmose sera catastrophé, et Sobek se contentera de rire et de se montrer insolent, et Père
405 continuera à gâter Ipi, qui a seize ans, exactement comme quand il en avait huit, et rien n'aura changé. Rien du tout ! Elle s'interrompit, à bout de souffle.
Hori soupira.
– Ce n'est pas de cela que je parle, Renisenb, fit-il avec une
410 infinie douceur. Il est un mal qui s'attaque à nous de l'extérieur, et que n'importe qui peut voir. Mais il en est aussi un autre, une sorte de gangrène[1] au plus profond de nous. Cet autre mal n'est pas visible à l'œil nu. Il se développe insidieusement[2], jour après jour, comme le ver qui à force de ronger
415 le fruit… finit inexorablement par le détruire.
Renisenb en ouvrit des yeux ronds. Il avait dit cela comme s'il se parlait à lui-même… comme si, oublieux de sa présence, il s'était abîmé dans une sorte de méditation.
– Qu'est-ce que tu veux dire, Hori ? s'exclama-t-elle. Tu me
420 donnes la chair de poule !
– Moi aussi, cela me fait peur.
– Mais, encore une fois, qu'est-ce que tu veux dire au juste ? De quel mal s'agit-il ?

---

notes

1. gangrène : pourriture. **2. insidieusement :** secrètement.

Il la contempla longuement et soudain lui sourit :

425 – Oublie tout cela, Renisenb. Je pensais aux fléaux qui ravagent les récoltes.

Renisenb poussa un soupir de soulagement :

– Tu me rassures ! J'en étais à me dire que… Oh ! je ne sais plus ce que je me disais.

la rivalité fraternelle

Chapitre 2

2ᵉ MOIS DE L'INONDATION, 4ᵉ JOUR

4 septembre

Satipi était en train de sermonner son mari. Sa voix avait atteint son paroxysme[1] et vibrait dangereusement :

5 – Il faut que tu t'imposes, voilà ce que je te dis ! Si tu ne t'imposes pas, tu n'arriveras jamais à te faire apprécier à ta juste valeur. Quand ton père te dit : « Fais ci », « Fais ça », « Pourquoi n'a-t-on pas fait ci ou ça ? », tu t'aplatis et tu balbuties : « Oui, oui », tu bats ta coulpe[2] pour ce qui n'a pas été fait – même

10 et surtout, Rê m'est témoin, quand c'était impossible à faire ! Ton père te traite comme un gamin… un poupon dans ses langes, un irresponsable ! à croire que tu as l'âge d'Ipi.

– Mon père ne me traite pas du tout comme il traite Ipi, répondit Yahmose le plus paisiblement du monde.

15 – Oh ! ça, non, alors !

C'était exactement l'argument dont Satipi avait besoin pour nourrir sa vindicte[3] :

– Il est complètement entiché de[4] ce sale gosse – qui devient, soit dit en passant, de jour en jour plus insupportable ! à se

20 pavaner de-ci de-là, à ne rien faire de ses dix doigts, à refuser

notes

1. paroxysme : degré le plus haut.

2. tu bats ta coulpe : tu t'avoues coupable.

3. vindicte : colère.

4. entiché de : épris de.

son aide à quiconque la lui demande sous prétexte que c'est trop dur pour lui! C'est une honte! Et tout ça parce qu'il sait que ton père finira par lui céder et par prendre son parti. Sobek et toi devriez vous montrer intraitables sur la question!

25 Yahmose haussa les épaules :

– Ça avancera à quoi?

– Ça, c'est bien de toi! Tu me rends folle, Yahmose! Tu n'as aucun ressort. Tu es mou comme une chique! Tout ce que te dit ton père, tu le prends pour argent comptant!

30 – J'ai beaucoup d'affection pour lui.

– Oui! Et il en profite! Tu te mets à plat ventre, tu te roules dans la poussière au moindre reproche, tu te répands en excuses pour de prétendues fautes que tu n'as même pas commises! Défends-toi, réponds-lui! Fais comme Sobek : en

35 voilà un, au moins, qui n'a peur de personne!

– D'accord, mais tu oublies une chose, Satipi : c'est à moi que mon père fait confiance, et pas à Sobek! Père n'accorde aucune confiance à Sobek. C'est à moi qu'est accordé le privilège de juger de ce qui est bien ou non, pas à lui.

40 – Et c'est bien pour ça que tu devrais être nommé associé en titre dans la gestion du domaine! Tu représentes ton père quand il voyage, tu assumes ses fonctions de prêtre du ka, tout repose entre tes mains… et avec tout ça, tu n'as officiellement aucun droit réel, aucun pouvoir. Ce qu'il faudrait, c'est un

45 acte en bonne et due forme. Tu es dans la force de l'âge : il n'y a aucune raison pour que tu continues à te laisser traiter comme un enfant à la mamelle.

– Mon père n'est pas du genre à déléguer son autorité, rétorqua Yahmose, dubitatif[1].

50 – Je ne te le fais pas dire! Il adore dominer son monde selon

notes

1. dubitatif : en proie au doute.

son humeur du moment. Seulement, ça, c'est malsain, et ça risque d'aller de pire en pire. Alors, crois-moi, cette fois, dès qu'il rentrera, parle-lui, fixe tes conditions, dis-lui que tu exiges un contrat écrit, que tu tiens à ce que ta situation soit
55 régularisée une bonne fois pour toutes.

– Il ne m'écoutera même pas.

– C'est à toi de l'obliger à t'écouter. Ah ! si j'étais un homme ! à ta place, moi, je te prie de croire que je saurais m'y prendre ! Je te jure, j'ai parfois l'impression d'avoir épousé une mauviette !
60 Yahmose devint écarlate :

– Je vais voir ce que je peux faire… Je pourrais… oui, je pourrais peut-être parler à mon père… lui demander…

– Comment ça, demander ? Ce qu'il faut, c'est exiger ! Après tout, c'est lui qui dépend de toi ! Personne d'autre que toi,
65 ici, n'est capable de le remplacer. Sobek est trop soupe au lait[1], il ne lui fait pas confiance. Quant à Ipi, il est trop jeune.

– Il peut compter sur Hori.

– Hori ne fait pas partie de la famille. Ton père tient compte de son avis, mais il n'irait jamais confier son pouvoir à quel-
70 qu'un qui n'est pas de son sang. Seulement, je vois bien où le bât blesse[2] : tu es trop mou, trop faible… ce qui coule dans tes veines, c'est du jus de navet ! Et moi, dans tout ça ? Et les enfants ? Tu y penses ? Est-ce qu'il va vraiment falloir attendre que ton père meure pour que nous ayons enfin droit, ici, à
75 notre vraie place ?

– Tu me méprises, n'est-ce pas ? constata Yahmose, amer.

– Tu m'exaspères.

– Écoute : je te promets de parler à mon père dès son retour. Je te le jure, là !

notes

1. soupe au lait : coléreux. **2. où le bât blesse :** où la difficulté est.

80   — Oui… mais tu lui parleras comment ? maugréa Satipi. Comme un homme… ou comme une demi-portion ?

★

Kait jouait avec sa dernière-née, Ankh, qui commençait tout juste à marcher. Agenouillée devant elle, elle lui tendait les bras et l'encourageait avec des petits mots tendres. L'enfant risqua quel
85 ques pas vacillants avant d'aller culbuter dans le giron maternel. En exhibant ainsi les prouesses de sa progéniture, Kait espérait capter l'attention de Sobek, plongé, non loin de là, dans ses pensées, son beau front barré d'une profonde ride.

    — Oh ! Sobek… Dire que tu ne regardais même pas ! Tu n'as
90 rien vu. Allez, ma chérie, dis à papa qu'il est méchant de ne pas te regarder !

    — J'ai d'autres soucis en tête, figure-toi, rétorqua Sobek, de fort mauvaise humeur. Des soucis qui me travaillent même très sérieusement.

95 Kait s'accroupit, releva quelques mèches de cheveux que la petite Ankh agrippait à poignées, révélant ainsi ses beaux yeux frangés de longs cils noirs.

    — Ah bon ? Quelque chose ne va pas ? demanda-t-elle machinalement.

100   — Ce qui ne va pas, grommela Sobek, furibond, c'est que personne, ici, ne me fait confiance. Père est un vieil entêté complètement dépassé par les événements et qui veut tout régenter dans cette maison… Il ne tient jamais compte de mon avis !

    — Oui, oui, oui, c'est ennuyeux, approuva Kait, la tête ailleurs.
105   — Si au moins Yahmose avait un peu plus de ressort et s'il consentait à m'épauler, peut-être qu'en nous y mettant à deux, nous pourrions espérer faire enfin changer d'avis le vieux. Mais mon frère est timide comme pas deux ! Les ordres paternels, il éprouve le besoin de les exécuter au pied de la lettre.

110 Kait fit teinter les perles d'ambre de son collier pour amuser sa fille tout en marmonnant :

– Ça, c'est bien vrai.

– Pour ce qui est de cette histoire de bois d'œuvre, je ne lui enverrai pas dire que j'ai fait ce que j'ai jugé bon. C'était
115 beaucoup plus avantageux de se faire payer en lin qu'en huile !

– Je suis sûre que tu as raison.

– Oui, mais mon père est têtu comme une mule. Et il est convaincu d'avoir toujours raison. Il va encore tempêter et hurler : « Je t'avais dit de conclure ce marché en huile ! Dès
120 que j'ai le dos tourné, on fait n'importe quoi ! Tu es un jeune crétin, tu ne connais rien à rien ! » Quand va-t-il enfin s'apercevoir que je suis un homme et que son temps est fini ? Sans ses recommandations, son obstination à refuser le moindre changement dans les transactions, on aurait pu réaliser des
125 gains beaucoup plus importants ! Pour s'enrichir, il faut savoir prendre des risques. Et moi, pour ça, j'ai du flair. Et de l'audace. Pas mon père.

Les yeux toujours fixés sur sa fille, Kait convint, placide[1] :

– Ah ! ça, oui. Tu es entreprenant, Sobek. Et tellement intelli-
130 gent !

– Mais cette fois-ci, il va entendre ses quatre vérités. Et s'il n'est pas content, il aura le choix : ou il me laisse libre d'agir à ma guise et je reste… ou je quitte cette maison.

Kait, qui continuait à encourager la petite Ankh, tourna brus-
135 quement la tête et resta le bras en l'air :

– Quitter cette maison ? Et où irions-nous ?

– N'importe où ! Là où je n'entendrai plus les remontrances[2] et les sermons de ce vieillard tatillon et pontifiant qui m'empêche de respirer et de montrer enfin ce dont je suis capable.

---

notes

1. placide : paisible.   **2. remontrances :** reproches.

140 — Ah! ça, non, Sobek. Pas question! trancha Kait.

Il la regarda, interloqué, soudain conscient de sa présence. Il était si bien habitué à ne recevoir d'elle qu'une tendre approbation qu'il avait presque oublié qu'elle était aussi un être doué de raison.

145 — Qu'est-ce qui te prend, Kait?

— Il me prend que je ne te laisserai pas te conduire comme le dernier des imbéciles. Le domaine appartient à ton père — tout : les terres, les cultures, le bétail, les bois, les champs de lin — tout! Quand il mourra, tout cela nous reviendra… Enfin,

150 vous reviendra, à toi ainsi qu'à Yahmose, à ses enfants et aux nôtres. Si tu te disputes avec ton père et si tu quittes la maison, il partagera tout entre Yahmose et Ipi — Ipi dont il est déjà complètement entiché, Ipi qui le sait et qui en joue. Ne te livre pas à ce petit jeu-là : Ipi serait ravi d'une brouille entre ton père et

155 toi, il serait ravi si nous partions. Pense à nos enfants.

Stupéfait, Sobek éclata de rire :

— Décidément, avec les femmes, il faut s'attendre à tout! Je ne te savais pas aussi féroce!

— Ne te querelle pas avec ton père, insista Kait, inébranlable.

160 Ne prends pas ses remarques de haut. Prudence : ton heure viendra.

— Tu as peut-être raison… mais ça peut encore traîner des années! Ce qu'il faudrait, c'est qu'il fasse de nous ses associés par contrat.

165 Kait secoua la tête :

— Ça, il ne le fera jamais. Il aime trop nous faire remarquer que nous mangeons son pain, que nous dépendons de lui, et que, sans lui, nous serions tous dans la misère.

Sobek la dévisagea non sans étonnement :

170 — Tu ne l'aimes pas beaucoup, hein?

Mais Kait se penchait de nouveau vers la petite Ankh qui chancelait :

—Viens, ma chérie… Tiens! regarde ta poupée… Allons, viens… viens la prendre…

175 Sobek fixa un instant l'épaisse chevelure de jais[1] de son épouse et, perplexe, sortit de la pièce.

★

Ésa avait envoyé chercher Ipi, son petit-fils.

L'adolescent, beau jouvenceau[2] à la mine boudeuse, resta debout tandis qu'elle le scrutait d'un œil sagace[3] — même s'il

180 n'y voyait plus guère — tout en l'apostrophant de sa voix aigre et haut perchée :

— Qu'est-ce que j'entends? Tu ne veux pas faire ci, tu ne veux pas faire ça? Tu condescends[4] à garder les taureaux, mais tu refuses d'accompagner Yahmose dans la surveillance

185 des cultures. Où allons-nous si un gamin de ton âge prétend n'en faire qu'à sa tête?

— Je ne suis plus un gamin! riposta Ipi avec humeur. Je suis grand, maintenant… et je ne vois pas pourquoi on continuerait à me traiter comme un mouflet. Depuis quand fau-

190 drait-il que j'accepte tel ou tel travail sans même qu'on me demande mon avis ni qu'on me verse un salaire? En quel honneur est-ce que je devrais obtempérer aux ordres de Yahmose? Il se prend pour qui, celui-là?

— C'est ton frère aîné et il est responsable du domaine en

195 l'absence de mon fils Imhotep.

—Yahmose est un demeuré… un abruti et un demeuré. Je suis beaucoup plus intelligent que lui. Quant à Sobek, en dépit de

notes

1. de jais : noire.

2. jouvenceau : jeune homme.

3. sagace : fin, subtil.

4. condescends : daignes consentir.

ses rodomontades[1], lui aussi, c'est un demeuré. D'ailleurs, papa a dit – et écrit – que je pouvais choisir moi-même ce
200 que je voulais faire…

– Autrement dit, rien du tout, coupa la vieille Ésa.

– …Et qu'il fallait me donner davantage à manger et à boire, et que, s'il apprenait que je n'étais pas satisfait de la façon dont on me traitait, il y aurait du grabuge.

205 Il avait débité sa diatribe avec un petit sourire méprisant.

– Tu n'es qu'un sale gosse trop gâté, conclut Ésa avec vigueur. Et, crois-moi, je ne vais pas cacher à Imhotep le fond de ma pensée.

– Mais non, mais non, grand-mère, ce n'est pas toi qui irais
210 faire une chose pareille.

Son sourire s'était transformé, s'était fait à la fois enjôleur et provocant :

– Toi et moi, grand-mère, nous sommes les deux cerveaux de la famille.

215 – Tu as tous les toupets !

– Papa se fie à ton jugement… Il sait que tu as oublié d'être bête.

– C'est possible… c'est même exact… mais je n'ai pas besoin de toi pour me le dire.

220 Ipi eut un petit rire :

– Tu ferais mieux d'être de mon côté, grand-mère.

– Qu'est-ce que c'est encore que cette histoire de côté ?

– Les deux frérots sont dans tous leurs états, tu ne savais pas ça ? Si, bien sûr. Hénet te raconte tout. Satipi harangue[2]
225 Yahmose du soir au matin chaque fois qu'elle peut lui mettre le grappin dessus. Quant à Sobek, il s'est conduit comme un

---

notes

1. rodomontades : vantardises.

2. harangue : sermonne, fait des reproches à.

imbécile pour la vente du bois, et il panique à l'idée du savon qu'il va se faire passer au retour du paternel. Il faut bien se dire une chose, grand-mère : d'ici un an ou deux, c'est moi qui vais devenir l'associé de mon père et, à ce moment-là, je n'en ferai plus qu'à ma tête.

– Toi, le benjamin ?

– Qu'est-ce que l'âge vient faire là-dedans ? C'est mon père qui détient le pouvoir… Seulement, le paternel, c'est moi qui sais le manipuler.

– Tu devrais avoir honte de ce que tu dis, décréta Ésa.

– Allons, grand-mère, tu as oublié d'être bête, susurra Ipi, doucereux. Tu sais bien que ton fils parle haut mais que c'est un faible…

Remarquant qu'Ésa avait soudain redressé la tête et regardait derrière lui entre ses paupières mi-closes, il se retourna et se trouva nez à nez avec Hénet entrée sans bruit.

– Alors, comme ça, Imhotep est un faible ? fit Hénet de sa voix geignarde. Ça ne lui ferait sûrement pas plaisir de savoir que tu viens de dire ça de lui.

Ipi partit d'un rire nerveux :

– Mais ce n'est pas toi qui irais le lui répéter… hein, Hénet ?… Oh ! Hénet, ma petite Hénet… N'est-ce pas que tu ne feras pas ça ?

Hénet alla se lover[1] près d'Ésa. Haussant un peu le ton, elle força sur la note larmoyante :

– Tu sais très bien que je n'ai jamais été une faiseuse d'histoires… Vous le savez tous très bien… Je vous suis tellement attachée. Je ne répète jamais rien à moins que je n'estime de mon devoir de le faire…

– Je taquinais grand-mère, sans plus, plaida Ipi. C'est ce que

notes

1. se lover : se réfugier.

je dirai à papa. Il comprendra tout de suite que je ne parlais pas sérieusement.

Ponctuant ces mots d'un petit signe de tête impérieux[1] à
260 l'adresse d'Hénet, il quitta les lieux.

– Quel joli garçon… Il a encore grandi et forci, fit mine de s'émouvoir Hénet qui l'avait suivi des yeux. Et quelle fougue quand il s'exprime !

– Quelle outrecuidance[2], oui ! rectifia Ésa. Je n'aime guère ce
265 qui lui a germé dans la cervelle. Mon fils le gâte beaucoup trop.

– Comment lui résister ? Il est si beau, si charmant.

– La beauté n'a jamais tenu lieu de vertu, répliqua vertement Ésa. Après un bref silence, elle ajouta :
270 – Hénet, je suis inquiète.

– Inquiète, toi ? Qu'est-ce qui pourrait t'inquiéter ? De toute façon, le retour du maître est proche et tout rentrera alors dans l'ordre.

– Tu crois ça ? J'aimerais en être sûre.
275 Elle s'abîma encore quelques secondes dans le silence avant de reprendre :

– Mon petit-fils Yahmose est-il à la maison ?

– Je l'ai vu s'engager sous le portique il y a quelques instants à peine.
280 – Va lui dire que je désire lui parler.

Hénet s'éclipsa. Elle trouva en effet Yahmose qui prenait le frais sous les colonnes aux couleurs vives, et lui donna le message d'Ésa.

Yahmose se rendit à la convocation sur-le-champ.
285 – Yahmose, Imhotep est sur le point de rentrer, lança Ésa sans préambule.

notes

1. impérieux : autoritaire.   **2. outrecuidance :** prétention.

Le bon visage de Yahmose s'éclaira :

— Oui. Et que voilà une bonne chose !

— Trouvera-t-il tout comme il le souhaite ? A-t-on réalisé des
290 bénéfices ?

— Les instructions de mon père ont été respectées au mieux :
j'ai tout fait pour cela.

— Et en ce qui concerne Ipi ?

— Père est bien trop indulgent à son égard, soupira Yahmose.
295 Ça n'est pas bon pour ce gamin.

— Il faut que tu le fasses comprendre à Imhotep.

Yahmose parut embarrassé.

— Je te soutiendrai, insista fermement Ésa.

— Parfois, soupira à nouveau Yahmose, j'ai l'impression que
300 tout va de travers. Mais dès que père sera là, les choses ren-
treront dans l'ordre. Il pourra prendre les décisions comme il
l'entend. Ce n'est pas facile d'agir à sa façon en son
absence… surtout sans pouvoir réel et au seul titre de délé-
gué qu'il s'est borné à me concéder.
305 Ésa le rassura gentiment :

— Tu es un bon fils… loyal et affectueux. Tu t'es aussi révélé
bon époux, tu as obéi au précepte qui recommande à
l'homme d'aimer sa femme, de la chérir dans sa maison
comme il convient, de l'engrosser, de la vêtir, de la pourvoir
310 en onguents[1] qui parfument et qui guérissent, et de lui
réjouir le cœur toute sa vie durant. Mais il en est un autre,
plus important encore et qui dit : « Garde-toi de te laisser
dompter par ton épouse. » À ta place, mon garçon, je suivrais
ce précepte[2] à la lettre…
315 Yahmose fixa ses yeux sur sa grand-mère, vira à l'écarlate et
s'en fut.

---

notes

1. onguents : crèmes.   *2. précepte :* règle.

Au fil du texte

QUE S'EST-IL PASSÉ ?

1. Absente depuis _8_ ans, Renisenb est de retour dans la maison paternelle. Son mari vient en effet de _mourir_. Elle retrouve avec plaisir ses frères _Yahmose_ et _Sobek_, ainsi que sa grand-mère _Ésa_. Mais la vue d'Hénet, la _gouvernante_ de la maison, ne lui procure pas la même joie. Elle rejoint ensuite le Tombeau où un de ses frères et _Hori, le scribe_ sont en train de faire les comptes.

Ce dernier a autrefois réparé le petit _lion_ de Renisenb, et une profonde affection les lie.

AVEZ-VOUS BIEN LU ?

2. Que reproche Satipi à Yahmose ? _de ne pas s'imposer, sa mollesse_

3. À qui Sobek adresse-t-il des reproches ? _à son père, Imhotep et Yahmose_

4. Que reproche Ésa à Ipi ? _qu'il ne veut rien faire, paresseux, arrogance, insolence_

5. Quelles sont les critiques d'Ipi, et à qui les adresse-t-il ? _Yahmose est un demeuré et Sobek est stupide; à son père, il est faible_

6. Qui Ésa décide-t-elle de soutenir ? Pourquoi ? _Yahmose, car elle trouve qu'Imhotep est trop indulgent envers Ipi. Sil s'était emparé, il sera bon moi_

ÉTUDIER LES PERSONNAGES

7. Faites la liste des différents personnages présentés dans ces deux chapitres et établissez un arbre généalogique.

Renisenb a environ 24 ans

8. Classez les personnages en deux catégories : ceux qui vous semblent sympathiques et ceux qui vous semblent antipathiques. Justifiez votre réponse.

ÉTUDIER LE VOCABULAIRE ET LA GRAMMAIRE

9. Qu'est-ce qu'un « champ lexical » ? *ensemble de mot qui se rapporte au même sujet*

10. Relevez les mots qui appartiennent au champ lexical du Nil. *eau, felougue*

11. Étudiez l'expression de l'ordre dans la lettre d'Imhotep (chapitre 1). Quels sont les temps et les modes utilisés en français pour donner un ordre ? Donnez des exemples empruntés à la lettre. *Impératif et subjonctif.*

ÉTUDIER LE DISCOURS

12. Est-ce Renisenb qui raconte l'histoire dans le chapitre 1 ? *Non.*

13. Peut-on dire que l'on suit le point de vue de Renisenb dans le chapitre 1 ? *Oui.*

14. Qui est le narrateur du chapitre 1 ? *Pas clairement dit, narrateur omniscient*

15. Donnez un exemple de commentaire fait par le narrateur sur un personnage. *La vieille était cote un peu ratatinée.*

ÉTUDIER LE GENRE

16. En vous aidant des précisions données p. 335 sur le genre policier, dites quels sont les personnages attendus en général dans un récit d'énigme. *victime, coupable, suspect, l'enquêteur*

17. Le début du roman vous semble-t-il caractéristique d'un roman policier ? Justifiez votre réponse. *Non car personne est mort.*

LIRE L'IMAGE

Voir document, p. 10.

18. Pourquoi, selon vous, la Basse-Égypte est-elle située au nord ?

19. Quelles sont les deux mers qui bordent l'Égypte ?

20. Où est située la région du Fayoum, et quelle est sa caractéristique ?

À VOS PLUMES !

21. Imaginez la lettre que Renisenb écrit à Imhotep pour l'informer de son retour et lui faire part de ses premières impressions. Vous respecterez la disposition d'une lettre et tiendrez compte de ce que vous savez du personnage.

DÉBAT

22. Dans le chapitre 1, Renisenb regrette de ne pas savoir écrire... Pensez-vous que l'on puisse se dispenser de lire et d'écrire aujourd'hui ? Quelles seraient alors les conséquences ?

RECHERCHES ET EXPOSÉS

23. Après avoir relu les indications sur le calendrier égyptien données par A. Christie dans sa note en introduction, vous fabriquerez un calendrier égyptien qui sera affiché en classe. Vous pouvez le décorer en utilisant des hiéroglyphes.

24. Recherchez dans votre livre d'histoire les indications données sur le Nil et montrez son importance pour les anciens Égyptiens.

le retour

Chapitre 3

3e *Mois de l'inondation, 14e jour*

14 octobre

L'effervescence des préparatifs avait gagné tout le domaine. On avait enfourné des centaines de miches de pain. Les canards

5 rôtissaient à la broche et l'air embaumait le fumet du poireau, de l'ail et des épices. Les femmes donnaient de la voix et distribuaient des ordres, les serviteurs s'affairaient en tous sens. La rumeur s'était répandue :

« Le maître va rentrer… le maître arrive… »

10 Renisenb, qui aidait à tresser des guirlandes de coquelicots et de lotus, sentit l'excitation la gagner à son tour : son père rentrait à la maison ! Au cours des dernières semaines, elle s'était laissée imperceptiblement glisser dans le nid douillet de son enfance. L'impression de malaise, le sentiment d'être devenue

15 une étrangère qu'elle avait ressentis après sa conversation avec Hori s'étaient envolés. Elle était bien la même qu'autrefois… Yahmose, Satipi, Sobek et Kait n'avaient pas changé… Tous s'employaient, comme par le passé, à fêter dignement le retour du père. Il avait fait prévenir qu'il serait là avant la

20 tombée du jour. Un serviteur posté sur la rive du Nil était chargé d'annoncer l'arrivée du maître de ces lieux. Et soudain, son appel retentit, haut et fort, lançant le signal convenu. Renisenb lâcha ses fleurs et courut avec les autres vers le ponton d'amarrage. Yahmose et Sobek y étaient déjà avec une

25 petite troupe de villageois, de pêcheurs et de paysans, poussant des cris et montrant du doigt un point sur le fleuve.

Oui, on distinguait déjà le bateau qui grossissait rapidement, sa grande voile carrée gonflée par le vent du Nord. Juste derrière suivait un second bateau grouillant d'hommes et de

30 femmes et où était installée la cambuse[1]. Bientôt, Renisenb

notes

1. cambuse : endroit où sont conservées les provisions sur un bateau.

reconnut son père, assis, une fleur de lotus à la main, à côté d'une femme qui lui sembla être une chanteuse.

Sur la rive, les clameurs redoublèrent. Imhotep agita la main tandis que les marins tiraient sur les drisses[1] et carguaient[2] la voile. Des cris fusèrent : « Bienvenue au maître ! », suivis d'invocations aux dieux et de remerciements pour le leur avoir rendu sain et sauf.

Imhotep mit pied à terre, salua sa famille et répondit aux interminables vœux de bienvenue imposés par l'étiquette[3] : « Loué soit Sobek[4], fils de Neith[5], qui a veillé sur ta traversée ! », « Loué soit Ptah, Sud du mur de Memphis, qui t'a ramené à nous ! » « Que soit remercié Rê[6] qui illumine les Deux Terres ! »

Grisée par l'excitation générale, Renisenb se faufila vers lui. Imhotep se redressa, majestueux, et Renisenb pensa soudain : « Comme il est petit ! Je le croyais beaucoup plus grand. » Un sentiment qu'elle n'avait jamais éprouvé l'envahit.

Son père s'était-il ratatiné ? Ou bien n'était-ce pas plutôt sa mémoire qui lui jouait des tours ? Chaque fois qu'elle l'avait évoqué, ç'avait été pour le revoir tel que ses traits étaient restés gravés dans son esprit : quelqu'un de splendide – tyrannique, certes, souvent tatillon, admonestant[7] tout un chacun, ce qui parfois la faisait rire sous cape, mais néanmoins un personnage. Tandis que ce petit bonhomme rondouillard, vieillissant, gonflé d'une importance qu'il ne parvenait pas à imposer… « Qu'est-ce qui m'arrive ? s'inquiéta-t-elle. Pourquoi ces pensées impies me viennent-elles en tête ? »

---

notes

1. drisses : cordages qui servent à hisser une voile.

2. carguaient : serraient la voile contre le mât.

3. l'étiquette : les règles de politesse et de respect.

4. Sobek : dieu-crocodile du Fayoum.

5. Neith : déesse guerrière originaire du delta du Nil.

6. Rê : le Soleil. Dieu considéré comme le créateur du monde.

7. admonestant : réprimandant, rouspétant contre.

Ayant récité toutes les phrases creuses du cérémonial, Imhotep en était à présent aux salutations plus personnelles. Il embrassa ses fils :

60 – Ah! mon bon Yahmose qui me sourit, tu as su montrer en mon absence l'étendue de ton zèle, j'en suis sûr… Et Sobek mon fils si beau, toujours la joie au cœur, à ce que je vois. Et voilà Ipi, mon très cher Ipi… Laisse-moi te regarder… Redresse-toi… Oui, comme ça. Comme tu as grandi! On 65 jurerait déjà un homme! Mon cœur se réjouit de te serrer de nouveau dans mes bras! Et Renisenb, ma chère fille, de retour à la maison. Et Satipi, et Kait, mes filles non moins chéries… Et Hénet, ma fidèle Hénet…

Hénet se prosterna et lui baisa les genoux en essuyant osten-70 siblement des larmes de joie.

– C'est bon de te revoir, Hénet… Tu vas bien?… Tu es heureuse?… Toujours aussi dévouée, à ce que je vois… Quel plaisir pour mon cœur!…

Et mon bon, mon excellent Hori, si avisé pour la tenue des 75 comptes et si habile à manier le calame[1]! Nos affaires ont-elles prospéré? Oui, j'en suis sûr!

Puis, les compliments s'achevant et le murmure qui les accueillait s'apaisant, Imhotep leva la main pour réclamer le silence.

80 – Mes fils, mes filles… et mes amis, commença-t-il d'une voix forte et claire, j'ai une grande nouvelle à vous annoncer. Pendant des années, vous le savez, j'ai vécu solitaire comme il se doit. Ma femme (votre mère, Yahmose et Sobek) et ma sœur (ta mère, Ipi) s'en sont toutes deux retournées à Osiris 85 depuis des années. Aussi vous ai-je amené, à vous, Satipi et

notes

1. calame : roseau taillé dont les Égyptiens se servaient pour écrire.

Kaït, une nouvelle sœur qui partagera votre toit. La voici : ma concubine, Nofret, que vous aimerez pour l'amour de moi. Elle est venue avec moi du Nord, de Memphis, et restera ici avec vous quand j'aurai à m'absenter de nouveau.

90 Tout en parlant, il avait pris la main d'une jeune femme pour l'attirer vers lui. Elle vint à côté de lui, rejeta la tête en arrière et plissa les paupières, jeune, arrogante et belle.

Renisenb, un peu interloquée, pensa : « Mais elle est très jeune ! Peut-être même encore plus que moi ! »

95 Nofret ne bougeait pas. Son petit sourire affichait plus d'ironie que de désir de plaire.

Elle avait le sourcil rectiligne et noir, le teint chaud et cuivré. Ses cils étaient si longs et si fournis qu'on voyait à peine ses prunelles.

100 Prise au dépourvu, la famille demeurait silencieuse.

— Allons, mes enfants, venez souhaiter la bienvenue à Nofret, lança Imhotep avec une pointe d'irritation. Ne sauriez-vous donc pas comment il convient d'accueillir la concubine que votre père amène sous son toit ?

105 Ils prononcèrent alors les formules de salutation, hâtivement et sur un ton hésitant.

Affectant une chaleur qui cachait probablement un certain malaise, Imhotep s'exclama gaiement :

— Voilà qui est mieux ! Satipi, Kaït et Renisenb vont te
110 conduire dans les chambres des femmes, Nofret. Où sont les malles ? A-t-on débarqué les malles ?

On était en train de hisser par-dessus bord les coffres de voyage aux couvercles bombés.

— Tes bijoux et tes vêtements sont arrivés à bon port, constata
115 Imhotep à l'intention de Nofret. Va, et veille à ce qu'on en prenne grand soin.

Puis, comme les femmes s'éloignaient, il se tourna vers ses fils :

— Comment va le domaine ? Tout s'est-il bien passé ?

– Les champs du bas qui ont été loués à Nakht…, commença
120 Yahmose.

Mais son père lui coupa aussitôt la parole :

– Pas de détails maintenant, mon bon Yahmose. Cela peut
attendre. Ce soir, c'est la fête. Demain, Hori, toi et moi par-
lerons affaires. Viens, Ipi, mon fils, allons à la maison. Comme
125 tu as grandi, tu me dépasses d'une tête.

La mine longue, Sobek leur emboîta le pas et glissa à l'oreille
de Yahmose :

– Tu as entendu ? Des bijoux, des vêtements… Voilà à quoi
vont les profits de nos domaines du Nord… Nos profits !

130 – Chut ! souffla Yahmose. Notre père va nous entendre.

– Et alors ? Je ne suis pas comme toi, je n'ai pas peur de lui !

Lorsqu'ils atteignirent la maison, Hénet, tout sourire, suivit
Imhotep dans sa chambre pour lui préparer son bain.

Jusque-là sur la réserve, Imhotep se détendit un peu :

135 – Eh bien, Hénet, que penses-tu de mon choix ?

Bien qu'il fût décidé à tenir la situation bien en main, il savait
que l'arrivée de Nofret provoquerait un ouragan – tout au
moins dans les appartements des femmes. Avec Hénet, c'était
différent ; elle lui était totalement dévouée et ne le déçut pas :

140 – Elle est belle. Très belle. Quels cheveux ! Quels bras, quelles
jambes ! Elle est digne de toi, Imhotep. Que pourrais-je dire
de plus ? Ta chère femme qui est morte doit être heureuse
que tu aies choisi une telle compagne pour éclairer tes jours.

– Tu le penses vraiment, Hénet ?

145 – Sur ma vie, Imhotep. Tu as pleuré ton épouse pendant de
longues années, il est temps que tu recommences à profiter
de la vie.

– Tu la connaissais bien… Moi aussi, j'ai pensé que le temps
était revenu de vivre comme un homme doit vivre. Mais,
150 euh… les épouses de mes fils et ma propre fille ne vont-elles
pas m'en vouloir ?

— Elles auraient tort, rétorqua Hénet. Après tout, ne dépendent-ils pas tous de toi, dans cette maison ?

— C'est juste, c'est juste, approuva Imhotep.

155 — Ton labeur les nourrit et les habille, leur bien-être sur cette Terre est le résultat de tes efforts à toi.

— Ah ! ça, on peut le dire, soupira Imhotep. On peut dire que je me démène pour leur bien-être. Je me demande parfois s'ils mesurent tout ce qu'ils me doivent.

160 — Ne te fais pas faute de le leur rappeler, fit Hénet en hochant la tête. Moi, ton humble et dévouée Hénet, je n'oublie jamais ce que je te dois… Mais les enfants sont parfois égoïstes et tête en l'air, ils pensent peut-être que ce sont eux qui comptent, sans même s'aviser qu'ils ne font qu'obéir aux ordres

165 que tu veux bien leur donner.

Grande pyramide de Chéops à Gizeh.

– Ça n'est que trop vrai ! renchérit Imhotep. J'ai toujours pensé que tu étais une femme intelligente, Hénet.

– Si seulement les autres le pensaient aussi ! soupira Hénet.

– Qu'est-ce que cela veut dire ? A-t-on été désagréable avec
170 toi ?

– Non, non… Enfin, ils ne le font pas exprès. Pour eux, il est normal que je travaille nuit et jour – ce que je suis heureuse de faire, d'ailleurs – mais un mot affectueux, un encouragement changeraient tout.

175 – Venant de moi, tu n'en manqueras pas. Et n'oublie pas que cette maison est la tienne.

– Tu es trop bon, maître.

Elle marqua un temps, puis reprit :

– Les esclaves ont préparé l'eau chaude… Quand tu te seras
180 baigné et rhabillé, ta mère souhaite que tu te rendes auprès d'elle.

– Ah ! ma mère… Oui, oui, bien sûr !

Imhotep parut soudain légèrement embarrassé. Mais il masqua sa confusion en ajoutant aussitôt :

185 – Naturellement. J'en avais du reste l'intention… Dis à Ésa que j'irai la voir.

★

Revêtue de sa plus belle robe plissée, Ésa scruta le visage de son fils avec un petit sourire sarcastique[1] :

– Bienvenue, Imhotep ! Ainsi, te voilà revenu parmi nous ? Et
190 pas seul, me suis-je laissé dire ?

Imhotep se redressa, un peu gêné :

– Ah ! On t'en a parlé…

notes

1. sarcastique : moqueur.

— Cela va de soi ! La nouvelle s'en est répandue dans toute la maison. La fille est belle, à ce qu'on prétend. Et très jeune.

195 — Elle a dix-neuf ans et, euh… elle n'est pas laide.

Ésa rit — gloussement de vieille femme :

— Il n'est décidément pire fou qu'un vieux fou !

— Ma chère mère, j'avoue ne pas comprendre ce que…

— Tu t'es toujours conduit comme un imbécile, Imhotep,

200 coupa calmement Ésa.

Imhotep se redressa, bredouillant de colère. Sa mère avait le don de trouver la faille dans sa cuirasse d'autosatisfaction béate. Devant elle, il se sentait immanquablement diminué. La petite lueur moqueuse dans le regard pourtant presque

205 aveugle de sa mère le désarçonnait à tout coup. Il ne pouvait se dissimuler que sa mère avait toujours tenu ses capacités en piètre estime. Et bien qu'il sût de toute certitude que la haute opinion qu'il avait de lui-même était fondée et que celle de sa mère importait peu, l'attitude de la vieille femme, une fois

210 de plus, le piqua au vif :

— Qu'y a-t-il de si inhabituel, pour un homme, d'amener une concubine chez lui ?

— Rien d'inhabituel : c'est même une habitude, chez les hommes, de se conduire comme des crétins.

215 — Dans la circonstance, je ne vois pas en quoi !

— T'es-tu imaginé que la présence de cette fille allait favoriser l'harmonie dans cette maison ? Satipi et Kait vont être hors d'elles et monter la tête de leurs maris.

— En quoi cela les regarde-t-il ? De quel droit pourraient-ils

220 s'y opposer ?

— Ils n'en ont pas le droit, en effet.

Imhotep se mit à marcher de long en large, furibond :

— Ne me serait-il donc pas permis de faire ce que je veux sous mon propre toit ? Est-ce que je ne subviens pas aux besoins

225 de mes fils et de leurs épouses ? Est-ce qu'ils ne me doivent

pas jusqu'à la moindre miette du pain qu'ils mangent ? Est-ce que je ne le leur rappelle pas sans cesse ?

— Oh ! si. Et avec quelle volupté, Imhotep !

— Parce que c'est la vérité. Parce qu'ils dépendent de moi,
230 tous, autant qu'ils sont !

— Es-tu bien certain que ce soit une bonne chose ?

— Serais-tu en train d'insinuer qu'un homme ne devrait pas entretenir sa famille ?

— Ils travaillent pour toi, ne l'oublie pas, soupira Ésa.

235 — Bien sûr qu'ils travaillent ! Voudrais-tu que je les encourage à la paresse ?

— Ils sont adultes — pour ce qui est de Yahmose et Sobek, tout au moins. Ce sont des hommes faits.

— Sobek n'a aucune jugeote. Il fait tout de travers. Sans
240 compter qu'il se montre souvent impertinent, ce que je ne supporte pas ! Yahmose, lui, est un bon garçon obéissant.

— Il a dépassé depuis longtemps le stade du garçon !

— N'empêche que je suis souvent obligé de lui répéter les choses deux ou trois fois avant qu'il les comprenne. Je suis
245 obligé de penser à tout, d'être partout ! Et quand je m'absente, il faut encore que je dicte aux scribes des instructions interminables pour que mes fils les observent… Je n'ai jamais le temps de me reposer, je n'ai jamais le temps de fermer l'œil ! Et maintenant que je rentre chez moi avec l'espoir d'y
250 jouir d'un minimum de répit, voilà que de nouvelles difficultés surgissent ! Même toi, ma propre mère, tu me dénies le droit d'avoir une concubine comme mes pairs[1]. Même toi, tu te mets en colère..

— Je ne suis pas en colère, l'interrompit Ésa. Je m'amuse. On va

notes

1. pairs : ceux qui ont la même situation sociale.

47

255 s'amuser comme des fous à observer ce qui va se passer dans cette maison! Mais si j'ai un conseil à te donner, quand tu repartiras dans le Nord, tu feras bien d'emmener cette fille avec toi.

— Sa place est ici, chez moi! Et malheur à quiconque s'avisera de la maltraiter!

260 — Il n'est pas question de la maltraiter. Mais n'oublie pas que rien n'est plus facile que de mettre le feu à une botte de foin sec. Quelqu'un a dit des femmes : « Là où elles cohabitent, le pire n'est jamais loin »…

Ésa s'interrompit un instant avant de reprendre avec lenteur :

265 — Nofret est belle. Mais rappelle-toi le dicton : « Les cuisses dorées de la femme rendent les hommes fous ; las! un souffle suffit à les changer en pâle cornaline[1]. »

Puis, comme en un souffle, elle cita encore :

— « La mort n'est pas une fin. Et pourtant, il suffit d'un rien,

270 d'un tout petit rien, d'un semblant de rêve, pour qu'elle survienne et que ce soit la fin… »

la provocation de Nofret

Chapitre 4
3ᵉ MOIS DE L'INONDATION, 15ᵉ JOUR
15 octobre

Imhotep écoutait les explications de Sobek justifiant la vente du bois d'œuvre dans un silence de mauvais augure. Son visage

5 était devenu écarlate et une petite veine battait à sa tempe. La belle assurance de Sobek commençait à fondre. S'il avait bien eu l'intention de démontrer que l'affaire avait été menée de main de maître, le simple fait de voir s'assombrir le visage de son père le fit se mettre à bafouiller.

notes

1. cornaline : variété de pierre translucide, rouge ou orange, que l'on trouve dans le désert.

10   N'y tenant plus, Imhotep l'interrompit soudain :
— Mais oui, mais oui, mais oui !… Tu pensais en savoir plus long
que moi et tu n'as pas suivi mes instructions… C'est toujours
la même chose… Il suffit que j'aie le dos tourné pour que tout
parte en quenouille[1]… Que deviendriez-vous sans moi ? Je
15   préfère ne pas y songer.

— C'était l'occasion ou jamais de réussir un bien plus gros
bénéfice ! s'insurgea Sobek, têtu. J'ai pris mes risques. On ne
peut pas toujours chipoter, toujours se montrer prudent…

— Pour ça, la prudence n'est pas ton fort, Sobek ! Tu agis sans
20   réfléchir, tu fonces tête baissée… et tu donnes à chaque fois
dans le panneau !

— M'as-tu jamais offert l'occasion d'agir comme je l'entends ?

— C'est ce que tu as fait, cette fois, répliqua sèchement
Imhotep. En dépit des ordres impératifs que j'avais donnés…

25   — Tes ordres ? Faudra-t-il donc toujours que j'obéisse à tes
ordres ? Tu oublies que je suis un homme !

Perdant tout contrôle, Imhotep explosa :

— Qui te nourrit ? Qui t'habille ? Qui pense à ton avenir ?
Qui se préoccupe jour après jour de ton confort – de votre
30   confort à tous ? Quand le niveau du fleuve était au plus bas
et que la famine menaçait, ne me suis-je pas arrangé pour
vous faire acheminer des vivres du Nord ? Vous avez beaucoup de chance d'avoir un père tel que moi, qui pense à tout !
Et qu'est-ce que je demande en retour ? Seulement que vous
35   travailliez, que vous fassiez de votre mieux et que vous obéis-
siez aux ordres que je vous fais parvenir…

— C'est ça ! hurla Sobek. Nous sommes tout juste bons à tra-
vailler pour toi comme des esclaves… pour que tu puisses
offrir de l'or et des bijoux à ta concubine !

notes

1. parte en quenouille : soit
désorganisé.

40 Fou de rage, Imhotep fit un pas vers lui :

– Fils insolent ! Parler sur ce ton à son père ! Prends garde, je peux te chasser de cette maison… et tu iras voir ailleurs si…

– Prends garde toi-même, sinon, c'est moi qui partirai ! J'ai des idées, figure-toi, de très bonnes idées même, et qui pour-
45 raient rapporter gros si je n'étais pas ligoté par ta prudence mesquine et si je pouvais agir à ma guise !

– C'est tout ce que tu as à me dire ?

Le ton d'Imhotep s'était fait menaçant. Sobek, un peu démonté, bougonna encore :
50 – Oui… c'est tout. Du moins pour le moment.

– Alors, va t'occuper du troupeau. Ce n'est pas le moment de paresser.

Furieux, Sobek tourna les talons. Non loin de là se trouvait Nofret et, quand il passa devant elle, elle se mit à rire en lui lan-
55 çant un regard oblique. Le sang monta au visage de Sobek…

Il esquissa un mouvement vers elle. Immobile, elle le toisa[1] avec mépris à travers ses paupières mi-closes.

Sobek grommela quelques mots indistincts et passa son che-min. Nofret rit de nouveau puis s'approcha nonchalamment
60 d'Imhotep qui, cette fois, s'en prenait à Yahmose :

– Qu'est-ce qui t'a pris de laisser Sobek se conduire ainsi comme un imbécile ? grondait-il. Tu aurais dû prévoir ce qui arriverait ! Tu ne sais pas encore qu'il n'a pas une once de bon sens quand il s'agit de vendre ou d'acheter ? Il croit toujours
65 que les choses vont se passer comme il le souhaite !

– Tu ne vois pas combien c'est difficile, père ! protesta Yahmose, confus. Tu m'avais dit de faire confiance à Sobek pour la vente du bois d'œuvre ; j'étais bien obligé de le lais-ser agir à sa guise.

notes
1. *toisa* : regarda avec défi.

70   — À sa guise ! Il n'a pas à agir à sa guise ! Il doit suivre à la lettre mes instructions… et quant à toi, tu dois veiller à ce qu'il s'y conforme.

Yahmose rougit :

— Moi ? Et quelle autorité ai-je pour cela, moi ?

75   — Quelle autorité ? Mais celle que je te confère, mon fils.

— Tu sais bien que je n'ai aucun titre qui me permette de l'exercer. Si j'étais légalement ton associé…

Il s'interrompit en voyant approcher Nofret. Elle faisait tourner un coquelicot entre ses doigts :

80   — Tu viens avec moi dans le pavillon au bord du bassin, Imhotep ? Il y fait frais et une corbeille de fruits t'y attend, avec de la bière de Keda. Tu dois avoir fini de donner tes ordres, à présent.

— Une minute, Nofret… juste une minute.

85 Nofret baissa langoureusement la voix pour insister :

— Non. Tout de suite. Je veux que tu viennes tout de suite…

Imhotep parut à la fois ravi et un peu embarrassé. Yahmose enchaîna rapidement sans laisser à son père le temps de répondre :

90   — Finissons-en d'abord, c'est important. Je voudrais te demander de…

Nofret fit face à Yahmose mais s'adressa directement à Imhotep :

— Tu ne peux donc pas faire ce que tu veux dans ta propre

95 maison ?

— Une autre fois, mon fils, lança sèchement Imhotep à Yahmose. Une autre fois.

Et il s'en fut avec Nofret, plantant là Yahmose qui les regarda s'éloigner.

100 Sortant de la maison, Satipi vint le rejoindre.

— Eh bien ? demanda-t-elle. Tu lui as parlé ? Qu'est-ce qu'il a dit ?

— Ne sois pas si impatiente, soupira Yahmose. Ce n'était pas le bon moment…

105 — Et voilà, je m'y attendais! s'emporta Satipi, furieuse. C'est toujours la même chanson. La vérité, c'est que tu as peur de ton père. Tu es comme un mouton. Devant lui, tu bêles, tu es incapable de te conduire comme un homme! Tu ne te souviens donc pas de ce que tu m'as promis, hier? Je me tue à te

110 le répéter : de nous deux, l'homme, ce n'est pas toi… c'est moi! Tu m'avais juré tes grands dieux… Tu m'avais dit : « J'en parlerai à mon père. Sans attendre. Le premier jour… » Et voilà comment ça se passe…

Satipi s'interrompit — non qu'elle en ait terminé mais elle

115 avait besoin de reprendre haleine. Yahmose en profita pour glisser mollement :

— Tu te trompes, Satipi. Je commençais juste à lui parler… mais nous avons été interrompus et…

— Interrompus? Par qui?

120 — Par Nofret.

— Nofret? Cette femme! Ton père n'a pas à laisser sa concubine l'interrompre quand il parle affaires avec son fils aîné! Les femmes ne devraient pas se mêler de ces choses-là.

Sans doute Yahmose devait-il souhaiter que Satipi fasse

125 sienne la maxime qu'elle énonçait avec tant d'autorité, mais il n'eut pas le temps d'exprimer sa pensée car son épouse enchaîna :

— Ton père aurait dû mettre les choses au point tout de suite avec elle.

130 — Mon père, fit observer Yahmose, un brin ironique, n'avait pas du tout l'air de lui en vouloir.

— Quelle honte! clama Satipi. Elle a complètement embobiné ton père. Il la laisse dire et faire tout ce qu'elle veut!

— Elle est très belle, fit Yahmose, rêveur.

135 — Bah! Admettons qu'elle ne soit pas trop mal, ricana Satipi.

Mais quelles manières ! Quelle absence d'éducation ! Elle est avec nous d'une grossièreté…

— Peut-être toi-même n'es-tu pas des plus agréables avec elle ?

— Moi ? Je suis la politesse même ! Kait et moi la traitons avec
140 la plus exquise courtoisie. Oh ! pour ça, elle n'aura aucune raison d'aller pleurer dans le giron[1] de ton père. Kait et moi, nous saurons attendre notre heure.

Yahmose la foudroya du regard :

— Qu'est-ce que ça veut dire : « Nous saurons attendre notre
145 heure » ?

Satipi reprit le chemin de la maison avec un rire qui en disait long.

— Paroles de femmes ! lança-t-elle par-dessus son épaule. Tu ne peux pas comprendre. Nous avons nos méthodes… et nos
150 armes bien à nous ! Nofret ne serait pas mal avisée de modérer son insolence. Après tout, où se passe la vie d'une femme ? Dans les pièces de derrière. Dans les chambres du fond… avec les autres femmes.

Le ton de Satipi était lourd de sous-entendus.

155 — Ton père ne sera pas toujours ici, ajouta-t-elle. Il finira bien par retourner dans ses propriétés du Nord. Et alors… qui vivra verra.

— Satipi !

Mais Satipi éclata à nouveau de rire – un rire dur et haut per-
160 ché – puis disparut dans les profondeurs de la maison.

★

Les enfants jouaient à se courir après au bord du bassin. Il y avait là ceux de Yahmose, deux beaux garçons fins et élancés

notes
1. dans le giron : sous la protection.

qui ressemblaient plus à Satipi qu'à leur père. Et puis les trois enfants de Sobek — le dernier-né n'était encore qu'un bébé
165 qui marchait à peine. Et enfin Téti, jolie fillette de quatre ans au visage grave.

Tous jouaient, criaient, lançaient des balles… Parfois aussi, une dispute éclatait et, avec elle, des hurlements de colère.

Imhotep, qui sirotait sa bière au côté de Nofret, bougonna :
170 — Les enfants adorent jouer au bord de l'eau ! Il en a toujours été ainsi, je me souviens… Mais, par Hathor[1], quel raffut !

— Ça, c'est vrai, s'empressa de renchérir Nofret. Alors qu'on pourrait être si tranquilles ! Pourquoi ne leur dis-tu pas d'aller jouer ailleurs quand tu es ici ? Après tout, si le maître
175 de maison veut se reposer, on doit respecter sa volonté, tu ne trouves pas ?

— Je… Eh bien…

Imhotep hésitait. L'idée était nouvelle, mais pas déplaisante.

— En fait, je n'y faisais pas vraiment attention, protesta-t-il
180 pour la forme. (Et il ajouta mollement :) Ils ont l'habitude de jouer ici quand ils en ont envie.

— Quand tu n'es pas là, d'accord, insista Nofret. Mais, à mon avis, Imhotep, quand on pense à tout ce que tu fais pour eux, ils devraient montrer un peu plus de considération pour ta
185 dignité… pour ton importance. Tu es trop gentil, tu laisses faire…

— Oui, ç'a toujours été mon point faible, soupira Imhotep. Je n'ai jamais attaché d'importance à l'étiquette.

— Et du coup, toutes ces femmes… je veux dire tes belles-
190 filles… en profitent. Quand tu es ici pour te reposer, la règle devrait imposer le silence et le calme. Tiens ! je vais aller dire à Kait d'emmener ses enfants. Et les autres aussi. Comme

notes

1. Hathor : déesse de la Beauté, de la Joie et de l'Amour.

cela, tu auras la paix et tu pourras savourer le plaisir d'être ici.

— Tu penses à tout, Nofret… tu es merveilleuse. Tu te préoc-
195 cupes de mon confort, toi, au moins.

— Ton bien-être est le mien, roucoula Nofret.

Elle se leva et s'approcha de Kait, agenouillée au bord de l'eau et qui jouait avec un petit bateau que son second fils — gar-çonnet manifestement assez gâté — essayait de faire flotter.

200 — Peux-tu emmener les enfants, s'il te plaît, Kait ? lança Nofret sans autre précaution oratoire.

Kait la regarda sans comprendre :

— Les emmener ? Mais qu'est-ce que tu racontes ? Ils jouent toujours ici.

205 — Pas aujourd'hui. Imhotep veut avoir la paix. Tes enfants font trop de bruit.

Le gros visage placide de Kait s'enflamma :

— Tu devrais faire attention à ce que tu dis, Nofret ! Imhotep aime voir ses petits-enfants jouer ici. C'est lui-même qui l'a dit.

210 — Pas aujourd'hui, répéta Nofret. Il m'a envoyée t'intimer l'ordre[1] d'emmener cette bande de petits braillards dans la maison, de façon qu'il puisse se reposer tranquillement… avec moi.

— Avec toi, il peut bien…

215 Kait se mordit les lèvres et ravala la fin de sa phrase. Elle se leva et marcha d'un pas décidé vers Imhotep, étendu sur ses coussins. Nofret la suivit.

— Ta concubine me dit qu'il faut que j'emmène les enfants ? attaqua Kait, peu soucieuse de s'embarrasser de circonlocu-
220 tions[2]. Pourquoi ? Qu'est-ce qu'ils ont fait de mal ? Pour quelle raison devrait-on les chasser ?

---

notes

1. intimer l'ordre : donner un ordre avec autorité.   **2. circonlocutions :** manières.

— Je pensais qu'il suffisait que le maître de maison exprime un désir pour être obéi, susurra Nofret.

— Parfaitement! maugréa Imhotep. Pourquoi devrais-je ₂₂₅ donner des raisons? À qui appartient cette maison?

— C'est elle qui ne veut pas les voir, hein? gronda Kait en toisant Nofret.

— Nofret se préoccupe de mon confort… et de mon bon plaisir, répliqua Imhotep. Personne d'autre sous ce toit ne s'y ₂₃₀ intéresse — sauf peut-être cette pauvre Hénet.

— Donc, les enfants ne peuvent plus jouer ici?

— Pas quand je viens là pour me reposer.

La colère de Kait éclata brusquement :

— Pourquoi laisses-tu cette femme te monter contre les ₂₃₅ enfants de ton propre sang? Faut-il vraiment qu'elle se mêle de tout dans cette maison? Qu'elle trouve à redire à tout ce qui a été fait jusqu'ici?

Imhotep haussa soudain le ton à son tour, comme pressé par le besoin de se justifier :

₂₄₀ — C'est moi qui décide de ce qui doit être fait ici. Pas vous! Vous êtes tous d'accord pour agir à votre guise, pour arranger les choses comme il vous plaît. Et quand moi, le maître de cette maison, je rentre chez moi, personne ne se soucie de savoir de quoi j'ai envie. Mais c'est moi le maître, ici, je te le ₂₄₅ rappelle au cas où tu l'aurais oublié! Je consacre tout mon temps à faire des projets et à travailler pour votre confort! Quelqu'un m'en est-il seulement reconnaissant? Quelqu'un respecte-t-il mes désirs? Non. D'abord, c'est Sobek qui est insolent et qui me manque de respect. Et maintenant c'est ₂₅₀ toi, Kait, qui veux m'intimider. Pourquoi est-ce toujours moi qui dois tout supporter? Faites attention… sinon, je pourrais bien cesser de vous entretenir. Sobek menace de partir. Eh bien, qu'il parte! Et qu'il vous emmène, vos enfants et toi!

Kait demeura un instant pétrifiée. Son gros visage placide

255 semblait privé d'expression. Puis elle capitula, d'un ton qui ne laissait pas transparaître la plus infime émotion :
— Je vais faire rentrer les enfants à la maison.
Elle fit un pas, puis deux, et s'arrêta devant Nofret.
— Tout ça, c'est ton œuvre, Nofret, maugréa-t-elle dans un
260 souffle. Je ne l'oublierai pas. Oh ! non, sois sans crainte, je ne l'oublierai pas…

Les pyramides de Gizeh, vues du désert, en janvier 1955.

Au fil du texte

336-7762

QUE S'EST-IL PASSÉ ?

1. Après avoir présenté sa concubine, Imhotep dialogue avec Hénet qui _approuve_ son choix mais essuie les _moqueries_ d'Ésa. Il écoute ensuite les explications de son fils _Sobek_ qui a vendu le bois d'œuvres et se met en colère. La dispute éclate, et, lorsque le fils d'Imhotep s'éloigne, _Nofret_ se moque de lui. C'est ensuite au tour de _Yahmose_ de recevoir les réprimandes d'Imhotep. Comment a-t-il pu laisser faire ? Mais Nofret interrompt la conversation. _Satipi_ survient et se fâche à son tour. Elle reproche à _Yahmose_ sa faiblesse. Pendant ce temps-là, _Teti_, la fille de Renisenb, s'amuse avec les _3_ enfants de Sobek et les _2_ garçons de Yahmose…

AVEZ-VOUS BIEN LU ?

2. Qui reproche à Imhotep l'achat de bijoux et de vêtements pour la concubine ? _Sobek._

3. Qui soutient Imhotep et affirme que « _tous dépendent de lui_ » ? _Hénet._

4. Qui Imhotep qualifie-t-il de garçon obéissant ?

5. Qui cite volontiers des dictons ? _Ésa_ _proverbes Yahmose_

6. Quel est le dernier personnage à manifester son irritation contre Nofret dans le chapitre 4 ? _Kait_

ÉTUDIER LES PERSONNAGES

7. Faites un tableau des personnages qui profèrent des menaces dans le chapitre 4.

8. Contre qui profèrent-ils des menaces ?

Imhotep – soleil
" – Iahmosé
Iahmosé – satipé
Kaït – Nofret

ÉTUDIER LE VOCABULAIRE

9. Quel est le sens et l'étymologie★ du mot « *pétrifié* » ? Cherchez les mots formés sur la même racine. *pétrification, pétrifiant, pétra*
paralyser par une émotion très forte. *pierre, pétrole, pétro...*

étymologie : origine d'un mot.

ÉTUDIER LE DISCOURS

10. Relevez les verbes introducteurs du dialogue dans la dernière conversation de ces chapitres (entre Nofret, Kaït et Imhotep) et classez-les en deux colonnes : ceux qui traduisent un sentiment, ceux qui sont neutres.
Ex. « *répliqua-t-elle* » (neutre) / « *ronchonna-t-elle* » (sentiment).

ÉTUDIER LE GENRE

11. Un roman policier suppose au moins une victime, un enquêteur et un coupable : ces personnages sont-ils présents dans le roman jusqu'ici ? *Non*

12. Qui verriez-vous tenir ces différents rôles parmi les personnages présents ? *enquêteur – Renisenb et Horé*
victime – Nofret
coupable – Satipé

ÉTUDIER L'ÉCRITURE

13. Étudiez la description de Nofret. Quels sont les éléments importants soulignés par la description ? *Sourcil, teint, cils*

14. Les portraits (des personnages) sont-ils très détaillés ? *Non*

LIRE L'IMAGE

Voir documents, pp. 44 et 57.

15. Situez ces pyramides sur une carte de l'Égypte. Quelle est la ville importante la plus proche?

16. Comparez une pyramide d'Amérique avec ces pyramides égyptiennes. Sont-elles rigoureusement identiques?

À VOS PLUMES !

17. Imaginez le premier dialogue entre Ésa et Nofret. Vous utiliserez des verbes introducteurs variés (parmi ceux que vous avez répertoriés dans la question 10) et une présentation typographique appropriée.

DÉBAT

18. Qu'est-ce qu'un archéologue?

19. Ce métier vous intéresserait-il? Quels arguments pouvez-vous donner pour justifier votre choix?

RECHERCHES ET EXPOSÉS

20. Nofret vient du Nord, de Memphis… (Lire la présentation historique, p. 327.)
Recherchez des informations au C.D.I. sur la ville de Memphis et sur son importance durant l'Antiquité égyptienne. Quels sont les sites archéologiques les plus proches de cette ville?

Chapitre 5

4ᵉ MOIS DE L'INONDATION, 5ᵉ JOUR

le départ d'Imhotep

5 novembre

Imhotep poussa un soupir de satisfaction après l'exécution du rituel qu'il conduisait au titre de prêtre de la maison des morts. Il l'observait avec un soin méticuleux car il était infiniment respectueux de la tradition. Il avait rempli les coupes, brûlé l'encens et fait les traditionnelles offrandes de nourriture et de boisson.

Ensuite, rejoignant Hori qui l'attendait dans la fraîcheur de la chambre creusée à même le roc près du Tombeau, Imhotep redevint le propriétaire terrien et le commerçant avisé. Les deux hommes se mirent à parler affaires : cours des denrées, bénéfices qu'on pourrait tirer des céréales, des troupeaux et du bois d'œuvre.

Au bout d'une demi-heure, satisfait, Imhotep hocha la tête :

– Tu as un grand sens des affaires, Hori.

Ce dernier sourit :

– Comment pourrait-il en aller autrement, Imhotep ? Je m'occupe des tiennes depuis de nombreuses années, maintenant.

– Et l'on peut se fier à toi. À présent, j'ai un problème d'un tout autre ordre à discuter avec toi. Cela concerne Ipi : il se plaint de ne jouer aucun rôle dans le domaine.

– Il est encore très jeune.

– Oui, mais il semble avoir de grandes capacités. Il trouve ses frères injustes. Sobek se serait montré désagréable et autoritaire avec lui. Et il est exaspéré par la prudence et le côté timoré[1] de Yahmose. Ipi a du caractère. Il n'aime pas recevoir d'ordres. Moi, son père, je suis le seul à ses yeux qui ait le droit de lui en donner.

notes

1. timoré : indécis, craintif.

– C'est vrai, approuva Hori. Mais j'ai par ailleurs remarqué un point faible dans l'organisation du domaine. Puis-je te parler librement ?

– Je t'écoute, mon bon Hori. Tes propos sont toujours réfléchis et pleins de bon sens.

– Eh bien, voici : quand tu t'absentes, Imhotep, quelqu'un ici devrait être détenteur d'une autorité réelle.

– C'est à Yahmose et à toi que je confie mes affaires…

– Et nous agissons selon ta volonté en ton absence… Mais ce n'est pas suffisant. Pourquoi ne désignes-tu pas un de tes fils comme ton associé… avec un contrat en bonne et due forme ? Les sourcils froncés, Imhotep se mit à faire les cent pas :

– Auquel de mes fils songes-tu ? Sobek a l'autorité nécessaire, mais c'est un insubordonné, un rebelle à qui je ne peux pas faire confiance. Sans compter qu'il a mauvais caractère.

– Je pensais à Yahmose. C'est ton fils aîné. Il est bon, affectueux. Et il t'est tout dévoué.

– Oui, il a bon caractère… mais il est trop timide, trop hésitant. Il se laisse mener par le bout du nez. Ah ! si seulement Ipi était un peu plus âgé…

– Donner le pouvoir à un homme trop jeune est toujours dangereux, se dépêcha de faire observer Hori.

– C'est vrai… c'est vrai… Eh bien, Hori, je vais réfléchir à ce que tu m'as dit. Yahmose est un bon fils… un fils obéissant…

Sans se départir de sa déférence[1], Hori s'empressa néanmoins d'approuver :

– Je crois que ce serait une sage décision.

– Qu'as-tu en tête, Hori ? voulut savoir Imhotep.

– Je viens de dire à l'instant qu'il est dangereux de donner le pouvoir à un homme trop jeune, répondit lentement Hori.

notes

1. déférence : respect.

Mais il est tout aussi dangereux de le donner trop tard.

– Tu veux dire que Yahmose a trop pris l'habitude d'exécuter mes ordres au lieu d'en donner ? Ma foi, il y a du vrai là-dedans.

65   Il soupira :

– Ah ! gouverner une famille n'est pas une sinécure[1] ! Les femmes, surtout, sont d'un maniement malcommode. Satipi a un tempérament de mégère et Kait passe son temps à bouder. Mais je les ai prévenues : Nofret doit être traitée avec les égards

70   qui lui sont dus. Il me semble que j'ai le droit d'exiger que…

Il s'interrompit. Un esclave grimpait en courant l'étroit sentier.

– Qu'y a-t-il ?

– Maître !… Un bateau vient d'accoster. Un scribe qui dit s'appeler Kameni t'apporte un message de Memphis.

75   Imhotep bondit sur ses pieds.

– Encore des ennuis ! s'exclama-t-il. Aussi sûr que Rê vogue dans les cieux, de nouveaux ennuis se préparent. Si je ne suis pas tout le temps sur la brèche[2] pour veiller au grain, tout va de travers !

80   Il dévala le sentier en faisant trembler la terre sous ses pas et Hori le suivit des yeux sans bouger.

Tout, dans son visage, trahissait l'inquiétude.

★

Renisenb errait depuis un moment sans but sur la rive du Nil quand elle entendit soudain du tapage et vit des gens se pré-

85   cipiter vers le débarcadère.

Elle courut les rejoindre. Debout dans un bateau, un jeune

---

notes

1. une sinécure : une situation de tout repos.

2. (être) sur la brèche : (être) vigilant.

homme dirigeait l'accostage et, lorsqu'elle vit sa silhouette se profiler à contre-jour, Renisenb eut un coup au cœur.

Une idée folle lui traversa l'esprit. « C'est Khay, pensa-t-elle.
90 Khay qui revient du Monde Souterrain. »

Puis elle rit d'elle-même et de son imagination superstitieuse. Pour elle, Khay naviguait toujours sur le Nil et, à la vue de ce jeune homme qui avait à peu près la stature de Khay... son esprit s'était enflammé. Mais celui-là était plus jeune que
95 Khay. Doté d'une grâce tout à la fois élégante et souple, il avait un visage gai, rieur.

Il venait, leur expliqua-t-il à tous, du domaine que possédait Imhotep dans le Nord. Il était scribe et se nommait Kameni.
100 Un esclave fut dépêché pour prévenir Imhotep, et Kameni fut conduit à la maison où on lui servit à manger et à boire. Puis Imhotep arriva et une conversation animée s'engagea entre les deux hommes.

Grâce à Hénet, habituelle pourvoyeuse de nouvelles, le bruit
105 filtra jusqu'aux chambres des femmes. Renisenb se demandait parfois comment la vieille femme parvenait à être au courant de tout.

D'après ce qu'elle comprit, Kameni, jeune scribe au service d'Imhotep, dont il était d'ailleurs petit-cousin, avait décou-
110 vert des opérations frauduleuses et des falsifications comptables. L'affaire semblant en outre avoir de nombreuses ramifications et mettre en cause les régisseurs mêmes du domaine, il avait jugé préférable de se rendre en personne dans le Sud pour faire son rapport à Imhotep.
115 Tout cela n'intéressait guère Renisenb. Un bon point cependant pour Kameni qui avait eu le flair de lever un tel lièvre[1]. Imhotep serait content de lui.

notes

1. lever un lièvre : découvrir une affaire étrange.

Entrée du mastaba de la pyramide de Chéops.

Le résultat immédiat de l'affaire fut qu'Imhotep commença aussitôt ses préparatifs de départ. Il n'était pas dans ses inten-
120   tions de partir avant deux mois, mais, vu les circonstances, plus tôt il serait là-bas et mieux cela vaudrait.

Toute la maisonnée fut convoquée, d'innombrables exhorta-tions[1] et recommandations furent prodiguées. Il fallait faire ceci, il fallait faire cela. Yahmose était sommé de ne faire telle
125   ou telle chose sous aucun prétexte. Sobek quant à lui devrait observer la plus grande prudence en ce qui concernait… Tout, pensa Renisenb, se déroulait comme d'habitude. Yahmose écoutait avec attention, Sobek grognonnait dans son coin et Hori, égal à lui-même, se montrait calme et effi-
130   cace. Seules les remarques et les sollicitations d'Ipi furent écartées avec une note d'agacement nouvelle :

– Tu es trop jeune pour que je te confie une responsabilité. Obéis à Yahmose. Il sait ce que je veux, il a reçu mes instruc-tions. Je te fais confiance, Yahmose, ajouta-t-il, une main
135   posée sur l'épaule de son fils aîné. Quand je reviendrai, nous reparlerons de cette fameuse association.

Sur le coup, Yahmose rougit de plaisir et se redressa.

– En attendant, poursuivit Imhotep, veille à ce que tout se passe bien en mon absence. Que ma concubine soit bien trai-
140   tée, avec le respect et la considération qui lui sont dus. Je te la confie. Il te revient de surveiller la conduite des femmes dans la maison. Que Satipi tienne sa langue. Et que Sobek fasse la leçon à Kait. Renisenb, elle aussi, devra se montrer aimable envers Nofret. En outre, je tiens à ce que vous ne tourmen-
145   tiez pas notre bonne Hénet. Les femmes, je le sais, la trouvent parfois un peu exaspérante. Elle est ici depuis longtemps et j'estime que cela lui donne le droit de dire ce qu'elle pense

notes

1. exhortations : conseils ou ordres.

même si ce n'est pas toujours agréable à entendre. Elle n'est ni belle ni très fine, c'est vrai, mais on peut lui faire confiance,
150 ne l'oubliez pas, car elle m'a toujours été dévouée. Je ne veux ni qu'on la méprise ni qu'on en dise du mal.

– Tout sera fait comme tu le demandes, promit Yahmose. Mais sache qu'Hénet a parfois la langue bien longue.

– Peuh! Sornettes[1]! Toutes les femmes ont la langue bien
155 pendue! Hénet pas plus qu'une autre. Maintenant, en ce qui concerne Kameni, il restera ici. Un autre scribe ne sera pas de trop et il aidera Hori. Quant aux terres que nous avons louées à cette dénommée Yaii…

Suivit une myriade de[2] détails à prendre en considération.

160 Quand enfin il fut prêt à partir, Imhotep éprouva soudain un sentiment d'inquiétude. Il prit Nofret à part et s'enquit, avec mille précautions :

– Nofret, es-tu bien sûre de vouloir rester ici? Ne serait-il pas préférable – qui sait? – que tu viennes après tout avec moi?
165 Nofret secoua la tête et minauda[3] :

– Tu ne seras pas longtemps absent.

– Trois mois… peut-être quatre, qui sait?

– Tu vois bien! Ce ne sera pas long! Je serai très heureuse ici.

Imhotep céda à son goût de l'emphase :
170 – J'ai enjoint à[4] Yahmose – et à travers lui à tous mes fils – de te traiter avec toute la considération qu'ils te doivent. Quiconque me désobéira s'en mordra les doigts!

– Ils feront ainsi que tu en as décidé, j'en suis sûre, Imhotep.

Elle marqua un temps d'hésitation, puis reprit :
175 – Y a-t-il quelqu'un ici en qui je puisse avoir une absolue

notes

1. **Sornettes :** Mensonges.

2. **une myriade de :** un ensemble de.

3. **minauda :** fit des manières.

4. **enjoint à :** demandé à.

confiance ? Quelqu'un qui soit tout dévoué à tes intérêts ? Je veux dire… en dehors des membres de la famille.

— Hori… mon bon Hori ! C'est mon bras droit. Un homme de bon sens et de grand discernement.

180 — Oui, mais Yahmose et lui s'entendent comme les deux doigts de la main, fit lentement Nofret, insinuante. Peut-être que…

— Il y a Kameni. C'est un scribe, lui aussi. Je vais lui ordonner de se mettre à ton service. S'il est quoi que ce soit dont tu aies à te plaindre, tu lui dicteras un message qu'il me transmettra.

185 — C'est une très bonne idée, approuva Nofret. Kameni vient du Nord. Il connaît mon père. Il ne se laissera pas influencer par ta famille.

— Et puis Hénet ! s'exclama Imhotep. Il y a Hénet !

— Oui, fit pensivement Nofret. Il y a Hénet. Si tu lui en par-
190 lais maintenant, là, devant moi ?

— Excellente idée !

On envoya chercher Hénet qui accourut tout en se lamen-tant, comme à son habitude, sur le départ imminent d'Imhotep. Mais celui-ci l'interrompit sans ménagement :

195 — Oui, oui, ma bonne Hénet… mais c'est comme cela. Je peux rarement espérer trouver un peu de paix et de repos. Je dois sans cesse être par monts et par vaux pour ma famille, et ceci même s'ils sont bien peu à m'en être reconnaissants. Ce que j'ai à te dire est de la plus haute importance. Je sais com-
200 bien tu m'aimes et, par conséquent, je veux te charger d'une mission de confiance. Veille sur Nofret que voici. Elle est très chère à mon cœur.

— Quiconque est cher à ton cœur est cher au mien, maître, déclara Hénet avec ferveur.

205 — Très bien. Tu te dévoueras donc aux intérêts de Nofret…

Hénet se tourna vers Nofret qui l'observait entre ses longs cils.

— Tu es très belle, Nofret, dit-elle. Trop belle. C'est là l'ennui. C'est la raison qui fait que les autres sont jalouses… Mais moi,

je veillerai sur toi… Et je te tiendrai au courant de tout ce que
j'entends, de tout ce que je vois. Tu peux compter sur moi !
Les regards des deux femmes se croisèrent un long moment.
— Tu peux compter sur moi, répéta Hénet.
Un petit sourire étira les lèvres de Nofret. Un étrange petit
sourire.
— J'ai compris, Hénet, dit-elle. Je pense en effet pouvoir
compter sur toi.
Imhotep s'éclaircit bruyamment la gorge :
— Eh bien, j'ai l'impression que tout est réglé… oui… que
tout est pour le mieux. L'organisation, ç'a toujours été mon
point fort.
Un ricanement aigrelet[1] s'éleva. Imhotep fit volte-face et
découvrit sa mère, debout sur le seuil. Elle s'appuyait sur sa
canne et lui parut plus desséchée et plus oiseau de mauvais
augure que jamais.
— Quel fils merveilleux j'ai là ! lança-t-elle.
— Euh… je n'ai pas le temps… j'ai encore des instructions à
donner à Hori…
Et, marmonnant d'un air important mais sortant en trombe,
Imhotep évita de croiser le regard maternel.
D'un signe de tête impératif, Ésa congédia Hénet qui s'em-
pressa d'obéir en disparaissant à son tour.
Nofret s'était levée. Ésa et elle se regardèrent dans le blanc des
yeux.
— Mon fils te laisse derrière lui ? demanda Ésa. Tu ferais mieux
de le suivre, Nofret.
— Il souhaite me voir rester ici.
La voix de Nofret était douce et soumise. Ésa ricana de plus
belle :

notes
1. aigrelet : ironique.

— Son souhait n'aurait pas pesé lourd si toi, tu avais eu envie de
240 le suivre ! Et pourquoi n'en as-tu pas envie ? Je ne te comprends
pas. Qu'y a-t-il, ici, qui t'intéresse ? Tu es une fille de la ville, tu
as sans doute voyagé… Pourquoi choisis-tu la monotonie de la
vie quotidienne ici… au milieu de gens qui… soyons francs…
ne t'aiment guère… et qui même te détestent ?
245 — Ainsi, vous aussi, vous me détestez ?
Ésa secoua la tête :
— Non… pas moi. Je suis vieille et, bien que ma vue ait beaucoup baissé… je peux encore voir la beauté et m'en réjouir.
Tu es belle, Nofret, et mes yeux fatigués prennent plaisir à te
250 regarder. À cause de ta beauté, je te veux du bien. Alors, laisse-
moi te donner un conseil : accompagne mon fils dans le Nord.
— Il souhaite me voir rester ici, répéta Nofret.
Mais cette fois, le ton soumis était nettement teinté d'ironie.
— En t'incrustant ici, tu poursuis un but, répliqua vertement
255 Ésa. Lequel ? Je me le demande. Bah ! et puis qu'importe !
C'est toi que ça regarde. Seulement, sois prudente. Regarde
bien où tu mets les pieds. Et ne fais confiance à personne.
Pivotant brusquement sur ses talons, elle se dirigea vers la
porte.
260 Nofret, elle, ne bougea pas d'un pouce. Un sourire naquit sur
ses lèvres et, lentement, s'épanouit — un sourire qui avait
quelque chose de félin.

Chapitre 6
1er MOIS DE L'HIVER, 4e JOUR

Renisenb avait pris l'habitude de
monter presque chaque jour au
Tombeau. Parfois, elle y retrouvait
Yahmose et Hori, parfois, seule-
5 ment Hori, d'autres fois encore, il n'y avait personne… Mais
elle y ressentait toujours une curieuse impression de paix et de

détente. Presque d'évasion. Sa préférence allait pourtant aux moments qu'elle y passait en tête-à-tête avec Hori. Il y avait dans son air grave, dans son absence de curiosité sur ce qui lui
10 valait la visite de la jeune femme, quelque chose qui donnait à Renisenb un étrange sentiment de plaisir. Elle s'accroupissait dans l'ombre du seuil, à l'entrée de la petite pièce taillée dans le roc, un genou entre ses bras croisés, et contemplait l'étendue verte des cultures au milieu desquelles le Nil déployait son
15 scintillant ruban bleu pâle et, plus loin, les tons pastel, fauve, crème et rose qui se fondaient en un doux camaïeu[1].
Lorsqu'elle y était venue pour la première fois, il y avait de ça plusieurs mois déjà, c'était comme mue par l'envie soudaine d'échapper au monde féminin dans lequel elle se sentait
20 enfermée. Elle avait besoin de calme et d'amitié… et elle les avait trouvés là. L'envie de s'échapper était toujours en elle, mais ce n'était plus seulement parce qu'elle exécrait le bruit et l'agitation qui régnaient dans les chambres du fond. C'était pour une raison plus précise et plus diffuse tout à la fois, et
25 surtout plus inquiétante.

– J'ai peur, déclara-t-elle un jour tout de go[2] à Hori.

– De quoi as-tu peur, Renisenb ? demanda Hori en étudiant ses traits avec sérieux et gravité.

Renisenb réfléchit un instant.

30 – Tu te souviens de m'avoir dit un jour qu'il y avait deux sortes de maux ? répondit-elle lentement. Les uns qui nous viennent de l'extérieur et les autres qui nous rongent en dedans de nous ?

– Oui, je t'ai dit ça.

35 – Tu m'as expliqué ensuite que tu parlais des fléaux qui

notes

1. camaïeu : peinture où l'on n'emploie qu'une seule couleur avec des tons différents.

2. tout de go : directement, sans détour.

ravagent les fruits et les céréales, mais je n'ai pas tardé à me dire que… qu'il en allait de même avec les gens.

Hori hocha la tête :

— Alors, tu as compris cela… Oui, tu as raison, Renisenb.

— Or, c'est ce qui se passe en ce moment ! éclata la jeune femme. Là, dans la maison. Un mauvais génie s'y est introduit… et il vient de l'extérieur ! Et je sais qui l'a amené. C'est Nofret.

— Tu le penses vraiment ? demanda doucement Hori.

Renisenb hocha la tête avec vigueur :

— Oh oui ! Je sais ce que je dis. Écoute, Hori : la première fois que je suis montée jusqu'ici, je t'ai affirmé que tout était comme avant… jusqu'aux disputes de Satipi et Kait qui n'avaient pas changé, qui étaient toujours leurs disputes d'autrefois… et c'était vrai. Mais ces disputes-là, Hori, n'étaient pas de vraies disputes. Je veux dire par là que Satipi et Kait aimaient se disputer, que c'était pour elles une façon de passer le temps, et qu'aucune des deux ne voulait le moindre mal à l'autre. Tandis que, maintenant, c'est différent. Maintenant, elles ne se contentent plus de se dire des choses désagréables ou déplaisantes : elles se disent des vérités qui blessent et qui font mal… Et quand elles voient qu'elles ont visé juste, elles jubilent ! C'est atroce, Hori… atroce ! Hier, Satipi était tellement en colère qu'elle a planté une longue épingle d'or dans le bras de Kait… Et, il y a de ça un ou deux jours, Kait a laissé tomber une grande bassine pleine d'huile bouillante sur le pied de Satipi. Et c'est partout pareil… Satipi harcèle Yahmose jusque tard dans la nuit : tout le monde les entend ! Du coup, Yahmose a l'air malade, fatigué, on dirait un animal blessé. Quant à Sobek, il va au village voir les femmes, il en revient ivre, en beuglant des injures et en clamant qu'il est le plus intelligent de tous !

— J'en ai entendu parler, convint calmement Hori. Mais pourquoi en rendre Nofret responsable ?

– Parce que c'est son œuvre ! Tout démarre à partir d'un petit
70 mot qu'elle lâche, d'une petite phrase qui fait mouche. Elle
est comme l'aiguillon avec lequel on pique les bœufs. Et elle
est maligne, tu sais : elle a l'art de dire exactement ce qui fera
monter la tension. J'en viens même à me demander parfois si
ce n'est pas Hénet qui lui souffle ses répliques.
75 – Oui, opina Hori, pensif. Ça n'est pas impossible.
Renisenb frissonna :
– Je n'aime pas Hénet. Je déteste la voir fureter partout. Elle
nous est en principe entièrement dévouée à tous, mais personne n'en veut, de son dévouement ! Comment ma mère a-
80 t-elle bien pu l'amener ici et s'enticher d'elle à ce point ?
– Nous ne possédons là-dessus que la version d'Hénet, fit
observer Hori.
– Et pourquoi Hénet s'est-elle entichée de Nofret au point
de la suivre partout et de passer son temps à lui chuchoter des
85 choses à l'oreille ? Oh ! Hori, je te dis que j'ai peur ! Je déteste
Nofret ! Je voudrais qu'elle s'en aille ! Elle est belle, elle est
cruelle, elle est mauvaise !
– Quelle enfant tu fais, Renisenb. Tiens ! ajouta-t-il sans autrement s'émouvoir, la voilà justement qui monte vers nous.
90 Renisenb tourna la tête. Ils la regardèrent tous deux escala-
der lentement le raidillon[1] qui suivait le flanc de la falaise. Elle
se souriait à elle-même et fredonnait entre ses dents.
Lorsqu'elle les eut rejoints, elle regarda autour d'elle et sourit encore – d'un sourire narquois, cette fois :
95 – C'est donc pour venir ici que tu disparais tous les jours,
Renisenb ?
Renisenb ne répondit pas. Elle était furieuse… furieuse et

notes

1. raidillon : petit sentier en
pente raide.

Vue aérienne du site de Deir el-Bahari.

vexée, comme une gamine dont la cachette vient d'être découverte.

100 Nofret jeta un nouveau regard circulaire :

– Et voilà le fameux Tombeau ?

– Comme tu dis, Nofret, acquiesça Hori.

Elle le dévisagea avec un petit sourire félin :

– Je ne doute pas que tu le trouves rentable, Hori. Tu t'y

105 entends en affaires, m'a-t-on dit...

Il y avait un soupçon de malice dans sa voix, mais Hori resta de marbre et rien ne vint altérer son sourire grave et sérieux :

– Il est rentable pour nous tous... La mort est toujours source de profit...

110 Nofret ne put réprimer un petit frisson tandis que son regard

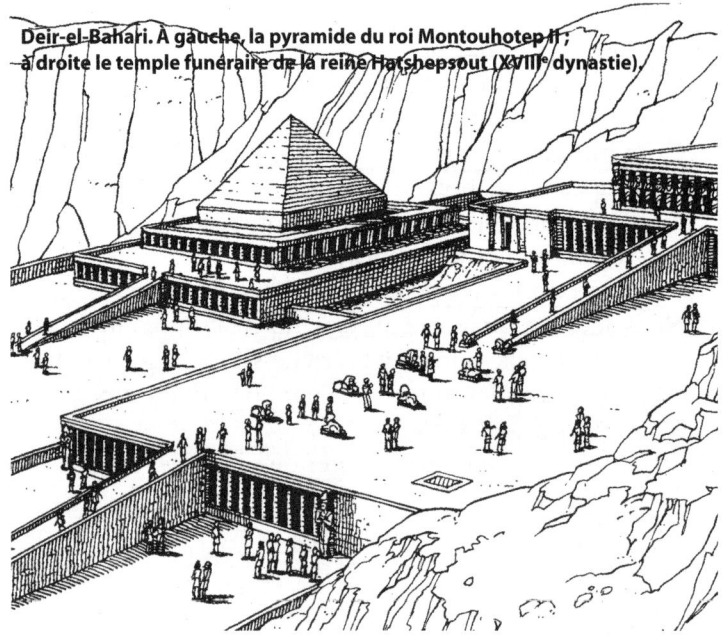

**Deir-el-Bahari. À gauche, la pyramide du roi Montouhotep II ;
à droite le temple funéraire de la reine Hatshepsout (XVIIIe dynastie).**

glissait des tables d'offrandes à l'entrée du sanctuaire avec sa
stèle fausse-porte[1], seul lien avec le royaume des morts.

– Eh bien, moi, je hais la mort ! s'étrangla-t-elle presque.

– Tu as tort, rétorqua Hori d'un ton toujours aussi calme. La
115   mort est la principale source de richesse de l'Égypte. C'est à

notes

1. stèle fausse-porte :
dalle en pierre recouverte
d'inscriptions accompagnées
souvent de dessins coloriés
ou sculptés en relief, la stèle
est souvent placée dans les
tombeaux égyptiens pour
commémorer le défunt. Dans

les plus anciens mastabas
(tombeaux ; cf. p. 65), on
plaçait du côté tourné vers
le soleil levant une stèle
représentant une porte
fermée (stèle fausse-porte)
où étaient inscrits le nom et
les fonctions du défunt.

La stèle « fausse-porte », qui
se trouvait dans la chapelle
des tombes, devait alors
permettre au mort de
communiquer avec le monde
des vivants et de consommer
magiquement les offrandes
servies par le prêtre du ka.

la mort que tu dois les bijoux que tu portes, Nofret. La mort te nourrit, elle t'habille.

Elle le foudroya du regard :

– Que veux-tu dire ?

120 – Qu'Imhotep est prêtre du ka. Prêtre de la mort. Ses terres, ses troupeaux, ses bois, ses champs de lin, ses céréales, il les a reçus pour prix de l'entretien du Tombeau.

Il se tut un instant puis reprit, songeur :

– Nous sommes un peuple étrange, nous autres Égyptiens.

125 Nous adorons la vie, et pourtant, nous pensons sans cesse à la mort. C'est à elle que vont les richesses de l'Égypte : dans les pyramides, dans les tombes et l'entretien des tombes.

Nofret réagit avec violence :

–Veux-tu bien, je te prie, arrêter de parler de la mort, Hori !

130 J'ai horreur de ça !

– Parce que tu es une vraie Égyptienne, parce que tu aimes la vie, parce que – parfois – tu sens l'ombre de la mort toute proche…

–Arrête !

135 Elle faillit se jeter sur lui. Puis, haussant les épaules, elle se détourna et reprit le sentier pour descendre.

Renisenb poussa un soupir de satisfaction.

– Je suis bien contente qu'elle soit partie ! fit-elle, puérile. Tu lui as fait peur, Hori.

140 – C'est vrai… Mais toi, Renisenb ? Est-ce que je t'ai fait peur, à toi aussi ?

– N-non, fit-elle d'une voix point trop assurée. Tout ce que tu as dit est vrai, mais je n'y avais jamais pensé comme cela. Mon père est un prêtre de la mort…

145 – L'Égypte tout entière est obsédée par la mort ! reprit Hori avec une soudaine amertume. Et tu sais pourquoi, Renisenb ? Parce que nous ne voyons qu'avec les yeux de notre corps, jamais avec ceux de notre âme. Nous ne pouvons concevoir

une vie autre que celle-ci, une vie après la mort. Tout ce dont
150   nous sommes capables, c'est de nous représenter une sorte de
prolongement de celle que nous connaissons. Nous ne
croyons pas vraiment en un dieu.

Au comble de la stupéfaction, Renisenb écarquilla les yeux :

— Comment peux-tu dire cela, Hori ? Nous avons au contraire
155   beaucoup, beaucoup de dieux[1]… Nous en avons même tellement que je ne les connais pas tous. Hier soir, justement, nous
faisions la liste de nos dieux préférés. Sobek s'est voué à
Sekhmet, la déesse lionne qui assouvit sa colère dans le sang,
tandis que Kait ne s'adresse qu'à Meskhenet, la déesse de la
160   Naissance. Comme de bien entendu, Kameni ne jure que par
Thot, le dieu des Scribes et de la Sagesse. Satipi est pour
Horus à tête de faucon, et aussi pour Meresir, notre dieu à
tous. Yahmose prétend que Ptah doit être vénéré parce qu'il
est à l'origine de toutes choses. Moi-même, j'adore Isis, la
165   déesse amante, épouse et mère. Et Hénet est entichée de

notes

1. Dans cette liste de dieux protecteurs, Agatha Christie a choisi avec beaucoup de subtilité des divinités adaptées à la personnalité de ceux qui les invoquent. Sobek, le fougueux, l'impulsif, ne jure que par la déesse-lionne Sekhmet, manifestation de la colère divine et qui l'assouvit dans le sang. Kait, sa femme dévouée, mère avant tout, s'est mise sous la protection de Meskhenet, déesse mineure de la Naissance, assistante d'Hathor. Kameni, bien sûr, invoque Thot, le dieu des Scribes et de la Sagesse.

Satipi, la maîtresse femme, l'épouse de Yahmose, c'est Horus qui l'inspire, le dieu tout-puissant dans lequel Pharaon lui-même s'est divinisé, ainsi que Meresir, le dieu local, sans doute plus accessible pour les problèmes quotidiens. Quant à Yahmose, le révérencieux et raisonnable Yahmose, c'est curieusement Ptah qu'il adore, le démiurge qui a créé le monde par la pensée et par les lèvres, le dieu le plus cérébral de l'Égypte ancienne, dont le clergé s'est élevé à une pensée réellement philosophique.

Que Renisenb cite Isis n'est pas pour surprendre : Isis, déesse amante, épouse et mère, la grande déesse qui a gardé de fervents adorateurs jusque chez les Romains et plus tard encore.
Enfin, Hénet trahit bien ses ambitions en se mettant sous la protection d'Amon, dieu local de Thèbes aux origines, bientôt dieu dynastique avant de devenir au Nouvel Empire le roi des dieux, au clergé tout-puissant.
(Note du Traducteur)

notre dieu local, Amon[1]. Elle raconte qu'une prophétie court parmi les prêtres, selon laquelle Amon sera un jour le plus grand dieu de toute l'Égypte… Alors, elle profite de ce qu'il n'est encore qu'un petit dieu pour lui apporter ses offrandes.

170 Et il y a Rê, le dieu du Soleil, et Osiris, qui préside au pesage de l'âme des morts.

Elle s'interrompit, hors d'haleine. Hori eut un sourire amusé :

— Et selon toi, Renisenb, quelle est la différence entre un dieu 175 et un homme ?

Elle le regarda, prise de court :

— Eh bien, les dieux sont… Ils sont magiques.

— C'est tout ?

— Je ne comprends pas ta question.

180 — Je veux dire que, pour toi, un dieu est seulement un homme ou une femme qui peut faire ce que les hommes et les femmes ordinaires ne peuvent pas faire.

— Tes paroles sont bien étranges. Je ne te comprends pas.

Elle lui lança un regard perdu. Puis, comme elle baissait les 185 yeux sur la vallée, quelque chose attira son attention.

— Regarde ! cria-t-elle. Nofret parle avec Sobek. Elle rit et… Oh ! s'exclama-t-elle. Non… non, ce n'est rien. J'ai cru qu'il allait la gifler. Elle retourne vers la maison, maintenant. Et lui, il monte ici.

190 Sobek, en effet, les rejoignit bientôt, sombre comme un nuage d'orage.

— Qu'un crocodile la dévore ! s'écria-t-il. Mon père s'est conduit de façon encore plus stupide que d'habitude quand il l'a prise pour concubine !

notes

1. Amon : à l'origine, dieu local de Thèbes. Son nom signifie « cacher ». Quand il devint le premier des dieux, des richesses inouïes s'amassèrent dans ses temples. Il fut tardivement supplanté par Osiris.

195 — Qu'est-ce qu'elle t'a dit ? s'enquit bizarrement Hori.

— Elle m'a insulté, comme d'habitude ! Elle m'a demandé si mon père m'avait chargé de vendre une nouvelle coupe de bois. Une vraie langue de vipère. J'aimerais la tuer !

Il marcha jusqu'à l'extrême bord du terre-plein qui s'éten-
200 dait devant la tombe, ramassa un fragment de roche et le lança dans la vallée. Le bruit qu'il fit en rebondissant tout au long de la pente sembla le soulager. Il en souleva un plus gros mais fit aussitôt un bond en arrière tandis qu'un serpent, lové dessous, déroulait ses anneaux. Le reptile se dressa de toute sa
205 hauteur, rejeta la tête en arrière en sifflant et Renisenb vit qu'il s'agissait d'un cobra.

Sobek saisit alors un gourdin et attaqua le cobra de front. Un coup bien ajusté lui brisa les vertèbres mais Sobek continua à frapper, la tête rejetée en arrière, les yeux étincelants, aha-
210 nant[1] et vociférant un chapelet de mots que Renisenb n'en-tendait qu'à moitié et qu'elle ne parvenait pas à déchiffrer.

Elle se mit à hurler :

— Arrête, Sobek, arrête… Tu vois bien qu'il est mort !

Sobek se calma et lança au loin le gourdin en riant :
215 — Un serpent venimeux de moins sur cette Terre !

Sa bonne humeur revenue, il continua à rire et entreprit de redescendre le sentier.

— Je crois que Sobek… aime tuer, murmura Renisenb à voix basse.
220 — Oui.

C'était un acquiescement sans surprise aucune. Hori se contentait de confirmer un fait dont il était depuis longtemps parfaitement conscient.

Renisenb ne put s'empêcher de le dévisager, sourcils levés.

notes
1. ahanant : peinant.

225 — Les serpents sont dangereux, articula-t-elle avec lenteur. Mais… mais ce cobra était tellement beau…

Elle contempla à ses pieds le cadavre du reptile broyé, tordu. Et, sans qu'elle sût pourquoi, son cœur se mit à battre plus vite.

— Je me souviens qu'un jour que nous étions encore enfants,
230 se mit à raconter rêveusement Hori, Sobek s'est battu avec Yahmose. Yahmose était son aîné d'un an mais Sobek était plus grand et plus fort. Il lui cognait la tête contre le sol. Votre mère est accourue et les a séparés. Je la vois encore penchée sur Yahmose et criant : « Il ne faut pas faire des choses pareilles,
235 Sobek ! C'est dangereux ! C'est dangereux, je te dis ! »

Il se mordit les lèvres et reprit :

— Elle était très belle… Du moins à mes yeux d'enfant. Tu lui ressembles, Renisenb.

— Vraiment ? demanda Renisenb à qui le compliment fit
240 chaud au cœur. (Puis elle s'enquit :) Yahmose était sérieusement blessé ?

— Non, pas autant qu'il y paraissait. Le lendemain, Sobek a été très malade. Peut-être avait-il mangé quelque chose qui ne lui avait pas réussi, mais ta mère a affirmé que c'était parce
245 qu'il s'était mis dans une rage folle et qu'il était resté trop longtemps au soleil… On était en plein été.

— Sobek a un caractère d'une violence effroyable, murmura encore Renisenb, abîmée dans ses pensées.

Elle regarda de nouveau le cadavre du cobra et se détourna
250 avec un frisson.

★

Quand Renisenb regagna la maison, Kameni était assis sous le portique, un papyrus déroulé sur les genoux. Il chantait et elle s'arrêta un instant pour l'écouter.

« J'irai à Memphis, chantait Kameni, j'irai voir Ptah, dieu de
255 la Vérité. Et je dirai à Ptah : "Accorde-moi ma sœur cette
nuit." L'eau du fleuve est de vin, Ptah son lit de roseau,
Sekhmet[1] sa fleur de lotus, Éarit son bourgeon, Néfertoum[2]
sa fleur. Je dirai à Ptah : "Accorde-moi ma sœur cette nuit.
L'aurore s'incline devant sa beauté. Memphis est une coupe
260 emplie de fruits d'amour offerte devant son beau visage…" »
Il leva les yeux et sourit à Renisenb :
— Tu aimes ma chanson, Renisenb ?
— Qu'est-ce que c'est ?
— Une chanson d'amour qu'on chante à Memphis.
265 L'enveloppant toujours de son regard, il se remit à chanter
d'une voix douce :
« Ses bras sont chargés de rameaux fleuris, sa chevelure est
lourde d'onguents parfumés. On dirait la princesse du seigneur des Deux Terres. »
270 Renisenb sentit le rouge lui monter aux joues. Elle s'engouffra dans la maison où elle faillit se heurter à Nofret.
— Tu m'as l'air bien pressée, tout d'un coup, Renisenb !
Le ton de Nofret avait grimpé dans l'aigu. Renisenb la regarda,
un peu surprise. Nofret ne souriait pas. Son visage était
275 fermé, ses traits tendus, et Renisenb remarqua qu'elle tenait
ses deux poings serrés le long du corps.
— Excuse-moi, Nofret, je ne t'avais pas vue. Il fait très sombre,
ici, quand on arrive du dehors.
— Oui, il fait très sombre ici…
280 Nofret laissa planer un lourd silence, puis :

---

notes

1. Sekhmet : déesse à tête de lionne, originaire de Memphis, elle est l'épouse de Ptah et la mère du dieu-lotus Néfertoum. Elle représente la force destructrice des hommes et est responsable des épidémies.

2. Néfertoum : fils de Ptah et de Sekhmet.

– On est mieux dehors, n'est-ce pas? Sous le portique… à écouter chanter Kameni. Il chante bien, tu ne trouves pas?

– Oui… oui, il chante sûrement très bien.

– Et pourtant, tu n'es pas restée à l'écouter? Le pauvre doit
285 être déçu!

Renisenb se sentit à nouveau rougir. Le regard glacial et le ton caustique[1] de Nofret la mettaient mal à l'aise.

– Tu n'aimes pas les chansons d'amour, Renisenb?

– Qu'est-ce que ça peut te faire, Nofret, de savoir ce que
290 j'aime ou ce que je n'aime pas?

– Tiens donc! Même les chattemites[2] ont des griffes!

– Qu'est-ce que tu veux dire?

Nofret partit d'un rire mauvais:

– Tu dois être moins niaise que tu n'en as l'air, Renisenb.
295 Alors, comme ça, tu trouves Kameni beau garçon? Eh bien, voilà qui ne va sûrement pas lui déplaire!

– Je te trouve carrément odieuse, Nofret! jeta Renisenb, hors d'elle.

Et, bousculant la concubine, elle se précipita vers les chambres
300 du fond. Le rire moqueur de la fille lui vrillait encore les tympans. Mais, derrière ce rire et comme en écho, elle continuait d'entendre la voix de Kameni et la chanson qu'il lui avait chantée en la couvant du regard.

★

Cette nuit-là, Renisenb fit un rêve.
305 Elle était avec Khay, ils voguaient tous deux sur le bateau de la mort, dans les Terres Souterraines. Khay se tenait à l'avant,

---

notes

1. **caustique :** moqueur.　　2. **chattemites :** personnes qui semblent douces et modestes.

debout sur l'étrave[1]… et elle ne le voyait que de dos. Puis, comme l'aube se levait, Khay tourna la tête et Renisenb vit que ce n'était pas Khay, mais Kameni. Au même moment, la figure de proue du bateau – une tête de serpent – commença à osciller. C'était un cobra, et Renisenb pensa : « C'est le serpent qui sort des tombes pour dévorer l'âme des morts. » Elle était paralysée de terreur. Et soudain, elle se rendit compte que le serpent avait le visage de Nofret, et elle se réveilla en hurlant : « Nofret!… Nofret!… »

Elle n'avait pas vraiment crié… ce n'était qu'un rêve. Elle demeura étendue, le cœur battant, à se répéter que rien de tout cela n'avait de réalité. Et puis, soudain, elle s'en avisa avec horreur : « C'était ça que hurlait Sobek en s'acharnant hier sur le cadavre du serpent. Il hurlait : "Nofret!"… »

---

notes

1. étrave : pièce qui forme l'avant du bateau.

Au fil du texte

QUE S'EST-IL PASSÉ ?

1. Imhotep et Hori envisagent l'organisation future du domaine. Imhotep pense confier davantage de responsabilités à _Ipi_ mais Hori le trouve trop jeune. Hori préférerait que l'on confie plus de pouvoir à _Yhamose_. Un esclave survient pour informer de l'arrivée de _Kameni_, un scribe qui vient de _Basse Égypte_. À la vue de ce dernier, Renisenb ne peut s'empêcher de penser à _Khay_, son mari défunt. Avant son départ vers le Nord, Imhotep recommande à tous d'être aimables avec Nofret et il renouvelle sa _recommandation_ à Hénet. _Esa_ suggère à Nofret de suivre Imhotep et ne comprend pas vraiment son refus... bientôt suivi d'un sourire _de félin_.

AVEZ-VOUS BIEN LU ?

2. Imhotep est aussi prêtre... Mais comment est-il appelé alors ? _Il est appelé prêtre de la maison des morts._

3. « _Tu sens l'ombre de la mort toute proche_ » : qui adresse à Nofret cette remarque ? _C'est Hori_

4. Quels personnages rejoignent Renisenb et Hori au Tombeau ? _C'est Nofret et Sobek._

5. Que s'est-il passé pour Sobek le lendemain de son combat avec Yahmose lorsqu'ils étaient enfants ? _Sobek a été malade car il était ou une nage_

6. Qui Renisenb écoute-t-elle chanter ? _elle et il était resté trop longtemps au soleil._ _C'est Kameni._

ÉTUDIER LES PERSONNAGES

7. Étudiez le personnage de Nofret et cherchez l'étymologie* de son prénom.

8. Dans quel rôle verriez-vous Nofret ? Victime, coupable ou détective ?

ÉTUDIER LE VOCABULAIRE ET LA GRAMMAIRE

9. *« Le seigneur des Deux Terres »* : où trouve-t-on cette expression ? Qui est ainsi désigné dans l'Antiquité égyptienne (voir p. 330) ?

étymologie : origine d'un mot.

10. Cette expression est une périphrase : cherchez la définition de ce mot et donnez-en des exemples.

11. Le chapitre 6 comporte des verbes conjugués aux temps composés de l'indicatif. Relevez un exemple pour chacun des temps et expliquez pourquoi ce temps est utilisé dans votre exemple.

ÉTUDIER LE DISCOURS

12. Les dialogues sont-ils importants dans le roman ? Étudiez, pour répondre à cette question, le chapitre 5.

ÉTUDIER LE GENRE

13. Ces chapitres montrent une progression de la tension et de la violence. Relevez tous les éléments qui indiquent cette violence.

14. Qui menace désormais Nofret ?

ÉTUDIER L'ÉCRITURE

15. Le cobra, vous l'aurez compris dans le chapitre 6, représente et symbolise Nofret. Par quels animaux pourriez-vous symboliser d'autres personnages du roman ?

LIRE L'IMAGE

Voir documents, pp. 65 et 74-75.

16. Observez la photographie (p. 65) et dites quels sont les éléments qui renforcent la symétrie de la construction.

17. Comparez les deux images représentant le site de Deir el-Bahari (pp. 74-75). Quelles grandes différences pouvez-vous noter ? L'angle de vue est-il le même ?

À VOS PLUMES !

18. En vous aidant du vocabulaire étudié dans le premier questionnaire (et des éléments présents dans ces chapitres), imaginez la description du Nil, de sa vallée et des activités qui y sont pratiquées.

DÉBAT

19. Aimeriez-vous visiter les pyramides et les tombeaux égyptiens ? Expliquez votre choix.

RECHERCHES

20. Le roman évoque des tombeaux creusés dans le roc. À quelle époque ces tombeaux ont-ils supplanté les pyramides ? Faites des recherches sur les grandes époques de construction pour les pyramides.

Chapitre 7

la gifle

1er Mois de l'hiver, 5e Jour

5 décembre

Le rêve de Renisenb l'avait réveillée. Elle ne fit que somnoler ensuite par intermittence et, au petit matin, renonça définitivement à se rendor-
5 mir. Elle était obsédée par le sentiment flou qu'un génie malfaisant la menaçait.

Elle se leva de bonne heure et sortit. Comme souvent, ses pas la conduisirent vers le Nil. Des pêcheurs s'activaient déjà et un gros bateau remontait le fleuve vers Thèbes à grands
10 coups de rames. Des felouques glissaient, voiles sporadiquement[1] gonflées par le vent léger.

Une sorte d'angoisse tourmentait Renisenb au fond de son cœur, comme un désir inassouvi qu'elle ne parvenait pas à nommer. « Je me sens… Je sens… », se disait-elle. Seulement,
15 voilà : elle n'arrivait pas à dire ce qu'elle ressentait réellement ! Ou plutôt, elle ne connaissait pas les mots capables d'exprimer cette sensation. Elle se disait encore : « Je voudrais… mais qu'est-ce que je voudrais ? »

Était-ce Khay qu'elle voulait ? Khay était mort et ne reviendrait pas. « Je ne dois plus penser à Khay, se morigéna[2]-t-elle.
20 Ça m'avance à quoi ? C'est fini, tout ça. »

Soudain, elle remarqua une silhouette au bord du fleuve. Quelqu'un contemplait le bateau en route pour Thèbes… et quelque chose, dans cette silhouette, la frappa : une émotion
25 intense transparaissait dans son immobilité. Elle reconnut Nofret.

Nofret, les yeux rivés sur le Nil. Nofret… seule. Nofret, qui pensait à quoi ?

Renisenb éprouva un choc en découvrant soudain qu'aucun

notes

1. sporadiquement : irrégulièrement.　　**2. se morigéna :** se reprocha.

30 d'eux ne savait rien de Nofret. Ils l'avaient accueillie comme
une ennemie – ou à tout le moins comme une étrangère –
sans manifester intérêt ni curiosité pour sa vie ou pour l'endroit d'où elle venait.

« Ça doit être dur pour elle, pensa Renisenb, de se retrouver
35 ici, seule, sans amis, entourée de gens qui la détestent. »

Elle s'approcha lentement de la jeune femme. Celle-ci
tourna la tête un instant puis reporta son regard sur le Nil, le
visage totalement inexpressif.

– Il y a beaucoup de bateaux sur le fleuve, risqua timidement
40 Renisenb.

– Oui.

– Là d'où tu viens, ça ressemble à ici ou pas du tout ? reprit
Renisenb, poussée par un obscur désir de lui manifester de
l'amitié.

45 Nofret émit un rire bref, un peu amer :

– Pas du tout. Mon père est commerçant à Memphis[1]. C'est
gai, Memphis, on s'y amuse. Il y a de la musique, on chante,
on danse. Mon père voyage beaucoup. Je l'ai accompagné en
Phénicie[2] : à Byblos[3], par-delà le Nez de la Gazelle. J'ai voyagé
50 avec lui à bord d'un grand vaisseau, sur les mers immenses.

Son ton s'était animé, plein de fierté.

Renisenb l'écoutait, immobile. Son esprit fonctionnait avec
lenteur mais elle sentait croître son intérêt et sa compréhen-
sion pour Nofret.

---

notes

1. Memphis : point de
jonction entre la Moyenne-
Égypte et la Basse-Égypte,
Memphis est située au nord, à
la pointe sud du delta du Nil.
Même lorsque Thèbes devint
la capitale de l'Égypte
(pendant la XIe dynastie,
époque où est situé le
roman), Memphis continua de
grandir et resta la ville la plus
importante du pays.

2. Phénicie : région côtière de
l'Asie, sur la Méditerranée, La
Phénicie s'étendait sur un
territoire qui correspond
aujourd'hui partiellement à la
Syrie, au Liban et à Israël.

3. Byblos : port le plus
important de Phénicie, Byblos
gardera pendant presque
toute l'histoire de l'Égypte des
relations commerciales
privilégiées avec la terre des
pharaons.

55 — Tu dois trouver cet endroit très ennuyeux, murmura-t-elle.
Nofret eut un rire agacé :
— C'est mort, ici. Mort... Il n'est question que de labourage
et de semailles, de moissons et de pâturages. Quand les gens
se parlent, ce n'est que de récoltes. Quand on se brouille, c'est
60 à propos du prix du lin.
Toujours aux prises avec des idées inhabituelles pour elle,
Renisenb n'en continuait pas moins à observer Nofret.
Et brusquement – Renisenb en ressentit le choc presque physique –, une grande vague de colère, de tristesse, de désespoir
65 même, sembla émaner de la jeune femme plantée devant elle.
« Elle est aussi jeune que moi, pensa Renisenb, plus jeune,
même. Et elle est la concubine de ce vieil homme, de ce vieil
homme qui – oh ! certes – n'est pas bien méchant mais qui
est tellement tatillon, de ce vieillard somme toute un peu
70 ridicule : mon père... »
Que savait-elle de Nofret ? Rien du tout. Qu'avait dit Hori,
hier, quand elle s'était écriée : « Elle est belle, elle est cruelle,
elle est mauvaise ! » ?
« Quelle enfant tu fais », avait-il répondu. Elle comprenait
75 enfin ce qu'il avait voulu dire. Les mots qu'elle avait prononcés n'avaient aucun sens : on ne rejette pas aussi catégori-
quement un être humain. Quelle tristesse, quelle amertume,
quel désespoir se cachaient derrière le sourire cruel de
Nofret ? Qu'avait-elle fait, elle, Renisenb – qu'avaient-ils fait,
80 tous – pour accueillir Nofret parmi eux ?
— Tu nous hais tous..., balbutia Renisenb de sa plus petite voix.
Tu nous hais tous... et je comprends pourquoi... Nous n'avons
pas été gentils avec toi... Mais maintenant... il n'est pas trop
tard... ne pourrions-nous pas... toi et moi... être comme deux
85 sœurs, Nofret ? Tu es loin de tout ce que tu connais... tu es
seule... Est-ce que je ne peux pas t'aider ? Ses mots se perdirent
en un murmure. Nofret se retourna lentement et lui fit face.

Pendant une minute ou deux, le visage de la concubine resta
encore vide de toute expression… puis Renisenb crut devi-

90 ner un éclair de douceur au fond de ses yeux. Dans le calme
de ce matin, dans cette atmosphère lumineuse et paisible, ce
fut comme si Nofret hésitait, comme si les paroles de
Renisenb étaient venues frapper au cœur de son incertitude.
Ce fut un moment étrange, un moment dont Renisenb

95 devait se souvenir plus tard…

Puis, progressivement, l'expression de Nofret se transforma.
Son visage se durcit, la haine apparut dans ses yeux. Devant
tant de hargne, Renisenb recula d'un pas.

100 — Va-t'en! cracha enfin Nofret d'une voix basse, pleine de
morgue[1]. Je ne veux rien, d'aucun d'entre vous. Une bande
d'imbéciles, c'est tout ce que vous êtes.

Ayant dit, elle laissa planer un silence. Puis, pivotant sur ses
talons, elle reprit à grands pas le chemin de la maison.

105 Renisenb la suivit à distance. Curieusement, les paroles de
Nofret n'avaient éveillé en elle aucune colère. Elles lui
avaient seulement laissé entrevoir un abîme sans fond de
haine et de rancœur – disposition d'esprit qu'elle n'avait
encore jamais connue chez quiconque – et elle sentit mon-

110 ter en elle, dans la confusion de ses pensées, le sentiment que
haïr à ce point devait être insupportable à vivre.

★

Tandis que Nofret franchissait le portail de la maison et
traversait la cour intérieure, un des enfants de Kait apparut,
courant derrière son ballon.

notes

1. morgue : arrogance, mépris.

115 Nofret l'écarta d'une bourrade[1] si violente que la fillette roula sur le sol. Elle poussa un cri et Renisenb se précipita pour la relever.

– Tu n'aurais pas dû faire ça, Nofret! s'exclama-t-elle avec indignation. Regarde, tu lui as fait mal. Elle s'est écorché le
120 menton!

Nofret éclata d'un rire strident :

– Parce que je devrais, en plus, prendre garde à ne pas faire de mal à ces petits morveux? En quel honneur? Leurs mères sont donc tellement attentives à ce que je ressens, moi?

125 Entendant sa fille pleurer, Kait était sortie de la maison en courant. Elle se rua sur l'enfant, examina le visage écorché et se tourna vers Nofret :

– Espèce de démon, de serpent! Génie malfaisant! Tu vas voir ce qui te pend au nez…

130 Sur quoi, elle gifla Nofret de toutes ses forces. Renisenb poussa un cri et lui saisit le bras pour l'empêcher de répéter son geste :

– Kait!… Kait!… Ne fais pas ça!

– Qui pourrait bien m'en empêcher? Laisse donc Nofret se
135 défendre si ça lui chante. Ce n'est qu'une femme comme les autres, ici!

Nofret n'avait pas bougé. La marque de la main de Kait était visible, bien rouge, sur sa joue. Une goutte de sang lui perlait à la pommette, là où le bracelet que Kait portait au poignet
140 l'avait coupée.

Mais ce fut surtout son expression qui frappa Renisenb – et qui l'effraya. Il n'exprimait aucune colère. Au contraire, une étrange lueur de triomphe brillait dans son regard et sa bouche, une fois de plus, s'étira en un sourire de félin satisfait.

notes

1. bourrade : poussée brusque.

145 — Merci, Kait! lança-t-elle.
Et elle entra dans la maison.

★

Un peu haletante, les paupières baissées, Nofret appela Hénet.
Celle-ci arriva en courant, s'arrêta et poussa une exclama-
tion. Nofret coupa court au chapelet d'exclamations qui
150 s'annonçait :
— Trouve-moi Kameni. Dis-lui de venir avec son encre, son
calame et un papyrus. Il faut dépêcher un message au maître.
Le regard d'Hénet demeurait fixé sur la joue de Nofret :
— Au maître… Je vois…
155 Puis elle s'enquit[1] :
— Qui t'a fait… qui t'a fait ça?
Nofret eut un long sourire de réminiscence[2] :
— Kait.
Hénet secoua la tête et fit claquer sa langue avec contrariété :
160 — C'est très mal, ça. Très mal… Il semble évident que le
maître doive en être informé.
Elle jeta un regard oblique à Nofret :
— Oui, Imhotep doit savoir ça.
— Toi et moi, Hénet, voyons les choses de la même façon,
165 reprit Nofret, doucereuse. J'ai tout de suite pensé que c'était
la seule chose à faire.
Elle détacha de sa robe de lin un bijou d'améthyste serti d'or
et le glissa dans la main d'Hénet :
— Toi et moi, Hénet, sommes les seules à ne songer qu'au bien
170 d'Imhotep.

---

notes

1 *s'enquit :* demanda.   *2. de réminiscence :* dû au
souvenir.

– Oh! c'est trop beau pour moi, Nofret! Tu es trop généreuse… Un bijou si finement ouvragé!

– Imhotep et moi savons apprécier la fidélité.

Nofret souriait toujours, et ses longues paupières mi-closes
175 lui donnaient le regard d'un félin.

– Trouve-moi Kameni, répéta-t-elle, et reviens avec lui. Vous serez tous deux les témoins de ce qui s'est passé.

Kameni arriva à son corps défendant[1], sourcils froncés.

Le ton de Nofret se fit impérieux :

180 – Tu te souviens des instructions que t'a laissées Imhotep avant de partir?

– Oui, acquiesça Kameni.

– Le moment est venu de les mettre en pratique. Assieds-toi, trempe ton calame dans l'encre et écris sous ma dictée.

185 Puis, comme Kameni hésitait encore, elle s'impatienta :

– Ce que tu vas écrire, c'est ce que tu as vu de tes propres yeux et entendu de tes propres oreilles. Et Hénet confirmera tout ce que je dis. Cette lettre doit être envoyée avec toute la discrétion et la célérité[2] requises.

190 – Je n'aime pas… protesta faiblement Kameni.

Nofret le foudroya du regard :

– Je n'ai pas à me plaindre de Renisenb. Renisenb est une brave fille, un peu gourde, un peu mollassonne, et ce n'est pas elle qui s'est frottée à moi. Te voilà rassuré?

195 Le visage bronzé de Kameni se colora davantage :

– Ce n'est pas à ça que je pensais…

– J'aurais pourtant cru, susurra Nofret. Enfin, bref : allons-y. Obéis à tes instructions et écris!

– Oui, écris, renchérit Hénet. Je suis tellement consternée par

---

notes

1. à son corps défendant :   **2. célérité :** rapidité.
à contrecœur.

200 tout ça… tellement consternée. Il est inenvisageable qu'Imhotep n'en soit pas informé. Il n'est que trop vrai qu'il faut qu'il le soit. Si déplaisante que soit la tâche, on n'en doit pas moins accomplir son devoir. C'est ce que j'ai toujours professé.

Nofret ricana :

205 — Je te crois volontiers, Hénet. Tu te sens obligée de faire ton devoir ? Eh bien, tu vas le faire ! Quant à Kameni, content ou pas, il va bien falloir qu'il remplisse la tâche pour laquelle il est payé. Et en ce qui me concerne… Eh bien, en ce qui me concerne, je vais m'offrir un petit plaisir…

210 Mais Kameni, renfrogné[1], presque en colère, hésitait toujours :
— Je n'aime pas ça, Nofret. Tu ferais mieux de prendre le temps de réfléchir.

— Toi, tu me dis ça à moi ?

Kameni devint écarlate. Ses yeux fuyaient ceux de Nofret
215 mais son expression demeurait butée.

— Prends garde, Kameni, reprit Nofret, suave. J'ai beaucoup d'influence sur Imhotep. Quand je lui dis quelque chose, il en tient compte. Jusqu'à présent, il s'est montré plutôt content de toi…

220 Elle laissa planer un silence éloquent.

— Se pourrait-il que toi, tu me menaces, Nofret ? s'insurgea Kameni.

— Va savoir.

Il la regarda un moment d'un air furibond… puis il courba
225 l'échine :

— Je ferai ce que tu me diras de faire, Nofret. Mais je crains — oui, je crains vraiment — que tu le regrettes un jour.

— Se pourrait-il que toi, tu me menaces, Kameni ?

— Non. Je me contente de te mettre en garde, sans plus…

notes

1. renfrogné : mécontent.

Chapitre 8

Les menaces d'Imhotep

2e MOIS DE L'HIVER, 10e JOUR

10 janvier.

Les jours se succédaient et Renisenb se demandait parfois si elle ne rêvait pas. Elle n'avait plus fait le moindre geste d'ouverture en direction de Nofret.

À présent, elle en avait peur. Il y avait quelque chose en Nofret qu'elle ne comprenait pas.

Après la scène qui avait eu lieu dans la cour, Nofret avait changé. Elle affichait une sorte de satisfaction, voire de jubilation qui semblait un mystère insondable à Renisenb. Cette dernière en arrivait à se demander si, à croire Nofret profondément malheureuse, elle n'avait pas commis une erreur grotesque. Nofret semblait au contraire enchantée de son sort, d'elle-même et de son entourage.

Et pourtant, ce n'était pas peu dire que l'entourage en question s'était indubitablement[1] transformé – et pour le pire. Dans les jours qui avaient suivi le départ d'Imhotep, Nofret avait tout fait – c'est du moins ce que pensait Renisenb – pour semer la zizanie[2] au sein de la famille.

Mais à présent, la famille avait resserré ses liens et faisait bloc contre l'intruse. Plus la moindre dispute entre Satipi et Kait. Plus le moindre sarcasme de Satipi à l'encontre de l'infortuné Yahmose. Sobek semblait plus calme et fanfaronnait[3] moins. Ipi ne se montrait plus guère insolent et acceptait de meilleure grâce la tutelle de ses aînés. Une harmonie nouvelle semblait s'être développée entre les membres de la famille, mais cette harmonie ne rassurait pas Renisenb dans la mesure où elle possédait son contrepoint : l'inimaginable courant de malveillance de tout le clan à l'égard de Nofret.

Satipi et Kait ne cherchaient plus querelle à Nofret : elles

notes

1. indubitablement : sans aucun doute possible.　**2. zizanie :** discorde, conflit.　**3. fanfaronnait :** faisait le fier.

30 l'évitaient. Elles ne lui adressaient jamais la parole et, où qu'elle aille, rassemblaient immédiatement les enfants afin de quitter les lieux. Dans le même temps, de petits incidents bizarres et déplaisants commencèrent à se multiplier. Une robe de Nofret fut brûlée par un fer trop chaud, une autre

35 irrémédiablement perdue par des taches de teinture. Des épines acérées s'égaraient dans son linge. Un scorpion fut découvert au pied de son lit. La nourriture qu'on lui servait était trop épicée – à moins qu'elle ne fût pas assaisonnée du tout. Il se trouva même un jour le cadavre d'une souris dans

40 sa part de galette.

C'était une forme de harcèlement continu, obstiné, sournois. Rien de déclaré, rien de direct – un travail de sape typiquement féminin.

Puis, un beau jour, la vieille Ésa convoqua Satipi, Kait et

45 Renisenb. Hénet, déjà sur les lieux, dodelinait[1] de la tête et se frottait les mains dans l'ombre.

– Tiens! fit Ésa en les soumettant au feu de son regard avec son mordant habituel, voici donc réunies devant moi mes petites-filles si pleines de ressources! Vous cherchez quoi au juste,

50 toutes les trois? Qu'est-ce qu'on me raconte à propos des robes de Nofret immettables, de sa nourriture immangeable?

Satipi et Kait sourirent en chœur. Mais leurs sourires n'auguraient rien de bon.

– Nofret s'est plainte? s'enquit Satipi.

55 – Non, reconnut Ésa.

Redressant d'une main la perruque qu'elle ne quittait jamais, même dans la maison, mais qui était toujours de travers, elle reprit :

– Non, elle ne s'est pas plainte. Et c'est bien ce qui m'inquiète.

---

notes

1. dodelinait : balançait doucement.

— Eh bien, moi, ça ne me fait ni chaud ni froid ! fit Satipi en
relevant son beau visage d'un air de défi.

— Parce que tu es une imbécile ! aboya Ésa. Nofret est deux
fois plus intelligente que vous trois à la fois.

— Ça reste à prouver, rétorqua Satipi, fort contente d'elle-
même et de son bon droit.

— Vous cherchez quoi au juste, toutes les trois ? répéta Ésa.
Les traits de Satipi se durcirent :

— Tu es une vieille femme, Ésa. Je ne voudrais pas te manquer
de respect, mais… les choses n'ont plus la même importance
pour toi qu'elles en ont pour nous qui avons un mari et de
jeunes enfants. Nous avons décidé de saisir le taureau par les
cornes : lorsqu'il s'agit de se débarrasser d'une femme que
nous n'aimons pas et que nous n'accepterons jamais parmi
nous, nous savons nous y prendre.

— Que voilà donc qui est bien dit ! ricana Ésa. Que voilà donc
un joli flot d'éloquence ! Mais, des beaux discours, on en
entend jusque dans la bouche des esclaves qui font tourner la
meule du moulin.

— Hélas ! ça n'est que trop vrai, soupira Hénet du fond de la
pièce.

Ésa se retourna vers elle :

— Avance, Hénet, et raconte-nous donc un peu ce que dit
Nofret à propos de tout ce qui lui arrive ! Tu dois bien le
savoir, toi qui es toujours cramponnée à ses basques[1] !

— Comme Imhotep m'en a intimé l'ordre. Ce n'est pas
que cela ne me soulève pas le cœur, crois-moi… mais ce
qu'ordonne le maître, je suis bien forcée de l'exécuter. Ne
va surtout pas t'imaginer que…

---

notes

1. cramponnée à ses basques : attachée fidèlement à ses pas (les basques dé- signent les parties d'une veste longue qui partent de la taille et descendent sur les hanches).

Ésa coupa court aux jérémiades[1] :

— Nous savons tout cela par cœur, Hénet. Toujours dévouée…
90 rarement remerciée comme tu le devrais, etc., etc. Alors ? Que dit Nofret de tout cela ? C'est la question que je te pose.

Hénet secoua la tête :

— Elle ne dit rien. Elle se contente de… de sourire.

— Et voilà !

95 Ésa prit un jujube[2] dans une coupe posée à portée de main, l'examina et y mordit. Puis elle reprit, sur un ton soudain plus acerbe, presque agressif :

— Vous êtes des imbéciles, toutes autant que vous êtes. C'est Nofret qui détient le pouvoir, pas vous. Vos menées stupides
100 riment à quoi ? À vous faire entrer dans son jeu. Je vous parie tout ce que vous voudrez que rien ne saurait lui plaire davantage.

— C'est absurde ! protesta Satipi. Nofret est complètement isolée, seule au milieu de nous. Quel pouvoir a-t-elle ?

105 — Le pouvoir d'une femme jeune et jolie, mariée à un homme vieillissant, gronda Ésa. Je sais de quoi je parle. Hénet aussi sait de quoi je parle ! ajouta-t-elle en pointant le menton dans sa direction.

Hénet sursauta, soupira et commença à se tordre les mains :
110 — Le maître fait grand cas de Nofret… ce qui est naturel… oh ! oui, bien naturel.

— File à la cuisine, lui ordonna Ésa. Rapporte-moi des dattes et du vin de Syrie… oui, et puis un peu de miel, aussi.

La vieille femme attendit qu'Hénet soit sortie pour reprendre :
115 — Il se mijote un mauvais coup : ça se reniflé à plein nez. Satipi, tu joues les meneuses. Prends bien garde qu'à te croire plus

---

notes

1. jérémiades : plaintes.   *2. jujube :* fruit comestible du jujubier.

fine que Nofret, tu risques de n'être qu'un jouet entre ses mains.

Elle s'appuya à son dossier et ferma les yeux :

120 — Je vous aurai prévenues… Et maintenant, allez-vous-en.

— Un jouet entre les mains de Nofret, et puis quoi encore ! s'emporta Satipi en rejetant dédaigneusement la tête en arrière tandis qu'elles se dirigeaient toutes trois vers le bassin. Ésa est si vieille que les idées les plus biscornues lui germent

125 dans le crâne ! C'est nous qui tenons Nofret en notre pouvoir. Nous ne devons rien faire contre elle qu'elle puisse moucharder, c'est sûr, mais je vous parie qu'elle va bientôt regretter d'être venue ici.

— Tu es cruelle… cruelle ! s'indigna Renisenb.

130 Satipi parut trouver la plaisanterie excellente :

— Tu ne vas tout de même pas nous dire que tu raffoles de Nofret, Renisenb ?

— Bien sûr que non. Mais tu as l'air si… si vindicative[1].

— Je pense à mes enfants — et à Yahmose ! Je ne suis pas une

135 chiffe molle, moi, une femme qui se laisse insulter, et j'ai de la suite dans les idées ! C'est avec une infinie délectation que je tordrais le cou de cette garce. Malheureusement, ce n'est pas si simple. Il ne faut pas mettre Imhotep en colère. Mais qui veut la fin… Bah ! on finira bien par trouver le moyen.

★

140 La lettre les cueillit par surprise comme le harpon le fait d'un poisson nageant imprudemment au gré du courant.

Silencieux, hébétés, Yahmose, Sobek et Ipi dévisageaient Hori

notes

1. vindicative : rancunière, agressive.

comme s'ils n'en croyaient pas leurs yeux tandis qu'il leur lisait
à voix haute le contenu du papyrus déroulé devant lui :

145 — « …N'avais-je pas prévenu Yahmose qu'il encourrait ma
vindicte s'il advenait qu'on cherche noise à ma concubine ?
Jusqu'à la fin de vos jours, je serai votre ennemi comme vous
êtes devenus mes ennemis ! Jamais plus je ne vivrai sous le
même toit que ceux qui ont manqué de respect à ma concu-

150 bine Nofret ! Tu n'es plus le fils de ma chair, Yahmose. Sobek
et Ipi ne sont plus désormais les fils de ma chair. Chacun de
vous a offensé ma concubine. J'en ai reçu témoignage de
Kameni et d'Hénet. Je vous chasserai de sous mon toit tous
tant que vous êtes ! Je vous ai toujours entretenus, mais c'en

155 est désormais bien fini.
Hori s'interrompit un instant puis reprit sa lecture :
— « Imhotep, serviteur du ka, s'adresse maintenant à Hori.
Oh ! toi qui m'es resté fidèle, comment te portes-tu ? Es-tu
en sécurité ? Ta santé est-elle bonne ? Salue de ma part ma

160 mère Ésa, et ma fille Renisenb ainsi qu'Hénet. Occupe-toi
soigneusement de mes affaires jusqu'à mon retour et fais préparer un contrat aux termes duquel ma concubine Nofret
deviendra ma femme et partagera avec moi la totalité de mes
biens. Ni Yahmose ni Sobek ne seront mes associés ; je ne leur

165 verserai aucun subside[1], eux que je dénonce ici comme ayant
porté tort à ma concubine ! Veille bien à tout jusqu'à mon
retour. Comme il est dur, pour un chef de famille, de voir que
les siens ont porté préjudice à sa concubine ! Quant à Ipi,
avertis-le que, s'il fait le moindre mal à Nofret, il sera lui aussi

170 chassé de ma maison. »
Un long silence pétrifié s'ensuivit, puis Sobek bondit sur ses
pieds, en proie à une rage folle :

---

notes

1. subside : aide, rémunération.

– Mais qu'est-ce qui a pu se passer ? D'où est-ce que mon père a bien pu tirer ça ? Qui est-ce qui est allé lui raconter des histoires à dormir debout ? Il faut vraiment qu'on supporte ça ? Notre père ne peut quand même pas nous déshériter et donner tous ses biens à sa concubine !

– Beaucoup en feraient des gorges chaudes[1], fit calmement observer Hori. Et ce serait considéré comme une injustice… mais, légalement, il en a le pouvoir. Il est en droit de disposer à son gré du domaine.

– Elle l'a ensorcelé ! Ce serpent venimeux lui a jeté un sort ! Yahmose semblait sidéré :

– C'est incroyable ! Ça ne peut pas être vrai !

– Mon père est devenu fou… fou à lier ! s'écria Ipi. Cette femme a même réussi à le braquer contre moi !

– D'après ce qu'il écrit, Imhotep sera bientôt de retour, reprit Hori sans hausser le ton. Le temps qu'il arrive, sa colère sera peut-être retombée. Il est également possible que ses mots aient dépassé sa pensée.

On entendit un petit rire grinçant. C'était Satipi, plantée dans l'encadrement de la porte menant aux appartements des femmes :

– Ainsi donc, c'est ce qu'il y a selon toi de mieux à faire, cher et excellent Hori ? Voir venir ?

– Que peut-on faire d'autre ? intervint mollement Yahmose.

– Ce qu'on peut faire d'autre ?

La voix de Satipi monta d'un cran.

– Mais enfin, éclata-t-elle, qu'est-ce que vous avez tous dans

notes
_____

1. feraient des gorges chaudes : se moqueraient de, plaisanteraient.

les veines? Du sang de navet? Yahmose, je suis payée pour savoir que ça n'est pas un homme! Mais toi, Sobek… tu n'as aucun remède à proposer pour ce genre de maladie? Un coup de poignard en plein cœur, et cette fille ne nous ferait plus aucun mal.

– Satipi! s'écria Yahmose. Mon père ne nous le pardonnerait jamais.

– Que tu dis. Mais moi, je prétends qu'une concubine morte, ce n'est pas la même chose qu'une concubine en vie! Nofret morte, le cœur d'Imhotep retournerait à ses fils et à leurs enfants. Et puis d'ailleurs, comment saura-t-il de quoi elle est morte? Un scorpion pourrait l'avoir piquée. Dans cette histoire, nous sommes tous solidaires, non?

– Notre père l'apprendrait fatalement, objecta Yahmose, toujours réticent. Hénet s'empresserait de le lui raconter.

Satipi éclata d'un rire hystérique:

– Yahmose le prudent! Yahmose le doux et le précautionneux! C'est toi qui devrais t'occuper des enfants et faire le travail des femmes dans les quartiers du fond. Sekhmet, viens-moi en aide! Je suis mariée à un homme qui n'en est pas un. Et toi, Sobek la rodomontade, où sont passés ton courage et ta détermination? Je le jure par Rê, je vaux mieux que tous les hommes ici présents!

Sur ce, elle tourna les talons et s'en fut.

Kait, qui était restée en retrait dans son dos, s'avança d'un pas.

– Satipi dit vrai! lança-t-elle de sa voix profonde que l'émotion rendait plus vibrante encore. Elle a plus de cran que le meilleur d'entre vous. Yahmose, Sobek, Ipi… combien de temps allez-vous rester sans rien faire? Tu penses à nos enfants, Sobek? Chassés d'ici, mourant de faim! Très bien! Si vous n'agissez pas, moi, j'agirai. Aucun de vous n'est un homme!

Comme elle allait sortir, Sobek bondit sur ses pieds:

— Par les neuf dieux de l'Ennéade[1], Kait a raison ! C'est un travail d'homme – et nous restons là à palabrer[2] en hochant la tête.

Il se ruait déjà vers la porte quand Hori le rappela :

235 — Sobek, Sobek, où vas-tu ? Que vas-tu faire ?

Du seuil, le beau Sobek s'écria avec fougue :

— Je vais faire quelque chose… ça, c'est clair ! Et, quoi que ce soit, je vais prendre plaisir à le faire !

la mort de Nofret

Chapitre 9
2ᵉ *MOIS DE L'HIVER, 10ᵉ JOUR*
lo janvier

Renisenb sortit sous le portique et resta là un moment, la main en visière au-dessus des yeux pour les protéger de l'ardeur du soleil.

5 La peur, une peur sans nom, l'habitait tout entière, la faisait trembler, se tordre et se répéter machinalement sans cesse : « Il faut que je prévienne Nofret… Il faut que je la prévienne… »

Les voix des hommes lui parvenaient de la maison – celles

10 d'Hori et de Yahmose se couvrant l'une l'autre, et celle, haut perchée et claire d'Ipi qui n'avait pas encore mué :

— Satipi et Kait ont raison. Il n'y a pas d'homme dans cette famille ! Mais moi, je suis un homme ! Oui, j'ai le cran d'un homme si je n'en ai pas l'âge. Nofret s'est moquée de moi,

15 elle m'a ri au nez, elle m'a traité comme un gamin. Je vais lui montrer que je ne suis pas un gamin ! Je n'ai pas peur de la colère de mon père. Je le connais. Il a été ensorcelé : cette femme lui a jeté un sort. Si elle disparaît, son amour me

notes

1. les neuf dieux de l'Ennéade : les neuf dieux égyptiens primitifs sont regroupés dans l'Ennéade (« groupe de neuf », en grec) : Rê, ses enfants Shou et Tefnout, ses petits-enfants Geb et Nout, et leurs enfants

Osiris et Isis, Seth et Nephthys.

2. palabrer : discuter inutilement.

reviendra. À moi! son fils préféré. Vous me traitez tous
20 comme un gosse, mais vous allez voir. Oui, vous allez voir!
Il se rua hors de la maison et bouscula Renisenb qu'il faillit
renverser. Elle le retint par l'épaule :
– Ipi!... Ipi, où vas-tu?
– Trouver Nofret. Elle va voir si elle peut continuer à me rire
25 au nez!

– Attends un peu. Il faut d'abord que tu te calmes. Nous ne
devons ni les uns ni les autres agir à la légère.
– À la légère?
Le garçon fit entendre un rire méprisant :
30 – Ah! tu es bien comme Yahmose! Prudence! Circonspection[1]! Regardons bien où nous mettons les pieds! Yahmose
tremble comme une vieille femme. Et Sobek n'est qu'un fantoche[2], une outre gonflée de vent. Laisse-moi passer, Renisenb.
Il tenta de s'arracher à l'étreinte de Renisenb au risque d'y
35 laisser sa manche :
– Nofret! Où peut bien être Nofret?
Hénet, qui venait juste de sortir de la maison, arrivait en se
tordant les mains :
– Oh! mes pauvres enfants, quel malheur! pleurnicha-t-elle.
40 Quel affreux malheur! Que va-t-il advenir de nous? Ah! si
ma pauvre maîtresse voyait ça!
– Où a bien pu passer Nofret, Hénet?
– Ne le lui dis pas! s'écria Renisenb.
Mais Hénet avait déjà répondu :
45 – Elle est sortie par-derrière. Elle a pris le chemin qui des-
cend aux champs de lin.
Ipi s'élança aussitôt pour retraverser la maison.

---

notes

1. Circonspection : Retenue.   **2. un fantoche :** un pantin,
une marionnette.

— Tu n'aurais pas dû le lui dire, Hénet, fit Renisenb d'un ton de reproche.

50 — Tu ne fais pas confiance à la vieille Hénet. Tu n'as jamais eu confiance en moi.

Sa voix avait des intonations plus geignardes encore que de coutume :

— Mais la pauvre vieille Hénet sait ce qu'elle fait. Ce gamin
55 a besoin d'un peu de temps pour se calmer. Il ne trouvera pas Nofret aux champs de lin.

Elle eut un ricanement :

— Nofret est là… dans le pavillon… avec Kameni.

D'un mouvement de menton, elle avait désigné l'autre rive
60 du bassin.

Et, sur un ton exagérément mélodramatique, elle crut bon de répéter encore :

— Avec Kameni…

Mais Renisenb avait déjà traversé la cour.

65 Téti, qui traînait son lion de bois au bord du bassin, accourut vers sa mère qui la prit dans ses bras. Et, serrant son enfant contre elle, Renisenb comprit quelle force animait Satipi et Kait : les deux femmes se battaient pour leurs enfants.

Téti poussa un petit cri de frayeur :

70 — Ne me serre pas si fort, maman ! Pas si fort ! Tu me fais mal.

Renisenb la reposa par terre et poursuivit plus lentement son chemin. Nofret et Kameni, debout tout près l'un de l'autre, étaient blottis au fond du pavillon. L'entendant approcher, ils tournèrent la tête.

75 Renisenb parla sans reprendre son souffle :

— Nofret, je suis venue te prévenir. Il faut que tu sois prudente. Que tu prennes bien garde à toi.

Une lueur de satisfaction mauvaise passa sur le visage de Nofret :

80 — Les chiens sont lâchés ?

— Ils sont très montés contre toi… Ils veulent te faire du mal.
Nofret secoua la tête.

— Personne ne peut me faire de mal, répondit-elle avec une
superbe assurance. S'ils osaient s'y risquer, leur père l'appren-
85   drait… et se vengerait. Il leur suffit de réfléchir deux secondes
pour s'en rendre compte.

Elle éclata de rire :

— Leurs petites persécutions minables… leurs insultes… Ce
qu'ils ont pu être bêtes ! C'est mon propre jeu qu'ils ont joué
90   tout le temps !

— Tu avais donc tout prévu, tout organisé ? fit lentement
Renisenb. Et moi qui te plaignais… moi qui nous jugeais
cruels ! Je ne te plains plus, à présent… Je crois, Nofret, que
tu es malfaisante. Quand l'heure du Jugement sonnera pour
95   toi et que tu devras te défendre d'avoir commis les quarante-
deux péchés, tu ne pourras pas dire : « Je n'ai fait de tort à
personne », « Je n'ai pas convoité le bien d'autrui ». Et ton
cœur, quand il sera pesé en regard de la plume de la Vérité, il
sera si lourd qu'il fera pencher le plateau de la balance[1].

100   — Te voilà tout d'un coup bien pieuse ! constata Nofret d'un
ton morne. N'oublie pas que je ne t'ai pas fait de mal, à toi,
Renisenb. Je n'ai rien dit contre toi. Demande à Kameni si
ce n'est pas vrai.

Puis elle s'éloigna, traversa la cour et gravit les marches du
105   portique. Hénet vint au-devant d'elle et les deux femmes
pénétrèrent dans la maison.

notes

1. la balance : allusion au
« jugement d'Osiris ». Anubis,
dieu embaumeur, vient
accueillir le mort pour le
mener dans la salle « des deux
Justices » où siège le tribunal
d'Osiris. Au centre se trouve la
balance de justice. Sur un
plateau, on place le cœur du
défunt, sur l'autre la plume,
symbole de Maât, déesse de
la Justice. 42 assesseurs se
tiennent face à Osiris. Si les
paroles du mort sont
véridiques lors de sa
confession, le cœur reste en
équilibre avec la plume de
justice. Osiris lui ouvre alors
l'entrée de son paradis
(*cf.* document ci-contre).

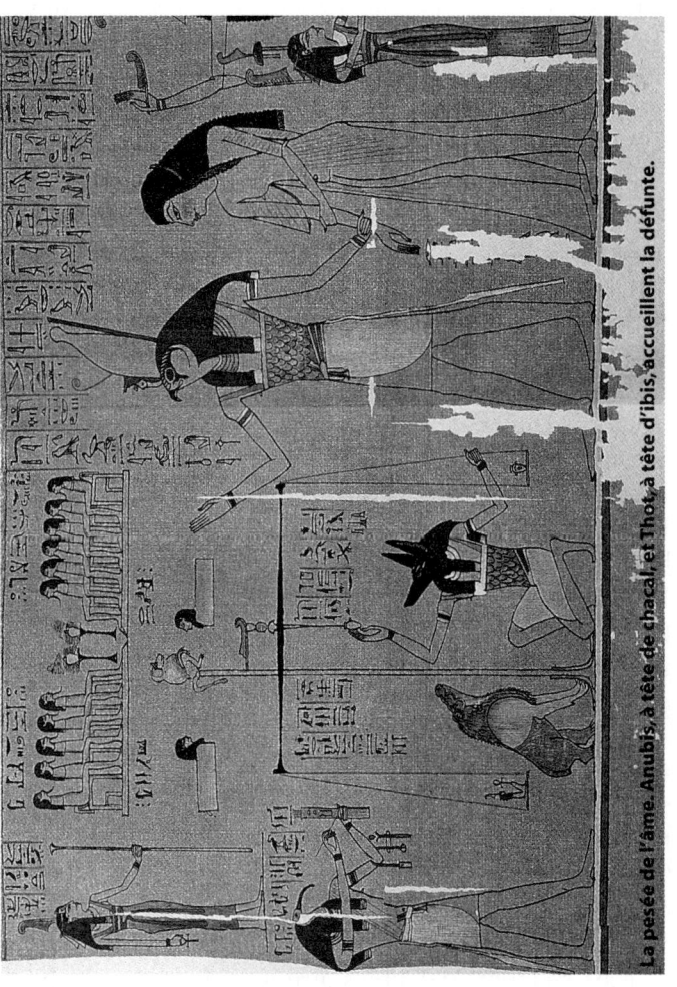

La pesée de l'âme. Anubis, à tête de chacal, et Thot, à tête d'ibis, accueillent la défunte.

Halpète

Renisenb se tourna alors lentement vers Kameni :

— Alors, c'est toi, Kameni, qui l'as aidée à nous faire tout ce mal ?

— Tu m'en veux ? s'enquit-il âprement. Mais que pouvais-je faire d'autre ? Avant de partir, Imhotep m'avait solennellement chargé de lui écrire tout ce que Nofret me dicterait, chaque fois qu'elle me le demanderait. Ne m'en veux pas, Renisenb ! Je n'avais pas le choix.

— Je ne peux en effet t'en blâmer, murmura Renisenb avec effort. C'est vrai que tu étais obligé d'obéir aux ordres de mon père.

— Je l'ai fait à contrecœur… crois-moi. Et c'est exact, il n'y avait pas un seul mot contre toi.

— Oh ! ça m'est bien égal !

— Pas à moi. Quoi qu'ait pu me dicter Nofret, je n'aurais jamais accepté d'écrire un seul mot qui puisse te nuire à toi, Renisenb… Je t'en prie, crois-moi !

Perplexe, Renisenb secoua la tête. Ce point sur lequel Kameni semblait si fort tenir à la convaincre lui paraissait de bien maigre importance. Ce qui la blessait, c'était que Kameni l'ait en quelque sorte trompée. Mais qu'était-il, après tout, sinon un étranger ? Bien qu'apparenté par le sang, il n'était qu'un inconnu que son père avait ramené d'une contrée lointaine. Il n'était rien de plus qu'un apprenti scribe à qui son maître avait confié une tâche à laquelle il n'avait fait que se conformer.

— Je n'ai rien écrit d'autre que la vérité, insistait-il. Je n'ai transcrit aucun mensonge, je te le jure.

— Non, bien sûr, répliqua Renisenb. Pas question de s'écarter de la stricte vérité. Nofret est bien trop maligne pour ça.

La vieille Ésa avait après tout raison. Les brimades dont Satipi et Kait s'étaient délectées avaient fait le jeu de Nofret. Pas étonnant qu'elle les ait subies avec son éternel sourire félin.

140   — Elle est malfaisante, murmura Renisenb qui suivait ses pensées. Malfaisante, ô combien !

Kameni ne la contredit pas :

— Tu as raison. C'est une créature diabolique.

Renisenb leva les yeux vers lui et le dévisagea avec curiosité :

145   — Tu la connaissais avant qu'elle ne vienne ici, n'est-ce pas ? Tu la connaissais déjà à Memphis ?

Kameni rougit et parut mal à l'aise :

— Je ne la connaissais pas personnellement… Je n'avais fait qu'entendre parler d'elle. Une fille orgueilleuse, disait-on,

150   ambitieuse et dure… une fille qui ne pardonne jamais.

Renisenb redressa la tête dans un soudain mouvement d'exaspération :

— Je n'arrive pas à y croire. Mon père ne peut pas mettre ses menaces à exécution. Il passe par une phase de colère… mais

155   ça ne lui ressemblerait pas de se montrer aussi injuste. Quand il reviendra, il pardonnera.

— Quand il reviendra, corrigea Kameni, Nofret s'emploiera à l'empêcher de changer d'avis. Tu ne la connais pas, Renisenb. Elle est rusée, déterminée… et puis, ne l'oublie pas, elle est

160   aussi très belle.

— C'est vrai, admit Renisenb. Elle est belle.

Elle se leva. Sans qu'elle sache trop pourquoi, la seule évocation de la beauté de Nofret lui faisait mal…

★

Renisenb passa l'après-midi à jouer avec les enfants. Tandis

165   qu'elle partageait ainsi leurs jeux, la petite douleur qui lui pinçait le cœur s'amenuisa. Il faisait presque nuit quand enfin elle se releva, promena ses doigts dans ses cheveux, lissa sa robe froissée et se demanda pourquoi ni Satipi ni Kait n'étaient venues les rejoindre comme elles le faisaient d'habitude.

170 Kameni avait depuis longtemps quitté la cour. Renisenb retourna lentement vers la maison. Comme il n'y avait personne dans la grande salle, elle se dirigea vers les quartiers du fond. Ésa somnolait dans un coin de sa chambre tandis qu'une de ses petites esclaves marquait des piles de draps. À

175 la cuisine, on enfournait des miches de pain triangulaires. Il n'y avait personne en vue.

Un sentiment de vide s'empara de Renisenb. Où étaient-ils tous passés ?

Hori était probablement monté au Tombeau. Yahmose devait

180 être avec lui ou bien aux champs. Sobek et Ipi s'occupaient sans doute des bêtes, à moins qu'ils ne soient aux réserves à grain. Mais où étaient Satipi et Kait ? Et surtout, où était Nofret ?

La chambre de la concubine était imprégnée du parfum entêtant de ses onguents, mais elle était vide. Debout dans l'embra-

185 sure, Renisenb regarda le petit appui-tête de bois, le coffret à bijoux, l'amoncellement de bracelets de perles, la bague ornée d'un scarabée bleu étincelant. Parfums, linge, robes, sandales… Tout évoquait l'étrangère, l'ennemie qui vivait parmi eux.

Où, se demanda Renisenb, pouvait-elle bien être ?

190 Elle retourna lentement jusqu'à la porte donnant sur les arrières et y croisa Hénet qui rentrait :

– Où sont-ils tous, Hénet ? À part ma grand-mère, la maison est vide.

– Comment pourrais-je le savoir, ma pauvre Renisenb ? Je

195 travaillais. J'aidais au tissage, je remplissais mille et une tâches. Ce n'est certes pas moi qui ai le temps d'aller me promener.

Ce qui signifiait, estima Renisenb, que quelqu'un était allé se promener. Peut-être Satipi avait-elle suivi Yahmose jusqu'au Tombeau pour l'invectiver[1] davantage ? Mais où était Kait ?

notes

1. invectiver : injurier.

200 Abandonner si longtemps ses enfants n'était pas son genre.
De nouveau, une étrange angoisse l'étreignit :
Où donc était Nofret ?
Comme si elle avait lu dans ses pensées, Hénet lui fournit la
réponse :

205 – Quant à Nofret, il y a un bon moment qu'elle est sortie
pour monter au Tombeau. Ma foi, Hori et elle... les deux
font la paire. (Elle eut un petit rire méchant :) Il en a dans la
tête, lui aussi.
Puis elle s'approcha tout près de Renisenb afin de mieux

210 poursuivre :
– Je voudrais que tu saches, ma pauvre petite, combien je ne
cesse de me reprocher ce qui est en train de se passer. Mais
quand elle est venue me trouver, ce jour-là, vois-tu, avec la
marque de la main de Kait sur sa joue et le sang qui coulait,

215 que voulais-tu que je fasse ? Et quand elle a appelé Kameni
pour qu'il écrive et que je témoigne de ce que j'avais vu...
comment aurais-je pu prétendre que je n'avais rien vu ? Oh !
elle est maligne ! Et moi, pendant ce temps-là, toujours à
penser à ta pauvre maman...

220 Renisenb la repoussa et sortit précipitamment dans la
lumière dorée du soleil couchant. Des ombres envahissaient
déjà la falaise. À ce moment du crépuscule, le monde entier
devenait irréel.
Elle pressa le pas en s'engageant dans le sentier qui montait

225 au Tombeau. Elle voulait retrouver Hori. Tout de suite.
C'était ce qu'elle faisait, enfant, quand un de ses jouets était
cassé. Ou quand elle avait peur. Hori était solide comme la
falaise elle-même, inébranlable, immuable.
Dès que j'aurai retrouvé Hori, tout s'arrangera, pensait-elle

230 confusément.
Elle pressa encore le pas, courut presque.

C'est alors qu'elle vit Satipi qui dévalait le raidillon à sa rencontre. Satipi, elle aussi, devait s'être rendue au Tombeau.

Mais comme elle marchait bizarrement! Pourquoi zigzaguer ainsi d'un bord à l'autre du sentier? Pourquoi trébucher comme si elle n'y voyait rien?

Quand Satipi se rendit compte de la présence de Renisenb, elle s'arrêta net et porta la main à sa poitrine. S'approchant d'elle, Renisenb fut frappée par son expression.

– Qu'est-ce qui t'arrive, Satipi, tu es malade?

Les yeux de Satipi roulaient dans leurs orbites.

– Non, non, bien sûr que non, répondit-elle d'une voix cassée.

– Tu as l'air malade. Tu as l'air d'avoir peur. Qu'est-ce qui s'est passé?

– Que veux-tu qui se soit passé? Rien du tout.

– Où étais-tu?

– Je suis montée au Tombeau… pour chercher Yahmose. Il n'y était pas. Il n'y avait personne là-haut.

Renisenb n'en revenait pas. C'était une autre Satipi, une Satipi vidée de tout courage, de tout ressort, de toute volonté:

– Viens, Renisenb… Rentre avec moi à la maison.

Satipi avait posé une main tremblante sur le bras de sa belle-sœur comme pour la forcer à redescendre avec elle. À ce contact, Renisenb se sentit soudain envahie par un sentiment de révolte:

– Non, je monte au Tombeau!

– Je te dis qu'il n'y a personne, là-haut!

– J'ai envie d'aller m'asseoir et de regarder le fleuve.

– Mais le soleil se couche. Il est trop tard!

Ses doigts s'étaient resserrés comme un étau autour du poignet de Renisenb qui tenta de se libérer:

– Laisse-moi passer, Satipi.

– Non! Viens! Redescends avec moi.

265 Mais Renisenb parvint à se dégager, écarta Satipi et s'élança sur le sentier.

Il était arrivé quelque chose… Son instinct lui disait qu'il était arrivé quelque chose… Elle se mit à courir…

C'est alors qu'elle l'aperçut… qu'elle aperçut l'espèce de

270 baluchon noirâtre abandonné au pied de la falaise… Elle dégringola les rochers pour s'en approcher.

Ce qu'elle découvrit ne la surprit pas. C'était comme si elle en avait eu depuis longtemps le pressentiment.

Nofret gisait, le visage tourné vers le ciel, le corps brisé,

275 disloqué. Ses yeux grands ouverts étaient aveugles à jamais… Renisenb se pencha, toucha la joue déjà froide, puis se redressa sans la quitter des yeux. C'est à peine si elle entendit la voix de Satipi dans son dos :

— Elle a dû tomber. Oui, c'est ça, elle est tombée. Elle aura

280 marché trop près du bord et elle est tombée.

Oui, songea Renisenb, c'est ce qui s'était passé. Nofret n'avait pas mesuré les traîtrises du sentier. Elle avait dû être surprise, faire un faux pas, tomber de la falaise et son corps était venu s'écraser sur les rochers qui en tapissaient le pied.

285 — Elle aura vu un serpent, poursuivit Satipi, et elle aura pris peur. Il y a souvent des serpents qui se lovent là-haut sous les pierres pour s'abriter du soleil.

Des serpents. Oui, des serpents. Sobek et le serpent. Un serpent, vertèbres brisées, mort au grand soleil. Sobek et son

290 regard qui jetait des flammes…

Sobek… Nofret…, pensa Renisenb.

Soudain, elle entendit la voix d'Hori et se sentit soulagée.

— Que s'est-il passé ? criait-il.

Elle se retourna. Hori et Yahmose venaient d'arriver ensemble.

295 Satipi leur expliquait avec animation que Nofret avait dû tomber de la falaise.

— Elle sera montée nous chercher, fit Yahmose. Mais Hori

et moi étions partis jeter un coup d'œil aux canaux d'irriga-
tion. Ça nous a pris une bonne heure. C'est en en revenant
300 que nous vous avons aperçues.

– Où est Sobek ? demanda Renisenb, surprise par le son de
sa propre voix.

Elle sentit plus qu'elle ne vit Hori tourner vivement la tête
vers elle en entendant sa question.

305 – Sobek ? répondit Yahmose, passablement égaré. Je ne l'ai pas
revu de l'après-midi. Pas depuis qu'il est sorti de la maison
comme un fou furieux.

Hori fixait toujours Renisenb. Elle leva les yeux et leurs
regards se croisèrent. Il se détourna pour regarder le corps de
310 Nofret, et elle sut, avec une absolue certitude, ce qu'il pensait.

– Sobek ? murmura-t-il, interrogateur.

– Oh ! non, s'entendit supplier Renisenb. Oh ! non… Oh !
non…

Et elle répéta, criant presque :

315 – Elle aura marché trop près du bord et elle est tombée. Un
pas de trop suffit, là-haut… ç'a toujours été très dangereux…
Sobek qui aimait tuer. « Et, quoi que je fasse, je vais prendre
plaisir à le faire ! »

Sobek qui tuait le cobra…

320 Sobek qui croisait Nofret au plus étroit du sentier…

– Nous ne savons pas, nous n'en savons rien…, s'entendit-
elle murmurer d'une voix brisée.

C'est alors, avec un soulagement immense – avec la sensation
qu'on la déchargeait d'un poids qui l'écrasait –, qu'elle enten-
325 dit la voix grave d'Hori confirmer ce qu'avait dit Satipi :

– Elle aura marché trop près du bord et elle est tombée.

Le regard du scribe croisa de nouveau celui de Renisenb.

« Lui et moi, nous savons, songea-t-elle. Et nous le saurons jusqu'à la fin de nos jours. »

330   – Elle aura marché trop près du bord... s'entendit-elle encore répéter d'une voix brisée.

Et, comme en écho, la voix douce de Yahmose apporta sa conclusion :

– Elle aura marché trop près du bord et elle est tombée.

Bracelet décoré d'un œil magique (XXIIe dynastie).

Au fil du texte

QUE S'EST-IL PASSÉ ?

1. Renisenb, un instant attendrie par la solitude de Nofret, veut dialoguer avec elle, mais Nofret la _repousse_ avant de bousculer un des enfants de _Kait_. Celle-ci _gifle_ Nofret qui fait alors venir _Kameni_ pour écrire une lettre destinée à _Imhotep_. Ésa met en garde les femmes de la famille, mais la rancœur contre Nofret est grande. _Hori_ lit la lettre d'Imhotep, qui est furieux et menaçant, ce qui déclenche la colère de ses enfants. Sobek semble irrité. Puis c'est _Ipy_ qui veut se venger des moqueries de Nofret. Très inquiète, _Renisenb_ veut mettre en garde Nofret.

étymologie : origine d'un mot.

AVEZ-VOUS BIEN LU ?

2. Pourquoi Kameni doit-il écrire à son maître ? _Il doit écrire car Nofret veut envoyer une lettre_

3. Pourquoi, selon vous, Nofret ne le fait-elle pas elle-même ? _Car elle ne sait pas écrire et elle veut avoir des témoins_

4. Qui menace Kameni dans ces pages ? Pourquoi? _C'est Nofret car_

5. Quels petits actes de malveillance Nofret subit-elle ? _P96 l. 34 à 70_

6. Qui prévient Nofret du danger ? _C'est Renisenb_

ÉTUDIER LE VOCABULAIRE

7. Cherchez l'étymologie* du mot « *silhouette* ». Donnez d'autres mots français qui connaissent le même type de formation.

8. Relevez cinq mots appartenant au champ lexical de l'agriculture dans le chapitre 7.

9. Le mot « *malfaisant* » contient un préfixe. Avant de le donner, vous expliquerez ce qu'est un préfixe. Connaissez-vous d'autres mots construits avec le même préfixe ?

10. Cherchez l'étymologie du mot « *circonspection* ». Donnez d'autres mots contenant le même préfixe.

ÉTUDIER LE DISCOURS

11. Relevez tous les propos menaçants qui sont tenus dans ces pages. Par qui et contre qui sont-ils tenus ?

ÉTUDIER LE GENRE

12. La mort de Nofret vous semble-t-elle accidentelle ? Pourquoi ?

13. Faites la liste des suspects et essayez de déterminer le meurtrier.

14. Que signifient les mots « *mobile* » et « *alibi* » dans une enquête policière ?

15. Quel serait le mobile du crime pour le meurtrier que vous avez désigné (question 13) ?

ÉTUDIER L'ÉCRITURE

16. Après avoir défini ce que sont une comparaison et une métaphore, vous donnerez deux exemples pris dans ces chapitres pour chacune de ces figures.

17. Qu'est-ce que le « *suspense* » ?

18. Peut-on dire que le chapitre 9 est un chapitre « *à suspense* » ? Justifiez votre réponse.

LIRE L'IMAGE

Voir document, p. 107.

19. Où est située la défunte sur cette image ?

20. Quel est le dieu qui l'introduit ?

21. Quels sont les deux personnages situés sous la balance ?

22. Où est située la déesse Maât ?

23. Quel est l'indice principal qui permet de la reconnaître ?

À VOS PLUMES !

24. Imaginez que l'inspecteur Scribotek vient enquêter... Rédigez son rapport et ses impressions sur les témoins de « l'accident ». (Vous utiliserez la première personne.)

DÉBAT

25. Trouvez-vous que Nofret a été très cruelle et qu'on peut trouver des excuses ou des « circonstances atténuantes » à son éventuel meurtrier ?

RECHERCHES

26. Cherchez dans votre livre d'histoire ou au C.D.I. des informations sur la pesée des âmes et le jugement d'Osiris... Vous pourrez tenter aussi une adaptation théâtrale et jouer la scène de la pesée.

Les sous

Chapitre 10

4e Mois de l'hiver, 6e Jour

6 mars

Imhotep était assis face à Ésa.

— Ils racontent tous la même histoire, grommela-t-il.

— C'est déjà ça, fit-elle.

5 — Comment ça, « c'est déjà ça » ? Tu as de ces mots !

— Je me comprends, mon fils, gloussa la vieille femme.

— Seulement, disent-ils la vérité ? Voilà une question que moi seul peux trancher ! décréta Imhotep que l'emphase[1] ne rebutait décidément jamais.

10 — Je ne t'imagine guère en déesse Maât[2] ! Pas plus qu'en Anubis[3], fort occupé à peser l'âme des défunts !

— Était-ce un accident ? s'interrogea Imhotep, branlant du chef[4] tel un juge impartial. Je ne puis écarter l'idée qu'en apprenant mes intentions, mon ingrate famille aura réagi

15 avec violence.

— En quoi tu n'as pas tort, concéda Ésa. Pour ce qui est de réagir, ils ont réagi. Ils braillaient même si fort dans la grande salle que je les entendais de ma chambre. Mais, au bout du compte, étaient-ce vraiment là tes intentions ?

20 Imhotep s'agita, mal à l'aise, et marmonna :

— J'ai écrit sous le coup de la colère – une colère justifiée. Ils avaient tous besoin d'une bonne leçon.

— En d'autres termes, tu voulais leur faire peur, c'est ça ?

— Mais enfin, ma chère mère, quel intérêt à l'heure qu'il est ?

25 — Je vois. En réalité, tu ne savais pas ce que tu faisais. Tu as agi à tort et à travers, comme d'habitude.

notes

1. **l'emphase :** l'exagération, la prétention.

2. **déesse Maât :** déesse de la Justice, Maât est représentée avec une plume d'autruche sur la tête, plume qui sert lors de la pesée des âmes.

3. **Anubis :** c'est Anubis qui manie le poids près du fléau de la balance lors de la pesée des âmes. Il préside aussi le rituel de la momification.

4. **branlant du chef :** remuant la tête.

Imhotep avait du mal à contenir son irritation :

— Je veux simplement dire que ce point d'histoire n'a plus guère d'importance. Le vrai problème, c'est la mort de Nofret.

30 Si j'en venais à me persuader qu'un des membres de ma propre famille a pu se montrer assez oublieux de ses devoirs, a pu céder à la colère au point de s'attaquer sans motif aucun à cette fille, je… je… vraiment, je ne sais pas ce que je ferais !

— C'est bien ce que je disais : encore heureux qu'ils te don-
35 nent tous la même version des faits ! répliqua Ésa. Personne n'a rien insinué d'autre, n'est-ce pas ?

— Absolument pas.

— Alors, pourquoi ne considères-tu pas que l'incident est clos ? Tu aurais dû emmener cette fille dans le Nord avec toi.
40 Je te l'avais bien dit.

— Donc, tu crois bel et bien…

— Je crois ce qu'on me dit, l'interrompit Ésa en martelant ses mots. J'y crois du moins tant que cela concorde avec ce que je vois de mes propres yeux — lesquels ne sont plus très
45 fameux, je te l'accorde — ou avec ce que j'entends de mes propres oreilles. Tu as interrogé Hénet, j'imagine ? Qu'a-t-elle trouvé pour pimenter sa version ?

— Elle est catastrophée… absolument catastrophée ! Pour moi, bien entendu.
50 Ésa haussa un sourcil :

— Vraiment ? Tu m'étonnes !

— Hénet, fit Imhotep avec chaleur, a un cœur d'or.

— D'accord. Et une langue de vipère par-dessus le marché. Si le fait d'être catastrophée — pour toi — est sa seule réaction, je
55 considère pour ma part que l'incident est clos. Tu as déjà bien assez de sujets de préoccupation par ailleurs.

— Oh ! ça, oui !

Retrouvant d'un seul coup ses mines affairées et son air pontifiant, Imhotep se leva :

60 —Yahmose m'attend dans la grande salle avec toutes sortes de problèmes urgents sur lesquels je dois me pencher sans délai. De nombreuses décisions ne peuvent être prises sans mon accord. Tu as raison, mes problèmes personnels passent après mon rôle de chef de famille.

65 Ayant dit, il sortit à pas pressés.

Restée seule, Ésa sourit, d'un sourire quelque peu sardonique[1], puis son visage redevint grave. Et elle secoua la tête en soupirant.

★

Yahmose attendait son père en compagnie de Kameni. Hori,
70 expliqua-t-il, surveillait le travail des embaumeurs et de leurs assistants qui s'activaient aux derniers préparatifs des funérailles.

Le voyage de retour d'Imhotep ayant duré plusieurs semaines après qu'il eut appris la mort de Nofret, la préparation des
75 funérailles était maintenant presque achevée. Après avoir longuement séjourné dans un bain de saumure, le corps avait été fardé jusqu'à retrouver une apparence normale. On l'avait oint[2], enduit de sels et soigneusement enveloppé de bandelettes avant de le déposer dans son sarcophage.

80 Yahmose expliqua qu'il avait fait préparer une petite chambre funéraire près du Tombeau destiné à Imhotep lui-même. Il détailla les dispositions qu'il avait prises et Imhotep les approuva.

– C'est très bien, tout cela, Yahmose, dit-il affectueusement.
85 Tu as fait preuve de jugement et tu as gardé la tête froide.

Yahmose rougit de plaisir à ce compliment inhabituel.

___

notes

1. sardonique : moqueur.   *2. oint :* frotté d'huile.

– Évidemment, poursuivit Imhotep, Ipi et Montou sont d'excellents embaumeurs, mais leurs tarifs sont prohibitifs. Ces vases canopes[1], par exemple, me paraissent d'un prix exorbitant. Il n'était pas nécessaire de tant dépenser. Ils exagèrent. C'est le problème, avec ces embaumeurs qui ont travaillé pour la famille du gouverneur. Après cela, ils se croient tout permis. Cela aurait coûté moins cher si tu t'étais adressé à quelqu'un de moins connu.

– En ton absence, fit observer Yahmose, il a bien fallu que je prenne la décision. Et j'ai pensé que rien n'était trop beau pour une concubine à laquelle tu étais tellement attaché.

Imhotep hocha la tête et lui tapota l'épaule :

– Ton erreur te fait honneur, mon fils. Je sais que d'habitude tu es plus prudent quand il s'agit d'argent. J'apprécie que, afin de m'être agréable, tu n'aies pas regardé à la dépense. Mais en même temps, je ne suis pas cousu d'or, et une concubine… eh bien, ce n'est jamais qu'une concubine. On pourrait se passer des amulettes[2] les plus coûteuses. Et aussi… voyons… on doit pouvoir sabrer dans les honoraires… Kameni, lis-moi donc les grandes lignes du devis.

Kameni déroula un papyrus.

Yahmose poussa un ouf! de soulagement.

★

Kait sortit de la maison et rejoignit sans hâte les enfants et leurs mères près du bassin.

notes

1. vases canopes : quatre vases funéraires contenant les viscères du défunt étaient disposés à proximité du sarcophage. Ils étaient regroupés dans une boîte et recouverts d'une tête sculptée (voir illustration, ci-contre).

2. amulettes : petits objets qui doivent attirer la bienveillance des dieux. (Les femmes avaient coutume d'orner leurs coiffures d'amulettes décoratives pour se préserver de tout danger ; il était aussi fréquent de porter des étuis à amulettes attachés à un collier.)

Vases canopes de Padiouf en bois stuqué peint (Troisième Période intermédiaire).

— Tu avais raison, Satipi, dit-elle. Une concubine morte, ce n'est pas du tout la même chose qu'une concubine bien en vie !

Satipi leva sur elle un regard morne et vide. Et ce fut Renisenb qui s'enquit avec vivacité :

115 — Que veux-tu dire, Kait ?

— Pour une concubine vivante, rien n'était trop beau — vêtements, bijoux… et même l'héritage dû à la chair et au sang d'Imhotep ! Mais maintenant, il n'a plus qu'une idée en tête : diminuer le coût des funérailles ! Après tout, pourquoi gas-

120 piller pour une morte ? Oui, tu avais raison Satipi.

— J'ai dit ça, moi ? J'ai oublié, murmura Satipi.

— Ça vaut mieux, reconnut Kait. Moi aussi, j'ai oublié. Et Renisenb également.

Renisenb regarda Kait sans relever. Quelque chose dans la voix

125 de Kait, une vague menace, lui causait une impression désagréable. Elle avait toujours considéré Kait comme une femme un peu stupide, à la fois gentille et soumise, qui ne comptait pour ainsi dire pas. Or, on aurait dit que Kait et Satipi avaient échangé leurs personnalités. L'agressive et autoritaire Satipi

130 était devenue docile, presque timide, tandis que Kait, la placide Kait, semblait dorénavant exercer sa domination sur elle.

Mais, songea Renisenb, le caractère des gens ne se transformait pas comme cela… ou bien si ? Elle ne comprenait pas. Kait et Satipi avaient-elles réellement changé au cours des dernières semaines, ou bien la transformation de l'une était-elle le résultat de la métamorphose de l'autre ? Kait était-elle vraiment devenue combative ou en donnait-elle seulement l'impression à cause du soudain effacement de Satipi ?

Satipi, aucun doute là-dessus, avait changé au cours de ces dernières semaines. Sa voix avait perdu ses accents acariâtres[1]. Elle se traînait à travers la maison et le jardin avec une démarche craintive qui tranchait sur son habituelle assurance. Renisenb avait attribué ce changement au choc que sa belle-sœur avait subi lors de la mort de Nofret, mais il était peu plausible que les effets s'en prolongent aussi longtemps. Telle qu'elle connaissait Satipi, on se serait plutôt attendu à la voir exulter à l'annonce de la mort subite et prématurée de la concubine. Au lieu de cela, elle frissonnait chaque fois que quelqu'un prononçait le nom de Nofret. Yahmose lui-même, libéré du ton autoritaire et brutal de sa femme, adoptait une attitude plus résolue. À l'évidence, le changement dans le caractère de Satipi était donc une bonne chose – du moins Renisenb l'espérait-elle. Mais elle ne pouvait se défendre d'un vague malaise.

Elle s'avisa brusquement que Kait la regardait, les sourcils froncés. Kait, comprit-elle, attendait de sa part un mot d'assentiment après ce qu'elle venait de dire.

– Renisenb également a oublié, répéta Kait.

Soudain, Renisenb se sentit soulevée par une vague de révolte. Personne, ni Kait ni Satipi, n'avait à lui dicter ce qu'elle devait ou ne devait pas oublier. Sans répondre, elle soutint le regard de Kait qui insistait :

notes

1. *acariâtres :* agressifs.

— Dans une maison, les femmes doivent se serrer les coudes.
Renisenb se reprit.

165 — Pourquoi? demanda-t-elle à haute et intelligible voix, sur
un ton de défi.

— Parce qu'elles ont les mêmes intérêts.

Renisenb fit non de la tête. « Je suis un être humain, je suis
une femme, je suis Renisenb », songeait-elle confusément.

170 — Ce n'est pas aussi simple que ça, lança-t-elle.

— Tu veux nous causer des ennuis, Renisenb?

— Non. D'ailleurs, je ne vois pas de quels ennuis tu veux parler.

— Il vaut mieux oublier tout ce qui a été dit dans la grande
salle ce jour-là.

175 Renisenb se mit à rire :

— Tu es stupide, Kait! Les domestiques, les esclaves, ma grand-mère…
tout le monde a dû nous entendre. Pourquoi nier l'évidence?

— Nous étions tous en colère, intervint Satipi d'une voix
morne. Nos paroles ont dépassé notre pensée. Arrête de par-

180 ler de ça, Kait, ajouta-t-elle avec une irritation fébrile. Si
Renisenb veut faire des histoires, tant pis.

— Je ne veux pas faire d'histoires! s'exclama Renisenb, indignée. Mais je trouve idiot de faire « comme si ».

— Non, rétorqua Kait. C'est la sagesse. Pense à Téti.

185 — Téti se porte très bien.

— Maintenant que Nofret est morte, tout le monde se porte
très bien, déclara Kait le sourire aux lèvres.

C'était un sourire satisfait, calme, serein… et, une fois de plus,
un sentiment de révolte envahit Renisenb.

190 Pourtant, Kait avait raison : maintenant que Nofret était
morte, tout allait bien pour tout le monde.

Satipi, Kait, elle-même, les enfants… Ils étaient tous en sécurité. La paix était revenue, nul n'avait aucune raison de
craindre l'avenir. L'intruse, l'inquiétante étrangère qui les

195 menaçait était partie – éliminée.

Mais alors, pourquoi ce petit pincement au cœur chaque fois qu'on évoquait Nofret ? Pourquoi cette impression de devoir défendre la jeune morte qu'elle n'avait pourtant pas aimée ? Nofret était mauvaise et Nofret était morte. Renisenb ne 200 pouvait-elle se contenter de cela ? Pourquoi ce sentiment de pitié – plus, même, que de la pitié : quelque chose qui ressemblait à de la complicité.

Perplexe, Renisenb secoua la tête. Elle resta assise près du bassin après le départ des autres, essayant en vain d'éclaircir la 205 confusion de ses pensées.

Le soleil était bas quand Hori, qui traversait la cour, l'aperçut et s'approcha d'elle :

– Il est tard, Renisenb. Le soleil se couche. Tu devrais rentrer.

Comme d'habitude, elle se sentit rassérénée[1] par le son de sa 210 voix grave et calme. Elle leva les yeux vers lui.

– Est-il vrai que les femmes de la maison doivent se serrer les coudes, Hori ? demanda-t-elle.

– Qui a dit cela, Renisenb ?

– Kait. Satipi et elle…

215 Elle s'interrompit.

– Mais toi… tu préfères penser par toi-même.

– Oh ! penser… Je ne sais que penser, Hori. Tout est tellement compliqué dans ma tête ! Les gens sont compliqués. Chacun est différent de ce que je croyais qu'il était. Regarde 220 Satipi : j'ai toujours cru qu'elle était dure, résolue, autoritaire, et la voilà tout à coup timorée, hésitante, presque timide. Laquelle est la vraie Satipi ? Les gens ne peuvent pas changer comme ça, brusquement, sans crier gare.

– Sans crier gare… non.

notes

1. rassérénée : rassurée.

225 — Et Kait ? Toujours humble, soumise, qui se laissait rabrouer[1] par tout le monde. Voilà qu'elle nous domine tous ! Même Sobek donne l'impression d'avoir peur d'elle. Yahmose lui-même est différent. Il distribue des ordres et s'attend à être obéi !

— Et tout cela te trouble, Renisenb ?

230 — Oui, parce que je ne comprends pas. J'en arrive à me demander si Hénet elle-même n'est pas différente de ce qu'elle donne l'impression d'être !

Elle rit elle-même d'une telle absurdité, mais Hori resta grave, le visage pensif :

235 — Tu ne t'es jamais beaucoup préoccupée des autres, n'est-ce pas, Renisenb ? Si tu l'avais fait, tu aurais compris.

Après s'être un instant interrompu, il reprit :

— Tu sais qu'il existe dans chaque tombe une stèle fausse-porte ?

— Bien sûr, acquiesça Renisenb, un peu étonnée.

240 — Eh bien, il en est de même pour les hommes. Chacun crée sa propre porte en trompe l'œil... pour donner le change. Si l'on a conscience d'être faible ou incompétent, on se fabrique une fausse-porte faite d'autosatisfaction, de forfanterie[2], d'apparente autorité. Et, au bout d'un certain temps, on finit par y

245 croire soi-même. On pense — et tout le monde le pense avec nous — qu'on est ainsi fait. Mais derrière cette porte, Renisenb, la roche est nue... Et quand la réalité nous rejoint, quand la plume de la vérité nous atteint, alors, notre vraie nature ressort. La gentillesse et la soumission ont procuré à

250 Kait tout ce qu'elle pouvait désirer : un mari, des enfants. Sa bêtise apparente lui a rendu la vie plus facile... mais quand la réalité a surgi, sous la forme d'un danger qui la menaçait, sa vraie nature a repris le dessus. Elle n'a pas changé, Renisenb. Cette force, cette dureté ont toujours été en elle.

notes

___

1. rabrouer : traiter avec rudesse.   **2. forfanterie :** vantardise.

255 Renisenb retrouva sa voix de petite fille pour murmurer :
— Je n'aime pas cela, Hori. Cela me fait peur de m'apercevoir
que chacun est différent de ce que j'ai toujours cru. Et moi,
alors ? Suis-je toujours la même ? Je le crois, en tout cas.
— Tu en es sûre ? sourit-il. Alors, pourquoi es-tu assise là
260 depuis des heures, le front plissé, à te creuser la cervelle ? Est-
ce que la Renisenb d'autrefois, celle qui est partie un jour
avec Khay, aurait fait cela ?
— Oh ! non. Il n'y avait pas besoin de…
Renisenb n'alla pas plus loin.
265 — Tu vois ? Tu viens de le dire. C'est le mot : besoin… Tu n'es
plus la petite fille heureuse et frivole que tu as toujours paru
être, prête à tout gober. Tu n'es pas seulement une des
femmes de la maison. Tu es Renisenb, qui veut penser par
elle-même, qui se pose des questions à propos des autres…
270 Renisenb l'interrompit pour faire remarquer, pensive :
— Je me pose surtout des questions à propos de Nofret…
— Quelles questions ?
— Je me demande pourquoi je ne peux pas l'oublier… Elle
était méchante, cruelle, elle a essayé de nous faire du mal, elle
275 est morte… Pourquoi suis-je incapable de me contenter de
cela ?
— Tu ne le peux vraiment pas ?
— Non. J'essaye… mais…
Renisenb hésita et se tut. Puis, se passant la main sur le front,
280 elle ajouta, perplexe :
— Je… j'ai parfois l'impression de savoir quelque chose sur
Nofret.
— Savoir ? Qu'est-ce que tu veux dire ?
— Je ne peux pas te l'expliquer. De temps en temps… c'est
285 comme si elle était là, près de moi. J'ai l'impression… c'est
presque comme si j'étais elle… Il me semble ressentir les
mêmes choses qu'elle. Elle était très malheureuse, Hori. Cela,

je le sais maintenant, même si je ne l'ai pas compris à ce moment-là. Elle voulait nous faire du mal parce qu'elle était
290 malheureuse.

– Mais tu ne peux pas le savoir, Renisenb.

– Non, bien sûr. Mais encore une fois, je le ressens. Cette tristesse, cette amertume, cette haine profonde… je les ai lues un jour sur son visage et je n'ai pas compris ! Peut-être a-t-elle
295 aimé quelqu'un et les choses ont mal tourné… Il est mort, peut-être, ou parti… Mais ça l'a marquée… C'est ce qui lui a donné envie de faire mal, de blesser. Oh ! tu peux dire ce que tu veux, je sais que j'ai raison ! Elle est devenue la concubine de cet homme âgé qui est mon père et… et elle est
300 venue ici. Nous l'avons tout de suite détestée et… et elle s'est dit qu'elle allait nous rendre aussi malheureux qu'elle l'était elle-même… Oui, c'est ce qui a dû se passer !

Hori la regardait avec curiosité :

– Tu m'as l'air bien sûre de toi, Renisenb. Et pourtant, tu ne
305 connaissais presque pas Nofret.

– Non, mais c'est la vérité, Hori. Quelquefois, je la sens… je sens Nofret à côté de moi…

– Je vois.

Le silence tomba entre eux. Il faisait presque nuit.
310 – Tu crois que Nofret n'est pas morte de façon accidentelle, n'est-ce pas ? reprit doucement Hori. Tu penses qu'on l'a poussée ?

Entendre traduire en mots ce qu'elle pensait au fond d'elle-même provoqua chez Renisenb une violente répulsion :
315 – Oh ! non. Non, ne dis pas ça !

– Eh bien, moi, je pense qu'il vaut mieux le dire, Renisenb… puisque c'est ce que tu as dans la tête. Car c'est bien ce que tu crois, n'est-ce pas ?

– Je… Oui !
320 Hori courba pensivement la tête.

— Et tu penses que c'est Sobek qui l'a fait? insista-t-il.

— Qui d'autre? Tu te souviens de la scène du cobra? Et tu te souviens de ce qu'il a dit ce jour-là, le jour de la mort de Nofret, avant de quitter la grande salle?

325 — Je me souviens de ce qu'il a dit, oui. Mais ce ne sont pas forcément les gens qui en disent le plus qui en font le plus.

— Mais est-ce que tu ne crois pas, toi aussi, qu'on l'a tuée?

— Si, Renisenb, je le crois… Mais après tout, ce n'est qu'une opinion. Je n'en ai aucune preuve. Et je ne pense pas qu'on

330 en trouvera jamais. C'est pour cela que j'ai convaincu Imhotep d'accepter la thèse de l'accident. Quelqu'un a poussé Nofret… mais nous ne saurons jamais qui.

— Ce qui reviendrait à dire que tu n'es pas d'avis qu'il s'agissait de Sobek?

340 — Personnellement, je ne suis en effet pas de cet avis. Mais je te le répète : nous ne saurons jamais la vérité… Aussi vaut-il mieux n'y plus penser.

— Mais… si ce n'était pas Sobek… qui crois-tu que c'était? Hori secoua la tête :

345 — Si j'avais un soupçon… rien ne prouverait qu'il soit justifié. Dans ces conditions, mieux vaut se taire.

— Mais alors… on ne saura jamais?

Il y avait comme de l'épouvante dans la voix de Renisenb.

— Peut-être…

350 En proie à l'hésitation, Hori acheva pourtant :

— Et peut-être est-ce mieux ainsi.

— Qu'on ne sache pas?

— Qu'on ne sache pas.

— Mais alors…

355 Renisenb se sentit parcourue d'un frisson :

— Oh! Hori, j'ai peur!

La vision
Chapitre 11
1er MOIS DE L'ÉTÉ, 11e JOUR
Il avril

La cérémonie s'achevait avec les dernières incantations[1]. Avant que la porte de la chambre funéraire ne soit scellée à tout jamais, Montou – le divin père du temple d'Hathor[2] – se saisit du balai d'étoupe[3] pour prononcer les formules rituelles et faire disparaître les dernières traces qu'auraient pu laisser les mauvais esprits.

Puis le tombeau lui-même fut scellé à son tour et tout ce qui restait du travail des embaumeurs – pots emplis de natron[4], sels, lambeaux de toile qui avaient été en contact avec le cadavre – fut placé dans une petite chambre voisine hermétiquement close.

Imhotep s'ébroua et respira profondément, son visage perdit la mine de circonstance qu'il avait affichée pendant les funérailles. Tout avait été fait dans les règles. Nofret avait été ensevelie dans le respect des rites, sans regarder à la dépense bien qu'Imhotep trouvât les frais passablement exagérés.

Il échangea quelques mots aimables avec les prêtres qui, leur rôle terminé, redevenaient des hommes comme les autres. Tout le monde redescendit vers la maison où la collation de rigueur attendait. Imhotep parlait avec le divin père des récents changements politiques : la puissance de Thèbes s'était rapidement accrue et il n'était pas impossible que l'Égypte fût bientôt réunifiée[5]. L'âge d'or des bâtisseurs de pyramides pourrait même revenir.

notes

1. incantations : paroles magiques, prières.

2. Hathor : elle incarne la mère et l'on pensait que les morts retournaient vers elle.

3. étoupe : résidu du chanvre ou du lin.

4. natron : carbonate et bicarbonate de soude (le corps destiné à l'embaumement, préalablement salé, était immergé pendant 70 jours dans ce liquide qui le desséchait). Le corps déshydraté était alors prêt à être emmailloté de bandelettes de lin.

5. l'Égypte réunifiée : voir le contexte historique, p. 327.

Montou fit l'éloge du roi Néphebet-Rê[1]. Un grand soldat en même temps qu'un homme pieux. Les gens du Nord, corrompus et froussards, ne lui résisteraient pas. Oui, une Égypte unie, voilà ce qu'il fallait. Et Thèbes ne pourrait qu'en tirer avantage…
30

Ainsi les hommes allaient-ils, devisant de l'avenir.

Renisenb, elle, se retourna vers la falaise où était la chambre funéraire définitivement close.

– Voilà. Tout est fini, murmura-t-elle.

35 Elle se sentit gagnée par le soulagement. De quoi avait-elle eu si peur ? Avait-elle redouté que surgisse un incident de dernière minute, une accusation ? Tout s'était passé dans l'harmonie qui convenait. Nofret était ensevelie dans les règles. Le rite avait été respecté.

40 Oui, tout était fini.

– Je l'espère, Renisenb. Oh ! oui, je l'espère, gémit Hénet à voix basse.

Renisenb tourna la tête :

– Que veux-tu dire, Hénet ?

45 Les yeux d'Hénet fuirent son regard :

– Simplement que j'espère que tout ceci est bel et bien la fin. Parce qu'il arrive parfois que ce qu'on prend pour la fin n'est en réalité qu'un début. Et cela, ce serait terrible.

– Mais de quoi parles-tu donc, Hénet ? lança Renisenb aga-
50 cée. Qu'es-tu encore en train d'insinuer ?

– Je n'insinue rien, Renisenb… Jamais je ne me permettrais une chose pareille ! Nofret est ensevelie, tout le monde est content. Tout est en ordre.

– Mon père t'a-t-il demandé ce que tu pensais, toi, de la mort
55 de Nofret ? insista Renisenb.

---

notes

1. Néphebet-Rê : quatrième roi de la XIe dynastie qui en compte six, il est aussi connu sous le nom de Montouhotep II (2060-2010). C'est « l'unificateur des Deux Terres ».

— Oui, bien sûr. Il a beaucoup insisté pour que je lui dise très exactement ce que je pensais de tout ça.

— Et tu lui as dit quoi ?

— Bien évidemment, que c'était un accident. À part ça, qu'au-
60 rait-ce bien pu être ? « Tu n'imagines tout de même pas, lui ai-je dit, qu'un membre de ta famille ait pu attenter à la vie de cette fille, n'est-ce pas ? Jamais ils n'auraient osé, ai-je ajouté. Ils ont bien trop de respect pour toi. Qu'ils ronchonnent de temps à autre, c'est bien possible, mais ça ne va jamais plus
65 loin. Tu peux me croire, lui ai-je encore affirmé, quand je te dis qu'il n'y a pas eu de coup fourré. »

Renisenb eut un petit rire :

— Et mon père t'a crue ?

Hénet hocha la tête, l'air fort satisfaite d'elle-même :

70 — Que veux-tu ! Ton père sait avec quel dévouement je sers ses intérêts. Il n'a jamais mis la parole de la vieille Hénet en doute. Lui, au moins, il m'apprécie à ma juste valeur si vous, vous ne le faites pas. Oh ! mon dévouement à votre égard porte en soi sa propre récompense. Je n'en attends pas de remerciements.

75 — Tu étais également très dévouée à Nofret, fit observer Renisenb.

— Je ne sais pas ce qui t'a mis cette idée en tête, Renisenb. Je n'ai fait qu'obéir aux ordres, comme tout le monde.

— Elle, en tout cas, te croyait à son entière dévotion.

80 — Nofret n'était pas aussi fine mouche[1] qu'elle se l'imaginait, ricana Hénet. C'était une orgueilleuse… qui estimait que le monde entier était à ses pieds. Eh bien, maintenant, elle va avoir à s'expliquer devant les juges de la Terre Souterraine, et là, son joli minois ne lui servira à rien. En tout cas, nous voilà

___
notes
1. *fine mouche* : subtile.

85 débarrassés d'elle. Du moins…, ajouta-t-elle à mi-voix, en touchant une de ses amulettes, du moins, je l'espère.

★

— Renisenb, il faut que nous parlions de Satipi.
— Oui, Yahmose ?

Renisenb se sentait emplie de compassion devant l'air doux
90 et inquiet de son frère.

— Ça ne va pas du tout, commença-t-il, accablé. Je ne sais pas ce qui se passe.

Renisenb secoua tristement la tête, incapable de trouver des mots de réconfort.

95 — Depuis quelque temps, poursuivit Yahmose, je la trouve changée. Elle sursaute au moindre bruit, elle mange à peine, elle se traîne comme si… comme si elle avait peur de son ombre. Tu as dû le remarquer, toi aussi, Renisenb ?

— Oui, c'est vrai, je l'ai remarqué.

100 — Je lui ai demandé si elle était malade… et si je devais faire appeler un médecin, mais elle m'a répondu qu'elle n'avait rien… qu'elle se sentait parfaitement bien.

— Je sais.

— Tu lui en as parlé, toi aussi ? Et elle ne t'a rien confié… rien
105 du tout ?

L'anxiété perçait sous chaque mot. Renisenb aurait voulu aider son frère mais ne trouvait rien à lui dire :

— Elle assure qu'elle va tout à fait bien.

— Elle dort très mal, continua Yahmose. Elle fait des cauche-
110 mars et crie dans son sommeil. Je me demande si… si elle n'aurait pas quelque contrariété dont nous ne savons rien.

Renisenb secoua la tête :

— Je ne vois pas d'où ça pourrait venir. Les enfants se portent à merveille. Il ne s'est rien passé ici de particulier — à part,

115 bien entendu, la mort de Nofret… Et ce serait quand même un comble que Satipi en ait beaucoup de chagrin ! ajouta-t-elle non sans malice.

Yahmose eut un mince sourire :

– Tu as raison. Elle pavoiserait plutôt. Et puis ça dure depuis
120 un certain temps. Ça a même commencé, je crois bien, avant la mort de Nofret.

Il ne semblait pas très sûr de lui et Renisenb lui lança un coup d'œil rapide.

– Avant la mort de Nofret… Tu ne crois pas ? répéta-t-il.

125 – Je ne l'ai remarqué qu'après, fit lentement Renisenb.

– Et elle ne t'a rien confié… Tu en es bien sûre ?

Renisenb fit non de la tête :

– Mais tu sais, Yahmose, je ne crois absolument pas Satipi malade. Elle me donne plutôt l'impression d'avoir… d'avoir
130 peur.

– Peur ? s'exclama Yahmose, stupéfait. Pourquoi Satipi aurait-elle peur ? Et de quoi pourrait-elle bien avoir peur ? Satipi a toujours été courageuse comme une lionne.

– Je sais bien, reconnut Renisenb, désarmée. C'est ce que
135 nous avons toujours pensé… Mais parfois, les gens chan-gent… C'est bizarre, tu sais.

– Tu ne crois pas que… que Kait pourrait en savoir quelque chose ? Est-ce que Satipi lui en aurait parlé ?

– Elle se serait sûrement confiée à elle plutôt qu'à moi. Mais
140 je ne crois pas qu'elle l'ait fait. Je suis même sûre du contraire.

– Qu'est-ce qu'en pense Kait ?

– Kait ? Kait n'a jamais d'avis sur rien.

Tout ce qu'avait fait Kait, réfléchissait Renisenb, c'était de profiter du peu banal état d'abattement actuel de Satipi pour
145 faire main basse sur les plus belles pièces de lin qu'on venait de tisser – ce qu'elle n'aurait jamais pu se permettre si Satipi avait été dans son état normal. La maison tout entière aurait

résonné des échos de l'algarade[1] ! Et c'était précisément la façon dont Satipi avait encaissé le coup sans rechigner qui
150 avait impressionné Renisenb.

— Et Ésa ? Tu lui as demandé ce qu'elle en pensait ? s'enquit Renisenb. Notre grand-mère s'y connaît en ce qui concerne les femmes et leurs humeurs !

— Ésa, bougonna Yahmose, gêné, trouve que je devrais me
155 féliciter du changement. Elle espère – sans trop y croire – que Satipi persévérera dans ces bonnes dispositions.

— Tu en as touché un mot à Hénet ? demanda encore Renisenb après un instant d'hésitation.

— Hénet ?

160 Yahmose fit la grimace :

— Non, bien sûr que non. Je n'irais jamais parler de ça à Hénet. Elle se mêle déjà assez comme ça de ce qui ne la regarde pas. Père lui passe tout !

— À qui le dis-tu ! Elle est exaspérante. Mais en même
165 temps… eh bien… elle sait habituellement des tas de choses.

— Et si tu lui en parlais, toi ? fit lentement Yahmose. Et que tu me racontais ensuite ce qu'elle t'a dit ?

— Si tu veux.

★

Renisenb aborda le sujet dès qu'elle se trouva seule avec
170 Hénet. Elles se dirigeaient toutes deux vers les ateliers de tissage. À sa surprise, la question parut mettre Hénet mal à l'aise et ne déclencha pas les commérages habituels.

Hénet toucha furtivement une de ses amulettes et jeta un regard par-dessus son épaule :

notes

1. algarade : scène (dispute).

L'ouverture de la bouche, cérémonie funéraire durant laquelle Anubis soutient la momie.

175   — Ça ne me concerne pas… absolument pas. Que les gens soient eux-mêmes ou pas, je n'ai pas à le savoir. Je m'occupe de ce qui me regarde. S'il y a de la casse, je ne veux pas y être mêlée.

— De la casse ? Quelle casse ?

180   Hénet lui lança un rapide coup d'œil en coin :

— Aucune, j'espère. Aucune en ce qui nous concerne, en tout cas. Toi et moi, Renisenb, nous n'avons rien à nous reprocher. Et c'est un grand réconfort pour moi de…

— Tu crois donc que Satipi… Mais qu'est-ce que tu crois au

185   juste ?

— Rien du tout, Renisenb… et, s'il te plaît, ne me fais pas dire ce que je n'ai pas dit. Je ne suis guère plus qu'une servante dans cette maison, et cela ne me donne pas le droit de donner mon avis sur ce qui ne me regarde pas. Mais, si tu tiens à

190   le savoir, je trouve qu'elle a changé en bien, et que c'est tant mieux pour tout le monde si ça continue comme ça. Maintenant, je t'en prie, laisse-moi : je dois vérifier si on a correctement daté les pièces de lin. Ces femmes sont d'une négligence ! Toujours à jacasser au lieu de faire leur travail !

195   Peu satisfaite, Renisenb la regarda s'éloigner vers l'atelier de tissage et regagna la maison à pas lents. Lorsqu'elle entra dans la chambre de Satipi, ce fut de manière si furtive que cette dernière, ne l'ayant pas entendue arriver, sursauta en poussant un cri quand elle lui posa la main sur l'épaule :

200   — Oh ! tu m'as fait peur ! J'ai cru que…

— Satipi, demanda Renisenb, qu'est-ce qui ne va pas ? Tu ne veux pas m'en parler ? Yahmose s'inquiète à ton sujet et…

Satipi porta la main à sa bouche et, les yeux agrandis par la peur, bégaya, visiblement affolée :

205   — Yahmose ? Qu'est-ce que… qu'est-ce qu'il t'a dit ?

— Il se fait du mauvais sang. Tu as crié des choses dans ton sommeil et…

— Renisenb !

Satipi l'attrapa par le bras :

210 — Est-ce que j'ai dit… ? Qu'est-ce que j'ai dit ?

Ses yeux étaient dilatés par la terreur :

— Yahmose croit que… ? Qu'est-ce qu'il t'a raconté ?

— Nous pensons tous les deux que tu es malade ou… ou alors malheureuse.

215 — Malheureuse ? répéta Satipi.

Elle avait murmuré le mot avec une intonation qui impressionna Renisenb :

— Tu es vraiment malheureuse, Satipi ?

— Peut-être… Je ne sais pas. Ce n'est pas ça.

220 — Non. Ce qu'il y a, c'est que tu as peur, n'est-ce pas ?

Satipi la foudroya du regard, soudain hostile :

— Pourquoi dis-tu ça ? Pourquoi aurais-je peur ? Qu'est-ce qui pourrait bien me faire peur ?

— Je ne sais pas. Mais c'est pourtant le cas, non ?

225 Satipi fit un effort pour retrouver un peu de son arrogance passée et redressa la tête avec dédain :

— Je n'ai peur de rien… ni de personne ! Comment oses-tu suggérer une chose pareille, Renisenb ? Et tu me feras le plaisir de ne plus parler de moi avec Yahmose. Yahmose et moi

230 nous entendons très bien.

Elle se tut un instant, puis reprit, acerbe :

— Nofret est morte… eh bien, bon débarras ! Voilà tout ce que j'ai à dire. Et tu peux répéter ça à tous ceux qui veulent savoir ce que j'en pense.

235 — Qu'est-ce que Nofret vient faire là-dedans ? s'étonna Renisenb.

Se laissant emporter par la fureur, Satipi redevint soudain pour de bon elle-même :

— Nofret, Nofret, Nofret ! J'en ai ma claque d'entendre pro-
240 noncer ce nom-là ! Personne n'a plus aucune raison de parler

d'elle dans cette maison… et, dieu merci, c'est beaucoup mieux comme ça !

Sa voix, qui avait retrouvé ses aigus de naguère, se brisa instantanément à l'entrée de Yahmose.

245 — Du calme, Satipi, ordonna-t-il avec une sécheresse que Renisenb ne lui connaissait pas. Si mon père t'entendait, nous aurions droit à un nouveau drame. Qu'est-ce qui te prend de te laisser aller comme ça ?

Si le ton sec et courroucé[1] de Yahmose était peu banal,
250 l'aplatissement de Satipi ne fut pas moins spectaculaire.

— Je suis désolée, Yahmose, balbutia-t-elle. Je ne me rendais pas compte.

— Eh bien, à l'avenir, tâche de te surveiller un peu plus ! Kait et toi avez fait assez de dégâts comme ça. Les femmes sont
255 décidément impossibles !

— Je te demande pardon, murmura de nouveau Satipi.

Yahmose sortit en bombant le torse et d'un pas beaucoup plus assuré qu'à son habitude, comme si l'affirmation de son autorité l'avait soudain ragaillardi.

260 Renisenb se dirigea lentement vers la chambre de la vieille Ésa. Sa grand-mère, estimait-elle, pourrait se montrer de bon conseil. Mais Ésa, qui était en train de se délecter d'une grappe de raisin, refusa de prendre l'affaire au sérieux :

— Satipi, Satipi ! Qu'est-ce que c'est que tout ce tapage à propos
265 de Satipi ? À croire que vous n'aimiez tous rien tant que vous faire houspiller[2] par Satipi et que, maintenant qu'elle se tient enfin convenablement, ses récriminations[3] vous manquent !

Elle cracha quelques pépins et conclut :

— De toute façon, c'est trop beau pour durer… À moins que
270 Yahmose ne sache y faire.

notes

1. *courroucé :* irrité. 2. *houspiller :* critiquer, réprimander. 3. *récriminations :* reproches, accusations.

– Yahmose ?

– Oui. Je m'étais laissé aller à croire qu'il avait enfin compris et qu'il lui avait flanqué la raclée de son existence. C'est de ça qu'elle a besoin… et elle est probablement du genre à en redemander. Avec ses mines compassées et ses jérémiades, Yahmose devait l'exaspérer.

– Yahmose est adorable ! s'exclama Renisenb, indignée. Il se met en quatre pour tout le monde, il est doux et gentil comme une femme – pour autant que les femmes soient douces et gentilles, ajouta-t-elle, dubitative.

Ésa partit d'un petit rire quinteux :

– Sage restriction, ma petite-fille. Non, les femmes n'ont rien de gentil… ou si tel est parfois le cas, qu'Isis leur vienne en aide ! Ceci posé, les femmes qui attendent de leurs maris qu'ils se montrent doux et gentils ne sont pas légion. Elles préfèrent les belles brutes fortes en gueule comme Sobek… Voilà le genre d'homme qui plaît aux filles. Ou alors un joli garçon qui n'ait pas froid aux yeux, comme Kameni… Pas vrai, Renisenb ? En voilà un qui ne restera pas longtemps dans la cour à regarder les mouches voler ! Il a d'ailleurs un goût très sûr pour ce qui est des chansons d'amour. Quoi ? Hi, hi, hi !

Renisenb se sentit devenir cramoisie.

– Je ne vois pas ce que tu veux dire, fit-elle dignement.

– Vous croyez tous que la vieille Ésa ne sait rien de ce qui se passe ! Oh ! que si !

Elle posa sur Renisenb le regard de ses yeux qui n'y voyaient quasi plus :

– Je l'ai peut-être su avant toi, mon enfant. Ne te fâche pas. C'est la vie, Renisenb. Khay a été un bon frère pour toi ; mais il mène à présent sa barque dans le Champ des Offrandes. Et la sœur trouvera un nouveau frère pour harponner son poisson dans le fleuve de sa vie… Non que Kameni soit forcément le bon numéro : une plume de roseau et un rouleau de

305 papyrus sont sa marotte. C'est au demeurant un jeune homme bien fait de sa personne, et qui sait à merveille choisir ses chansons. Il n'empêche que je ne suis pas sûre que ce soit un homme pour toi. Nous ne savons pas grand-chose sur son compte ; c'est un homme du Nord. Imhotep en pense grand bien, mais comme j'ai toujours été convaincue

310 qu'Imhotep était un imbécile... N'importe qui peut l'avoir par la flatterie. Regarde Hénet, par exemple.

– Tu te trompes complètement ! s'offusqua Renisenb.

– Très bien ! Admettons que je me trompe ! Ton père n'est pas un imbécile !

315 – Ce n'est pas ce que je voulais dire. Je pensais à...

– Je sais à quoi tu pensais, petite, sourit Ésa. Mais tu ne connais pas le fin du fin. Tu ne sais pas la jouissance qu'il y a à avoir ses aises comme je les ai et à en avoir fini avec toutes ces histoires de frère et de sœur, d'amour et de haine. Et à

320 manger une caille bien dodue ou une rousserolle[1] des roseaux cuite à point, et puis un gâteau au miel, et puis des poireaux mijotés avec du céleri. Et à faire descendre le tout avec un bon vin de Syrie. Et à ne plus avoir aucun souci au monde. Et à regarder de loin toute cette agitation, toutes ces peines

325 de cœur, en sachant que rien de pareil ne peut plus vous toucher. Et à voir son fils se ridiculiser avec une jolie fille, et à la voir, elle, mener tout le monde par le bout du nez, cela m'a fait rire, je t'assure ! D'une certaine façon, tu sais, je l'aimais bien, cette fille. Elle avait le mal en elle, c'est vrai : il n'y a qu'à

330 voir la façon dont elle les a tous obligés à regarder leur mauvais profil. Sobek réduit à l'état de baudruche[2] dans laquelle on a planté une épingle, Ipi comme le gamin qu'il est,

---

notes

1. rousserolle : oiseau, passereau.

2. baudruche : ballon léger. Au sens figuré : homme sans personnalité forte.

Yahmose avec ses airs penauds de mari battu. C'est comme si elle leur avait fait regarder leur image dans l'eau : elle les a for-
335 cés à se voir tels qu'ils sont aux yeux des autres. Mais pour-quoi te haïssait-elle, toi, Renisenb ? Tu peux me le dire ?

— Elle me haïssait ? fit Renisenb, incrédule. J'ai… j'ai pour-tant essayé un jour de lui offrir mon amitié.

— Et elle a refusé ? Fallait-il qu'elle te haïsse, et pour de bon !
340 Ésa se tut un instant avant de s'enquérir d'un ton cassant :

— Est-ce que ce ne serait pas à cause de Kameni ?

Renisenb se sentit de nouveau rougir :

— Kameni ? Comment cela ?

— Kameni et elle venaient tous deux du Nord, réfléchit tout
345 haut Ésa. Mais c'est toi que Kameni regardait en chantant sous le portique.

Renisenb coupa court :

— Il faut que j'aille m'occuper de Téti.

Le ricanement amusé d'Ésa la poursuivit tandis que, les
350 joues toujours en feu, elle traversait la cour en direction du bassin.

La voix de Kameni lui parvint de sous le portique :

— Je viens d'écrire une nouvelle chanson, Renisenb ! Arrête-toi le temps de l'écouter.
355 Elle secoua la tête et pressa le pas. Son cœur battait à tout rompre et elle était folle de rage. Kameni et Nofret. Nofret et Kameni. Pourquoi avoir laissé la vieille Ésa, qui n'aimait rien tant que semer la zizanie, lui fourrer des idées pareilles dans la tête ? Et pourquoi le prendre mal ?
360 Et d'ailleurs, en quoi cela la concernait-il ? Elle se fichait de Kameni, elle s'en fichait éperdument ! Un garçon qui ne manquait pas de toupet et dont la voix rieuse et la carrure lui rappelaient Khay.

Khay… Khay…
365 Elle répéta son nom avec insistance ; mais cette fois, aucune

image ne surgit devant ses yeux. Khay était dans un autre monde. Il était dans le Champ des Offrandes.

Sous le portique, Kameni chantait de sa voix la plus douce :

— Et je dirai à Ptah : « Accorde-moi ma sœur cette nuit… »

★

370 — Renisenb !

La jeune femme contemplait le Nil et Hori dut répéter son nom par deux fois avant qu'elle ne tourne la tête et ne s'aperçoive de sa présence.

— Tu étais perdue dans tes songes, Renisenb. À quoi rêvais-tu ?

375 Sans trop savoir pourquoi, elle lui répondit sur un ton de défi :

— Je pensais à Khay.

Hori la regarda en silence, puis sourit :

— Je vois.

380 Renisenb eut la désagréable sensation qu'effectivement, il voyait.

Elle s'empressa de changer de sujet :

— Que se passe-t-il quand on est mort ? Est-ce que quelqu'un le sait vraiment ? Tous ces textes — tout ce qu'on écrit sur les

385 sarcophages —, c'est quelquefois tellement obscur qu'on a l'impression que cela n'a aucun sens. On sait qu'Osiris a été tué, puis que les morceaux de son corps démembré ont été réunis, qu'il porte la couronne blanche et que, grâce à lui, nous ne mourrons pas vraiment. Mais quelquefois, Hori, rien de tout

390 cela ne paraît réel… et puis c'est tellement compliqué…

Hori hocha doucement la tête.

— Que se passe-t-il quand on est mort ? s'entêta Renisenb. C'est ça, ce que je voudrais savoir.

— Je suis bien incapable de te le dire, Renisenb. C'est à un

395 prêtre que tu devrais poser ce genre de questions.

— Il se contenterait de me faire les réponses habituelles ! Moi, je veux savoir.

— Aucun de nous ne peut le savoir avant d'être mort lui-même, répondit doucement Hori.

400 Renisenb frissonna :

— Non… ne dis pas ça !

— Quelque chose te tourmente, Renisenb ?

— C'est la faute d'Ésa. Dis-moi, Hori : est-ce que… est-ce que Kameni et Nofret se connaissaient avant de venir ici ?

405 Hori demeura un instant figé. Puis, comme ils reprenaient côte à côte la direction de la maison, il murmura :

— Je comprends. C'est donc ça…

— Qu'est-ce que tu veux dire avec ton « c'est donc ça » ? Je t'ai juste posé une question.

410 — Dont je ne connais pas la réponse. Nofret et Kameni ont fait connaissance dans le Nord… mais se sont-ils pour autant connus, je n'en sais rien. C'est si important, pour toi ? ajouta-t-il avec une douceur renouvelée.

— Non, bien sûr que non, répondit Renisenb. Je m'en fiche

415 complètement.

— Nofret est morte.

— Morte, embaumée et murée dans son Tombeau. N, I, ni, c'est fini !

— Et Kameni… ne semble pas en éprouver un immense

420 chagrin…

— Non, fit Renisenb, qui n'avait pas encore envisagé cet aspect de la question. C'est vrai. Oh ! Hori ! Ce que tu peux être réconfortant !

Il sourit :

425 — J'ai autrefois réparé le petit lion de Renisenb. Aujourd'hui… elle a d'autres jouets.

Renisenb s'engagea dans le chemin qui contournait la maison :

— Je n'ai pas envie de rentrer tout de suite. J'ai l'impression de

tous les haïr. Oh! pas vraiment, tu comprends. Mais juste
430 parce que je suis énervée, de mauvaise humeur, et que tout
le monde est si bizarre. On ne pourrait pas monter jusqu'au
Tombeau? C'est si beau, là-haut… On s'y sent… dégagé des
contingences.

– Bien vu, Renisenb. C'est aussi ce que je ressens. La maison,
435 les pâturages, les cultures : tout ce qui s'étend à vos pieds
paraît dénué d'importance. Le regard porte au loin, plus loin,
vers le fleuve, et, au-delà du fleuve… sur toute l'Égypte.
L'Égypte qui sera bientôt de nouveau unie, forte et grande,
comme elle l'était autrefois.

440 – Bah… tu trouves que ça a de l'importance? murmura
Renisenb d'un ton vague.

Hori sourit à nouveau :

– Pas pour la petite Renisenb. Pour elle, seul son lion en a.

– Tu te moques de moi, Hori. Ça a vraiment de l'importance
445 pour toi?

– Pourquoi en aurait-ce? murmura Hori, pensif. Oui, pourquoi en aurait-ce? Je ne suis que le scribe et fondé de pouvoir d'un prêtre du ka. En quoi le fait que l'Égypte soit forte
ou affaiblie me concernerait-il?

450 – Oh! regarde! s'écria Renisenb en désignant la falaise.
Yahmose et Satipi sont montés au Tombeau. Les voilà qui
redescendent.

– Oui, dit Hori. Il y avait des choses à ranger : des rouleaux
de bandelettes dont les embaumeurs[1] ne se sont pas servis.
455 Yahmose m'avait prévenu qu'il emmènerait Satipi là-haut
pour voir ce qu'ils pourraient en faire.

notes

1. embaumeurs : ceux dont le
métier consiste à embaumer
les morts.

Tous deux s'arrêtèrent pour regarder le couple descendre l'étroit sentier.

Renisenb s'avisa brusquement que Yahmose et Satipi étaient
460 sur le point d'atteindre l'endroit d'où Nofret avait dû tomber. Satipi marchait en tête, Yahmose quelques pas derrière elle.

Soudain, Satipi tourna la tête pour dire quelque chose à Yahmose. Peut-être, pensa Renisenb, lui faisait-elle remarquer que ça devait être l'endroit de l'accident.

465 Et puis, brusquement, Satipi s'immobilisa. Figée comme une statue de pierre, les yeux exorbités, elle fixait la portion de sentier qu'elle venait de parcourir. Elle leva les bras comme pour se protéger d'une vision terrifiante ou comme pour parer un coup. Elle cria quelque chose, trébucha, chancela et,
470 tandis que Yahmose se précipitait pour la rejoindre, poussa un hurlement, un hurlement d'épouvante, et, tête la première, bascula dans le vide.

Figée de stupeur, main à la gorge, Renisenb la vit s'écraser sur les rochers.

475 Satipi gisait à présent, masse informe, à l'endroit précis où s'était écrasé le corps de Nofret.

Rassemblant tout son courage, Renisenb se précipita au pied de la falaise. Yahmose dévalait le sentier en appelant à la rescousse.

480 Renisenb se pencha sur le corps de sa belle-sœur. Les yeux de Satipi étaient grands ouverts, ses paupières battaient faiblement. Elle remuait les lèvres, essayait de parler. Renisenb approcha son oreille de la bouche de Satipi. L'expression de terreur qu'elle lut dans ses yeux l'épouvanta.

485 Alors la voix de l'agonisante s'éleva, croassement rauque :
– Nofret…

Sa tête retomba. Sa mâchoire s'affaissa.

Hori avait attendu Yahmose. Les deux hommes s'approchèrent ensemble.

490 Renisenb se tourna vers son frère :

— Qu'est-ce qu'elle a crié, là-haut, avant de tomber ?

Yahmose haletait, à peu près incapable de parler :

— Elle a regardé derrière moi… par-dessus mon épaule… comme si elle avait vu quelqu'un descendre le sentier… mais

495 il n'y avait personne… il n'y avait personne sur le sentier !

Hori le confirma :

— Il n'y avait personne…

La voix de Yahmose n'était plus qu'un murmure terrifié :

— Et puis elle a crié…

500 — Mais qu'est-ce qu'elle a crié ? s'impatienta Renisenb.

— Elle a crié… Elle a crié…

Sa voix trembla :

— Nofret…

La détermination de Renisenb

Chapitre 12
1er MOIS DE L'ÉTÉ, 12e JOUR
12 avril

— C'est donc ça, ce que tu voulais dire ? Plus qu'une question adressée à Hori, c'était une constatation que venait d'énoncer Renisenb.

5 D'une voix que l'horreur rendait quasiment inaudible, elle exprima l'évidence qui s'imposait à elle :

— C'est Satipi qui a tué Nofret…

Accroupie, menton dans les mains, sur le seuil de la petite salle creusée dans le roc à côté du Tombeau, Renisenb s'abî-

10 mait dans la contemplation de la vallée qui s'étendait en contrebas.

Elle songeait, comme en un rêve, à la profonde vérité des mots qu'elle avait prononcés la veille… Mais était-ce bien la veille ? Cela semblait si loin ! D'où elle était, la maison tout

15 là-bas et les silhouettes microscopiques qui s'agitaient alentour lui donnaient l'impression dérisoire de contempler l'effervescence d'une fourmilière.

Seul le soleil qui brillait, majestueux et souverain, au-dessus de leurs têtes, seul le mince ruban argenté du Nil dans la
20   lumière du matin lui paraissaient immuables, éternels. Khay était mort, comme étaient mortes Nofret et Satipi… comme elle-même et Hori le seraient un jour. Mais Rê continuerait de régner dans les cieux et de naviguer la nuit sur sa barque dans le Monde Souterrain jusqu'à l'aube d'un jour nouveau.
25   Et le Fleuve continuerait à baigner de ses eaux l'Éléphantine[1] et à couler, par-delà Thèbes, par-delà leur village, jusqu'à la Basse-Égypte – où Nofret avait vécu, gaie et insouciante – pour se jeter dans les vastes mers.
Satipi et Nofret…
30   Hori n'ayant ni relevé ni répondu, Renisenb poursuivit le cours de ses pensées à voix haute :
– Tu vois, j'aurais juré que Sobek…
Elle s'interrompit.
– Le type même de l'idée préconçue, fit observer Hori.
35   – Et c'était par-dessus le marché stupide de ma part, convint Renisenb. Parce qu'enfin, Hénet m'avait ce jour-là plus ou moins laissé entendre que Satipi était venue se promener par ici avant de me dire très précisément que Nofret était montée au Tombeau. J'aurais dû faire le rapprochement. Il allait de
40   soi que Satipi avait suivi Nofret, qu'elles s'étaient rencontrées sur le sentier… et que Satipi l'avait poussée dans le vide. Elle venait d'ailleurs de clamer à tous les échos qu'elle était le seul homme de la famille…
Elle frissonna et sa voix se brisa.
45   – Et quand je l'ai rencontrée, reprit-elle, j'aurais dû comprendre. Elle n'était plus la même… Elle était épouvantée. Elle a

notes

1. Éléphantine : île du Nil située en face d'Assouan.

essayé de me convaincre de redescendre avec elle. Elle ne voulait pas que je découvre le corps de Nofret. Fallait-il que je sois aveugle pour ne pas voir la vérité ! Mais j'avais si peur
50 à propos de Sobek…

– Je sais. C'est de l'avoir vu tuer ce cobra.

Renisenb acquiesça, heureuse d'être comprise :

– Oui ! Et puis il y a eu ce cauchemar… Pauvre Sobek, je me suis bien trompée sur son compte. Comme tu dis, menacer
55 n'est pas tuer. Sobek a toujours aimé jouer les matamores[1]. Mais qui n'a jamais eu froid aux yeux ? Qui n'a jamais eu peur de passer à l'acte ? Satipi. Et depuis son crime – quand elle n'a plus été que l'ombre d'elle-même, au point que nous en avons tous été frappés –, comment avons-nous pu ne pas
60 deviner l'origine de cette métamorphose ?

Relevant la tête, elle décocha un rapide coup d'œil :

– Toi, peut-être, tu avais compris la situation ?

– Depuis quelque temps déjà, répondit Hori, j'avais la conviction qu'en fait, la découverte de la vérité sur la mort
65 de Nofret passait par l'étude de l'extraordinaire changement de personnalité de Satipi. La coïncidence était évidente : il y avait un rapport entre les deux faits.

– Pourtant, tu n'as rien dit ?

– Qu'aurais-je pu dire, Renisenb ? Qu'aurais-je jamais pu
70 prouver ?

– Rien, c'est vrai.

– Des preuves, il faut que ce soit un agglomérat de faits aussi solide qu'un mur de briques.

– N'empêche que tu m'as dit il n'y a pas si longtemps, argu-
75 menta Renisenb, que les gens ne changent jamais vraiment.

---

notes

1. jouer les matamores :
faire le fier.

Or, te voilà maintenant en train d'admettre que Satipi avait bel et bien changé.

Hori lui sourit :

– Tu devrais plaider à la cour de justice du nome[1] ! Non, Renisenb, je maintiens ce que j'ai dit : les gens restent toujours eux-mêmes. Satipi, tout comme Sobek, avait l'imprécation[2] facile. Avec cette différence qu'elle était peut-être capable, en effet, de passer de la parole aux actes... Mais je crois néanmoins qu'elle était de ces gens incapables de rien savoir des choses tant qu'ils ne les ont pas vécues. Jusqu'à ce jour-là, elle n'avait jamais, ne fût-ce qu'un instant, expérimenté la peur. Quand la peur l'a prise à la gorge, elle n'y était pas préparée. Elle a alors appris que le vrai courage consiste à savoir affronter l'inattendu... et que, ce courage-là, elle ne l'avait pas.

– Quand la peur l'a prise à la gorge... répéta Renisenb dans un souffle. Oui, c'est ce qui nous est arrivé à tous sitôt après la mort de Nofret. Satipi l'a portée sur son visage et nous l'y avons tous lue. Et elle l'avait au fond des yeux quand elle est morte... quand dans un râle elle a dit « Nofret »... On aurait dit qu'elle voyait...

Renisenb se mordit les lèvres et leva vers Hori le regard de ses yeux agrandis par l'angoisse :

– Qu'est-ce qu'elle avait vu, Hori ? Là, sur le sentier ? Nous, nous n'avons rien vu. Il n'y avait rien.

– Pour nous, non.

– Mais pour elle ? C'est Nofret qu'elle a vue... Nofret qui venait prendre sa revanche ? Mais Nofret est morte, et sa tombe est scellée. Alors, elle a vu quoi ?

notes

1. la cour de justice du nome : le territoire égyptien était divisé en régions appelées «nomes» dont le nombre a varié de trente-huit à quarante-deux. Chaque région était placée sous la responsabilité d'un nomarque qui pouvait rendre la justice.

2. imprécation : souhait de malheur contre quelqu'un.

– L'image qui hantait son esprit.

105 – Tu en es sûr ? Parce que sinon…

– Oui, Renisenb, sinon… ?

– Hori…

Renisenb lui tendit la main :

– Dis-moi que c'est fini ! Que, maintenant que Satipi est

110 morte, nous en avons vraiment fini ?

Il prit entre les siennes sa main tendue et la serra, réconfor-

tant :

– Oui, Renisenb, oui… j'en suis sûr. Et toi, du moins, tu n'as

plus de raison d'avoir peur.

115 – Ésa prétend pourtant que Nofret me haïssait, insista-t-elle

encore d'une voix faible.

– Nofret, te haïr, toi ?

– Ésa l'affirme.

– Nofret avait la haine facile, admit Hori. Je me dis souvent

120 qu'elle haïssait ici tout le monde. Mais toi, en tout cas, tu ne

lui avais rien fait.

– Non… non, c'est vrai.

– Par conséquent, toi, tu n'as pas à te sentir coupable de quoi

que ce soit.

125 – Ce qui signifie que, si je descendais ce sentier toute seule…

à la nuit tombante… à l'heure même où Nofret est morte…

et que, si je tournais la tête… je ne verrais rien ? Je ne

risquerais rien ?

– Tu ne risqueras rien, Renisenb, parce que chaque fois que

130 tu descendras ce sentier, je marcherai à ton côté et il ne

t'arrivera rien.

Mais Renisenb fronça les sourcils et secoua la tête :

– Non, Hori. Je descendrai toute seule.

– Pourquoi ça, petite Renisenb ? Tu es sûre que tu n'auras pas

135 peur ?

– Si, répondit-elle. Je suis persuadée que j'aurai peur. Mais il faut quand même bien que quelqu'un le fasse. Ils sont tous terrorisés, en bas. Ils tremblent comme des feuilles, ils courent dans tous les temples acheter des amulettes en se lamentant et en pleurnichant qu'il ne faut pas descendre le sentier au soleil couchant. Mais ce n'est pas la magie qui a fait trébucher Satipi et qui l'a fait tomber… c'est la peur… la peur née de l'acte monstrueux qu'elle avait commis. Car c'est monstrueux d'ôter la vie à quelqu'un de jeune, de fort et qui aime la vie. Mais moi, je n'ai rien fait de monstrueux, et même si Nofret me haïssait, sa haine ne peut pas m'atteindre. Voilà ce que je crois. Et, de toute façon, s'il fallait vivre dans la peur jusqu'à la fin de ses jours, mieux vaudrait mourir tout de suite… Alors, je veux vaincre la peur.

– Ce sont des paroles courageuses que tu prononces là, Renisenb.

– Peut-être plus courageuses que je ne le suis en réalité.

Elle lui sourit et sauta sur ses pieds :

– Mais ça m'a fait du bien de les dire.

Hori se leva à son tour :

– Je me souviendrai de tes mots, Renisenb. Oui, et de la façon dont tu as redressé le front en les prononçant. Ils révèlent le courage et l'amour de la vérité que j'ai toujours pressentis en toi.

Il lui serra les mains entre les siennes :

– Regarde, Renisenb. Regarde au-delà de la vallée, au-delà du Fleuve et plus loin encore. C'est notre terre d'Égypte. Brisée par la guerre, dévastée pendant de longues années, morcelée en petits royaumes, mais notre Égypte qui bientôt – très bientôt – s'unira pour former de nouveau une nation[1] :

notes

1. de nouveau une nation : voir le contexte historique, p. 327.

la Haute et la Basse-Égypte réunies pour reconquérir – je l'espère et le crois – la grandeur d'antan. L'Égypte aura alors besoin d'hommes et de femmes de cœur – des femmes comme toi, Renisenb. Ce ne seront pas de gens comme
170 Imhotep, tout juste bons à évaluer égoïstement leurs profits et pertes, ni de va-t-en-guerre comme Sobek, ni de gamins comme Ipi qui n'ont que leur propre intérêt en tête, ni même de garçons consciencieux et honnêtes comme Yahmose que l'Égypte aura besoin à ce moment-là. Moi qui
175 passe mes journées ici, parmi les morts, à établir la balance des profits et des pertes, à tenir les comptes, j'ai fini par comprendre qu'il est des gains qu'on ne peut mesurer en termes de richesse et qu'il est des pertes plus dommageables qu'une récolte gâchée… Je regarde le Fleuve et je vois le sang même
180 de l'Égypte qui coulait avant notre naissance et qui coulera encore après notre mort… La vie et la mort, Renisenb, ne sont pas si importantes. Je ne suis que Hori, simple fondé de pouvoir d'Imhotep, mais quand je contemple l'Égypte de cette façon, je suis envahi par un sentiment de paix… oui, et
185 par un bonheur que je n'échangerais pas contre le trône du gouverneur de la province. Comprends-tu ce que je veux dire, Renisenb?

– Oui, je crois, Hori… à peu près. Tu es différent des gens qui s'agitent là en bas… Ça, je le sais depuis longtemps déjà. Et
190 parfois, quand je suis ici avec toi, il m'arrive de ressentir ce que tu ressens… mais obscurément… pas de façon claire. Pourtant, je comprends ce que tu veux dire. Quand je suis ici, ce qui se passe là-bas – elle pointa un doigt vers la vallée – semble ne plus guère avoir d'importance. Les disputes, les
195 haines, l'agitation incessante… Ici, on échappe à tout ça.

Elle se tut un instant, sourcils froncés, et reprit en balbutiant un peu :

– Parfois, il m'arrive de… d'être heureuse d'y échapper. Et

pourtant – je ne sais pas –, il y a quelque chose… là, en bas…
200 quelque chose qui m'appelle.

Hori lui lâcha la main et recula d'un pas.

– Oui, fit-il avec infiniment de douceur. Je comprends :
Kameni, quand il chante dans la cour.

– Qu'est-ce que tu racontes ? Je ne pensais pas à Kameni !

205 – Tu n'y pensais peut-être pas, Renisenb. Mais je crois – et
cela revient au même – que tu entends ses chansons sans
même t'en rendre compte.

Renisenb fronça de nouveau les sourcils et le dévisagea, ébahie :

– Mais qu'est-ce que tu racontes, Hori ? On ne peut pas l'en-
210 tendre chanter d'ici. On est bien trop loin.

Hori poussa un léger soupir et secoua la tête. La petite lueur
amusée qui dansait au fond de son regard tourmenta
Renisenb qui n'en comprit pas le sens. Et qui en demeura
perplexe et vaguement en colère.

Au fil du texte

Questions sur les chapitres 10, 11 et 12 (pages 119 à 155)

QUE S'EST-IL PASSÉ ?

1. Imhotep doit préparer les funérailles de sa concubine. Il trouve que certaines dépenses sont trop importantes. Les vases _Canopé_, en particulier, sont d'un prix _exorbitant_. Renisenb est pensive : pour elle, _Satipi_ a changé depuis la mort de Nofret ; elle qui était auparavant autoritaire est maintenant docile. Renisenb s'interroge sur Nofret et discute avec son confident habituel, _Hori_. Nofret était, selon elle, surtout malheureuse, ce qui expliquerait son agressivité. Elle pense que _Sobek_ est coupable du meurtre de Nofret. Après quelques insinuations d'_Esa_, Renisenb se demande quelles étaient les relations qu'entretenaient Nofret et Kameni. Alors qu'elle discute avec Hori, elle voit _Satipi_ tomber de la falaise et _Yahmose_ se précipiter vers elle. Renisenb pense alors que Satipi a tué Nofret.

AVEZ-VOUS BIEN LU ?

2. Qui insinue que Nofret pourrait revenir ?
Renisenb

3. Qui se plaint des changements de Satipi et raconte qu'elle fait des cauchemars ? _Yahmose_

4. Quel personnage affirme son autorité de façon tout à fait nouvelle ? _Yahmose_

5. Quel est le dernier mot prononcé par Satipi ?

6. D'où Satipi vient-elle quand elle chute ?
Nofret
De la falaise où Nofret est tombé

ÉTUDIER LES PERSONNAGES

7. Que pensez-vous de Renisenb ? Justifiez. *Elle est craintive car elle a peur de tout.*

ÉTUDIER LE VOCABULAIRE ET LA GRAMMAIRE

8. Relevez tous les mots qui appartiennent au champ lexical de la mort pour les anciens Égyptiens.

9. Qu'appelle-t-on le présent de vérité générale ? Donnez des exemples empruntés au chapitre 10.

ÉTUDIER LE DISCOURS

10. Au début du chapitre 12, le narrateur décrit les pensées de Renisenb. Relevez les verbes qui sont utilisés dans ce passage pour nous présenter les pensées intimes du personnage. *Songer, sembler, donner, paraître*

11. Donnez deux exemples (dans le même passage) de phrases qui ne comportent pas de verbe introducteur et qui nous livrent pourtant les pensées du personnage. *Être, continuer*

ÉTUDIER LE GENRE

12. Combien de cadavres avons-nous découverts depuis le début du roman ? Comment les personnages sont-ils morts ? *2 – Nofret poussée dans le vide et Satipi se suicide.*

13. La mort de Nofret : qui est, selon vous, coupable du meurtre ? Examinez les différentes hypothèses et les suspects possibles. *Sobek*

14. La mort de Satipi : est-ce, selon vous, un crime, un suicide ou un accident ? Justifiez votre réponse. *C'est un suicide car elle s'est préparée, elle a levé les bras et ensuite sauté.*

15. Si un personnage devait de nouveau disparaître, qui verriez-vous mourir ? Comment ? *Hénet, empoisonné,*

LIRE L'IMAGE

Voir document, p. 137.

16. Qui tient la momie ? Pourquoi ?

17. Que font les femmes qui se prosternent devant la momie ?

18. Cette scène représente « l'ouverture de la bouche de la momie ». Pourquoi accomplissait-on ce rituel ?

À VOS PLUMES !

embaumement : conservation d'un cadavre en le traitant avec des substances balsamiques qui empêchent sa décomposition.

19. Vous assistez à un embaumement*. Racontez la scène en utilisant le vocabulaire approprié et en vous aidant du relevé que vous avez effectué.

DÉBAT

20. « *Les femmes qui attendent de leurs maris qu'ils se montrent doux et gentils ne sont pas légion* », dit Ésa. Et elle ajoute : « *Elles préfèrent les brutes fortes en gueule comme Sobek… Voilà le genre d'homme qui plaît aux filles…* » Ces réflexions de la grand-mère vous semblent-elles justes ?

RECHERCHES

21. L'embaumement et la mort en Égypte : faites une recherche au C.D.I. pour préparer un exposé.

22. Dans ces chapitres, on évoque la division de l'Égypte et la réunification possible du pays. Comment appelle-t-on les époques de division et les époques de réunion ? (Lire le contexte historique, p. 327.)

23. À quelle époque contemporaine du roman l'Égypte fut-elle réunifiée ? Par qui ?

Chapitre 13

1er MOIS DE L'ÉTÉ, 23e JOUR

23 avril

— Est-ce que je peux te parler une minute, Ésa ?

Ésa lança un coup d'œil acéré en direction d'Hénet qui venait d'apparaître à la porte de sa chambre, un sourire patelin[1] sur les lèvres.

— Qu'y a-t-il ? demanda sèchement la vieille femme.

— Oh ! rien d'important… enfin, je ne pense pas… mais je me suis dit qu'il valait mieux que je te demande…

— Entre et assieds-toi, coupa Ésa. Quant à toi, fit-elle en donnant un léger coup de canne sur l'épaule de la petite esclave noire qui était en train d'enfiler des perles à ses côtés, file à la cuisine. Rapporte-m'en des olives et fais-moi un jus de grenade.

La gamine sortit en courant et Ésa adressa un signe de tête impatient à Hénet.

— C'est à propos de ceci, Ésa.

Ésa examina l'objet qu'Hénet lui tendait. C'était un coffret à bijoux dont le couvercle à glissière était retenu par deux boutons.

— Oui, et alors ?

— C'était à elle. Je viens de le trouver à l'instant… dans sa chambre.

— De qui parles-tu ? De Satipi ?

— Non, non, Ésa. De l'autre.

— De Nofret, tu veux dire ? Et alors ?

— Tous ses bijoux, ses pots d'onguents, ses flacons de parfums, tout… tout a été mis dans sa tombe.

Ésa dénoua les liens enroulés autour des boutons et ouvrit le coffret. Il contenait un collier de petites perles de cornaline et la moitié d'une amulette verte émaillée qu'on avait cassée en deux.

notes

1. sourire patelin : sourire faux, hypocrite.

– Pfff! fit Ésa, ça n'a aucune valeur. On a dû l'oublier.

– Les embaumeurs ont tout emporté.

– Les embaumeurs ne sont pas plus soigneux que n'importe qui d'autre. Ils auront oublié ça.

35 – Oui, mais écoute ce que je te dis, Ésa : ce n'était pas dans sa chambre la dernière fois que j'y suis allée jeter un œil.

Ésa lui jeta un regard noir :

– Où veux-tu en venir ? Tu veux me faire croire que Nofret est revenue du Monde Souterrain pour hanter la maison ? Tu n'es

40 pas aussi bête que tu essayes parfois de t'en donner l'air, Hénet. Quel plaisir éprouves-tu à répandre de pareilles sornettes ?

Hénet secoua la tête avec des mines d'augure[1] malfaisant :

– Nous savons tous ce qui est arrivé à Satipi… et pourquoi !

– Peut-être bien. Et il est probable que l'un d'entre nous l'a su

45 avant les autres ! Pas vrai, Hénet ? J'ai toujours subodoré que tu en savais davantage sur la mort de Nofret qu'aucun d'entre nous.

– Oh ! Ésa, tu ne vas quand même pas t'imaginer que…

– Qu'est-ce que je ne devrais pas m'imaginer ? l'interrompit Ésa. Savoir qu'un et un font deux ne m'a jamais fait peur,

50 Hénet. Tout au long de ces deux derniers mois, j'ai vu Satipi raser les murs de cette maison avec l'air de mourir de peur… et depuis hier, il m'est venu à l'esprit que quelqu'un avait fort bien pu découvrir son secret et l'avoir menacée d'en parler à Yahmose, par exemple… ou à Imhotep lui-même.

55 Hénet se répandit en protestations et autres exclamations sur le mode suraigu. Ésa ferma les yeux et s'appuya au dossier de son fauteuil :

– Je n'envisage pas une seconde que tu puisses jamais avouer avoir fait une chose pareille. Venant de toi, ce serait trop

60 demander.

notes

1. *augure* : devin.

– Pourquoi aurais-je fait ça ? Je te le demande ! Pourquoi ?

– Je n'en ai pas la moindre idée. Tu fais des tas de choses, Hénet, auxquelles je n'arrive jamais à trouver une explication satisfaisante.

65 – Alors, tu crois que j'ai cherché à lui faire payer mon silence ? Je jure par les neuf dieux de l'Ennéade…

– Laisse les dieux tranquilles ! Finalement, tu possèdes un fond d'honnêteté, Hénet – pour autant qu'on puisse parler encore d'honnêteté de nos jours. Et il se peut que tu n'aies rien su de

70 plus que nous sur les causes de la mort de Nofret. Mais tu es au courant de presque tout ce qui se passe dans cette maison. Et s'il est une chose dont je suis prête à jurer, c'est que, ce coffret, tu l'as placé toi-même dans la chambre de Nofret.

Amulette ornée d'un scarabée en lapis-lazuli et entouré des déesses Isis et Neith, au nom du vizir Paser (Memphis, Nouvel Empire).

Dans quel but ? Je n'en sais rien. Mais il va de soi que tu avais
75 une idée derrière la tête… Avec tes manigances, tu peux rou-
ler Imhotep dans la farine, mais pour ce qui est de moi, ça ne
prend pas. Et arrête de geindre ! Je suis une vieille femme, je
ne supporte pas les jérémiades. Va donc pleurnicher dans le
giron d'Imhotep. Il adore ça, Rê seul sait pourquoi !
80 — Je vais montrer le coffret à Imhotep et lui dire…
— Je le lui montrerai moi-même. Déguerpis, Hénet, et cesse
de répandre partout tes histoires à dormir debout. La maison
est bien plus paisible sans Satipi. Nofret morte en a beaucoup
plus fait pour nous qu'elle n'aurait osé en rêver de son vivant.
85 Et maintenant que la dette est acquittée, que chacun
retourne à ses tâches quotidiennes.

★

— Qu'est-ce qui se passe ? exigea de savoir Imhotep, effec-
tuant une entrée en tempête dans la chambre d'Ésa. Hénet
est bouleversée. Elle est venue me trouver en larmes.
90 Personne, dans cette maison, ne peut-il donc témoigner à
une femme aussi dévouée la plus élémentaire gentillesse ?
Nullement impressionnée, Ésa fit entendre son rire grinçant.
— Tu l'as accusée, si j'ai bien compris, poursuivit Imhotep,
d'avoir dérobé un coffret… un coffret à bijoux ?
95 — Elle t'a raconté ça ? Je n'ai rien fait de semblable. Le coffret,
le voilà. Il semble qu'on l'ait trouvé dans la chambre de Nofret.
Imhotep le lui prit des mains.
— Ah oui ! C'est un de ceux que je lui ai offerts, fit-il en l'ouvrant. Tiens… il n'y reste plus grand-chose. Bien désinvoltes,
100 ces embaumeurs, de ne pas l'avoir placé avec le reste de ses
objets personnels. Compte tenu des tarifs pratiqués par Ipi et
Montou, on serait en droit d'en attendre un peu plus. Quoi
qu'il en soit, tout ceci me semble beaucoup de bruit pour rien.

— À qui le dis-tu !

105 — Je vais donner ce coffret à Kait… Non, à Renisenb. Elle s'est toujours montrée correcte envers Nofret.

Il poussa un soupir :

— Je ne pourrai donc jamais avoir la paix ! Ah ! les femmes… toujours à pleurer, à se chamailler, à se disputer…

110 — Ne te plains pas, Imhotep : nous sommes désormais au moins débarrassés de l'une d'elles !

— Ce n'est que trop vrai ! Pauvre Yahmose !… N'empêche, Ésa… je ne sais pas si… euh… je ne sais pas si ce n'est, après tout, pas beaucoup mieux comme ça. Satipi lui a fait de

115 beaux enfants, c'est entendu, mais ce n'était en bien des points pas la meilleure des épouses. Yahmose lui laissait la bride trop lâche[1]… Enfin, bref, tout cela, c'est le passé. J'avoue que je suis très content de l'attitude de Yahmose ces derniers temps. Il est plus indépendant, moins timide… et il

120 a même, à plusieurs reprises, fait montre d'un excellent jugement — excellent, vraiment…

— Ç'a toujours été un brave garçon, obéissant.

— Oui, oui… mais un peu lent, parfois, et peu enclin à prendre des responsabilités.

125 — Comme si tu lui en avais souvent donné l'occasion ! grinça Ésa.

— Bah ! tout cela va changer, maintenant. Je mets la dernière main à un contrat de partenariat. Il sera signé dans quelques jours. Je fais de mes trois fils mes associés.

130 — Tu ne mêles quand même pas Ipi à ça ?

— Il serait peiné de s'en voir exclure. C'est un garçon si gentil, si chaleureux…

notes

1. laissait la bride trop lâche : la laissait trop libre.

– En voilà toujours un dont la lenteur n'est pas le point faible ! souligna Ésa.

135 – Comme tu dis. Et Sobek non plus. Lui, il m'a quelquefois déçu dans le passé, mais il a changé. Il ne va plus perdre son temps ailleurs, et il s'en remet davantage à mon avis et à celui de Yahmose.

– Un véritable concert de louanges ! s'émerveilla Ésa. Eh
140 bien, Imhotep, permets-moi de te dire que je te crois enfin sur la bonne voie. T'opposer constamment à tes fils n'était pas de bonne politique. Mais je maintiens qu'Ipi est trop jeune pour le poste que tu lui offres. Lui assurer à son âge une situation définitive est grotesque. Quelle prise auras-tu encore sur lui ?

145 – Il y a du vrai dans ce que tu dis, reconnut Imhotep, songeur. Il s'arracha bien vite à ses réflexions :

– Il faut que je te laisse. J'ai encore mille problèmes à régler. Les embaumeurs sont arrivés… et nous devons discuter de l'organisation des funérailles de Satipi. Toutes ces morts
150 coûtent un prix fou… tu n'as pas idée ! Et elles se suivent de tellement près !

– Bah ! fit Ésa en guise de consolation, espérons que c'est la dernière… d'ici à ce que mon tour vienne !

– J'espère que tu vivras encore de nombreuses années, ma
155 chère mère.

– Et je ne doute pas un instant que tu ne sois sincère, sourit Ésa, narquoise. Mais pas d'économies sur mon dos, s'il te plaît ! Cela ferait radin ! Et puis j'aurai envie d'un tas de choses pour m'amuser dans l'autre monde. Des masses de
160 nourriture et de boisson, des statuettes d'esclaves en veux-tu en voilà… une table de jeu richement ornée, tout un assortiment de parfums et d'onguents… et, j'insiste, les vases canopes les plus chers : ceux en albâtre.

– Oui, oui, bien sûr !

165 Imhotep dansait nerveusement d'un pied sur l'autre :

— Tu auras bien évidemment droit à toutes les marques de respect quand le moment sera venu. J'avoue voir les choses un peu différemment en ce qui concerne Satipi. Pas question de choquer quiconque, mais vraiment, vu les circonstances…

170 Il laissa sa phrase en suspens et fila vers la porte.

Ésa eut un sourire sardonique en se disant que ce « vu les circonstances » était sans doute la formule la plus audacieuse dont userait jamais Imhotep pour admettre que le mot « accident » ne suffisait pas à décrire la façon dont sa précieuse

175 concubine avait trouvé la mort.

Chapitre 14
1er MOIS DE L'ÉTÉ, 25e JOUR
26 avril

Lorsque la famille au grand complet, le contrat d'association dûment signé, revint de la cour du nomarque[1], la gaieté était

5 quasi générale. Seul Ipi, exclu de l'accord à la dernière minute en raison de son jeune âge, faisait grise mine et il ne tarda d'ailleurs pas à quitter ostensiblement la maison.

De fort bonne humeur, Imhotep envoya chercher une jarre de vin que l'on cala sur sa selle de bois érigée sous le portique.

10 — Bois, mon fils! déclara-t-il avec emphase en administrant à Yahmose une tape affectueuse sur l'épaule. Oublie un moment ton veuvage, ne pensons qu'aux jours heureux qui sont devant nous.

Imhotep, Yahmose, Sobek et Hori levèrent leurs coupes à l'avenir. Sur ces entrefaites, quelqu'un vint annoncer qu'un

15 bœuf avait été volé et les quatre hommes s'en furent précipitamment tirer l'affaire au clair.

notes

1. nomarque : chef d'une division territoriale de l'Égypte antique.

Quand Yahmose regagna la cour du domaine, une heure plus tard, il était fatigué et avait chaud. Il se dirigea vers la jarre, toujours sur sa selle, y plongea une coupe de bronze et s'assit sous le portique pour siroter son vin. Sobek arriva à grands pas un moment plus tard et poussa une exclamation de joie :

– Chic ! Désaltérons-nous le gosier ! Trinquons à notre avenir enfin assuré. Pas de doute, Yahmose, c'est un grand jour pour nous !

– C'est vrai, acquiesça Yahmose. La vie va être plus facile sur tous les plans.

– Tu ne seras décidément jamais un expansif, toi ! s'exclama son frère en riant.

Sur quoi, plongeant une coupe dans le vin, il la but d'un trait en renversant la tête avant de la reposer avec un claquement de lèvres :

– Et maintenant, on va voir ce qu'on va voir : ou bien père reste un vieil enquiquineur et un encroûté, ou alors j'arrive à le convertir aux méthodes nouvelles.

– À ta place, j'agirais en douceur, lui conseilla Yahmose. Tu t'emballes toujours !

Sobek sourit affectueusement à son frère. Il était en veine d'attendrissement.

– « Qui va lentement va sûrement », railla-t-il sans agressivité aucune.

Sans se démonter, Yahmose sourit à son tour :

– C'est encore la meilleure façon d'avancer. Et puis père s'est montré généreux à notre égard. Ce ne serait pas bien de lui causer désormais des soucis.

Sobek le dévisagea avec une sorte d'émerveillement :

– Tu l'aimes vraiment beaucoup ? Quel fils affectionné tu peux faire ! Tandis que moi... je n'en ai rien à fiche de personne... de personne – sauf moi ! Longue vie à Sobek !

Il but cul sec une nouvelle rasade de vin.

50 — Méfie-toi, le mit en garde Yahmose. Tu n'as presque rien mangé de la journée. Et il arrive parfois qu'à boire comme ça… Il s'interrompit, les lèvres soudain tordues dans une grimace affreuse.

— Qu'est-ce qui te prend ? s'enquit Sobek.

55 — Rien… Juste une douleur… Je… c'est passé.

Mais son front ruisselait de sueur et il l'essuya du revers de la main.

— Tu n'as pas l'air dans ton assiette.

— Je me sentais très bien il y a deux secondes.

60 — Bah ! tant que personne n'a fourré de poison dans ce vin !… S'esclaffant de sa propre plaisanterie, Sobek tendit sa coupe vers la jarre. C'est alors que son bras se raidit et qu'il s'écroula, le corps secoué de spasmes effroyables.

— Yahmose ! suffoqua-t-il. Yahmose… moi aussi… je…

65 Plié en deux, Yahmose s'affaissa à son tour sur le sol avec un cri étouffé.

Tordu par la douleur, Sobek trouva cependant la force de hausser la voix :

— Au secours ! Qu'on appelle un médecin… un médecin !

70 Hénet sortit de la maison en courant :

— Vous avez appelé ? Qu'est-ce que vous avez dit ? Qu'est-ce qui se passe ?

Ses cris d'affolement alertèrent le reste de la maisonnée.

Les deux frères gémissaient de douleur.

75 — Le vin… parvint à souffler Yahmose. Le vin… du poison… Qu'on appelle un médecin…

Hénet se répandit en hurlements suraigus :

— Une nouvelle calamité s'abat sur nous ! J'avais bien dit que cette maison était maudite ! Vite ! Ne perdez pas un instant !

80 Courez au temple, ramenez le divin père Mersou qui est un médecin rempli d'expérience et de sagesse.

★

Imhotep arpentait de long en large la grande salle. Sa robe de meilleur lin était sale et fripée, il ne s'était ni baigné ni changé. Il avait le visage tiré par la fatigue et la peur.

85 Des chambres du fond montaient les lamentations des pleureuses – contribution féminine à la conjuration du cataclysme qui venait de frapper la famille et dont les imprécations d'Hénet attisaient les ardeurs.

D'une pièce voisine parvenait la voix du prêtre et médecin
90 Mersou qui, penché sur le corps inerte de Yahmose et luttant à sa place, psalmodiait[1] les incantations consacrées.

Renisenb, qui venait de s'éclipser furtivement des quartiers du fond et qui traversait la grande salle, se sentit attirée par la magie de cette voix. Ses pas la menèrent jusqu'à la porte
95 ouverte sur le seuil de laquelle elle se figea, baignée par les exhortations du prêtre qui lui semblaient agir sur elle comme un baume apaisant :

– Oh ! Isis, toi dont la magie surpasse toutes les autres, délivre-moi ; chasse loin de moi le mal qui m'accable ; écarte
100 de moi la malfaisance et le rouge[2], couleur de la violence et des forces du mal ; fais-toi rempart contre les assauts d'un dieu, contre les attaques d'une déesse ; protège-moi d'un homme mort ou d'une femme morte, d'un ennemi mâle ou d'un ennemi femelle qui tente de m'abattre…

105 Un faible souffle s'échappa des lèvres de Yahmose.

De tout son cœur, Renisenb joignit en silence ses prières à la supplique :

– Oh ! Isis… oh ! Isis, toi la plus grande des plus grandes,

---

notes

1. psalmodiait : récitait ou chantait de façon monotone.

2. le rouge : pour les anciens Égyptiens, le rouge est une couleur néfaste (associée à Seth), couleur du mal, de la violence et de la cruauté.

sauve-le… sauve mon frère Yahmose… ô toi ! dont les pou-
110 voirs magiques demeurent insurpassés…

Des pensées lui traversaient confusément l'esprit, éveillées
par les paroles mêmes de l'incantation :

« La malfaisance et le rouge, couleur de la violence et des
forces du mal… Oui, c'est bien ça qui a fait naître la désola-
115 tion sous notre toit… Oui, le rouge de la colère… le rouge
de la malédiction… du mauvais sort jeté par une morte. »

Et, du tréfonds de son âme, jaillit une supplique directement
adressée à celle qu'elle estimait responsable de tous leurs maux :

– Ce n'est pas Yahmose qui t'a fait du mal, Nofret… Et, bien
120 que Satipi soit sa femme, tu ne peux le tenir pour responsable
de ses agissements à elle… Il n'a jamais eu le moindre pouvoir
sur elle… Ni lui ni personne. Satipi, qui t'a causé du mal, est
morte à présent. Cela ne te suffit-il pas ? Sobek est mort, lui
aussi… Sobek qui n'a fait que proférer des menaces et n'a
125 jamais levé la main sur toi. Oh ! Isis, fais que Yahmose ne périsse
pas à son tour… Sauve-le de la haine vengeresse de Nofret !

Imhotep, qui continuait à faire les cent pas d'un air égaré, leva
soudain les yeux et son visage s'illumina de tendresse en
découvrant la présence de sa fille :

130 – Renisenb ! Viens près de moi, mon enfant.

Elle se précipita dans ses bras :

– Oh, père, que disent-ils ?

– Qu'il reste un espoir pour Yahmose. Mais Sobek…

Sa voix s'était brisée :

135 – Pour Sobek… tu sais ? demanda-t-il, accablé.

– Oui, bien sûr ! N'as-tu pas entendu nos lamentations ?

– Il est mort au lever du jour, fit Imhotep d'une voix éteinte.
Mon fils Sobek, si beau, si fort…

Il ne put continuer.

140 – C'est tellement cruel, tellement injuste ! gémit Renisenb.
On n'a donc rien pu faire ?

— L'impossible a été tenté. Potions pour le forcer à vomir. Administration de décoctions[1] des herbes les plus fortes. Application d'amulettes sacrées et incantations comminatoires[2]. Tout cela en vain. Mersou est un maître en médecine. S'il n'a pu sauver mon fils, c'est que les dieux exigeaient qu'il ne le soit pas.

La voix du prêtre s'éleva encore pour moduler la supplique finale et il sortit de la pièce en s'épongeant le front.

— Alors ? l'interrogea Imhotep, fébrile.

— Par la grâce infinie de la déesse Isis, ton fils vivra, répondit gravement Mersou. Il est encore faible, mais l'effet du poison est passé. L'influence maléfique est en train de décroître.

Changeant de ton, il fit observer, plus terre à terre :

— Il est heureux que Yahmose n'ait bu qu'une faible quantité de ce vin empoisonné. Et il l'a lentement siroté, tandis qu'il semble bien que ton fils Sobek en ait avalé une grande quantité d'un trait.

— La différence de leurs caractères apparaît tout entière dans cette seule image ! gémit Imhotep. Yahmose le prudent, le sage, celui qui réfléchit avant d'entreprendre — même quand il s'agit du boire et du manger. Et Sobek, toujours excessif en tout, généreux, assoiffé de tous les plaisirs de la vie et… hélas ! imprudent. Puis il ajouta, cassant :

— Et le vin était bel et bien empoisonné ?

— Aucun doute sur ce point, Imhotep. Mes assistants ont fait ingurgiter le reste à des animaux qui, plus ou moins rapidement, sont tous morts depuis.

— Et moi qui ai pourtant bu de ce même vin une heure plus tôt, je n'ai pas ressenti le moindre malaise.

notes

1. décoctions : infusions. **2. comminatoires :** menaçantes.

– Il n'était manifestement pas encore empoisonné à ce moment-là. Le poison aura été ajouté plus tard.

Imhotep frappa dans ses mains et les joignit en un geste de tragédie.

175 – Personne! s'exclama-t-il avec emphase. Aucun être vivant n'aurait osé empoisonner mes fils! Un tel crime est inimaginable! De la part d'un vivant, j'entends bien.

Mersou inclina imperceptiblement la tête et son visage se fit soudain impénétrable:

180 – Pour en juger, Imhotep, tu es mieux placé que quiconque.

Ce dernier se gratta nerveusement derrière l'oreille.

– Il y a un racontar que j'aimerais que tu entendes, déclara-t-il abruptement.

Il frappa dans ses mains et, lorsqu'un domestique se présenta

185 en courant, lui ordonna:

– Amène-moi le petit berger.

Puis, revenant à Mersou, il tint à le prévenir:

– C'est un gamin qui a toujours été un peu simple d'esprit. Il peine à comprendre ce qu'on lui dit et ne jouit pas de

190 toutes ses facultés mentales. Néanmoins, il a des yeux et il sait s'en servir. Et surtout, il ne jure que par mon fils Yahmose qui a toujours su lui montrer beaucoup de gentillesse et qui ne lui a jamais reproché ses lacunes.

Le domestique revint, traînant par la main un gamin maigre-

195 let et à la peau boucanée[1] par le soleil, vêtu de son seul pagne[2], louchant un peu, l'air ahuri.

– Parle! tonna Imhotep d'un ton sans réplique. Répète ce que tu viens de me dire!

---

notes

1. boucanée : desséchée et colorée.

2. pagne : court ou long, noué à la ceinture, le pagne formé d'une seule pièce de tissu était la base de l'habillement chez les Égyptiens.

L'enfant baissa la tête et se mit à tripoter le lien qui retenait
200   son vêtement à la taille.

– Parle ! hurla Imhotep.

Ésa arrivait en clopinant[1], appuyée sur sa canne et tâchant d'y
voir avec ses pauvres yeux :

– Tu le terrifies ! Viens, Renisenb ! Donne-lui ce jujube. Allez,
205   petit, raconte-nous ce que tu as vu.

Le gamin laissa errer son regard de l'un à l'autre.

Ésa lui souffla sa réplique :

– C'était hier, quand tu es passé devant le portail de la cour…
Tu as vu… Qu'est-ce que tu as vu ?

210   Le gamin secoua la tête en regardant de côté :

– Où est mon maître Yahmose ?

Le prêtre prit le relais avec autorité mais non sans gentillesse :

– C'est ton maître Yahmose lui-même qui a souhaité que tu
nous racontes ton histoire. N'aie pas peur. Personne ne te fera
215   de mal.

Le visage du petit berger s'éclaira aussitôt :

– Mon maître Yahmose a toujours été bon avec moi. Je ferai
ce qu'il souhaite.

Puis il se tut. Imhotep semblait sur le point d'exploser mais
220   un coup d'œil du médecin suffit à le calmer.

Et soudain, le gamin se mit à parler, avec nervosité, d'un trait,
tout en regardant autour de lui comme s'il redoutait une
invisible présence :

– C'est l'petit âne protégé par le dieu Seth[2] et qui fait rien
225   qu'des sottises. J'lui ai couru après avec mon bâton. Il a passé

---

notes

1. clopinant : boitant.

2. le dieu Seth : meurtrier
d'Osiris, Seth finit par être haï

des Égyptiens qui l'identi-
fièrent au désert, à l'esprit du
mal. L'âne lui était consacré.
C'était, avec le porc, le seul

animal domestique qu'on
sacrifiait au cours de certaines
cérémonies.

d'vant le portail, alors j'ai jeté un coup d'œil à la maison à travers la barrière. Y avait personne sous l'portique, mais y avait une jarre à vin sur la selle qu'est toujours là. Et puis à c'moment-là, y a une femme, une dame d'la maison qu'est sortie
₂₃₀ elle aussi sous le portique. Elle s'est approchée d'la jarre à vin, et puis elle a tendu ses mains au-d'ssus, et puis… et puis elle est rentrée dans la maison… enfin, j'crois bien. Mais j'en suis pas sûr. Parce que j'ai entendu des pas derrière moi, alors j'me suis retourné et j'ai vu mon maître Yahmose qui s'en revenait
₂₃₅ des champs. Alors j'ai continué à courser l'petit âne, et mon maître Yahmose est entré dans la cour d'la maison.

– Et tu ne l'as pas prévenu ! s'écria Imhotep, furieux. Tu ne lui as rien dit !

L'enfant se mit à pleurnicher :

₂₄₀ – J'savais pas qu'y avait quéqu'chose de mal… J'ai vu rien d'autre qu'la dame qu'était venue s'planter près d'la jarre à vin et qui souriait en promenant ses mains au-d'ssus…

– Qui était cette dame, mon garçon ? demanda le prêtre.

Le regard vide, le petit berger secoua la tête :

₂₄₅ – J'sais pas. Ça devait être une des dames d'la maison. Mais j'les connais pas. J'garde les bêtes à l'autre bout du domaine ! Elle portait une robe de lin, une robe teinte…

Renisenb sursauta.

– Une servante, peut-être ? suggéra Mersou sans quitter le
₂₅₀ gamin des yeux.

L'enfant secoua la tête, catégorique :

– C'était pas une servante ! Elle avait une perruque sur la tête et elle portait des bijoux… Une servante porte pas de bijoux.

– Des bijoux ? voulut savoir Imhotep. Quels bijoux ?

₂₅₅ Le gamin répondit aussitôt et avec précision, comme s'il avait enfin surmonté sa peur et comme s'il était sûr de ce qu'il disait :

– Trois rangs de perles avec des lions en or qui pendaient par-devant.

La canne d'Ésa tomba par terre avec fracas. Imhotep émit un
260 cri étouffé.

Mersou se fit soudain menaçant :

— Si tu nous mens, mon garçon…

— C'est la vérité ! couina le gamin. Je jure que c'est la vérité !
De la pièce voisine où reposait le malade, la voix faible de
265 Yahmose leur parvint soudain :

— Que se passe-t-il ?

Le gamin fila comme une flèche vers la porte ouverte et alla
s'accroupir auprès du lit de Yahmose :

— Maître ! Ils vont me torturer !

270 — Mais non, mais non.

Yahmose tourna péniblement la tête sur son chevet de bois :

— Ne lui faites pas de mal. Il n'est pas très malin, mais il est
honnête. Promettez-le-moi.

— Bien sûr, bien sûr, dit Imhotep. Ce serait d'ailleurs inutile.
275 Il est clair qu'il nous a dit tout ce qu'il savait… et je ne le crois
pas capable d'avoir inventé une telle histoire. Déguerpis,
petit ! Mais ne retourne pas aux pâtures. Reste près de la maison au cas où on aurait encore besoin de toi.

L'enfant regarda Yahmose et se leva à contrecœur.

280 — Tu es très malade, maître Yahmose ?

Yahmose sourit faiblement :

— N'aie pas peur. Je ne vais pas mourir. À présent, va-t'en…
et fais bien ce qu'on t'a dit de faire.

Soulagé, l'enfant lui sourit et sortit. Mersou examina les yeux
285 de Yahmose, lui prit le pouls avant de lui recommander de
dormir, et rejoignit les autres dans la pièce principale.

— La description de ce gamin t'a-t-elle permis de reconnaître
quelqu'un ? demanda-t-il à Imhotep.

Imhotep acquiesça de la tête. Ses joues basanées avaient viré
290 au violacé.

— Seule Nofret portait des robes de lin teintes, intervint

Renisenb. C'est une nouvelle mode qu'elle avait apportée des villes du Nord. Mais toutes ont été ensevelies avec elle.

295 Quant aux trois rangs de perles retenus par un pendentif orné de têtes de lions en or, c'est moi qui les lui ai offerts, précisa Imhotep. Il n'y en a pas de semblables dans la maison. C'est un bijou rare et coûteux. Tous ses bijoux, à l'exception d'un collier de cornaline sans valeur, ont été enfermés avec elle dans sa tombe.

300 Il leva les bras au ciel :

– Pourquoi ces persécutions ? Pourquoi cette vengeance ? N'ai-je pas bien traité ma concubine, ne lui ai-je pas rendu les honneurs dus à son rang, ne l'ai-je pas fait mener au Tombeau selon les rites et sans regarder à la dépense ? J'ai par-

305 tagé avec elle le boire et le manger en bonne entente, tout le monde peut en témoigner ! Il n'est rien qu'elle puisse me reprocher… J'ai même davantage fait pour elle qu'il n'est légitime puisque j'étais prêt à la favoriser au détriment des fils de mon propre sang. Alors, pourquoi revient-elle donc ainsi

310 d'entre les morts pour me persécuter ainsi que les miens ?

– Tout semble indiquer, objecta Mersou d'un ton grave, que ce n'est pas à toi personnellement que la défunte en veut. Le vin, quand tu en as bu, était encore inoffensif. Qui, dans ta famille, s'en était pris à feu ta concubine ?

315 – Une autre défunte, répondit Imhotep, laconique[1].

– Je vois. Tu veux parler de la femme de ton fils Yahmose ?

– Oui.

Imhotep resta un instant silencieux, puis débita tout à trac[2] :

– Mais que peut-on faire, père vénéré ? Comment combattre

320 cette malédiction ? Ah ! jour funeste que celui où j'ai ramené cette femme sous mon toit !

notes

1. laconique : sans détailler.   *2. tout à trac :* brusquement.

— Jour funeste, en effet! répéta en écho, de sa voix sombre, Kait qui arrivait des quartiers des femmes.

Ses yeux étaient gonflés des larmes qu'elle avait répandues et
325 son visage sans grâce reflétait sa détermination. Sa voix, profonde et rauque, tremblait de colère :

— Oui, jour funeste, Imhotep, que celui où tu nous amenas Nofret qui allait faire périr le plus beau et le plus intelligent de tes fils. Elle a causé la mort de Satipi et la mort de mon Sobek,
330 et Yahmose ne lui a échappé que de peu. À qui le tour, maintenant? Va-t-elle au moins épargner les enfants, elle qui avait osé frapper ma petite Ankh? Des mesures doivent être prises, Imhotep !

— Des mesures doivent être prises, répéta Imhotep, implorant
335 le prêtre des yeux.

Ce dernier hocha la tête avec componction[1] :

— Les voies et moyens sont ce qui manque le moins, Imhotep. Dès l'instant où nous sommes sûrs des faits, nous pouvons aller de l'avant. Il me vient à l'esprit ta défunte épouse
340 Ashayet. Elle était de famille influente. Elle peut nous obtenir de solides appuis auprès de membres éminents du Pays des Morts, qui à leur tour intercéderont[2] en ta faveur… et en regard desquels les pouvoirs de cette Nofret ne sont rien. Il faut que nous en discutions à tête reposée.

345 Kait eut un petit rire sans joie :

— Que vous reposer le crâne ne vous prenne quand même pas des lunes ! Les hommes sont bien tous les mêmes… jusqu'aux prêtres qui n'échappent pas à la règle. Tout selon eux doit être fait dans le respect des us et des coutumes. Mais moi, je vous
350 le dis : faites vite, très vite… avant que la mort ne revienne accomplir son œuvre sous ce toit !

notes

1. componction : gravité, tristesse.

2. intercéderont : interviendront.

Ayant dit, elle tourna les talons et s'en fut.

– C'est une brave fille, murmura Imhotep, gêné. Une excellente mère, une épouse soumise… mais ses manières vis-à-vis du maître de maison laissent parfois à désirer. En pareille circonstance, je ne peux que lui pardonner. Nous sommes tous bouleversés. Nous ne savons plus très bien ce que nous faisons, conclut-il en se frappant la tête du plat de la main.

– Et certains d'entre nous ne l'ont peut-être même jamais su, commenta Ésa.

Imhotep lui lança un coup d'œil exaspéré. Et, comme le médecin prenait congé, il l'accompagna sous le portique afin de recevoir ses dernières instructions quant aux soins à prodiguer à Yahmose.

Restée en arrière, Renisenb regarda sa grand-mère d'un air interrogateur.

Ésa se tenait immobile, très raide. Elle fronçait les sourcils et affichait un air si bizarre que Renisenb lui adressa la parole avec timidité :

– Quelles pensées es-tu en train de remuer, grand-mère ?

– Remuer des pensées est bien l'expression qui convient, Renisenb. Il se passe dans cette maison des choses si étranges qu'il est indispensable que quelqu'un y réfléchisse enfin sérieusement !

– Des choses effroyables, frissonna Renisenb. Des choses qui m'épouvantent.

– Elles m'épouvantent moi aussi. Mais sans doute pas pour les mêmes raisons.

Et, de son geste familier, elle donna une pichenette à sa perruque qui était de guingois[1].

– En tout cas, Yahmose ne va pas mourir, murmura Renisenb. Il va vivre.

notes

1. de guingois : de travers.

Ésa acquiesça :

– Oui. Parce qu'une sommité[1] de la médecine l'a pris en main à temps. Cette chance-là, il ne l'aura peut-être pas deux fois.

385 – Tu crois… qu'une horreur pareille peut se reproduire ?

– Je pense que Yahmose, Ipi et toi – et pourquoi pas Kait aussi, d'ailleurs ? – devriez faire très attention à ce que vous buvez et mangez. Vérifiez toujours qu'un esclave l'ait goûté.

– Et toi, grand-mère ?

390 Ésa eut son sourire sardonique :

– Moi, Renisenb, je suis une vieille femme, et je n'aime la vie que comme le font les vieux, qui savourent chaque heure, chaque minute qui leur reste. Et, de vous tous, c'est moi qui ai le plus de chance d'être épargnée… parce que je serai plus

395 prudente qu'aucun d'entre vous.

– Et mon père ? Nofret n'irait quand même pas s'en prendre à lui.

– Ton père ? Je n'en sais rien… Non, je n'en sais rien. Je n'y vois pas encore assez clair. Demain, quand j'aurai réfléchi à

400 tout ça, il faudra que je reparle à ce petit berger. Il y a dans son histoire quelque chose qui me…

Elle s'interrompit, sourcils froncés. Puis, avec un soupir, elle se leva et, s'appuyant sur sa canne, claudiqua[2] vers ses appartements.

405 Renisenb gagna alors la chambre de son frère. Mais il dormait et elle ressortit sans bruit. Elle hésita, puis se rendit chez Kait. Arrivée sans se faire remarquer, elle resta un instant sur le seuil à la regarder chanter une berceuse à l'un de ses enfants. Son visage avait retrouvé sa placidité[3] habituelle et elle paraissait si

410 calme que Renisenb se demanda soudain si ces dernières vingt-quatre heures n'avaient pas été un cauchemar.

notes

1. *sommité :* personnalité, célébrité.　2. *claudiqua :* boita.　3. *placidité :* tranquillité.

Faisant demi-tour sans bruit, elle décida de se retirer chez
elle. Sur sa table de toilette, elle aperçut alors, parmi ses cos-
métiques et ses parfums, le petit coffret à bijoux qui avait
appartenu à Nofret.
Elle le prit et resta un moment à le contempler. Nofret l'avait
touché, l'avait tenu dans ses mains… Il lui appartenait.
Une nouvelle onde de pitié la noya tout entière, mêlée à cette
étrange impression qu'elle avait depuis peu de comprendre la
morte. Nofret avait été malheureuse, avait souffert. Peut-être
tenait-elle d'ailleurs cet objet dans ses mains à l'instant précis
où elle avait décidé de transformer ce malheur et cette souf-
france en malveillance et en haine… Or, cette haine demeurait inassouvie… brûlait encore du désir de vengeance…
Oh! non, ça n'était pas possible… pas possible!
Presque machinalement, Renisenb défit les boutons et repoussa
le couvercle. Le collier de cornaline était toujours là, ainsi que
l'amulette brisée… Mais il s'y trouvait maintenant autre chose.
Le cœur battant la chamade[1], Renisenb souleva trois rangs de
perles retenus par un pendentif orné de têtes de lions en or…

Chapitre 15
1er MOIS DE L'ÉTÉ, 30e JOUR
30 avril

La découverte du collier avait
épouvanté Renisenb.
Sans même prendre le temps de
réfléchir, elle le replaça aussitôt
dans le coffret à bijoux, fit reglisser le couvercle et renoua les
cordons autour des boutons. Son instinct lui dictait de n'en
rien dire à personne. Elle jeta même dans son dos un regard
craintif pour s'assurer que nul n'avait vu ce qu'elle faisait.

notes
1. battant la chamade : affolé.

Elle passa une nuit blanche à se tourner et se retourner sans
10 cesse sur sa natte et à modifier la position de sa tête et de son
cou sur son chevet de bois.

Au petit matin, sa décision était prise : il fallait qu'elle se
confie à quelqu'un. Elle ne pouvait supporter seule le poids
terrifiant de sa découverte. Par deux fois, au cours de la nuit,
15 elle avait écarquillé les yeux dans la pénombre en se disant
qu'elle apercevrait peut-être la silhouette menaçante de
Nofret à côté d'elle. Mais elle n'avait en fait rien vu du tout.
Sortant le collier aux lions en or du coffret à bijoux, elle le
dissimula dans les plis de sa robe. Elle n'eut pas plus tôt fait
20 qu'Hénet entrait dans sa chambre en trombe. L'air affairé,
l'œil brillant – nul doute que la vieille toupie n'ait des nouvelles fraîches à répandre.

– Rends-toi compte de l'horreur, Renisenb ! C'est affreux,
non ? Ce gamin – le petit berger, tu sais bien –, eh bien, ima-
25 gine-toi qu'on l'a trouvé aux aurores profondément
endormi, là-bas, près des réserves à grain ! Endormi, mon
œil ! On a eu beau le secouer, lui corner aux oreilles[1], il
semble évident qu'il ne se réveillera plus ! On jurerait qu'il a
bu du jus de pavot – ce qui est peut-être le cas –, mais alors,
30 la question est : qui le lui aurait donné ? Pas quelqu'un d'ici,
j'en mettrais ma main au feu. Et l'idée de faire ça, il ne l'aurait pas eue tout seul. Ah ! nous aurions dû nous douter hier
que ça risquait d'arriver !

Elle porta la main à l'une de ses innombrables amulettes :
35 – Puisse Amon nous protéger des maléfices de la mort ! Cet
enfant a dit ce qu'il avait vu. Il nous a dit qu'il l'avait vue Elle !
Aussi est-Elle revenue lui donner ce jus de pavot afin de lui

notes

1. corner aux oreilles : parler
très fort.

clore les yeux à jamais. Oh! c'est qu'Elle est puissante, cette Nofret! Elle a voyagé au loin, tu sais, voyagé hors d'Égypte. Je

40 suis prête à jurer qu'elle en a rapporté toute une panoplie de tours de magie primitifs et barbares. Nous ne sommes plus à l'abri dans cette maison – plus personne n'y est à l'abri. Ton père devrait sacrifier quelques taureaux à Amon – un troupeau entier si nécessaire –, ce n'est pas le moment de lésiner[1].

45 Il faut que nous nous protégions! que nous adressions une supplique à ta mère – c'est ce à quoi ton père se prépare. Le prêtre Mersou lui a dit de le faire. Une Lettre à la Morte en bonne et due forme. Hori est en train d'en rédiger les termes. Ton père était pour qu'on l'envoie à Nofret, histoire de la sup-

50 plier. Du genre : « Excellentissime Nofret, que t'ai-je donc fait de si méchant pour que… », etc. Mais, comme l'a fait remarquer le divin père Mersou, il faut frapper beaucoup plus fort que ça. Or, il se trouve que ta mère, Ashayet, était une grande dame. Le frère de sa propre mère était nomarque et son propre

55 frère premier intendant du vizir[2] de Thèbes. Pour peu que les faits soient portés à sa connaissance, elle veillera à ce qu'une simple concubine ne puisse impunément tuer les enfants de sa chair! Et alors là, oui, justice nous sera rendue. Comme je te le disais, Hori est en train de rédiger la supplique[3].

60 Renisenb avait eu l'intention d'aller trouver Hori et de lui raconter sa découverte du collier aux lions. Mais s'il était occupé avec les prêtres du temple d'Isis, inutile d'espérer le voir en tête-à-tête, ne fût-ce qu'une minute.

Irait-elle se confier à son père? Peu enthousiaste, Renisenb

65 secoua la tête. Sa vieille croyance d'enfant en la toute-puissance

notes

1. *lésiner :* calculer, épargner.

2. *premier intendant du vizir :* le vizir est le nom donné au Premier ministre du pharaon.

Deuxième personnage dans la hiérarchie égyptienne, ses responsabilités et ses pouvoirs sont immenses. Le premier intendant est le conseiller le

plus proche du vizir.

3. *supplique :* demande par laquelle on sollicite l'aide de quelqu'un.

paternelle avait été depuis longtemps mise à mal. Elle mesurait maintenant la vitesse avec laquelle il s'effondrait dans les moments de crise pour n'être plus qu'un fantoche chez qui la pompe et l'ostentation[1] tenaient lieu de force morale. Si

70 Yahmose n'avait pas été malade, elle aurait pu s'adresser à lui, tout en sachant cependant fort bien qu'il n'aurait guère trouvé de conseils pratiques à lui donner. Il aurait sans doute même voulu que leur père soit aussitôt informé.

Or, ça, plus les minutes passaient, plus Renisenb se rendait

75 compte qu'il fallait l'éviter à tout prix. Le premier mouvement d'Imhotep serait de clamer l'événement à tous les échos alors que Renisenb sentait d'instinct qu'il fallait au contraire le tenir secret... même si, au fond, elle eût été bien en peine de dire pourquoi.

80 Non, c'était l'avis d'Hori qu'elle voulait. Il saurait, comme toujours, ce qu'il convenait de faire. Il la débarrasserait du collier et la déchargerait du même coup de son angoisse et de ses peines. Il la dévisagerait de ses bons yeux graves et elle comprendrait immédiatement que tout désormais allait bien...

85 Pendant un moment, elle fut tentée de se confier à Kait... Oui, mais à quoi bon ? Kait ne vous écoutait jamais qu'à moitié, et encore ! Peut-être qu'en l'éloignant un instant de sa marmaille... Non, ça ne servirait de toute façon à rien. Kait était peut-être adorable, mais ce qu'il y a de sûr, c'est qu'elle

90 était stupide.

« Il reste Kameni... et puis il y a encore grand-mère », songea Renisenb.

Kameni ?... La perspective de raconter ça à Kameni avait quelque chose qui était loin de lui déplaire. Elle voyait très

95 distinctement son visage en pensée... passant du sourire

notes

1. la pompe et l'ostentation :
l'apparat et la vanité.

enjôleur à l'expression du plus vif intérêt… et trahissant
bientôt l'inquiétude qu'il éprouverait pour elle… Mais, au
fait, serait-ce bien pour elle qu'il l'éprouverait ?

Pourquoi cet insidieux soupçon selon lequel Nofret et lui
avaient été plus proches par le passé qu'ils ne voulaient bien
l'avouer venait-il toujours la tourmenter ? Parce que Kameni
avait aidé Nofret dans son entreprise de dénigrement des
siens auprès d'Imhotep ? Il avait protesté n'avoir pu agir
autrement. Mais était-ce exact ? C'était, en tout cas, facile à
dire. Tout ce que Kameni disait sonnait toujours si juste, donnait une telle impression de naturel, de sincérité. Son rire
était si joyeux qu'il vous donnait à vous aussi l'envie de rire.
Le balancement de son corps en marchant… la façon qu'il
avait de tourner la tête pour vous sourire par-dessus son
épaule à la peau si douce, si bronzée… le regard qu'il vous
dardait alors… Renisenb se rendit compte que ses idées
s'embrouillaient. Les yeux de Kameni n'avaient pas la douceur de ceux d'Hori, ne vous rassuraient pas. Ils exigeaient,
ils vous défiaient.

Les pensées de Renisenb lui avaient fait monter le rouge aux
joues et briller une étincelle au fond des yeux. Mais elle n'en
décida pas moins qu'elle n'irait pas raconter à Kameni la
découverte du collier de Nofret. Non, elle irait trouver Ésa.
Ésa l'avait impressionnée, la veille. Elle avait beau avoir passé
l'âge, la vieille femme était encore en prise avec la vie et possédait un solide bon sens dont le reste de la famille était tristement dépourvu.

« Elle est vieille, se dit Renisenb. Mais elle saura. »

★

Dès la première mention du collier, Ésa jeta des coups d'œil à
la ronde, mit son doigt sur ses lèvres et tendit la main. Renisenb

plongea dans les plis de sa robe, en sortit le collier et le déposa sur la paume tendue. Ésa le tint un moment tout près de ses yeux malades, puis le fit disparaître dans sa robe à elle et décréta à voix basse mais avec toute l'autorité qu'on pouvait imaginer :

130 — Pas un mot de plus ! Parler dans cette maison revient à crier sur les toits. J'ai passé la majeure partie de la nuit à réfléchir et nous avons du pain sur la planche.

— Père et Hori se sont rendus au temple d'Isis pour y conférer avec le prêtre Mersou des termes d'une pétition à

135 l'adresse de ma mère pour qu'elle intervienne.

— Je sais. Que ton père s'occupe donc des esprits d'outre-tombe. Moi, je préfère me colleter avec les affaires d'ici-bas. Dès que Hori rentrera, amène-le-moi. Il y a des choses que nous aurons à évoquer, à discuter… et je sais pouvoir me fier à lui.

140 — Hori saura ce qu'il faut faire, renchérit joyeusement Renisenb.

Ésa la regarda d'un drôle d'air :

— Tu montes souvent le voir, au Tombeau, ou je me trompe ? De quoi parlez-vous, tous les deux ?

145 Renisenb eut un petit geste vague :

— Oh ! du Fleuve… de l'Égypte… et de la façon dont change la lumière au gré des heures, et des mille et une couleurs du sable et des rochers. Mais souvent nous ne disons rien. Je reste là, au calme, loin des piaillements des femmes et des pleurni-

150 cheries des enfants, loin de l'agitation continuelle. Je peux suivre le fil de mes pensées et Hori ne se mêle pas de les interrompre. Et puis parfois, je lève les yeux, je le surprends à me regarder et nous nous sourions… Il m'arrive d'être très heureuse, là-haut.

155 — Tu as de la chance, Renisenb, dit Ésa avec douceur. Tu as trouvé le bonheur qui sommeille au plus profond de chacun d'entre nous. Pour la plupart des femmes, bonheur rime avec existence trépidante, agitation futile — être heureuse, c'est

soigner ses enfants, rire, bavarder, se chamailler avec sa
160 voisine, aimer un homme ou le haïr. Une succession de petits
riens qu'on enfile comme des perles.

— Ta vie a été comme ça, grand-mère ?

— La plupart du temps. Mais maintenant que je suis vieille,
que je reste seule dans mon coin, que ma vue est fort basse
165 et que je marche avec difficulté… maintenant, je découvre
qu'il est une vie intérieure qui vaut bien tout le reste. Hélas !
j'ai passé l'âge de réapprendre à vivre… Alors, je houspille ma
petite servante, je déguste les bons petits plats qu'on mijote à
la cuisine, je goûte à tous les petits pains sortis du four, je
170 grappille du raisin, je bois un bon jus de grenade. Il vous reste
au moins ça quand tout s'en va. Mes enfants que j'ai chéris
sont morts pour la plupart. Ton père — que Rê soit avec lui —
a toujours été un imbécile. J'en raffolais quand c'était un
bambin vacillant sur ses jambes, mais maintenant, il me met
175 hors de moi avec ses grands airs. De tous mes petits-enfants,
c'est toi que je préfère, Renisenb… À propos de petits-
enfants, où est passé Ipi ? Je ne l'ai vu ni hier ni aujourd'hui.

— Il est fort occupé à superviser l'emmagasinement du grain.

Ésa eut un sourire en coin :

180 — Voilà qui doit plaire à notre jeune paon. Il doit faire la roue
dans tous les coins, se gonfler le jabot[1] de sa propre importance. Quand il rentrera pour le repas, dis-lui de venir me voir.

— Oui, Ésa.

— Et pour le reste, Renisenb, motus !

★

notes

1. se gonfler le jabot : s'enfler,
s'enorgueillir.

185 — Tu voulais me voir, grand-mère ?

Sourire arrogant, tête penchée de côté, une fleur entre ses dents blanches, Ipi semblait éminemment satisfait de lui et de la vie en général.

— Si toutefois tu peux me consacrer une minute de ton temps
190 précieux, fit Ésa en plissant les paupières pour mieux l'examiner de la tête aux pieds.

Ce ton acerbe[1] n'impressionna guère Ipi :

— C'est vrai que j'ai une journée surchargée. Comme mon père est parti pour le temple, c'est moi qui dois tout superviser ici.

195 — Les jeunes chacals jappent[2] beaucoup pour pas grand-chose, commenta Ésa.

Il en aurait fallu davantage pour le démonter :

— Allons, grand-mère, ce n'est quand même pas pour me citer des proverbes que tu m'as fait venir. Tu dois avoir davantage
200 à me dire.

— En effet, j'ai davantage à te dire. Et pour commencer, cette maison est en deuil. Le corps de ton frère Sobek est aux mains des embaumeurs. Or, tu affiches un air joyeux comme pour un jour de fête.

205 Le sourire d'Ipi s'élargit :

— Tu es tout sauf hypocrite, Ésa. Et tu voudrais que je le sois ? Tu sais très bien qu'entre Sobek et moi, ce n'était pas le grand amour. Il a toujours tout fait pour m'embêter. Il m'a toujours traité comme un gamin. Il ne me confiait jamais que les travaux
210 des champs les plus abêtissants et les plus humiliants. Il ne ratait jamais une occasion de se moquer de moi. Et quand père a voulu me faire participer au contrat d'association au même titre que mon frère aîné et lui, c'est encore Sobek qui l'en a dissuadé.

notes

1. *acerbe* : agressif.

2. *jappent* : poussent des aboiements aigus.

– Qu'est-ce qui te fait croire que Sobek s'est mêlé de ça ? fit
215 Ésa d'un ton tranchant.
– Kameni me l'a dit.
– Kameni ?
Ésa haussa les sourcils et repoussa sa perruque de côté pour
mieux se gratter la tête :
220 – Kameni, vraiment ! Continue, tu m'intéresses.
– Il m'a confié qu'il le tenait d'Hénet… et nous savons tous
qu'Hénet sait toujours tout.
– Eh bien, pour une fois, ironisa Ésa, Hénet se trompe. Nul
doute que Sobek et Yahmose t'aient trouvé trop jeune pour
225 ce rôle… Mais c'est moi – oui, moi, qui ai dissuadé ton père
de t'inclure au projet.
– Toi, grand-mère ?
Il écarquilla les yeux de surprise. Puis une expression mauvaise lui tordit les traits et la fleur lui tomba des lèvres :
230 – Qu'est-ce qui t'a pris de faire ça ? De quoi te mêles-tu ?
– De ce qui me regarde : les intérêts de ma famille.
– Et père t'a écoutée ?
– Pas sur le moment, reconnut Ésa avec un sourire caustique.
Mais permets-moi de t'enseigner une des réalités de l'exis-
235 tence, mon joli. Les femmes sont imbattables dans l'art de
tourner les difficultés et elles apprennent très vite – quand
elles ne le savent pas de naissance – à se jouer de la faiblesse
des hommes. Tu te souviens peut-être de cette soirée où j'ai
demandé à Hénet de transporter la table de jeu au frais, sous
240 le portique ?
– Oui. J'ai joué avec père. Et alors, quoi ?
– Ceci : vous avez fait trois parties. Et comme tu joues beaucoup mieux que ton père, tu l'as battu à chaque fois.
– Oui.
245 – C'est tout, fit Ésa en baissant les paupières. Ton père,
comme tout joueur médiocre, n'a pas apprécié d'être battu

– surtout par un gamin. Il s'est alors souvenu de ce que je lui avais dit… et il a décidé que tu étais décidément trop jeune pour mériter une part d'associé.

250 Ipi la dévisagea un instant en silence, puis éclata d'un rire qui sonnait un peu faux :

– Tu as oublié d'être bête, Ésa. Oui, tu as beau être vieille, tu as encore de la ressource. Pas de doute, toi et moi sommes les deux cerveaux de la famille. Avec le coup de la table à jeux,

255 tu m'as piqué des points dans la première manche. Mais, tu verras, c'est moi qui remporterai la seconde. Gare à toi, grand-mère !

– C'est bien mon intention, répondit Ésa. Mais, pour te retourner ton amabilité, permets-moi de te conseiller de

260 bien regarder où tu mets tes jolis pieds. Un de tes frères est mort, l'autre n'en a réchappé que de peu. Or, tu es, toi aussi, le fils de ton père. Tu cours donc le même risque.

Ipi ricana, méprisant :

– Ça ne risque pas.

265 – Pourquoi ça ? Tu n'as pas, toi aussi, insulté Nofret et promis de lui faire un mauvais coup ?

– Nofret !

Le dédain d'Ipi pour la morte était indéniable.

– Qu'est-ce que tu as en tête ? gronda Ésa.

270 – Ma petite idée, grand-mère. Et je te prie de croire que je me fiche pas mal de Nofret et de ses sortilèges. Qu'elle se déchaîne, pour voir.

Un hurlement suraigu s'éleva dans son dos et Hénet entra, courant et vociférant comme une écorchée vive :

275 – Malheureux ! as-tu perdu la tête ? Te rends-tu compte des risques que tu nous fais courir ? Défier une morte ! Et ce après qu'elle nous a amplement montré ce dont elle était capable ! Et dire que tu ne portes même pas une amulette pour assurer ta protection !

280 — Ma protection ? Je m'en charge moi-même. Écarte-toi de mon chemin, Hénet, j'ai de la besogne à abattre. Ces fainéants de paysans ne vont pas tarder à apprendre ce que c'est que d'avoir un vrai patron.

Bousculant la malheureuse, il sortit à grands pas.

285 Ésa coupa court aux imprécations et aux lamentations d'Hénet :

— Écoute, Hénet, et cesse de pousser les hauts cris. Il est possible qu'Ipi sache ce qu'il fait – il est possible également qu'il ne s'en rende pas compte. Son comportement est bizarre.

290 Mais pour le moment, fais-moi le plaisir de répondre à ça : est-ce que tu es allée raconter à Kameni que c'était Sobek qui avait réussi à persuader son père de ne pas faire figurer Ipi dans le contrat d'association ?

Hénet retrouva comme par enchantement son ton geignard

295 habituel :

— Si tu t'imagines qu'avec tout le travail que j'ai dans cette maison il me reste encore assez de temps pour aller faire des racontars… et à Kameni, par-dessus le marché ! Je crois bien que je ne serais jamais allée lui dire un mot si ce n'était pas

300 lui qui était venu m'adresser la parole. C'est un garçon exquis, reconnais-le, Ésa… et je ne suis pas la seule de cet avis – dieux, non ! Et si une jeune veuve envisage de se remarier, que veux-tu, il est après tout normal qu'elle s'éprenne d'un beau garçon… encore que, ce qu'irait en penser Imhotep, je

305 n'en aie pas la moindre idée. Tout bien pesé, Kameni n'est qu'un scribe débutant.

— Je me fiche éperdument de ce qu'est ou n'est pas Kameni ! Est-ce que tu lui as dit que c'était Sobek qui s'était opposé à ce qu'Ipi devienne associé de son père par contrat au même

310 titre que Yahmose et lui ?

— Vois-tu, Ésa, je ne parviens pas à me rappeler ce que j'ai réellement pu lui dire ou pas. Je ne suis, en fait, rien allée lui

dire du tout — ça, c'est ce qu'il y a de sûr. Mais on dit ci, et
puis on dit ça… et puis un mot vous échappe et tu sais très
315 bien toi-même ce que disait Sobek… et ce que disait
d'ailleurs aussi Yahmose, même s'il ne le clamait ni si haut ni
si souvent… qu'Ipi n'était encore qu'un gamin et que ça ne
marcherait jamais… et, pour autant que je sache, Kameni a
très bien pu l'entendre de la bouche même de Sobek sans
320 que j'aie besoin d'aller le lui dire. Les racontars, moi, jamais…
mais, que veux-tu, j'ai une langue comme tout le monde, et
je ne suis ni sourde ni muette, et…

— Ça, en tout cas, pas, grinça Ésa. Or, une langue, Hénet, peut
parfois être une arme. Une langue peut tuer quelqu'un… et
325 même en tuer plus d'un. Il ne me reste qu'à espérer, Hénet,
que ta langue n'ait tué personne.

— Enfin, Ésa, tu dis de ces choses ! Mais est-ce que tu te rends
compte ? Je suis sûre que je n'ai jamais de ma vie été répéter
quoi que ce soit dont je ne sois pas certaine que la Terre
330 entière puisse l'entendre ! Je suis tellement dévouée à toute la
famille… Je me jetterais au feu pour chacun de ses membres.
Bah ! ils sous-estiment le dévouement de la vieille Hénet.
Mais j'ai promis à leur chère maman…

— Ah ! la coupa d'autorité Ésa, voici qu'arrive mon petit
335 bruant[1] des roseaux bien dodu, mijoté avec des poireaux et
du céleri ! Ce que ça sent bon… rôti à point ! Puisque tu
nous es si dévouée, Hénet, goûte-m'en donc une bouchée,
là… juste pour voir s'il n'est pas empoisonné.

— Ésa ! s'égosilla Hénet. Empoisonné ! Comment peux-tu
340 dire une chose pareille ? Un plat préparé dans notre cuisine !

— Quoi qu'il en soit, insista Ésa, il faut quand même bien que

---

notes

1. bruant : petit passereau de
la taille d'un moineau.

quelqu'un le goûte… au cas où. Alors, autant que ce soit toi, qui es prête à mourir pour n'importe lequel d'entre nous. Ça ne doit pas être une mort si désagréable ! Allons, Hénet !
345 Regarde comme c'est appétissant, et juteux, et comme ce doit être bon. Ah, non ! pas question ! Je n'ai aucune envie de perdre ma petite esclave ! Elle est jeune et mignonne comme tout. Toi, tes beaux jours sont derrière toi, Hénet, et ce qui peut t'arriver n'a guère d'importance. Allons-y… ouvre la
350 bouche… Succulent, non ? Mais, ma parole, tu es verte ! Tu n'as pas aimé ma petite plaisanterie ? Non, je n'ai pas l'impression ! Ha, ha, ha ! hi, hi, hi !

Ésa se tordit de rire. Puis, recouvrant brusquement son sérieux, elle s'attaqua goulûment à son plat favori.

Au fil du texte

QUE S'EST-IL PASSÉ ?

1. Hénet rend visite à Ésa après la découverte d'un coffret à bijoux qui appartenait à _Nofret_ . Mais Ésa accuse la servante de l'avoir elle-même placé dans la chambre de la défunte. Imhotep prend la défense d'Hénet et annonce qu'il prépare un _contrat_ pour associer ses trois fils à la gestion du domaine. Ésa, quant à elle, pense qu' _Ipi_ est trop jeune. Le contrat signé, les hommes reviennent à la maison, et, après avoir bu une coupe de vin, Yahmose ressent une douleur avant de voir _Sobek_ s'écrouler. Imhotep croit à une malédiction et interroge un petit _berger_ : celui-ci a vu une femme qui portait une _robe teinte_ s'approcher de la jarre de vin. Le prêtre propose de solliciter Ashayet, la défunte _épouse_ d'Imhotep. Mais Ésa ne croit pas aux interventions surnaturelles. Elle souhaite interroger le jeune témoin qui est malheureusement retrouvé mort : il a été ~~assassiné~~ _empoisonné_ .

AVEZ-VOUS BIEN LU ?

2. Imhotep constate le changement positif d'un de ses fils : lequel ? _Sobek_

3. La gaieté est quasi générale après la signature du contrat : d'où viennent les membres de la famille ? _Un nomarque._

4. Pourquoi les hommes quittent-ils la maison précipitamment après le premier verre ? _car on a volé un bœuf_

5. Selon les Égyptiens, quelle était la couleur de la violence et des forces du mal ? *le rouge*

ÉTUDIER LES PERSONNAGES

6. Quelle est la profession de Mersou ? *Il est prêtre et médecin.*

7. Que peut-on dire de Sobek ? *Il devient plus agréable et respec mais il meurt.*

ÉTUDIER LE VOCABULAIRE ET LA GRAMMAIRE

8. Relevez tous les mots qui appartiennent au champ lexical de la plainte.

9. Quelles sont les différentes valeurs de l'imparfait ? Illustrez chacune de ces valeurs avec un exemple emprunté à ces pages.

niveau de langue :

selon la situation de communication, on peut utiliser un niveau de langue soutenu, courant ou familier.

ÉTUDIER LE DISCOURS

10. Analysez le petit discours tenu par le jeune berger : quelles sont ses caractéristiques ? *Il décrit et fait un récit.*

11. Quel est le niveau de langue★ utilisé ? Quelles sont les caractéristiques de ce niveau de langue ? *langue formelle il n'est pas très développé.*

ÉTUDIER LE GENRE

12. Qui Ésa semble-t-elle soupçonner ? *Hénet*

13. Les propos du berger confirment-ils cette hypothèse ? *Non*

14. Combien avons-nous de victimes dans ces chapitres ? *Il en a 2*

15. Comment meurent-elles ? *Ils meurent empoisonné*

16. Faites la liste des différents personnages qui peuvent être suspectés. *Ipi, Hénet*

ÉTUDIER L'ÉCRITURE

17. Relevez deux métaphores* utilisées par Ésa pour parler d'Ipi.

18. Expliquez la signification de ces images.

LIRE L'IMAGE

Voir document, p. 161.

19. Que représentait le scarabée pour les anciens Égyptiens?

20. Où plaçaient-ils ce genre d'amulettes?

métaphore:
**procédé
consistant
à utiliser
un mot dans
un sens figuré
(le « printemps
de la vie » est
une métaphore
pour désigner
la jeunesse).**

À VOS PLUMES !

21. Rédigez, sous forme d'article pour une rubrique de faits divers, le compte rendu de la mort de Sobek.

DÉBAT

22. Les anciens Égyptiens croyaient que les amulettes pouvaient les protéger... Croyez-vous que certains objets peuvent avoir un pouvoir magique?

RECHERCHES

23. Faites des recherches au C.D.I. sur les amulettes utilisées par les anciens Égyptiens. Vous pouvez reproduire certains de ces objets et les exposer sur un petit panneau.

Chapitre 16

2e Mois de l'été, 1er Jour

1ᵉ mai

La réunion au temple prenait fin. La version définitive de la supplique, après une dernière refonte[1], venait d'être enfin rédigée. Hori et deux des scribes du temple n'avaient pas ménagé leur peine. La première étape était effectuée.

Le prêtre fit signe qu'on pouvait lire à voix haute le brouillon de la pétition :

« À l'Excellentissime Esprit d'Ashayet. De la part d'Imhotep, son frère et son époux. La sœur aurait-elle oublié son frère ? La mère aurait-elle oublié les enfants de sa chair ? L'Excellentissime Ashayet ne serait-elle pas déjà informée de ce que l'esprit vivant du mal menace la vie de ses enfants et qu'il a, de par le poison, déjà envoyé son fils Sobek rejoindre Osiris ?

Ta vie durant, je t'ai traitée avec les honneurs qui t'étaient dus. Je t'ai donné des bijoux, et pour ton corps des onguents, des parfums et des huiles. Ensemble, nous avons partagé le boire et le manger, en bonne harmonie et en toute amitié, devant une table bien garnie. Et lorsque la maladie t'a frappée, je n'ai pas regardé à la dépense. J'ai appelé une sommité de la médecine. Tu as été enterrée selon les rites, avec tout ce qu'il peut se révéler nécessaire à ton confort dans l'au-delà : des serviteurs, des bœufs, de quoi manger et boire, des bijoux et des vêtements. J'ai porté ton deuil pendant des années, et ce n'est qu'après une longue, très longue attente que j'ai pris une concubine afin de vivre comme il convient à un homme qui n'est pas encore un vieillard.

Or, c'est cette concubine qui maintenant s'en prend à tes enfants. Ne le sais-tu pas ? Peut-il se faire que tu l'ignores ?

notes

1. refonte : transformation, remaniement.

30 Mais dès qu'Ashayet saura, nul doute qu'elle ne s'empresse de secourir les enfants de sa chair.

Se peut-il encore qu'Ashayet sache, mais que le mal continue parce que la concubine utilise de puissants sortilèges ? De tels agissements ne peuvent cependant être perpétrés que contre
35 la volonté de l'Excellentissime Ashayet. N'oublie donc pas que tu as, dans le Champ des Offrandes, des parents et des amis puissants. Le grand et noble Ipi, premier intendant du grand vizir. Invoque son aide ! Et aussi le frère de ta mère, le grand et puissant Meriptah, nomarque de la province.
40 Informe-le de cette honteuse vérité. Qu'il soumette cette affaire à son tribunal. Qu'il convoque des témoins qui attesteront que Nofret est l'instigatrice de ce mal. Qu'elle soit jugée et condamnée et qu'il soit décrété qu'elle ne pourra plus faire le mal dans notre maison.
45 Oh ! Excellentissime Ashayet, si tu es en colère contre ton frère Imhotep parce qu'il a écouté les mauvais conseils de cette femme et qu'il s'est laissé persuader de commettre une injustice à l'encontre des enfants de ta chair, alors, souviens-toi qu'il n'est pas le seul à souffrir, et que tes enfants souffrent
50 avec lui. Pardonne à ton frère Imhotep en considération de tout ce qu'il a fait pour leur bien. »

Le premier scribe arrêta sa lecture. Mersou approuva de la tête :

– C'est très bien dit. Rien, me semble-t-il, n'a été négligé.

Imhotep se leva :
55 – Je te remercie, père révéré. Mes offrandes, le bétail, l'huile et le lin te parviendront demain avant le coucher du soleil. Pouvons-nous fixer à après-demain la date de la cérémonie… le dépôt du vase rituel dans la chambre des offrandes du Tombeau ?

– Mettons plutôt ça à dans trois jours. Il faut le temps de por-
60 ter les inscriptions sur le vase et de préparer le rituel exigé.

– Comme bon te semblera. Mais je voudrais tant qu'un nouveau malheur ne puisse venir nous frapper.

– Je comprends ton angoisse, Imhotep. Mais sois sans crainte. Ashayet est un esprit du Bien et va répondre à ton exhortation. Quant à ses proches parents, ils possèdent la puissance et l'autorité, et peuvent rendre la justice là où elle est si grandement méritée.

– Que la déesse Isis t'entende ! Merci encore, Mersou… sans oublier les soins et les médecines que tu as administrés à mon fils Yahmose. Viens, Hori, il nous reste encore beaucoup à faire. Regagnons la maison. Ah !… cette supplique m'ôte vraiment un poids de sur le cœur ! L'excellente Ashayet n'abandonnera pas son frère dans la peine et les tourments.

Quand Hori, ses rouleaux de papyrus sous le bras, pénétra dans la cour, Renisenb guettait son arrivée depuis un bon moment déjà. Quittant la margelle du bassin, elle courut à sa rencontre :

– Hori !

– Oui, Renisenb ?

– Peux-tu m'accompagner chez Ésa ? Ça fait une éternité qu'elle veut te voir.

– Bien sûr. Laisse-moi juste le temps de demander à Imhotep si…

Mais Imhotep avait été intercepté par Ipi, et père et fils étaient en grande conversation.

– Je range rouleaux et matériel et je te suis, Renisenb.

Ésa parut contente de les entendre enfin arriver.

– Voici Hori, grand-mère. Je te l'ai amené tout de suite.

– Bon. Le temps est-il agréable ?

– Euh… oui, je crois, répondit Renisenb, un peu déconcertée.

– Alors, donne-moi ma canne. J'ai envie de faire quelques pas dans la cour.

Ésa mettait rarement le nez dehors et Renisenb s'étonna de cette nouvelle lubie. Elle prit la vieille femme par le bras pour la soutenir et l'aida à traverser ainsi la grande salle et à se rendre sous le portique :

– Tu veux t'asseoir ici, grand-mère ?

– Non, mon enfant. Marchons jusqu'au bassin.

Elle boitait bas et ne marchait pas vite, mais elle était encore solide sur ses jambes et ne semblait donner aucun signe de fatigue. Regardant alentour, elle désigna un endroit où les fleurs formaient un berceau au bord de l'eau et où un figuier-sycomore dispensait une ombre providentielle.

Là, une fois installée, elle poussa un soupir de satisfaction :

– C'est parfait ! Nous pouvons maintenant parler sans craindre les oreilles indiscrètes.

– Tu es d'une grande sagesse, Ésa, approuva Hori.

– Ce que nous avons à dire doit rester entre nous trois. J'ai confiance en toi, Hori. Tu es arrivé parmi nous encore tout enfant. Et tu t'es toujours montré fidèle, discret et avisé. Quant à Renisenb, elle est, de mes petits-enfants, celle que je chéris le plus. Il ne faut pas qu'il lui arrive du mal, Hori.

– Il ne lui arrivera aucun mal, Ésa.

Hori n'avait pas élevé la voix mais son ton et l'expression de son visage lorsque leurs yeux se croisèrent rassurèrent la vieille femme.

– Voilà qui est bien dit, Hori. Sans fièvre aucune, mais comme quelqu'un qui tiendra sa promesse. À présent, raconte-moi ce qui a été décidé cet après-midi.

Hori lui décrivit la rédaction de la supplique et lui en indiqua la teneur. Ésa l'écouta attentivement.

– Maintenant, à ton tour de m'écouter, déclara-t-elle. Et de regarder ceci.

Et, sortant le collier des plis de sa robe, elle le lui tendit.

– Renisenb, ajouta-t-elle, explique-lui où tu l'as trouvé.

La jeune femme le lui expliqua.

– Qu'en penses-tu, Hori ? s'enquit alors Ésa.

Silencieux pendant un moment, Hori la questionna bientôt à son tour :

—Toi, qui es vieille et sage, Ésa, quel est ton avis?

130 —Tu es de ceux, Hori, qui répugnent à avancer de grands mots qu'aucun fait précis ne vient étayer[1]. Mais tu as su tout de suite, ne me contredis pas, la façon dont Nofret était morte?

—J'ai immédiatement soupçonné la vérité, Ésa. Mais, encore
135 une fois, il ne s'agissait que de suppositions[2].

—D'accord. Et nous n'en sommes toujours qu'aux supputations. Mais là, tout de suite, près de ce bassin, entre nous trois, nous pouvons les formuler, ces supputations… quitte à ne plus jamais y revenir. Il me semble qu'il y a trois explications
140 possibles aux tragiques événements qui se sont produits. La première est que le petit berger a dit la vérité et que ce qu'il a vu, c'est bel et bien le fantôme de Nofret, revenue d'entre les morts et farouchement décidée à poursuivre sa vengeance en semant le malheur et la désolation dans notre famille.
145 Pourquoi pas? Les prêtres — et ils ne sont pas les seuls — estiment cela possible et nous savons pertinemment par ailleurs que les maladies sont provoquées par des esprits malins. Il ne m'en semble pas moins, à moi qui suis une vieille femme et qui n'ai guère tendance à gober tout ce dont prêtres et assi-
150 milés nous rebattent les oreilles, qu'il existe d'autres explications possibles.

—Telles que? interrogea Hori.

—Admettons que Nofret ait été tuée par Satipi, qu'à quelque temps de là et à cet endroit précis, Nofret soit apparue à
155 Satipi et que cette dernière, prise de frayeur et en proie aux remords, se soit jetée dans le vide. C'est une hypothèse valable. À partir de là, imaginons également autre chose; à savoir qu'après ça, quelqu'un, pour une raison qui pour le

notes

1. étayer : justifier, confirmer.   **2. supputations :** hypothèses.

160 moment nous échappe, ait souhaité se débarrasser de deux des fils d'Imhotep. Que ce quelqu'un ait mis à profit la terreur superstitieuse imputant cet acte à l'esprit vengeur de Nofret… Ça n'aurait pas été si bête.

— Mais qui aurait pu vouloir tuer Yahmose et Sobek ? s'écria Renisenb.

165 — Pas un des domestiques, trancha Ésa, ils n'oseraient jamais. Ce qui ne nous laisse plus grand choix…

— L'un d'entre nous ? Mais, grand-mère, c'est impossible !

— Demande à Hori, répliqua Ésa. Tu remarqueras qu'il n'a pas protesté.

170 Renisenb se tourna vers lui :

— Hori, ne viens pas me dire que…

Hori secoua tristement la tête :

— Tu es jeune et confiante, Renisenb. Tu es persuadée que ceux que tu connais et chéris sont tels que tu les imagines.

175 Tu sembles méconnaître le cœur humain et ne pas voir les abîmes d'amertume, voire de férocité, qu'il peut receler.

— Mais qui… lequel d'entre nous… ?

— Revenons au récit du petit berger, s'empressa de couper Ésa. Il a vu une femme vêtue d'une robe teinte et portant le col-

180 lier de Nofret. S'il ne s'agissait pas d'un revenant, il a très exactement vu ce qu'il nous a décrit… et donc il a vu une femme qui voulait qu'on la prenne pour Nofret. Il pouvait s'agir de Kait, ç'aurait pu être Hénet, ç'aurait même pu être toi, Renisenb ! Compte tenu de la distance, ç'aurait pu être n'im-

185 porte qui affublé d'une robe féminine et d'une perruque. Chut !… laisse-moi poursuivre. Autre possibilité : le gamin a menti. Il a raconté une fable qu'on lui avait inculquée. Il a obéi à quelqu'un qui avait sur lui une autorité légitime et il se peut que sa faiblesse d'esprit l'ait empêché de comprendre le sens

190 de la mission pour laquelle il s'était laissé amadouer… ou acheter. Cela, nous ne le saurons jamais puisque le gamin est

Jean-François Champollion (1790-1832) par Léon Cogniet.

mort – ce qui est en soi révélateur et m'incite à croire qu'il a effectivement obéi à des instructions précises. En le bousculant un peu, comme nous l'aurions fait aujourd'hui, nous n'aurions

195 pas tardé à découvrir le pot aux roses[1] ; avec un minimum de patience, il n'est pas sorcier de voir si un enfant ment ou pas.

– Ainsi, tu penses que nous avons un empoisonneur parmi nous ? demanda Hori.

– Oui, acquiesça Ésa. Et toi ?

200 – Moi aussi, répondit-il.

Consternée, Renisenb promenait ses regards de l'un à l'autre. Hori poursuivit :

– Seulement, son mobile ne me paraît pas très évident.

– À moi non plus, admit Ésa. Et c'est bien là que le bât blesse.

205 Je ne sais pas qui est le prochain sur sa liste.

– Mais… de nouveau l'un de nous ? fit Renisenb toujours incrédule.

– Oui, Renisenb, l'un de nous, confirma sombrement Ésa. Hénet, ou Kait, ou Ipi, ou Kameni, ou Imhotep lui-même…

210 oui, même lui – ou bien encore Ésa ou Hori ou même… ou même toi, Renisenb, acheva-t-elle avec un sourire.

– Tu as raison, Ésa, approuva Hori. Nous faisons, nous aussi, partie des suspects.

– Mais pourquoi ces meurtres ? s'écria Renisenb dont la voix

215 exprimait bien le sentiment d'horreur qui ne cessait de croître en elle. Pourquoi ?

– Si nous le savions, fit remarquer Ésa, nous n'aurions plus grand-chose à apprendre. Procédons par élimination en commençant par les victimes. Sobek, vous vous en souvenez, est

220 arrivé à l'improviste après que Yahmose avait déjà commencé

notes

1. découvrir le pot aux roses :
découvrir la vérité.

à boire. On peut donc tenir pour certain que l'assassin visait Yahmose, et qu'il est moins sûr qu'il ait voulu s'en prendre aussi à Sobek.

225 — Mais qui aurait pu vouloir tuer Yahmose ? s'insurgea Renisenb, toujours sceptique. De nous tous, Yahmose est bien le seul qui ne puisse pas avoir d'ennemis. Il est la bonté, la gentillesse même.

— Comme dit Renisenb, Yahmose n'est pas du genre à se faire détester, souligna Hori. Il en découle clairement que le 230 mobile n'a rien à voir avec une quelconque histoire de haine personnelle.

— En effet, concéda Ésa. Le mobile est nettement plus obscur. Il peut s'agir d'hostilité envers la famille dans son ensemble, à moins que derrière toutes ces menées ne se dissimule cette 235 fameuse convoitise contre laquelle nous mettent en garde les Maximes de Ptahotep[1]. Elle n'est autre, nous dit-il, que la poubelle de toutes les malveillances et le ramassis de toutes les forfaitures[2].

— Je vois où tu veux en venir, Ésa, dit Hori. Mais pour en arri-240 ver à une conclusion, il nous faut préalablement deviner, préfigurer ce qu'aurait pu nous réserver l'avenir.

Ésa approuva d'un hochement de tête si vigoureux que sa volumineuse perruque lui glissa sur l'oreille. Cependant, pour comique qu'ait pu être son aspect, personne n'eut envie de rire.

245 — Joue les devins, Hori, ordonna-t-elle sans se départir de son sérieux.

Hori s'abîma un long moment dans ses pensées. Les deux femmes attendirent en silence. Il s'exprima enfin :

— Si Yahmose était mort comme prévu, les principaux

notes

1. les Maximes de Ptahotep : vizir durant la Ve dynastie, Ptahotep s'est rendu célèbre par son recueil de Maximes qui fut par la suite largement utilisé dans les écoles formant les fonctionnaires royaux.

2. forfaitures : trahisons.

250 bénéficiaires en auraient été les deux fils survivants d'Imhotep, Sobek et Ipi – une part des biens étant mise de côté pour les enfants de Yahmose mais l'administration de ladite part étant confiée à leurs bons soins… aux bons soins de Sobek en particulier. C'est donc Sobek qui aurait été le grand gagnant de
255 l'affaire. Il aurait fait fonction de prêtre du ka en l'absence d'Imhotep, en attendant de le devenir pour de bon à la mort de ce dernier. Mais, bien que principal bénéficiaire, Sobek ne peut en aucun cas être le coupable pour l'excellente raison qu'il a lui-même bu de si bon cœur le vin empoisonné qu'il
260 en est mort. Par conséquent, et pour autant que je puisse en juger, il me semble que la mort des deux frères (et ceci au moment où le crime était perpétré) ne pouvait bénéficier qu'à une seule personne… et cette personne, c'est Ipi.

– Bien vu, commenta Ésa. J'ai cependant noté un verbe,
265 Hori, sur lequel tu as bien fait d'insister. Préfigurer. Mais revenons-en à Ipi. Il est jeune et impatient, il est bourré de défauts et il est à l'âge où la satisfaction immédiate de vos envies vous paraît le sel de l'existence. Il jalouse et déteste ses frères aînés et se considère injustement exclu du contrat d'as-
270 sociation pour la gestion du domaine familial. Il semble, en outre, que Kameni lui ait rapporté des propos maladroits…

– Kameni ?

L'interruption était venue de Renisenb. Sitôt qu'elle s'en avisa, elle rougit et se mordit les lèvres. Hori tourna la tête.
275 Le long regard, doux et pénétrant, qu'il lui lança la blessa, sans qu'elle sût trop pourquoi, au plus profond d'elle-même. Ésa tendit le cou et poursuivit en la fixant des yeux :

– Oui. Kameni. Inspiré ou pas par cette chère Hénet – mais ceci est une autre affaire. Toujours est-il qu'Ipi est ambitieux
280 et arrogant, qu'il souffre de se voir placé sous l'autorité de ses frères et que, sans fausse modestie aucune, il se considère – il me l'a dit lui-même – comme l'élite pensante de la famille.

Le ton d'Ésa ne débordait guère de tendresse.

— Il t'a dit ça, à toi ? s'émut Hori.

285 — Tout en ayant l'infinie bonté de m'accorder un satisfecit en la matière, oui.

— Tu veux dire qu'Ipi aurait sciemment empoisonné Yahmose et Sobek ? s'exclama Renisenb, n'en croyant pas ses oreilles.

— Je considère cela comme une hypothèse, sans plus. Nous
290 parlons soupçons, suppositions… nous n'en sommes pas encore à prouver. Depuis la nuit des temps — et en dépit de la réprobation des dieux –, des fratricides ont été commis, tous inspirés par la convoitise et la haine. Or, si Ipi a commis une telle ignominie, il ne sera pas facile d'en apporter la preuve car
295 il est malin comme pas deux, je suis la première à l'admettre.

Hori approuva d'un signe de tête.

— Cependant, comme je viens de le dire, continua Ésa, nous ne faisons état ici, sous ce figuier-sycomore, que d'hypothèses. Et c'est en étant bien conscients de n'émettre que des
300 suppositions que nous allons examiner le cas de chacun. J'exclus les domestiques, je l'ai dit et je le répète, car aucun d'eux n'aurait jamais osé commettre un tel acte. Mais je n'exclus absolument pas Hénet.

— Hénet ? s'écria encore Renisenb. Mais Hénet ne jure que
305 par nous ! Elle n'arrête pas de nous le répéter !

— Il est aussi facile de mentir que de dire la vérité. Je connais Hénet depuis une éternité. Depuis que, toute jeune femme, elle est arrivée ici avec ta propre mère. C'était une de ses parentes… sans le sou et malheureuse comme les pierres. Son
310 mari ne l'aimait pas — il faut bien avouer qu'elle a toujours eu un physique ingrat — et l'avait répudiée. Le seul enfant qu'il lui ait jamais fait était mort en bas âge. Elle a débarqué, clamant à qui voulait l'entendre qu'elle adorait ta mère, mais j'ai toujours vu la lueur qui brillait dans ses yeux quand elle
315 la regardait se promener dans la maison ou dans la cour… et

je peux te garantir, Renisenb, que la lueur en question n'exprimait pas la tendresse ! C'était plutôt le reflet d'une jalousie rentrée. Et quant à ses protestations d'amour indéfectible[1] à l'égard de nous tous, je n'en crois pas un mot !

320 — Dis-moi, Renisenb, voulut savoir Hori. Toi-même, tu éprouves de l'affection pour elle ?

— N-non, avoua la jeune femme à contrecœur. C'est au-dessus de mes forces. Et je me le suis souvent reproché.

— Ne serait-ce pas parce que tu sens instinctivement qu'elle
325 n'est pas sincère ? T'a-t-elle une seule fois témoigné sa prétendue dévotion en te rendant un service quelconque ? N'a-t-elle pas au contraire passé son temps à semer la discorde entre vous en répétant partout des médisances qui n'ont d'autre but que de vous blesser ou de vous mettre en
330 colère ?

— Oui… oui, c'est assez vrai.

Ésa émit un gloussement sarcastique :

— Ma parole, Hori-le-parfait, il ne te manque ni les yeux ni les oreilles !

335 — Mais père a confiance en elle et l'aime beaucoup, objecta Renisenb.

— Mon fils est un imbécile et l'a toujours été ! expliqua Ésa. Les hommes adorent qu'on les flatte… et Hénet sait répandre la flatterie avec autant de libéralité[2] qu'on se tartine d'on-
340 guents avant de se rendre à un banquet ! Au fond, elle lui voue peut-être un culte – il m'arrive de le croire vraiment – mais le moins qu'on puisse dire, c'est que ces débordements d'amour ne s'étendent pas au reste de la famille.

— N'empêche qu'elle n'irait pas jusqu'à… qu'elle n'irait pas
345 jusqu'à tuer, protesta Renisenb. Pourquoi lui prendrait-il

notes
---
1. indéfectible : indestructible. **2. libéralité :** générosité.

l'envie d'empoisonner l'un ou l'autre d'entre nous ? Quel avantage pourrait-elle en tirer ?

— Aucun avantage. Aucun. Quant au « pourquoi »… je n'ai aucune idée de ce qui se passe dans la tête d'Hénet. Ce *350* qu'elle pense, ce qu'elle ressent, je l'ignore. Mais il m'arrive de me dire que, derrière cette façade de démonstrations serviles, le brouet[1] de la sorcière mijote. Auquel cas, ses raisons sont des raisons que la raison ignore et que ni toi, ni moi, ni Hori ne pouvons comprendre.

355 — Il est une sorte de gangrène qui se développe insidieusement au plus profond de nous, acquiesça Hori. J'en ai parlé un jour à Renisenb.

— Et je n'ai pas compris sur le moment. Mais je commence à y voir plus clair. Ça a débuté avec l'arrivée de Nofret… Je me *360* suis mise à découvrir qu'aucun d'entre nous n'était vraiment tel que je l'avais imaginé jusqu'alors. Ça m'a fait peur… Et maintenant…

Ses mains s'écartèrent en un geste d'impuissance :

— Maintenant, tout n'est plus que peur.

365 — La peur n'est que le reflet de notre ignorance, objecta Hori. Quand nous saurons, Renisenb, la peur sera à tout jamais vaincue.

— Et puis, comme de bien entendu, il y a Kaït, les rappela inexorablement à l'ordre l'infatigable Ésa.

370 — Pas Kaït ! s'emporta Renisenb. Kaït n'aurait jamais voulu risquer de tuer Sobek. C'est complètement invraisemblable !

— Rien n'est jamais invraisemblable, soupira Ésa. J'ai au moins appris cela dans ma vie. Kaït est bête comme une oie et je me suis toujours méfiée des femmes stupides. Elles sont dange- *375* reuses. Elles ne voient pas plus loin que le bout de leur nez.

notes

1. brouet : bouillon.

**La pierre de Rosette, datée de 196 av. J.-C. et découverte en 1799
dans la ville égyptienne de Rosette.**

Elles sont incapables de voir plus d'une chose à la fois. Kait est le nombril d'un petit monde constitué de ses enfants et de Sobek en tant que géniteur des enfants en question. L'idée a tout bonnement pu germer sous son crâne que supprimer Yahmose enrichirait sa progéniture. Sobek n'avait jamais trouvé grâce aux yeux d'Imhotep – il était trop emporté, trop désireux de s'émanciper, trop indiscipliné. Tandis que Yahmose était le fils sur lequel Imhotep pouvait se reposer. Oui, mais une fois Yahmose éliminé, Imhotep serait contraint et forcé de se rabattre sur Sobek. Pour Kait, à mon humble avis, ça n'était pas plus compliqué que ça.

Renisenb frissonna. Cruel ou pas, ce portrait de Kait et de sa façon d'envisager l'existence était crachant de vérité. Sa douceur, sa tendresse, ses démonstrations d'amour étaient uniquement destinées à ses enfants. En dehors d'elle-même, de ses enfants et de Sobek, le monde n'existait pas. Elle le considérait d'un œil morne, placide, indifférent.

– Mais, objecta pensivement Renisenb, elle aurait réfléchi au fait que Sobek pouvait fort bien rentrer plus tôt que prévu, comme il l'a d'ailleurs fait, avoir soif lui aussi et boire de ce vin.

– Non, trancha Ésa. Ça m'étonnerait beaucoup de sa part. Kait, je l'ai assez dit, est stupide. Elle n'aurait pas pesé le pour et le contre, envisagé telle ou telle éventualité. Elle n'aurait vu que ce qu'elle avait envie de voir : Yahmose en train de mourir après avoir bu son vin et la responsabilité de l'affaire imputée aux interventions magiques de notre belle et maléfique Nofret. Et comme elle ne souhaitait pas la mort de Sobek, il ne lui est même pas venu l'idée qu'il pouvait arriver à l'improviste.

– Et, au bout du compte, Sobek est mort et Yahmose vit toujours. Quelle horreur pour elle si ce que tu suggères est exact !

– C'est le genre d'inconvénient qu'il y a à être par trop

stupide, trancha Ésa. Les événements vous rient au nez en ne
se passant absolument pas comme vous l'aviez décidé.

Elle souffla un instant et reprit :

– Et maintenant, venons-en à Kameni.

– Kameni ?

Renisenb s'était sentie obligée d'adopter un ton neutre et de
prononcer son nom sans avoir l'air de s'étonner ni de protester. Une fois encore, hélas ! le regard d'Hori l'embarrassa.

– Bien sûr, voyons ! On ne peut pas exclure Kameni. Il n'a
aucun motif apparent de nous en vouloir, mais que savons-
nous au juste sur son compte ? Qu'il vient du Nord… de
Basse-Égypte, tout comme Nofret. Qu'il l'a aidée – bon gré,
mal gré, allons savoir ! – à dresser Imhotep contre ses propres
enfants. Il m'est arrivé de l'observer parfois à la dérobée et je
mentirais en vous disant que j'en fais tout un plat. C'est en
gros, pour moi, un garçon assez commun quoique passablement astucieux et qui, outre le fait d'être beau garçon, possède de surcroît ce petit je-ne-sais-quoi qui fait se retourner
les femmes. Oui, les femmes trouveront toujours Kameni à
leur goût, et pourtant, j'incline à penser – je peux me trom-
per – qu'il n'est pas de ceux qui peuvent avoir énormément
d'empire sur leur cœur et sur leur âme. Il semble perpétuellement gai et insouciant, et n'a pas paru autrement affecté au
moment de la mort de Nofret.

Mais tout ceci n'est qu'apparence. Qui peut se targuer[1]
d'avoir jamais pu sonder l'âme humaine ? Un homme prêt à
tout pourrait aisément nous jouer la comédie… Kameni, en
réalité, n'est-il pas irrémédiablement inconsolable de la mort
de Nofret ? Ne cherche-t-il pas désespérément à se venger ?
Puisque Satipi a tué Nofret, Yahmose, son mari, ne doit-il pas

---

notes

1. se targuer : se vanter.

mourir à son tour? Si, bien sûr! Et Sobek aussi, qui l'a mena-
440 cée... et pourquoi pas Kait, qui s'est ingéniée à lui infliger ses
tourments à la petite semaine, et puis Ipi, qui ne la haïssait pas
moins? Tout cela, ce n'est peut-être que du délire, mais qui
sait? Qui peut le dire?
Ésa se tut. Elle regarda Hori.
445 — Qui peut le dire, Ésa?
Le regard sagace d'Ésa se fit plus insistant :
— Toi, peut-être? La vérité, tu crois la savoir, n'est-ce pas?
Hori se tut un long moment, puis avoua :
— J'ai ma petite idée, oui, sur qui a empoisonné ce vin et
450 pourquoi... mais ce n'est pas encore très clair dans ma tête...
et je ne comprends toujours pas...
Il s'interrompit un instant, sourcils froncés, pour finalement
secouer la tête :
— Non, je ne peux pas encore porter d'accusation précise.
455 — Nous ne débattons ici que de suppositions. Allons, Hori,
parle!
Hori secoua de nouveau la tête :
— Non, Ésa. C'est une hypothèse trop vague encore... Et si
elle s'avérait fondée, il vaudrait mieux que tu n'en sois pas
460 informée. Savoir pourrait être dangereux pour toi. Et ceci
s'applique également à Renisenb.
— Ce qui revient à dire que savoir peut se révéler dangereux
pour toi aussi, Hori?
— Oui, pour moi aussi... Je crois, vois-tu, Ésa, que nous
465 sommes tous en danger... Renisenb un peu moins, peut-être.
Ésa continuait à le transpercer du regard.
— Je donnerais cher, articula-t-elle finalement, pour savoir ce
que tu as dans le crâne.
Hori ne répondit pas de façon directe. Après être resté
470 quelques instants songeur, il consentit à déclarer :
— Le seul signe qui puisse trahir ce que quelqu'un a en tête,

c'est son comportement. Si un individu se conduit de manière bizarre, inhabituelle, si ce qu'il fait ne lui ressemble pas…

– Celui-là, tu le soupçonnes? interrogea Renisenb.

475 – Non, répondit-il. C'est précisément là que je voulais en venir. Un homme dont les intentions sont mauvaises ou qui a quelque chose à se reprocher sait qu'il faut à tout prix le cacher. Il ne peut donc se risquer à modifier en quoi que ce soit son comportement habituel…

480 – Un homme? souligna Ésa.

– Un homme, une femme… ça ne change rien à l'affaire.

– Je comprends, fit-elle en le transperçant des yeux sous ses paupières mi-closes avant de reprendre gaiement : Et nous? Quel genre de soupçons pourrions-nous bien faire peser sur

485 nous trois?

– Cela aussi, bien sûr, doit être envisagé, approuva Hori. Moi, par exemple, on m'a accordé toute confiance. Rédaction des contrats, tenue des comptes, en tant que scribe, tout m'est toujours passé entre les mains. Il se pourrait que je me sois

490 livré à des malversations… ainsi que Kameni a découvert que cela s'était produit dans les propriétés du Nord. Yahmose aurait flairé du louche, se serait mis à me soupçonner. Il m'aurait donc bien fallu le réduire au silence, conclut-il avec un petit sourire à l'évocation d'une telle énormité.

495 – Hori, comment peux-tu dire des choses pareilles! s'exclama Renisenb. Personne, te connaissant, n'irait jamais croire ça.

– Personne, Renisenb, ne connaît jamais personne. Permets-moi de te le rappeler une fois encore.

500 – Et moi? s'impatienta Ésa. Qu'est-ce qui peut bien me désigner comme coupable potentielle? Bah! je suis vieille. Il arrive qu'un cerveau qui vieillit se détraque, qu'il se mette à brûler ce qu'il a adoré. Je peux en avoir par-dessus la tête de mes petits-enfants au point de vouloir à tout prix exterminer

505 ma descendance. C'est bien le genre de lubie morbide qu'on peut s'attendre à voir germer chez les vieux!

— Et moi? voulut savoir Renisenb. Quelle raison aurais-je pu avoir d'essayer de tuer mes frères que j'adore?

— Si Yahmose, Sobek et Ipi n'étaient plus de ce monde, lui
510 expliqua Hori, tu serais la seule survivante des enfants d'Imhotep. Il te trouverait un époux et tout vous reviendrait... et ton mari et toi deviendriez les tuteurs des enfants de Yahmose et de Sobek.

Il lui sourit :

515 — Mais ici, à l'ombre de ce figuier-sycomore, je peux bien te l'avouer, Renisenb, nous ne te soupçonnons pas.

— Et, figuier sycomore ou pas figuier-sycomore, nous t'adorons, conclut Ésa.

Au fil du texte

QUE S'EST-IL PASSÉ ?

1. Imhotep adresse une lettre à Ashayet. Il accuse _Nofret_ de s'en prendre à leurs enfants et réclame la protection de son ex-épouse. _Hori_ accompagne ensuite Renisenb qui se rend auprès d'Ésa. Ensemble, ils vont envisager les différentes hypothèses après avoir trouvé un endroit tranquille près du _bassin_. Ésa n'a jamais cru à une explication surnaturelle : pour elle, le coupable des crimes n'est pas le fantôme de _Nofret_. La mort des deux frères pouvait bénéficier à Ipi, avance _Hori_. Après avoir analysé la prétention d'Ipi, Ésa propose une autre hypothèse : la coupable pourrait être Hénet. Tous mettent en doute sa sincérité. Si _Imhotep_ la garde à son service, c'est qu'Hénet le flatte en permanence. Ésa examine ensuite le cas de _Kait_. Elle aurait pu vouloir assassiner _Yahmose_ et tuer accidentellement Sobek. Enfin, Ésa fait état de ses doutes sur Kameni. Et si ce dernier avait voulu venger Nofret ?

AVEZ-VOUS BIEN LU ?

2. À quelle famille appartient l'intendant du grand vizir ?
À Ashayet.

3. Quelles offrandes Imhotep propose-t-il à Mersou ?
le bétail, l'huile et le lin.

4. Pour quels services Imhotep remercie-t-il Mersou ?
d'approuver la lettre.

5. Quel arbre se trouve près du bassin où Ésa élabore ses hypothèses ? _Figuier - Sycomore._

6. Quel personnage conclut le chapitre ? _C'est Ésa_

ÉTUDIER LES PERSONNAGES

7. Que peut-on dire d'Ésa jusque-là ? Le personnage vous semble-t-il sympathique ?

ÉTUDIER LE VOCABULAIRE ET LA GRAMMAIRE

8. Relevez tous les synonymes du mot « *hypothèse* », puis employez chacun d'entre eux dans une phrase de votre choix.

9. Recherchez la définition des mots « *maximes* » et « *aphorismes* ».

10. Relevez dix adverbes en « *-ment* » contenus dans ces pages et expliquez leur formation ainsi que leur orthographe.

ÉTUDIER LE DISCOURS

11. Qui mène la conversation dans ces pages ?

12. Quel est le rôle des autres personnages ?

ÉTUDIER LE GENRE

13. Faites la liste des différents suspects mentionnés par Ésa et indiquez pour chacun le mobile de ses crimes.

14. Quels sont les personnages du roman qu'Ésa ne suspecte pas ? Faites-en la liste.

15. Imaginez ensuite un mobile pour chacun de ces personnages.

16. Quel personnage ressemble à un détective dans ces pages ? Pourquoi ?

Étudier l'écriture

17. Relevez dans chacun des portraits qu'Ésa brosse dans ce chapitre une phrase désobligeante et critique.

Lire l'image

Voir documents, pp. 201 et 208.

18. De combien de parties la pierre de Rosette est-elle composée (p. 208) ?

19. À quoi correspondent ces différentes parties ?

20. Quel est le rapport entre cette pierre et Champollion (p. 201) ?

À vos plumes !

21. Hori parle des « *abîmes de férocité* » que peut receler le cœur humain. Imaginez une histoire où un personnage fera au contraire preuve de trésors de tendresse ou de bonté.

Débat

22. Quels sont les exemples pris dans l'actualité qui pourraient, selon vous, montrer que le cœur humain est, comme le dit Hori, parfois bien « *féroce* » ? Pourquoi des êtres humains se comportent-ils ainsi ?

Recherches

23. Documentez-vous sur Ptahotep et ses Maximes. Recherchez le nom d'autres écrivains qui ont écrit des maximes ou des aphorismes.

24. Qu'est-ce qu'un « fratricide » ? Quels exemples célèbres connaissez-vous dans les textes antiques ?

Chapitre 17

2ᵉ Mois de l'été, 1ᵉʳ Jour

1ᵉʳ mai

– Alors, comme ça, tu es allée mettre le nez dehors ? s'exclama Hénet, au comble de l'effervescence, en voyant Ésa rentrer en claudiquant. (Elle darda sur elle un regard que dévorait la curiosité :) Voilà bientôt un an que ça ne t'était pas arrivé !

– Les vieillards, rétorqua Ésa, ont parfois de ces caprices.

– Je t'ai vue trôner près du bassin, en compagnie de Renisenb et d'Hori…

– Fort agréable compagnie dans les deux cas. Y a-t-il jamais une chose que tu ne voies pas, Hénet ?

– Voyons, Ésa, mais qu'est-ce que tu insinues encore ? Vous étiez là au vu et au su de tout un chacun !

– Mais pas assez près pour être à l'ouïe de tout un chacun, ricana Ésa.

– Je ne vois pas pourquoi tu te montres aussi désagréable avec moi ! se rebiffa Hénet, furieuse. Tu n'arrêtes pas de faire des insinuations déplaisantes. Avec tout ce que j'ai à superviser et à faire dans cette maison, tu t'imagines que j'ai encore le temps d'écouter les conversations des gens ! Et d'ailleurs, qu'est-ce que ça peut me faire, à moi, ce que se disent les gens ?

– Je me suis souvent posé la question.

– Ah ! s'il n'y avait pas Imhotep qui, lui, au moins, m'apprécie…

– Oui, s'il n'y avait pas Imhotep, coupa Ésa, glaciale. C'est d'Imhotep que tu dépends, non ? S'il arrivait quoi que ce soit à Imhotep…

Ce fut au tour d'Hénet de l'interrompre :

– Il n'arrivera rien à Imhotep !

– Comment le sais-tu ? Trouverais-tu la maison si sûre ? Il est pourtant bien arrivé malheur à Yahmose et à Sobek.

– C'est vrai… Sobek est mort… et Yahmose a failli mourir.

– Hénet !

Ésa tendit le cou :

35 — Pourquoi as-tu souri en disant cela ?

— Moi ? Souri ? répéta Hénet, décontenancée. Tu rêves, Ésa !
Comment pourrais-je sourire… en un tel moment… et qui
plus est en évoquant pareil drame !

— Je suis presque aveugle, c'est vrai, dit Ésa. Mais pas tout à
40 fait. Et quand la lumière est bonne, quand je crispe les paupières, j'y vois très bien. Or, il arrive que les gens qui vous
savent la vue basse ne se méfient pas et aillent jusqu'à s'auto-
riser des mimiques qu'en d'autres circonstances ils ne se per-
mettraient pas. C'est pourquoi je te repose ma question :
45 pourquoi souriais-tu avec un tel air de satisfaction intime ?

— Ce que tu dis est révoltant… absolument révoltant !

— Et maintenant, tu as peur, voilà ce que tu as !

— Et qui donc n'aurait pas peur avec tout ce qui se passe dans
cette maison ? se mit à glapir Hénet d'une voix perçante.
50 Terrifiés, nous le sommes tous, ici, avec ces esprits malins qui
reviennent d'entre les morts pour nous tourmenter ! Mais j'ai
compris, tu as écouté Hori. Qu'est-ce qu'il t'a dit sur moi ?

— Qu'est-ce qu'Hori pourrait bien savoir sur ton compte,
Hénet ?

55 — Rien… rien du tout. Tu ferais mieux de demander ce que,
moi, je sais sur lui.

Le regard d'Ésa se fit acéré :

— Vas-y, vide ton sac.

Hénet redressa la tête :

60 — Ah ! vous la méprisez bien tous, la pauvre Hénet ! Vous la
trouvez laide, vous la trouvez idiote. Seulement, moi, je sais
ce qui se passe ! J'en sais, des choses… et, de tout ce qui se
manigance dans cette maison, il n'y en a pas lourd qui
m'échappe. Je suis peut-être idiote mais ce n'est pas aux
65 vieux singes qu'on apprend à faire la grimace. Et j'y vois en
tout cas plus clair que bien des gens dont on dit des

merveilles. Comme Hori, par exemple. Celui-là, quand il me croise, il a une façon de me regarder comme si je n'existais pas, comme s'il voyait quelque chose derrière moi, quelque
70 chose qui n'y est pas. Non mais ! Il ferait mieux de me regarder, moi ! Il me prend peut-être pour une moins que rien, pour une gourde… mais ce ne sont pas toujours les plus intelligents qui en savent le plus long ! Satipi se croyait très maligne, eh bien, où est-elle, maintenant, tu peux me le dire ?
75 Hénet avait achevé sur un point d'orgue triomphant. Mais un retour de conscience parut soudain l'envahir. Elle se fit toute petite et lança à Ésa un coup d'œil paniqué.

Cependant, Ésa semblait perdue au plus profond de quelque tourment intérieur. Le visage ravagé, les traits bouleversés par
80 une sorte d'ébahissement horrifié, elle murmura comme pour elle-même :

– Satipi…

Hénet crut bon d'intervenir, sur son sempiternel[1] mode geignard :
85 – Ne m'en veux pas, Ésa, je n'aurais pas dû me laisser aller. Je ne sais vraiment pas ce qui m'a pris. Je ne pensais pas un mot, un seul, de tout ce que j'ai dit…

Levant la tête, Ésa coupa court :

– Va-t'en, Hénet. Que tu aies pensé ce que tu as dit ou pas
90 pensé ce que tu as dit importe franchement fort peu. Mais tu as prononcé une phrase qui m'a ouvert de nouveaux horizons… Allez, file, Hénet ! Mais je te préviens : prends bien garde désormais au moindre de tes mots et au moindre de tes gestes ! Il y a eu assez de morts comme ça dans la maison.
95 J'espère m'être fait bien comprendre.

★

notes

1. sempiternel : éternel.

Tout n'est plus que peur…

Ces mots étaient tout naturellement venus aux lèvres de Renisenb pendant leur conversation au bord du bassin. Mais ce n'est qu'un peu plus tard qu'elle se mit à en comprendre l'horrible vérité.

Elle s'apprêtait machinalement à rejoindre Kait et les enfants rassemblés à l'intérieur du pavillon quand elle se rendit soudain compte qu'elle venait inconsciemment de ralentir le pas et même de s'arrêter.

Elle avait peur, elle le comprit aussitôt. Peur d'affronter Kait, de regarder son bon gros visage placide et que son imagination lui fasse y voir celui d'une empoisonneuse. Elle vit Hénet, en proie à son effervescence habituelle, passer de la maison au portique et du portique à la maison, et s'aperçut que son aversion à son égard n'avait fait que croître et embellir. Ne sachant plus vers où tourner ses pas, elle obliqua vers le portail et tomba sur Ipi qui rentrait d'un pas léger, la tête haute, le sourire aux lèvres et l'air plus arrogant que jamais.

Elle se surprit à le dévisager. Ipi, l'enfant gâté de la famille, le ravissant bambin, si tête de mule, si obstiné déjà, dont elle avait gardé le souvenir quand elle était partie avec Khay…

– Hé ! Renisenb, qu'est-ce qui t'arrive ? Pourquoi est-ce que tu me regardes d'un œil rond ?

– Moi, je te regarde d'un œil rond ?

Ipi éclata de rire :

– Tu as l'air aussi demeurée qu'Hénet !

Renisenb secoua la tête :

– Hénet n'est pas demeurée. Elle est maligne comme pas deux.

– Qu'elle soit maligne, je demande à voir. Mais qu'elle ait de la malignité, ça oui ! Avoir ça dans la maison, c'est une plaie. Note que j'ai bien l'intention de nous en débarrasser.

Renisenb faillit en rester bouche bée :

— Nous en débarrasser ?

130 — Quel est ton problème, sœurette ? Toi aussi, tu vois des esprits malins partout, comme ce débile mental de petit moricaud[1] ?

— Décidément, tu trouves tout le monde débile !

— Ce gamin, en tout cas, oui. Bon, c'est vrai que j'ai tendance
135 à ne plus supporter les imbéciles. Mais c'est que j'en ai trop bavé. Ça n'était pas de la rigolade, je t'assure, que d'avoir sur le dos deux ramollos de frères aînés qui ne comprenaient jamais rien à rien ! Maintenant qu'ils sont rayés des cadres et que je n'ai plus que mon père à me coltiner, tu ne vas pas tar-
140 der à voir la différence. Il fera ce que je lui dirai de faire.

Renisenb le regarda encore une fois. Il lui parut plus beau, plus arrogant que d'habitude. Tout en lui trahissait l'ardeur de la jeunesse, la vitalité animale exacerbée. Elle ne l'avait jamais vu comme ça. L'immense contentement de soi qu'il affichait
145 n'était sans doute pas pour rien dans le sentiment d'eupho-rie où il semblait baigner.

— Mes frères ne sont pas tous les deux « rayés des cadres », comme tu dis, répliqua-t-elle, très sèche. Yahmose n'est pas mort, lui !

Ipi lui lança un regard à la fois moqueur et apitoyé :

150 — Parce que tu t'imagines qu'il va récupérer ?

— Pourquoi pas ?

— Pourquoi pas ? s'esclaffa Ipi. Mettons tout bonnement que je ne suis pas d'accord avec toi. Yahmose est fichu, lessivé… D'accord, il va pouvoir se traîner encore un petit bout de temps, aller
155 s'étendre au soleil en gémissant. Si tu appelles ça un homme ! Il a survécu aux premiers effets du poison, mais tu te rends bien compte par toi-même qu'il n'a fait aucun progrès depuis.

notes

1. moricaud : personne qui a le teint très brun.

— Oui, mais pourquoi ? interrogea Renisenb. Le médecin disait qu'en un rien de temps, il n'y paraîtrait plus.

160 Ipi haussa les épaules :

— Les médecins ne savent pas tout. Ils parlent doctement et utilisent des mots longs comme ça. Mets ça sur le dos des maléfices de Nofret si ça te chante, mais Yahmose, ton cher frère Yahmose, est condamné.

165 — Et tu n'as pas peur, toi, Ipi ?

— Peur, moi ?

Il éclata de rire en rejetant la tête en arrière.

— Le moins qu'on puisse dire est que Nofret ne te portait pas dans son cœur, Ipi.

170 — Rien ne peut m'atteindre, Renisenb, à moins que je ne sois d'accord ! Je suis jeune encore, mais je suis de la race des gagneurs. Quant à toi, Renisenb, tu ferais bien de te ranger de mon côté, tu entends ! Il t'arrive, plus souvent qu'à ton tour, de me traiter en gamin irresponsable. Mais, ce stade-là,

175 je l'ai dépassé. Et la différence, tu vas la mesurer de jour en jour. Très bientôt, il n'y aura plus ici d'autre volonté que la mienne. Mon père continuera peut-être à donner les ordres, mais, même si c'est lui qui les formule, le cerveau qui les aura décrétés, ce sera le mien !

180 Il fit mine de s'éloigner, s'arrêta et lança par-dessus son épaule :

— Aussi, prends bien garde, Renisenb, que je n'aie plus désormais de griefs à nourrir contre toi !

Comme elle le regardait partir, médusée, elle entendit un bruit de pas dans son dos et se retourna pour se trouver nez

185 à nez avec Kait.

— Qu'est-ce qu'Ipi était en train de dire, Renisenb ?

— Il me disait, répondit lentement Renisenb, qu'il serait bientôt le seul maître ici.

— Ah, bon ? fit Kait. Je ne suis pas de son avis.

★

190   Ipi escalada d'un pas léger les marches du portique et s'engouffra dans la maison.

Le spectacle de Yahmose gisant sur sa couche parut lui faire plaisir et il lança d'un ton enjoué :

– Alors, comment va, vieux frère ? Ne te reverrons-nous plus
195 jamais dans les champs ? Je n'arrive pas à comprendre que tout n'aille pas de travers depuis que tu n'y mets plus les pieds !

– Et moi, se plaignit Yahmose d'une voix éteinte, je ne comprends plus rien à rien. Le poison est maintenant éliminé.
200 Pourquoi mes forces ne reviennent-elles pas ? Ce matin, j'ai essayé de faire quelques pas et mes jambes m'ont lâché. Je me sens faible… faible… et, le comble, c'est que j'ai l'impression de devenir chaque jour un peu plus faible.

Ipi secoua la tête d'un air faussement apitoyé :

205 – C'est moche, ça, dis-moi ! Et tes médecins n'arrivent à rien ?

– L'assistant de Mersou passe tous les jours. Il n'y comprend rien lui non plus. On me fait boire des décoctions archiconcentrées. Des incantations quotidiennes sont adressées à la déesse. On me prépare des aliments particulièrement
210 reconstituants. Il n'y a aucune raison, m'assure le médecin, que je ne recouvre pas rapidement mes forces. Or, au lieu de ça, il semble que j'aille de mal en pis.

– Oui, c'est vraiment moche, renchérit Ipi.

Sur ce, il sortit en fredonnant pour aller rejoindre son père et
215 Hori, plongés dans les comptes. Le visage d'Imhotep, ravagé par l'angoisse, s'illumina à la vue de son bien-aimé fils cadet :

– Ipi, quel bonheur ! Quelles nouvelles du domaine m'apportes-tu ?

– De bonnes nouvelles, père. Nous avons moissonné l'orge.
220 La récolte est excellente.

— Ah! Rê soit loué, le domaine prospère. S'il pouvait en aller de même pour la maison! Ne perdons cependant pas confiance en Ashayet… Elle ne refusera pas de nous secourir dans le malheur qui nous frappe. Mais Yahmose m'inquiète.

225 Je ne comprends pas d'où lui vient son état d'épuisement… cette faiblesse que rien ne justifie.

Ipi eut un sourire de dédain :

— Yahmose a toujours été souffreteux.

— Ce n'est pas vrai, protesta doucement Hori. Il a toujours eu

230 une excellente santé.

Ipi se fit péremptoire[1] :

— La santé, c'est une question de tempérament, ça dépend de ce qu'on a dans le ventre. Or, Yahmose n'a jamais rien eu dans le ventre. Même donner des ordres lui flanquait la frousse.

235 — Tel n'a pas été le cas récemment, le contredit Imhotep. Il a fait preuve de beaucoup d'autorité ces derniers mois. J'en ai été le premier surpris. Mais cette faiblesse qu'il a dans les jambes me tracasse. Mersou m'avait affirmé qu'aussitôt le poison éliminé, ses forces lui reviendraient.

240 Hori écarta quelques-uns de ses papyrus.

— Il est d'autres poisons, intervint-il de sa voix sans passion.

— Que veux-tu dire ? l'interrogea Imhotep en pivotant vers lui.

— Qu'il est des poisons qui n'agissent pas sur le moment, s'expliqua Hori d'un ton pensif. Qui sont plus insidieux. Pris par

245 petites doses quotidiennes, ils s'accumulent dans l'organisme. Et ce n'est qu'après de longs mois de faiblesse croissante que la mort s'en vient. Les femmes connaissent bien ce processus… Elles l'utilisent parfois pour se débarrasser d'un mari encombrant avec l'assurance que son décès sera attribué à des

250 causes naturelles.

notes

1. péremptoire : tranchant.

Imhotep blêmit :

— Tu crois que… que c'est ça qui… qui arrive à Yahmose ?

— Je ne fais qu'énoncer une possibilité. Bien que sa nourriture soit désormais goûtée par un esclave avant qu'il n'y touche, une telle précaution n'offre aucune assurance dans la mesure où la dose contenue dans un plat ne produit aucun effet nocif immédiat.

— C'est grotesque ! s'écria Ipi. Ça ne tient pas debout ! Des poisons pareils, ça n'existe pas. C'est bien simple : je n'en ai jamais entendu parler !

Hori leva les yeux vers lui :

— Tu es très jeune, Ipi. Il y a encore bien des choses que tu ignores.

— Mais que pouvons-nous faire ? s'exclama Imhotep. Nous avons adressé une supplique à Ashayet. Nous avons envoyé des offrandes au temple — non que j'y aie jamais beaucoup cru, ce sont plutôt les femmes qui sont crédules dans ce domaine. Que faire de plus ?

— Fais préparer la nourriture de Yahmose par un esclave unique et en qui tu as pleine confiance, lui conseilla Hori. Et cet esclave, fais-le continuellement surveiller.

— Mais ça signifierait que… que c'est ici, dans cette maison, que…

— C'est de la folie furieuse ! tonna Ipi. On aura vraiment tout entendu !

Hori haussa les sourcils :

— Essayons toujours. Nous ne tarderons pas à voir si c'est aussi bête que tu veux bien le dire.

Ipi quitta la pièce en tempête. Et Hori le suivit pensivement des yeux, le front barré par les stigmates de la perplexité.

★

Ipi – Hénet – Yahmose

Ipi était dans une telle fureur en sortant de la maison qu'il
285   faillit renverser Hénet sur son passage.

– Ôte-toi de mon chemin, bon sang! Tu es tout le temps à
fureter[1] partout et à te fourrer dans mes jambes!

– Ce que tu peux être brutal, Ipi! Tu m'as fait mal au bras.

– Tu ne l'as pas volé. J'en ai assez de toi et de tes pleurniche-
ries. Plus tôt tu videras les lieux, mieux ça vaudra… Je vais
d'ailleurs veiller à ça.

L'œil d'Hénet brilla d'une lueur dangereuse :

290   – Alors, comme ça, tu me mettrais à la porte? Après tout
l'amour et toute l'attention que je vous ai prodigués à tous?
Dévouée, je l'ai été corps et âme à toute la famille. Ton père,
lui, ne le sait que trop bien.

– Tu le clames si fort et si souvent que je ne vois pas com-
295   ment il aurait pu l'oublier! Nous non plus, d'ailleurs!
Seulement, pour moi, tu n'es qu'une vieille faiseuse d'em-
brouilles toujours à cracher son venin. Les manigances de
Nofret contre nous, tu y as participé – on ne me la fait pas, à
moi. Et quand elle est morte, tu es revenue en courant te rou-
300   ler à nos pieds. Mais tu vas voir… au bout du compte, c'est
moi que mon père écoutera, et plus tes racontars!

– Tu as l'air très en colère, Ipi. Qu'est-ce qui te met tellement
en colère?

– Ça ne te regarde pas.

305   – Tu n'aurais pas peur, par hasard, Ipi? Tu es sûr que ce n'est
pas ça? C'est qu'il s'en passe de drôles, ici!

– Si tu crois que tu peux me flanquer la frousse, tu te trompes,
espèce de vieille chèvre!

Il la bouscula et se rua dehors.

310   Hénet se faufila sans bruit dans la maison. Un gémissement

notes

1. **fureter :** fouiller, fouiner.

de Yahmose attira son attention. Il s'était levé de sa couche et essayait de faire quelques pas. Mais ses genoux ne tardèrent pas à fléchir et, sans l'aide d'Hénet, il serait tombé.

— Viens, Yahmose, viens. Recouche-toi.

315 — Ce que tu es forte, Hénet! À te voir, on ne le croirait jamais.

Il se laissa réinstaller, nuque bien calée sur appui-tête en bois :

— Merci. Mais qu'est-ce qui m'arrive? Pourquoi cette impression que tous mes muscles fondent?

— Parce que cette maison est ensorcelée. Résultat des malé-
320 fices de cette maudite sorcière venue du Nord. Rien de bon n'est jamais venu du Nord.

— Je suis en train de mourir, marmonna soudain Yahmose avec accablement. Oui, je suis en train de mourir.

— D'autres le feront avant toi, le reprit Hénet, lugubre.

325 Yahmose se redressa sur un coude, les yeux écarquillés :

— Quoi? Que veux-tu dire?

— Je sais ce que je dis.

Elle secoua la tête d'un air entendu :

— Ce n'est pas toi qui seras le prochain à mourir. Tu verras.

330

★

— Pourquoi est-ce que tu m'évites, Renisenb?

Kameni lui barrait ostensiblement le chemin. Elle rougit, sans trouver la réplique appropriée. C'était vrai qu'elle avait fait demi-tour en le voyant arriver.

— Pourquoi, Renisenb? Dis-moi pourquoi?

335 Mais elle n'avait pas de réponse toute prête et ne put que secouer la tête sans un mot.

Levant les yeux, elle se résolut enfin à lui faire face. Elle avait un instant redouté que le visage de Kameni, lui aussi, ne lui semble différent. Et ce fut avec un soulagement étrange
340 qu'elle vit qu'il n'avait pas changé. Tout au plus Kameni

s'était-il départi de son éternel sourire et la regardait-il d'un air grave.

La flamme de ce regard la contraignit à détourner le sien. En présence de Kameni, un certain trouble l'envahissait toujours. Le sentir si proche la mettait mal à l'aise, accélérait les battements de son cœur.

— Je sais pourquoi tu m'évites, Renisenb.

— Je… je ne t'évite pas, parvint-elle à articuler. Je ne t'avais pas vu venir.

— Tu n'as pas honte de mentir ?

Rien qu'à l'entendre, elle devina qu'il s'était remis à sourire.

— Renisenb, merveilleuse Renisenb…

Le contact de sa main, chaude et forte, sur son bras la fit se rétracter :

— Ne me touche pas ! Je n'aime pas qu'on me touche.

— Pourquoi te rebeller, Renisenb ? Tu sais très bien ce qui nous arrive. Tu es jeune, tu es belle, la vie bouillonne en toi. C'est contre nature de pleurer un mari toute sa vie ! Je vais t'emporter loin d'ici. Loin de cette maison hantée par la mort et les maléfices. Tu vas me suivre et je saurai te mettre à l'abri.

— Et si je n'avais aucune envie de te suivre ? trouva-t-elle le courage de répliquer.

Kameni éclata de rire. Ses dents blanches étincelèrent :

— Mais tu en meurs d'envie, seulement, tu ne veux pas l'admettre ! C'est bon, la vie, Renisenb, quand le frère et la sœur ne font plus qu'un. Je vais t'aimer, te rendre heureuse, faire de toi un champ fertile dont je serai le seigneur. Écoute, je ne vais plus chanter à Ptah : « Donne-moi ma sœur, cette nuit. » Je vais aller trouver Imhotep et lui dire : « Donne-moi ma sœur Renisenb. » Mais comme je ne te crois pas en sécurité ici, je vais t'emporter au loin. Je suis un bon scribe et je peux me faire engager par les plus puissants nobles de Thèbes pour peu que l'envie m'en prenne, bien que je me sois, à vrai dire,

mis à aimer la vie ici, les cultures, les troupeaux, le chant des
375 moissonneurs, les promenades en barque sur le fleuve.
J'aimerais t'emmener naviguer sur le fleuve, Renisenb. Nous
prendrions Téti avec nous. C'est une enfant superbe, et je
l'aimerai tendrement, et je serai un bon père pour elle. Allons,
Renisenb, que dis-tu de tout ça ?

380 Renisenb ne souffla mot. Elle était consciente des battements
désordonnés de son cœur et de la sourde langueur qui l'envahissait tout entière. Et pourtant, mêlé à cette sensation de
douceur et de quasi-abandon, elle éprouvait autre chose…
un sentiment d'hostilité.

385 « Le contact de sa main sur mon bras me fait défaillir, se
disait-elle. C'est la faute de sa force… de ses épaules musclées… de sa bouche quand il rit… Mais je ne sais rien de ce
qu'il est, de ce qu'il pense, de ce qu'il a au fond du cœur. Il
n'y a entre nous ni paix ni tendresse… Je veux quoi ? Je ne le
390 sais même pas… Mais pas ça… Non, pas ça. »
Elle s'entendit bredouiller, et, même à ses propres oreilles, le
ton lui parut bien faible et bien incertain :
– Je ne veux pas d'un nouveau mari… Je veux qu'on me
laisse tranquille… Je veux être moi-même.
395 – Non, Renisenb, tu te trompes. Tu n'es pas faite pour vivre
seule. Ta main me le dit bien quand elle tremble dans la
mienne… Tu la sens ?
Au prix d'un effort, elle retira sa main :
– Je ne t'aime pas, Kameni. Je crois que je te déteste.
400 Il sourit :
– C'est merveilleux que tu me haïsses, Renisenb. Ta haine
n'est pas loin de l'amour. Nous reparlerons de tout ça.
Sur quoi il s'éloigna, avec l'aisance et la souplesse de l'antilope.
Renisenb dirigea lentement ses pas vers l'endroit où Kait et
405 les enfants jouaient au bord du bassin.
Kait lui parla, mais elle lui répondit au petit bonheur la chance,

Kait ne parut pas s'en formaliser, à moins que, toute à sa marmaille, elle n'en soit même pas avisée.

Soudain, rompant le silence, Renisenb demanda :

410 — Est-ce que je dois me remarier ? Qu'est-ce que tu en penses, Kait ?

— Ça ne serait pas plus mal, répondit Kait, placide et peu intéressée par le problème. Tu es jeune et solide : tu peux encore avoir beaucoup d'enfants.

415 — Parce que c'est à ça que ça se résume, la vie d'une femme ? à s'activer dans les quartiers du fond, à avoir des enfants, à passer les après-midi avec eux près du bassin à l'ombre des figuiers-sycomores ?

— C'est tout ce qui compte pour une femme. Tu le sais très bien.

420 Et ne joue pas les esclaves opprimées : les femmes ont un certain pouvoir, dans ce pays… c'est à travers elles que l'héritage se transmet à leurs enfants. Les femmes sont le sang de l'Égypte.

Renisenb regarda pensivement Téti qui confectionnait une guirlande de fleurs pour sa poupée. Absorbée par sa tâche, elle

425 avait le front plissé. Il y avait eu un temps où Téti avait tellement ressemblé à Khay, avec sa façon d'avancer la lèvre inférieure et de tourner la tête en la penchant un peu, que Renisenb en avait le cœur chaviré. Mais maintenant, non seulement le visage de Khay s'estompait dans sa mémoire, mais Téti avait perdu ces tics

430 de la lèvre avancée et de la tête penchée. Et il y avait aussi eu un temps où Renisenb avait serré Téti tout contre elle avec la sensation qu'elle faisait encore partie intégrante de son corps à elle, de sa chair vive, avec un sentiment, en fait, d'absolue possession. « Elle est à moi, à moi, tout entière », se disait-elle.

435 Et là, à la regarder, elle se dit soudain : « Elle est moi… et elle est Khay. »

Mais Téti leva soudain les yeux et, apercevant sa mère, lui sourit. C'était un sourire sérieux, un sourire tout plein de tendresse où se lisaient plaisir et confiance.

440 « Non, rectifia tout aussitôt Renisenb, elle n'est pas moi et elle n'est pas Khay. Elle est elle-même. Elle est Téti. Elle est unique, comme je suis unique, comme nous sommes tous uniques. Si l'amour survit entre nous, nous resterons amies aussi longtemps que durera notre vie... mais, si cet amour

445 vient à mourir, elle grandira et nous deviendrons des étrangères. Elle est Téti et je suis Renisenb. »
Kait la regardait depuis un moment d'un drôle d'air :
— Mais enfin, qu'est-ce que tu veux au juste, Renisenb ? Je ne comprends pas.

450 Renisenb ne répondit pas. Comment formuler à l'intention de Kait des choses qu'elle avait elle-même tant de mal à saisir ? Elle engloba d'un regard les murs de la cour, la colonnade du portique avec ses couleurs pimpantes, l'eau dormante du bassin, le pavillon, si gracieux, les parterres de

455 fleurs, impeccables, et les énormes touffes de papyrus. Le tout bien clos, paisible, imperméable au danger et à la peur, et où ne s'élevait que la rumeur de la vie quotidienne, le babil[1] des enfants, les voix de crécelle des femmes dans la maison, le mugissement des bêtes, au loin.

460 — D'ici, on ne voit pas le fleuve, murmura-t-elle.
— Pourquoi aurait-on envie de le voir ? fit Kait, éberluée.
— Je suis stupide, murmura encore Renisenb. Je ne sais pas...
En dedans de ses yeux, elle voyait cependant très nettement la verte étendue des champs luxuriants et, plus loin, beaucoup

465 plus loin, une zone enchantée de rose pâle et d'améthyste[2] qui se fondait à l'horizon, avec au beau milieu, tranchant le tout, le long ruban bleu argent du Nil.
Elle retint son souffle... car, au gré de sa vision, bruits et

---

notes

1. **babil :** langage qui peut être incohérent.

2. **améthyste :** pierre précieuse violette.

choses autour d'elle s'étaient estompés… Elle naviguait dans
470 un océan d'infini, une impression d'absolue plénitude.

« Si je tourne la tête, se disait-elle, je vais voir Hori. Il lèvera
les yeux de ses papyrus pour me sourire… Et bientôt, le soleil
se couchera, il fera nuit noire, puis je m'endormirai… et ça
sera la mort. »

475 – Qu'est-ce que tu as dit, Renisenb ?

Elle sursauta. Elle ne s'était pas rendu compte qu'elle parlait
tout haut. Elle s'arracha à ses songes pour revenir à la réalité.
Kait la regardait toujours d'un drôle d'air :

– Tu as dit « la mort ». Tu pensais à quoi ?

480 Renisenb secoua la tête :

– Je ne sais pas. Je ne voulais pas te…

Elle promena à nouveau son regard autour d'elle. Comme
c'était bon, ce tableau de famille, ces éclaboussements d'eau
et ces enfants qui jouaient. Elle poussa un profond soupir :

485 – Quelle paix, ici. Comment imaginer que quoi que ce soit
d'horrible… puisse jamais survenir en un pareil endroit ?

Ce fut pourtant au bord du bassin qu'on découvrit Ipi le lendemain matin. Il était affalé sur le ventre, le visage immergé
tel que l'avait laissé la main qui le lui avait enfoncé dans l'eau
490 jusqu'à ce qu'il s'y noie.

Les servants d'Ésa – Imhotep – Rénut – Ésa – Renisenb
Yahmose – Kameni – Hori – Kaït

Chapitre 18
2ᵉ MOIS DE L'ÉTÉ, 10ᵉ JOUR
10 mai

Imhotep était tassé sur lui-même.
Il avait vieilli d'un coup, s'était
brisé, recroquevillé, on aurait dit
son ombre. Sur son visage à faire

5 peur ne transparaissait plus qu'une expression hagarde[1].

notes

1. hagarde : effarée, égarée.

Hénet lui apporta à manger et le gourmanda[1] comme un bébé :

— Si, si, Imhotep, il faut que tu reprennes des forces !

— À quoi bon ? C'est quoi, être fort ? Ipi était fort… fort, jeune et beau… et maintenant, il est allongé dans un bain de saumure[2]. Mon fils, mon fils adoré. Le dernier de mes fils…

— Non, non, Imhotep. Il te reste Yahmose, ton bon Yahmose.

— Pour combien de temps ? Non, lui aussi, il est condamné. Nous sommes tous condamnés. Quel est ce fléau qui s'est abattu sur nous ? Pouvais-je deviner que prendre une concubine provoquerait de telles calamités ? C'est pourtant chose admise, conforme à la loi des hommes et à celle des dieux. Je l'ai traitée avec respect. Pourquoi, dans ces conditions, le sort s'acharne-t-il ? Ou bien est-ce Ashayet qui me poursuit de sa vengeance ? Est-ce que c'est elle qui refuse de pardonner ? Il est de fait qu'elle n'a pas répondu à ma supplique. Le maléfice n'est pas conjuré.

— Non, non, Imhotep. Il ne faut pas dire ça. Si peu de temps s'est écoulé depuis que le vase a été déposé dans la chambre des offrandes. Ne sait-on pas combien s'éternisent les procès en ce bas monde — songe aux délais interminables de la cour du nomarque et, pire encore, à ceux de la cour d'appel du grand vizir ? La justice est la justice, dans notre monde comme dans l'autre. Une affaire qui prend du temps a plus de chances d'être tranchée en toute équité à la fin.

Imhotep secoua la tête d'un air dubitatif.

— En outre, poursuivit Hénet, n'oublie pas qu'Ipi n'était pas le fils d'Ashayet… Il est né du ventre de ta sœur Ankh. Pourquoi, dans ces conditions, Ashayet se déchaînerait-elle à

---

notes

1. gourmanda : disputa.

2. dans un bain de saumure : allusion au bain qui précède l'embaumement (le corps salé était plongé dans le natron). La saumure désigne une eau fortement salée.

Isis et Osiris recevant les offrandes du pharaon.

son profit? Mais pour Yahmose, ce sera différent. Yahmose se
remettra parce qu'Ashayet veillera à ce qu'il se remette.

— Je dois bien admettre, Hénet, que tes paroles me sont d'un
grand réconfort… Il y a du vrai dans ce que tu dis. Yahmose,
c'est exact, retrouve chaque jour davantage ses forces. C'est un
bon fils, loyal… mais, oh! mon Ipi… si intelligent… si beau!
Et Imhotep de se remettre à gémir et à se lamenter.

— Hélas, hélas! larmoya Hénet, histoire de ne pas être en reste.

— Cette créature maudite et sa beauté! Que ne me suis-je
abstenu de poser les yeux sur elle!

— Hélas! ce n'est que trop vrai, mon bon maître. Une fille de
Seth, s'il en fût jamais. Initiée à la magie et aux envoûte-
ments, le doute n'est pas permis.

Le tap-tap d'une canne retentit sur les dalles et Ésa entra en
boitillant. Elle les écrasa de son mépris :

— N'y a-t-il donc personne, dans cette maison, qui sache raison garder? N'as-tu donc rien de mieux à faire que blatérer[1]
des imprécations à l'encontre d'une malheureuse dont tu t'es
entiché[2] et qui, aiguillonnée par les tracasseries stupides des
épouses stupides de tes fils stupides, s'est laissée aller à une
manifestation de dépit bien féminin?

— Une manifestation de dépit bien féminin… c'est comme
ça que tu appelles ça, Ésa? Alors que, de mes trois fils, deux
sont morts et un autre se meurt! Toi, ma propre mère, oser
venir me dire ça!

— Il me semble urgent, étant donné que tu parais incapable de
reconnaître les faits pour ce qu'ils sont, que quelqu'un te les
remette en mémoire. Chasse de ton esprit cette croyance
superstitieuse et idiote selon laquelle c'est l'âme d'une malheureuse gamine décédée qui nous poursuit de sa malédiction.

notes

1. blatérer : pousser son cri   **2. entiché :** épris.
pour un chameau.

C'est une main bien vivante qui a maintenu la tête d'Ipi sous
l'eau du bassin jusqu'à ce qu'il s'y noie, et c'est une main bien
vivante qui a versé le poison dans le vin que Yahmose et Sobek
ont bu. Oui, tu as un ennemi, Imhotep, mais un ennemi ici,
dans ta maison. La preuve en est que depuis que Renisenb, sur
le conseil de Hori, prépare elle-même les repas de Yahmose
– ou les fait préparer par une esclave qu'elle ne quitte pas des
yeux – et les lui porte de ses propres mains, que depuis ce
moment-là, disais-je, Yahmose reprend quotidiennement des
forces et recouvre la santé. Alors, Imhotep, cesse au moins de
te conduire comme un imbécile, de geindre et de t'arracher les
cheveux – toutes choses en quoi, je te le concède bien volontiers, Hénet doit te gratifier de ses soins éclairés…

– Oh, Ésa, comme tu peux mal me juger !

– Toutes choses en quoi, disais-je, Hénet doit te gratifier de
ses soins éclairés… soit parce que c'est elle aussi une imbécile, soit pour un tout autre motif…

– Que Rê te pardonne, Ésa, de te montrer aussi cruelle envers
une pauvre femme abandonnée !

Ésa s'avança en brandissant dangereusement sa canne :

– Secoue-toi, Imhotep, et réfléchis ! Ta défunte épouse
Ashayet, qui était une femme exquise et pas une idiote, soit
dit en passant, peut éventuellement intervenir en ta faveur
dans l'autre monde, mais on ne peut quand même pas exiger
d'elle qu'elle vienne penser à ta place dans celui-ci ! Il nous
faut agir car, si nous ne le faisons pas, alors là, nous aurons
d'autres morts à déplorer.

– Un ennemi vivant ? Un ennemi dans cette maison ? Tu
crois vraiment ça, Ésa ?

– Bien sûr que je le crois, pour l'excellente raison que c'est
la seule explication sensée.

– Mais alors, nous sommes tous en danger ?

– Évidemment, que nous sommes en danger ! En danger non

de par la main d'un esprit, mais de par un truchement tout ce qu'il y a d'humain – à savoir dix doigts bien vivants qui ont saupoudré de poison le vin et la nourriture, et une per-
100 sonne bien vivante qui s'est glissée à pas de loup derrière un garçon qui rentrait tard hier au soir du village et qui lui a maintenu la tête enfoncée dans l'eau du bassin!

– Il a dû en falloir de la force pour faire ça, murmura Imhotep, pensif.

105 – À première vue, oui, mais je n'en jurerais pas. Ipi avait bu beaucoup de bière au village. Il devait chanter ses propres louanges et s'autoproclamer roi du monde. Il sera rentré en titubant et, trop infatué de lui-même pour se méfier de la personne qui l'a abordé à ce moment-là, se sera penché sur la mar-
110 gelle du bassin pour se rafraîchir le visage. Dans ces conditions, pas besoin de muscles d'athlète pour accomplir la besogne.

– Où veux-tu en venir, Ésa? À ce que ce soit une femme qui l'ait fait? Mais c'est insensé… D'ailleurs, toute ton histoire est insensée… Il ne peut pas y avoir d'ennemi dans la mai-
115 son, pour la bonne raison que, si tel était le cas, nous le saurions… Je le saurais!

– Il est un mal au fond des cœurs, Imhotep, qui n'est pas visible à l'œil nu.

– Tu veux dire qu'un de nos domestiques, ou un esclave…
120 – Ni un domestique ni un esclave, Imhotep.

– L'un de nous? Ou alors… tu veux dire Hori ou Kameni? Mais Hori fait quasiment partie de la famille, il nous a depuis longtemps prouvé qu'il est la loyauté et la conscience mêmes. Quant à Kameni… nous ne le connaissons guère, c'est vrai,
125 mais il est de notre sang, de notre parentèle[1], et il m'a donné des preuves de son dévouement et de son zèle[2] depuis qu'il

notes

1. parentèle : famille.   **2. zèle :** ardeur au travail.

est à mon service. Qui plus est, il est venu ce matin même me supplier de consentir à son mariage avec Renisenb.

130 — Tiens donc ! Il a fait ça ? s'exclama Ésa, manifestant le plus vif intérêt. Et tu lui as répondu quoi ?

— Que pouvais-je lui répondre ? ronchonna Imhotep. Le moment est-il bien choisi pour parler mariage, voilà ce que je lui ai dit en gros.

— Et quelle a été sa réaction ?

135 — Il m'a répondu qu'à son avis, c'était le moment ou jamais de parler mariage. Il a ajouté que Renisenb n'était pas en sécurité dans cette maison.

— C'est la question que je me pose, murmura Ésa. C'est exactement la question que je me pose... Est-elle en sécu-

140 rité ici ? Je croyais qu'elle l'était — Hori aussi, d'ailleurs —, mais à présent...

Imhotep revint à ses moutons :

— On ne peut quand même pas célébrer des funérailles et un mariage coup sur coup ! Ce ne serait pas convenable. Le

145 nome[1] tout entier se mettrait à jaser...

— Les convenances ne sont plus de saison, répliqua Ésa. Surtout qu'on dirait vraiment que les embaumeurs sont occupés chez nous à plein temps. C'est une bénédiction pour Ipi, Montou et compagnie : les affaires s'emballent !

150 — Ils ont majoré leurs tarifs de dix pour cent ! s'emporta Imhotep, un instant arraché à ses préoccupations. C'est un scandale ! Il paraîtrait que la main d'œuvre augmente.

— Ils devraient plutôt nous consentir le prix de gros ! fit Ésa, souriant tristement de sa plaisanterie.

155 — Enfin, mère, voyons ! s'exclama Imhotep, horrifié. Il ne s'agit pas d'une farce.

notes

1. nome : quartier (dans ce contexte).

— La vie n'est qu'une farce, Imhotep, et c'est la mort qui rit au mot de la fin. Tu ne l'entends pas chanter aux fêtes et banquets ? « Mange, bois, donne-toi du bon temps car tu seras
160   mort demain ! » Ici, c'est vraiment le cas de le dire… La seule question, c'est : lequel d'entre nous sera mort demain ?

— Ce que tu dis est atroce… effroyable ! Que peut-on faire ?

— Ne se fier à personne, décréta Ésa. C'est la première, la plus vitale des précautions. Ne se fier à personne, répéta-t-elle
165   avec emphase.

Hénet se mit à larmoyer :

— Pourquoi me regardes-tu en disant ça ?… S'il y a ici quelqu'un qui soit digne de confiance, c'est bien moi. Je l'ai assez prouvé tout au long de ces années. Ne l'écoute pas, Imhotep.
170   — Allons, allons, ma brave Hénet… Bien sûr que j'ai confiance en toi. Je ne sais que trop bien ta loyauté et ton bon cœur.

— Tu ne sais rien du tout, intervint Ésa. Aucun d'entre nous ne sait rien. C'est précisément là qu'est le danger.

— Tu m'accuses, moi, pleurnicha encore Hénet.
175   — Je suis bien incapable d'accuser. Je ne possède ni certitude ni preuve… Je n'ai que des soupçons.

Imhotep jeta à sa mère un coup d'œil acéré :

— Tu as des soupçons… sur qui ?

— J'ai soupçonné d'abord une première personne, fit lente-
180   ment Ésa, puis une deuxième… puis une troisième. Je serai franche : j'ai d'abord soupçonné Ipi — mais Ipi est mort, donc, je me trompais. Puis quelqu'un d'autre — mais, le jour même de la mort d'Ipi, une troisième idée m'est venue…

Elle s'interrompit un instant avant de reprendre :
185   — Hori et Kameni sont à la maison ? Envoie-les chercher… oui, et fais venir aussi Renisenb, qui est à la cuisine. Et Kaït, et Yahmose. J'ai quelque chose à dire, que toute la maisonnée doit entendre.

★

Ésa promena ses yeux fatigués sur la famille assemblée. Elle
190 entrevit le visage sérieux et doux de Yahmose, le sourire
spontané de Kameni, le regard interrogateur et apeuré de
Renisenb, celui de Kait, placide et indifférent, celui pensif,
tranquille et impénétrable de Hori, elle déchiffra la peur
mêlée à la colère qui tordait le faciès d'Imhotep, elle lut enfin,
195 au fond des prunelles d'Hénet, la curiosité avide et… oui, la
jubilation rentrée.

« Leurs visages ne m'apprennent rien, se dit-elle. Ils ne font
qu'afficher une émotion de surface. Et pourtant, à moins que
je ne me trompe, quelque chose va trahir l'un d'entre eux. »
200 − J'ai quelques mots à vous dire à tous, lança-t-elle à voix
haute. Mais je commencerai par m'adresser à Hénet… ici,
devant tout le monde.

L'expression d'Hénet changea du tout au tout. Plus d'avidité
de savoir, plus de jubilation. C'était la peur, maintenant, qui
205 s'y affichait. Elle protesta, dans le registre suraigu :
− Tu me soupçonnes, Ésa. Je le savais. Tu vas faire mon procès
et comment moi, pauvre créature qui n'a pas la repartie
facile, pourrai-je bien me défendre ? Je vais être condamnée… condamnée sans avoir été entendue.
210 − Sans avoir été entendue ne me paraît pas le mot, ironisa Ésa,
qui vit sourire Hori.

Hénet avait repris son souffle et s'époumonait de plus belle,
au bord de l'hystérie :
− Je n'ai rien fait ! Je suis innocente !… Imhotep, mon maître
215 bien-aimé, viens à mon secours…

Elle se jeta à ses pieds et lui étreignit les genoux. Imhotep lui
tapota le crâne tout en bredouillant son indignation :
− Vraiment, Ésa, je proteste… C'est honteux…
Ésa ne lui laissa pas le loisir de bafouiller davantage :

220 — Je ne l'ai pas accusée… Je n'accuse pas sans preuve. Je demande simplement à Hénet qu'elle veuille bien nous expliquer à tous, ici présents, le sens exact de certaines choses qu'elle a dites.

— Je n'ai rien dit… rien du tout…

225 — Oh, que si ! répliqua Ésa. Il y a des mots que j'ai entendus de mes propres oreilles — et si mes yeux n'y voient plus guère, j'ai encore l'ouïe très fine ! Tu as dit que tu savais quelque chose sur le compte d'Hori. Nous t'écoutons. Il s'agissait de quoi ?

Hori semblait légèrement surpris.

230 — Oui, Hénet, insista-t-il néanmoins. Que sais-tu sur mon compte ? Fais-nous-en part.

Hénet se redressa pour s'asseoir sur ses talons et s'essuya les yeux. Elle avait soudain l'air méfiant, maussade :

— Je ne sais rien. Qu'est-ce que je pourrais bien savoir ?

235 — C'est précisément le sens de notre question, répliqua Hori.

Hénet haussa les épaules :

— J'avais dit ça comme ça. C'étaient des paroles en l'air.

— Tes paroles en l'air, je vais te les répéter mot pour mot, gronda Ésa. Tu as dit que nous te méprisions tous, mais que

240 toi, en revanche, il n'y en avait pas lourd que tu ne savais pas ce qui se manigançait dans cette maison… et que tu y voyais plus clair que bien des gens dont on disait des merveilles.

Et tu as ajouté ceci : que, quand Hori te croisait, il te regardait comme si tu n'existais pas, comme s'il voyait quelque

245 chose derrière toi… quelque chose qui n'y était pas.

— Il me regarde toujours comme ça, marmonna Hénet. De la façon qu'il a de me traiter, je pourrais aussi bien être de la crotte de bique, un insecte… un débris sans aucun intérêt.

— C'est cette phrase, reprit lentement Ésa, qui est restée gravée

250 dans ma mémoire… Quelque chose derrière moi… quelque chose qui n'y était pas. Hénet a ajouté : « Il ferait mieux de me regarder, moi ! » Et puis elle s'est mise à parler de Satipi… oui,

de Satipi… De Satipi qui se croyait si maligne et qui était où, maintenant ?

255 Elle les dévisagea tour à tour :

– Est-ce qu'aucun d'entre vous ne comprendrait ce que ça signifie ? Pensez à Satipi… à Satipi qui est morte… Et rappelez-vous qu'on est toujours censé regarder quelqu'un… et pas quelque chose qui ne serait pas là…

260 Il se fit un long silence de mort, que seule finit par rompre Hénet quand elle se mit à hurler – interminable vrillement suraigu que seule pouvait susciter une terreur indicible. Des mots incohérents lui tombèrent des lèvres :

– Je n'ai pas… à mon secours. Maître, ne la laisse pas… Je n'ai
265 rien dit… rien…

Imhotep laissa éclater sa colère jusque-là contenue.

– C'est inqualifiable ! rugit-il. Je ne tolérerai pas plus longtemps que l'on accuse et terrifie ainsi cette malheureuse. As-tu seulement une charge contre elle ? À t'entendre : même pas !

270 Rompant avec sa timidité coutumière, Yahmose se joignit à son père :

– Père a raison. Si tu as une accusation précise à porter contre Hénet, porte-la.

– Je ne l'accuse pas, répéta lentement Ésa.

275 Elle se rappuya sur sa canne. Elle semblait s'être racornie, ratatinée. Ses derniers mots, elle les avait prononcés avec une infinie lenteur, presque avec peine.

Yahmose se tourna alors d'autorité vers Hénet :

– Ésa ne t'accuse pas d'être la cause des malheurs qui se sont
280 abattus sur nous mais, si j'ai bien compris, elle estime que tu as connaissance de certains faits que tu nous caches. Si tel est bien le cas, Hénet, si tu sais quoi que ce soit, sur le compte d'Hori ou de n'importe qui d'autre, le moment est venu de parler. Ici, devant nous tous. Parle. Quels secrets très exacte-
285 ment détiens-tu ?

Hénet secoua la tête :

– Aucun.

– Il faut que tu sois bien sûre de ce que tu dis, Hénet. Connaître un secret est chose dangereuse.

290 – Je ne sais rien. Je le jure. Je le jure sur les neuf dieux de l'Ennéade, sur la déesse Maât, sur Rê lui-même.

Hénet tremblait à présent. Sa voix n'avait plus rien de pleurnichard ni d'affecté. Elle n'était plus que sincérité et épouvante. Ésa poussa un profond soupir et s'affaissa un peu plus sur sa

295 canne. Elle demanda, d'une voix à peine audible :

– Aidez-moi à regagner ma chambre.

Hori et Renisenb se précipitèrent.

– Pas toi, Renisenb. Seulement Hori, précisa Ésa.

Elle sortit en s'appuyant sur lui. Et, tout en claudiquant vers

300 ses appartements, elle lui lança un coup d'œil : il était sombre et avait l'air inquiet.

– Eh bien, Hori ? souffla-t-elle.

– Tu as été imprudente, Ésa. Très imprudente.

– Il fallait que je sache.

305 – Oui… mais tu as pris un risque énorme.

– Je vois. Tu penses donc comme moi.

– J'y pense depuis quelque temps, déjà. Mais il n'y a pas de preuve… pas l'ombre d'une preuve. Et même maintenant, Ésa, tu ne détiens pas de preuve. Tu n'as que ce que tu as en

310 tête.

– Il me suffit de savoir.

– Peut-être est-ce déjà trop.

– Que veux-tu dire ?… Ah, oui ! bien sûr.

– Prends bien garde à toi, Ésa. À partir de maintenant, tu es

315 en danger.

– Il nous faut essayer d'agir vite.

– Agir, peut-être, mais comment ? Que faire sans preuve ?

– Je sais bien.

Ils ne purent en dire plus. La petite servante d'Ésa accourait
320 à la rencontre de sa maîtresse pour s'occuper d'elle et Hori la
lui abandonna. Puis il s'en fut, sombre et tourmenté.

La gamine s'agita en jacassant autour d'Ésa, mais elle s'en rendit à peine compte. Elle se sentait vieille, malade, glacée…
Une fois encore, elle vit le cercle de visages tendus qui la cer-
325 nait tandis qu'elle parlait.

Rien qu'un regard… une lueur fugitive où se lisait la peur,
l'aveu… À moins qu'elle ne se soit trompée ? Était-elle si sûre
de ce qu'elle avait vu ? Après tout, ses yeux n'étaient plus ce
qu'ils avaient été…

330 Hélas, oui, elle en était sûre. Ç'avait moins été l'expression
d'un visage qu'une sorte de tension soudaine de tout le
corps… un figement, un raidissement. Pour une personne
— et une personne seulement —, ses divagations avaient eu un
sens. Le sens implacable, inéluctable de ce qui est la vérité…

Renisenb - Imhotep - Yahmose - Teti - kamoni

Chapitre 19
2ᵉ MOIS DE L'ÉTÉ, 15ᵉ JOUR
15 mai

— À présent que je t'ai exposé la
situation, Renisenb, qu'as-tu à
répondre ?

Renisenb regarda tour à tour son
5 père et Yahmose d'un air de doute. Son cerveau lui semblait
engourdi, embrumé.

— Je ne sais pas, lâcha-t-elle enfin d'une voix blanche.

— En temps normal, poursuivit Imhotep, nous aurions eu tout
le loisir d'en discuter. J'ai d'autres parents et alliés parmi les-
10 quels nous aurions pu sélectionner un certain nombre de can-
didats pour ensuite procéder par élimination jusqu'à ce que
notre choix se porte sur l'époux qui te convienne le mieux.
Mais rien n'est plus sûr… la vie elle-même n'est plus sûre…
Sa voix s'était altérée.

15 — Regardons les choses en face, Renisenb, reprit-il. La mort menace chacun de nous trois. Yahmose, toi et moi. Sur lequel d'entre nous le mal va-t-il d'abord s'abattre ? Dans l'ignorance, il m'incombe de mettre rapidement de l'ordre dans mes affaires. Car qui peut dire à quel moment je risque de vous
20 être enlevé ? S'il arrivait quelque chose à Yahmose, tu aurais besoin, toi, ma fille unique, d'un époux à tes côtés pour partager l'héritage transmis et accomplir les devoirs de ma charge qui ne peuvent être accomplis par une femme. La tutelle et la curatelle[1] des enfants de Sobek seront, suivant mes disposi-
25 tions testamentaires, assurées par Hori au cas où Yahmose viendrait à disparaître… et il en irait de même des enfants de Yahmose puisque telle est sa volonté, n'est-ce pas, Yahmose ?
Yahmose hocha la tête :
— Hori et moi avons toujours été très proches. Il fait, pour
30 moi, partie de la famille.
— Je suis d'accord, je suis d'accord ! s'agita Imhotep. Mais il n'en demeure pas moins qu'il n'en fait pas partie. Ce qui, en revanche, est le cas de Kameni. Qui est, par voie de conséquence et tout bien considéré, le meilleur époux auquel nous
35 puissions dans l'immédiat songer pour Renisenb. Encore une fois, qu'en dis-tu, Renisenb ?
Elle se sentait terriblement lasse.
— Je ne sais pas, répondit-elle à nouveau.
— Il est beau garçon, tu ne trouves pas ? Et séduisant ?
40 — Oui, bien sûr.
— Mais tu ne veux pas l'épouser, c'est ça ? s'enquit Yahmose avec indulgence.
Renisenb lança à son frère un regard reconnaissant. Quelle

notes

1. curatelle : charge d'assister un mineur émancipé dans   certains actes, d'administrer ses biens.

ardeur à veiller à ce qu'on ne la bouscule pas, à ce qu'on ne
45 lui force en aucun cas la main.

— Je ne sais absolument pas ce que je veux et ce que je ne veux
pas, balbutia-t-elle. C'est idiot, je sais bien, s'empressa-t-elle
d'ajouter, mais aujourd'hui, je me sens stupide. C'est… ça doit
venir de la tension nerveuse dans laquelle nous vivons.

50 — Avec Kameni auprès de toi, tu te sentiras protégée, insista
Imhotep.

— Tu n'as pas envisagé Hori comme époux possible pour
Renisenb ? demanda soudain Yahmose à son père.

— Ma foi… oui, pourquoi pas, ça reste une possibilité…

55 — C'était encore un jeune homme quand sa femme est
morte. Renisenb le connaît bien et l'aime beaucoup.
Renisenb restait étrangère à ce qui se disait autour d'elle.
C'était de son mariage que son père et son frère discutaient,
et Yahmose essayait de l'aider à faire son choix elle-même…
60 mais elle se sentait aussi inerte que la poupée de bois de Téti.
Et puis soudain, elle intervint, abrupte, et les interrompit sans
même avoir écouté ce qu'ils venaient de dire :

— J'épouserai Kameni puisque vous estimez que c'est une
bonne solution.

65 Imhotep poussa une exclamation satisfaite et sortit précipitamment sous le portique. Quant à Yahmose, il s'approcha de
sa sœur. Et il lui posa la main sur l'épaule :

— Ce mariage, tu le veux vraiment, Renisenb ? Tu crois que
tu seras heureuse ?

70 — Pourquoi ne serais-je pas heureuse ? Kameni est beau, il est
gai, il est tendre.

— Oui, bien sûr.

Yahmose ne semblait ni satisfait ni convaincu :

— Mais c'est ton bonheur qui est en jeu, Renisenb. Ne laisse
75 pas notre père t'amener à agir contre ton gré. Tu sais comment il est.

– Oh ! ça, oui : quand il a une idée en tête, tout le monde doit s'incliner.

– Pas forcément, trancha Yahmose d'un ton ferme. Moi, je ne marche pas si tu n'en as pas envie.

– Bah ! Yahmose, tu ne t'es jamais opposé à père !

– Eh bien, cette fois-ci, je vais le faire. Il ne peut pas m'obliger à être d'accord et je ne le serai pas.

Renisenb le regarda avec un respect nouveau. L'expression de Yahmose, d'ordinaire si soumis, reflétait soudain une détermination sans faille !

– C'est extrêmement généreux de ta part, Yahmose, fit-elle avec gratitude. Mais je t'assure que je ne cède pas à la contrainte. La belle vie d'autrefois, la vie que j'étais si heureuse de retrouver en revenant ici, c'est maintenant du passé. Kameni et moi allons bâtir une vie nouvelle et la vivre comme il est bon que le frère et la sœur le fassent.

– Si tu en es si sûre…

– Oui, j'en suis sûre, murmura Renisenb.

Et, avec un sourire plein d'affection pour le gentil Yahmose, elle sortit à son tour sous le portique.

De là, elle aperçut Kameni qui jouait avec Téti au bord du bassin. Elle s'approcha tout doucement d'eux sur la pointe des pieds et put ainsi les observer un long moment. Kameni, joyeux comme il l'était toujours, avait l'air de s'amuser autant que la fillette. Renisenb sentit son cœur se réchauffer. « Il sera un bon père pour Téti », songea-t-elle.

Puis Kameni tourna la tête, la vit et se dressa sur ses jambes en riant.

– Nous avons fait de la poupée de Téti un prêtre du ka, expliqua-t-il. Et il est en train d'accomplir les offrandes qui précèdent la cérémonie au Tombeau.

– Il s'appelle Meriptah ! renchérit Téti avec le plus grand sérieux. Même qu'il a deux enfants et un scribe comme Hori.

110 Kameni éclata de rire.

– Téti est très intelligente, dit-il à Renisenb. Et jolie comme un cœur. Et solide comme tout.

Son regard avait quitté la fillette pour se fixer sur Renisenb et, dans la caresse de ses yeux, elle lut clairement qu'il pensait

115 aux enfants qu'elle lui donnerait un jour.

Elle lui procura un frisson de plaisir, cette caresse… mais en même temps, une sorte de petit pincement au cœur, comme un regret fugace. Ce qu'elle aurait aimé y lire, c'était l'unique reflet de sa propre image. « Pourquoi ne voit-il pas seulement

120 Renisenb? » s'interrogea-t-elle soudain.

Puis le malaise s'estompa et elle lui sourit avec tendresse.

– Mon père m'a parlé, lui dit-elle.

– Et tu lui as donné ton consentement?

Elle hésita une seconde, puis elle confirma :

125 – J'ai consenti.

Voilà. Elle l'avait dit. Le sort en était jeté. C'était fait… Pourtant, elle aurait aimé se sentir moins lasse, moins anesthésiée.

– Renisenb?

130 – Oui, Kameni.

– Veux-tu venir faire un tour en barque avec moi sur le Fleuve? C'est une chose que j'ai toujours eu envie de faire avec toi.

Bizarre qu'il ait dit ça. La première fois qu'elle l'avait aperçu, elle avait aussitôt pensé à une voile carrée, au Fleuve et au

135 visage rieur de Khay. Et maintenant, elle ne se souvenait plus du visage de Khay, et, à sa place, sur l'arrière-fond de la voile et du Fleuve, ce serait Kameni qui serait là et qui rirait.

C'était ça, la mort. C'était ça, ce que la mort vous faisait. On dit : « J'ai éprouvé ci » ou « J'ai éprouvé ça »… mais ce ne

140 sont là que des mots, on n'a en fait rien éprouvé du tout. Les morts sont bien morts. Et le souvenir, quelque chose qui n'existe pas…

Oui, mais il y avait Téti. Il y avait la vie et le renouveau de la vie, comme il y a l'inondation qui chaque année balaye l'an-
145 cienne récolte et fertilise la terre pour de nouvelles moissons. Qu'avait dit Kait, déjà ? « Dans une maison, les femmes doivent se serrer les coudes. » Qu'était-elle, après tout, sinon une femme, dans une maison… Qu'elle soit Renisenb ou une autre, quelle importance…
150 La voix de Kameni, pressante, un peu inquiète, la tira de sa rêverie :
      – Tu penses à quoi, Renisenb ? Tu es si loin, parfois… Tu viens avec moi sur le Fleuve ?
      – Oui, Kameni, je viens avec toi.
155 – Nous emmènerons Téti aussi.

★ Téti – Kameni – Renisenb

On se serait dit hors du temps, songeait Renisenb. La felouque, et la voile, et Kameni, et elle, et puis Téti. Comme s'ils venaient d'échapper à la mort et à la peur de la mort. C'était le commencement d'une vie nouvelle.
160 Kameni lui parlait et elle lui répondait, comme en état second…
      « C'est mon destin, se disait-elle, je ne peux y échapper… »
      Puis, égarée : « Mais pourquoi parler de "m'échapper" ? Vers où pourrais-je bien fuir à tire-d'aile ? »
165 Et de nouveau, l'image de la petite salle taillée dans le roc qui jouxtait la chambre des offrandes du Tombeau s'imposa à son esprit et elle s'y vit assise, un genou relevé entre ses bras croisés, le menton sur la main.
      Et elle songea : « Mais j'y avais l'impression d'être extérieure
170 à la vie… Tandis que ça, ici, c'est la vie… Et il n'y a plus maintenant d'échappatoire que la mort… »
      Kameni amarra et elle mit pied à terre. Il prit Téti dans ses bras

le symbole est l'amulette cassée en deux, une partie pour chacun

pour la sortir. L'enfant s'accrocha à lui, mains autour de son cou, et, ce faisant, rompit le lien de l'amulette qu'il portait. Le

175 bijou tomba aux pieds de Renisenb. Elle le ramassa. C'était une miniature de la déesse Ankh[1] en or vert.

Elle poussa un petit cri navré :

– Oh! elle est tordue. Je suis désolée. Fais attention, ajouta-t-elle comme Kameni saisissait l'amulette, elle risque de se casser.

180 Mais la pliant encore davantage entre ses doigts vigoureux, il la brisa en deux.

– Mais qu'est-ce que tu fais?

– Prends-en la moitié, Renisenb, et moi, je garde l'autre. Ce sera un symbole pour nous deux… la preuve que nous

185 sommes désormais les deux parties d'un tout.

Il la lui tendit mais, au moment précis où elle allait la saisir, un déclic se fit dans sa mémoire et elle eut un haut-le-corps.

– Qu'est-ce qui t'arrive, Renisenb?

– Nofret!

190 – Quoi, Nofret?

– L'amulette cassée qui était dans le coffret à bijoux de Nofret, débita-t-elle d'un trait avec la conviction farouche de celle qui sait de toute certitude. C'est toi qui la lui avais donnée… Toi et Nofret… Je comprends tout, maintenant. Je

195 comprends pourquoi elle était si malheureuse. Et je sais qui a mis ce coffret dans ma chambre. Je sais tout… Ne me mens pas, Kameni. Je te dis que je sais.

Kameni ne protesta pas. Il avait soutenu son regard sans faiblir. Et quand il lui répondit ce fut d'un ton grave et, cette

200 fois, sans sourire :

– Je n'ai pas l'intention de te mentir, Renisenb.

---

notes

1. la déesse Ankh : cette amulette était l'une des plus communes pendant l'Antiquité égyptienne. Il ne s'agit pas, en fait, d'une déesse mais d'une croix ansée qui symbolise la vie.

Il s'interrompit un instant et fronça le sourcil comme pour mieux rassembler ses idées :

— En un sens, Renisenb, je suis soulagé que tu sois au courant. Même si ça n'a pas été tout à fait ce que tu crois.

—Tu lui as donné la moitié d'une amulette… comme tu viens de m'en donner une à l'instant… comme preuve que nous étions les deux parties d'un tout. Ce sont tes propres mots.

— Tu es très fâchée, Renisenb. Et j'en suis heureux parce que ça prouve au moins que tu m'aimes. Mais il faut pourtant que tu comprennes. Ce n'est pas moi qui avais donné l'amulette à Nofret. C'est elle qui l'avait fait.

Il se tut un instant, puis :

— Peut-être ne me crois-tu pas, mais c'est pourtant la vérité. Je te jure que c'est la vérité.

Renisenb revit soudain le visage douloureux de Nofret :

— Je ne dis pas que je ne te crois pas. Il est bien possible que ce soit la vérité.

Kameni continuait de défendre sa cause avec l'ardeur passionnée d'un enfant :

— Essaie de comprendre, Renisenb. Nofret était très belle. J'ai été flatté, séduit… Qui ne l'aurait pas été ? Mais je ne l'ai jamais vraiment aimée…

Renisenb éprouva un étrange élan de pitié. Non, Kameni n'avait pas été amoureux de Nofret… mais Nofret avait aimé Kameni, l'avait passionnément, désespérément aimé. C'était à cet endroit même de la rive qu'elle avait parlé à Nofret ce matin-là, qu'elle lui avait offert son amitié, son affection. Elle ne se souvenait que trop bien du déferlement de rancœur et de hargne qu'avait provoqué sa démarche. Tout devenait clair, à présent. Pauvre Nofret… concubine d'un individu tatillon et vieillissant alors qu'elle se consumait d'amour pour un garçon beau, insouciant et gai mais qui ne s'intéressait pas à elle, ou si peu.

235   Kameni cependant poursuivait avec fougue :

– Tu ne t'es donc pas rendu compte que, dès que je suis arrivé ici et que je t'ai vue, je suis tombé amoureux de toi ? Et qu'à partir de ce moment-là, je n'ai plus pensé qu'à toi ? Nofret a tout de suite compris la situation, elle.

240   Oui, se dit Renisenb, Nofret l'avait comprise, la situation. Nofret s'était aussitôt mise à la haïr… et elle ne pouvait décemment lui en vouloir.

– Cette lettre à ton père, je ne voulais pas l'écrire. Je ne voulais plus être mêlé aux manigances de Nofret. Mais j'étais

245 dans une situation difficile… Essaye au moins de te rendre compte à quel point elle était difficile.

– Bien sûr que je m'en rends compte ! Bien sûr ! fit Renisenb, un peu agacée. Tout ça n'a pas grande importance. C'est Nofret qui m'importe. Elle était malheureuse. Et c'est main-

250 tenant seulement que je mesure à quel point elle t'aimait.

– Eh bien, moi, je ne l'aimais pas, s'emporta Kameni.

– Tu es méchant, reprocha Renisenb.

– Non, je suis un homme, c'est tout. Si une femme éprouve le besoin de souffrir à cause de moi, ça m'exaspère, et voilà

255 tout. Ce n'était pas Nofret que je voulais. Je te voulais toi. Tu ne peux quand même pas me reprocher ça ?

Elle ne put s'empêcher de sourire.

– Ne laisse pas Nofret, qui est morte, se mettre entre nous, qui sommes vivants. Je t'aime, Renisenb, et tu m'aimes, et

260 c'est tout ce qui compte.

Oui, se disait Renisenb, c'est tout ce qui compte…

Elle regardait Kameni, planté là devant elle, la tête un peu penchée de côté, une note suppliante se mêlant à l'expression de sûreté de soi qu'affichait en permanence son visage rieur.

265   On aurait dit un gosse.

« Il a raison, s'avoua-t-elle. Nofret est morte et nous sommes vivants. Je comprends à présent pourquoi elle me haïssait

tant… et je suis triste qu'elle en ait souffert… mais ce n'était pas ma faute. Et ce n'est pas non plus celle de Kameni si c'est
270 moi qu'il aime et pas elle. Ce sont des choses qui arrivent et personne n'y peut rien. »

Téti, qui était restée jouer au bord de l'eau, les rejoignit et vint tirer sa mère par la main :

– On rentre, maintenant ? On rentre à la maison, dis, maman ?
275 Renisenb respira profondément.

– Oui, dit-elle. On rentre à la maison.

Et ils se mirent en route, Téti courant quelques pas en avant. Kameni poussa un soupir de satisfaction :

– Tu es aussi généreuse que jolie, Renisenb. Tout est toujours
280 comme avant entre nous ?

– Oui, Kameni. Tout est comme avant.

Il baissa un peu la voix pour ajouter :

– Là-bas, sur le Fleuve, tout à l'heure… j'ai été si heureux ! Tu l'as été aussi, Renisenb ?
285 – Oui, je l'ai été aussi.

– Tu avais l'air heureuse. Mais on aurait dit que tes pensées vagabondaient très loin. À partir de maintenant, c'est à moi que je veux que tu penses.

– Je t'assure que je pensais à toi.
290 Il lui prit la main et elle ne la lui retira pas. Il se mit à chanter à mi-voix :

« Ma sœur irradie de beauté comme un bouquet de perséa[1]… »

Il sentit alors la main de Renisenb frémir dans la sienne, entendit son souffle s'accélérer un peu et connut enfin la satisfaction.

★

notes

1. **perséa :** nom grec d'un arbre symbolisant la prospérité.

Renisenb ~ Hénet

295   Renisenb avait fait demander à Hénet de la rejoindre dans sa chambre.

Hénet, qui s'était précipitée, s'arrêta net en voyant Renisenb debout devant le coffret à bijoux, l'amulette brisée à la main, la mine sévère et l'air furibond :

300   — C'est toi qui avais apporté ce coffret ici, ne dis pas le contraire ! Tu voulais que je trouve cette amulette. Tu voulais qu'un jour…

— …qu'un jour tu découvres qui avait l'autre moitié ? ricana méchamment Hénet. Eh bien, tu es fixée, à ce que je vois ! Il

305   vaut toujours mieux savoir, pas vrai ?

— Ce que tu voulais, c'est que cette découverte me fasse du mal, s'emporta Renisenb, blême de colère. Parce que tu aimes ça, faire mal, n'est-ce pas, Hénet ? Tu ne dis jamais rien de but en blanc[1]. Tu attends… tu guettes le moment propice.

310   Tu nous détestes tous, hein ? Tu nous as toujours détestés.

— Tu dis de ces choses, Renisenb ! Je parie que tu n'en penses pas le premier mot.

Plus de ton geignard, désormais. Ce qui transparaissait dans la voix d'Hénet, c'était une sorte de triomphalisme sournois.

315   — Tu voulais créer des problèmes entre Kameni et moi. Eh bien, des problèmes, il n'y en a pas.

— Comme tu as la gentillesse naturelle et le pardon facile, Renisenb ! Ce n'est pas pour dire, mais tu es très différente de Nofret !

320   — Évitons de parler de Nofret.

— Oui, ça vaut sans doute mieux. Kameni est aussi veinard que beau garçon, non ? Je veux dire que c'est heureux pour lui que Nofret soit morte quand elle l'a fait. Elle aurait pu lui

notes

1. de but en blanc : franchement.

causer des ennuis à n'en plus finir. Auprès de ton père. C'est
qu'elle n'aurait pas aimé ça, voir Kameni t'épouser… non,
elle n'aurait pas aimé ça du tout. En fait, je suis persuadée
qu'elle aurait trouvé un moyen d'empêcher que ça se fasse.
Je t'en fiche même mon billet[1], oui !

Renisenb la toisa avec dégoût :

— Tu as toujours craché le venin, Hénet. Piqué comme le
scorpion. Mais, navrée pour toi : tu n'arriveras pas à me
rendre malheureuse.

— Eh bien, mais si ça n'est pas merveilleux, ça ? Faut-il donc
que tu sois amoureuse ! C'est vrai qu'il a des avantages,
Kameni… et qu'il s'y entend à pousser la chansonnette ! Il ne
tombera jamais sur un bec[2], ne t'en fais pas ! Moi, je l'admire,
je te jure. Et toujours l'air si franc, si direct…

— Qu'est-ce que tu essaies d'insinuer, Hénet ?

— Tout bonnement que j'admire Kameni. Et que je mettrais
ma main au feu qu'il est franc et direct. Que ce n'est pas de
la poudre aux yeux. Que toute cette histoire est à faire pâlir
celles des conteurs de bazars. Le jeune scribe sans fortune qui
épouse la fille de son maître, qui partage l'héritage… « et ils
furent heureux et eurent beaucoup d'enfants ». C'est
incroyable ce que la chance peut invariablement poursuivre
les jolis garçons.

— J'ai raison, constata Renisenb. Tu nous hais.

— Allons, Renisenb, comment peux-tu dire une chose
pareille quand tu sais que je me suis tuée à la tâche pour vous
depuis la mort de ta pauvre mère ?

Hénet semblait avoir définitivement rengainé son ton plain-
tif habituel pour laisser la place à une jubilation mauvaise.

notes

1. Je t'en fiche mon billet : J'en suis sûre.

2. (tomber) sur un bec : (rencontrer) un obstacle imprévu.

Renisenb regarda à nouveau le coffret et une autre évidence lui sauta soudain aux yeux :

355 — C'est toi qui as mis le collier de perles aux têtes de lions dans ce coffret ! Ne nie pas, Hénet. J'en suis sûre et certaine.

L'expression triomphante d'Hénet s'effaça pour céder la place à la peur :

— Je n'ai pas pu m'en empêcher, Renisenb. J'étais tellement

360 terrorisée…

— Comment ça… terrorisée ?

Hénet avança d'un pas et murmura dans un souffle :

— C'est elle qui me l'avait donné… Nofret, je veux dire. Oh, quelque temps avant sa mort. Elle m'avait fait un ou deux…

365 petits cadeaux. Nofret était généreuse, tu sais. Ça, on ne peut pas dire le contraire, elle l'a toujours été.

— Je crois volontiers qu'elle te payait grassement.

— Tu aurais pu dire ça avec plus d'élégance, Renisenb. Mais je tiens à mettre les choses bien au point. Elle m'avait donc

370 donné ces trois rangs de perles ornés de têtes de lions ainsi qu'une améthyste montée en broche plus deux ou trois babioles. Et puis quand ce petit berger est venu raconter qu'il avait vu une femme avec ce collier autour du cou… c'est bien simple, j'ai été épouvantée. J'ai cru qu'on allait penser

375 que c'était moi qui avais empoisonné le vin de Yahmose. Alors, j'ai été mettre le collier dans le coffret.

— C'est la vérité, Hénet ? Es-tu capable de dire jamais la vérité ?

— Je te jure que c'est la vérité, Renisenb. J'étais tellement

380 épouvantée…

Renisenb l'observa attentivement :

— Mais tu trembles, Hénet. On dirait que tu as peur, là, maintenant.

— Oui, j'ai peur… Et j'ai des raisons d'avoir peur.

385 — Pourquoi ? Dis-le-moi…

Hénet humecta ses minces lèvres. Elle jetait des coups d'œil furtifs de tous côtés, comme un animal traqué.

– Allons, parle, insista Renisenb.

Hénet secoua la tête.

390 – Il n'y a rien à raconter, finit-elle par lâcher d'une voix mal assurée.

– Tu en sais trop, Hénet. Tu en as toujours trop su. Il fut un temps où tu aimais ça, mais tu te rends compte que c'est devenu dangereux. C'est bien ça, non ?

395 Hénet secoua de nouveau la tête. Puis, avec un petit rire méchant :

– Patience, Renisenb. Un jour, c'est moi qui tiendrai le fouet dans cette maison… et qui le ferai claquer. Patience, tu verras.

Renisenb se rebiffa :

400 – Moi, tu ne m'atteindras jamais, Hénet. Ma mère ne te laissera jamais me faire du mal.

L'expression d'Hénet changea – ses yeux jetèrent des étincelles :

– Ta mère, je la haïssais. Je l'ai toujours haïe… Et toi, tu as son

405 regard… et sa voix… et sa beauté, et son arrogance… Et toi aussi, je te hais, Renisenb.

Renisenb éclata de rire :

– Je t'ai eue, Hénet… je savais bien que tu finirais par le dire !

Au fil du texte

QUE S'EST-IL PASSÉ ?

1. Devant l'ironie d'Ésa, Hénet se rebiffe. Renisenb croise ensuite Ipi : celui-ci veut débarrasser la maison d' _Imotep_ et prendre le pouvoir dans la famille. Yahmose se sent faible : _Hori_ affirme qu'il est victime d'un empoisonnement à petites doses. Kameni veut se marier avec Renisenb et celle-ci, hésitante, demande conseil à _Kait_. Le lendemain, le corps d' _Ipi_ est retrouvé. Après avoir discuté avec Imhotep et _Hénet_, Ésa demande que la famille soit réunie. Hénet se sent alors accusée et _Imotep_ doit prendre sa défense. Renisenb, Yahmose et _Imotep_ envisagent ensuite le mariage de la jeune femme avec Kameni. Yahmose avance le nom d'un autre prétendant : _Hori_. Mais Renisenb tranche : elle épousera Kameni.

AVEZ-VOUS BIEN LU ?

2. Après avoir quitté Hori et Imhotep, qui Ipi rencontre-t-il sur son chemin ? _Hénet_

3. Où le corps d'Ipi est-il retrouvé ? _au bord du bassin_

4. Comment a-t-il été assassiné ? _Noyé_

5. Quelle est l'attitude de Yahmose dans le débat sur le choix d'un époux pour Renisenb ? _Très sage et serein et très_

6. Pourquoi l'amulette de Kameni tombe-t-elle sous les yeux de Renisenb ? _Car Téti la accroche_ _déterminé_

ÉTUDIER LES PERSONNAGES

7. Étudiez le personnage de Kameni.
Que peut-on dire de lui jusqu'ici?

ÉTUDIER LE VOCABULAIRE ET LA GRAMMAIRE

8. Relevez les mots qui appartiennent au champ lexical de la colère et complétez éventuellement la liste avec d'autres mots que vous connaissez.

9. Classez ces mots en fonction de l'intensité de sentiment qu'ils supposent.

10. Quels sont les différents temps et les emplois du conditionnel? Donnez deux exemples pour chaque temps et expliquez pourquoi le conditionnel est utilisé.

ÉTUDIER LE DISCOURS

11. Montrez comment s'expriment dans le chapitre 17 les sentiments partagés de Renisenb pour Kameni.

ÉTUDIER LE GENRE

12. Pourquoi la demande en mariage peut-elle faire de Kameni un suspect?

13. Qui est le principal suspect dans ces trois chapitres? Croyez-vous en sa culpabilité?

14. Quel serait le mobile du crime pour ce suspect principal?

15. Quels sont les autres suspects dans ces pages?

ÉTUDIER L'ÉCRITURE

16. Agatha Christie développe souvent dans ses romans une intrigue sentimentale en même temps que l'énigme criminelle... Comment résumeriez-vous l'intrigue sentimentale dans ce roman?

17. Qu'est-ce qu'un « contraste » ? Peut-on dire que le chapitre 17 s'achève sur un contraste?

LIRE L'IMAGE

Voir document, p. 234.

18. Où est située Isis par rapport à Osiris?

19. Quel geste fait Isis?

20. Quelle coiffe recouvre sa tête?

À VOS PLUMES!

21. Téti raconte sa promenade en bateau. Vous tiendrez compte des paroles qu'elle dit mais vous ne reprendrez pas le dialogue entre Kameni et Renisenb.

DÉBAT

22. Préférez-vous les romans situés dans le monde contemporain ou ceux situés dans l'Antiquité? Après avoir donné d'autres exemples de romans « antiques », vous essayerez d'expliquer votre choix.

RECHERCHES

23. « *Les femmes sont le sang de l'Égypte* », dit Kait. Faites des recherches sur la condition féminine dans l'Antiquité égyptienne.

Kamen'Hori — Ésa —> Imhotep — Renisenb —
yahmose — Hénet

Chapitre 20

2e MOIS DE L'ÉTÉ, 15e JOUR

15 mai

La vieille Ésa claudiquait dans sa chambre.

Elle était éreintée et se sentait le cerveau brumeux. Rançon

5 de l'âge, se disait-elle. L'infinie lassitude du corps lui était depuis longtemps familière, mais elle n'avait encore jamais connu celle de l'esprit. Or, force lui était bien maintenant d'admettre que garder le cerveau éveillé représentait une tâche harassante.

10 Si elle savait maintenant – comme elle en était intimement persuadée – d'où venait le danger, cette certitude ne l'autorisait cependant pas à la relaxation mentale. Au contraire, puisqu'elle avait sciemment attiré l'attention sur elle, il lui fallait plus que jamais se montrer sur ses gardes. Des preuves… des

15 preuves… Il lui fallait obtenir des preuves. Mais comment ? C'était là, elle s'en rendait bien compte, que son âge jouait contre elle. Elle se sentait trop lasse pour jouer les stratèges, pour élaborer un plan de campagne. Elle se savait tout au plus capable de s'organiser en camp retranché, de rester sur le qui-

20 vive et de veiller au grain.

Car le meurtrier, elle ne se berçait d'aucune illusion à ce sujet, s'apprêtait à tuer de nouveau.

Quoi qu'il en soit, elle n'avait aucune intention d'être sa prochaine victime. Le poison, elle en était sûre et certaine, serait

25 l'arme du crime. Les voies de fait[1] n'étaient pas concevables puisqu'elle n'était jamais seule, que ses servantes ne la quittaient jamais. Non, ce serait le poison. Et ça, elle pouvait y parer. Il suffisait que Renisenb lui prépare ses repas et les lui apporte. Elle avait fait installer dans sa chambre une selle pour

30 la jarre de vin qu'elle avait fait goûter vingt-quatre heures

notes

1. voies de fait : actes violents.

plus tôt par un esclave pour avoir le temps de constater qu'il n'avait aucun effet nocif. Elle faisait partager à Renisenb nourriture et boisson… bien qu'elle ne craigne pas pour la vie de Renisenb… enfin, pas encore. Il n'était d'ailleurs pas exclu que la vie de Renisenb ne soit jamais en danger. Mais de cela, comment être sûre ?

La plupart du temps, elle restait immobile à se triturer les méninges pour tenter d'imaginer un moyen de prouver la vérité ou à regarder sa petite esclave amidonner et plisser ses robes de lin ou renfiler ses colliers et ses bracelets. Mais ce soir, elle ne tenait plus debout. À la demande d'Imhotep, elle était allée discuter avec lui du mariage de Renisenb avant qu'il ne fasse part de ses conclusions à sa fille.

Ratatiné, rongé par le chagrin, Imhotep n'était plus que l'ombre de lui-même. Ses airs pontifiants et sa belle assurance appartenaient désormais au passé. Il s'en remettait maintenant à l'autorité et à la détermination inébranlable de sa mère.

Quant à Ésa, elle avait eu peur – terriblement peur – de dire ce qu'il ne fallait pas. La vie ou la mort pouvait dépendre d'un mot utilisé mal à propos.

Oui, avait-elle fini par dire, l'idée de mariage était judicieuse. On avait d'autres chats à fouetter que d'aller chercher au loin l'époux idéal parmi l'élite du clan familial. Après tout, c'était la ligne féminine qui importait… Son mari ne serait somme toute que l'administrateur de l'héritage qui reviendrait à Renisenb et aux enfants de Renisenb.

On avait donc mis en parallèle Hori – homme intègre, ami fidèle et de longue date, fils d'un petit propriétaire dont les terres jouxtaient le domaine – et le jeune Kameni, qui se prévalait d'un lointain cousinage.

Ésa avait soigneusement pesé le pour et le contre avant de se prononcer. Un mot malencontreux – un seul – pouvait entraîner un désastre.

Elle avait répondu en utilisant toute la force de persuasion que lui conférait son personnage. Kameni, avait-elle décrété, était incontestablement l'époux qu'il fallait à Renisenb. La cérémonie et les inévitables festivités annexes – réduites au strict minimum eu égard raison aux deuils récents – pourraient se dérouler d'ici à huit jours. Si Renisenb était consentante bien entendu. Kameni était joli garçon… tout donnait donc à penser qu'ils feraient ensemble de beaux enfants. Qui plus est, ils étaient amoureux l'un de l'autre.

Au bout du compte, les dés étaient jetés, se dit Ésa. La suite ne dépendait plus d'elle. Elle avait fait ce qu'elle estimait opportun. Si c'était hasardeux… bah ! Ésa aimait risquer gros au jeu, semblable en cela à Ipi, d'ailleurs. La vie, ça ne consistait pas à jouer les poules mouillées… Il fallait parfois s'exposer pour emporter la partie.

Elle avait méticuleusement examiné chaque objet après avoir regagné sa chambre. La jarre de vin, en particulier. Elle était bien telle qu'elle l'avait laissée, bouchée et scellée. Elle ne manquait jamais d'y apposer son sceau personnel chaque fois qu'elle s'absentait, sceau qu'elle gardait bien à l'abri, pendu à une cordelette autour de son cou.

Oh ! non, pas question de courir des risques stupides ! Ésa eut un petit rire satisfait. Pas facile à tuer, une vieillarde. Les vieux, ça connaît trop bien la valeur de la vie… et puis ça connaît aussi presque tous les trucs. Demain… Elle appela sa petite servante :

– Où est Hori ? Tu en as une idée ?

La gamine répondit qu'elle croyait que Hori était au Tombeau, dans la petite salle où on le trouvait toujours.

Ésa hocha la tête avec satisfaction :

– Monte le voir. Dis-lui que demain, quand Imhotep et Yahmose seront aux champs où ils auront emmené Kameni pour faire les comptes de la récolte et que Kait sera au bord

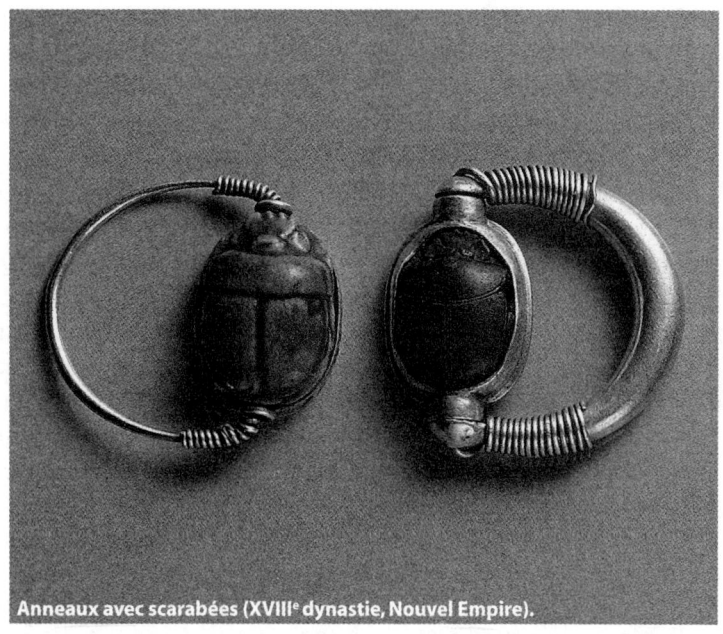

Anneaux avec scarabées (XVIIIe dynastie, Nouvel Empire).

du bassin avec les enfants, il faut qu'il vienne me voir ici. Tu as bien compris? Répète.

La gamine s'exécuta et Ésa lui dit de filer.

100 Non, son plan n'était pas mal combiné du tout. Son entretien avec Hori serait confidentiel car elle expédierait Hénet effectuer une corvée quelconque du côté des ateliers de tissage. Elle préviendrait Hori de ce qui allait se passer et ils pourraient en discuter tout à loisir.

105 Quand la petite moricaude revint avec le message d'Hori confirmant qu'il viendrait comme convenu, elle poussa un soupir de soulagement.

Ces problèmes enfin réglés, elle sentit la fatigue s'emparer soudain de tout son être. Elle ordonna à sa petite esclave
110 d'apporter le pot d'onguent parfumé et de la masser.

Le mouvement des mains de la fillette la berça, l'onguent soulagea ses articulations douloureuses.

Elle s'étendit finalement de tout son long, posa la nuque sur le chevet de bois et s'endormit… toutes craintes momenta-
115 nément dissipées.

Quand elle se réveilla, beaucoup plus tard, elle éprouva une étrange sensation de froid. Ses pieds et ses mains étaient engourdis, insensibles… C'était comme si une crampe lui paralysait tout le corps. Elle la sentait lui embrumer le cer-
120 veau, éteindre en elle toute velléité de réagir, ralentir les battements de son cœur.

Elle se dit : « Ça, c'est la mort… »

Une mort étrange… une mort qui débarquait sans tambour ni trompette, sans que rien ne soit venu l'annoncer.

125 Ce devait être ainsi, estima-t-elle, que meurent les vieillards…

Et puis brusquement, une absolue certitude s'imposa à elle. Ce n'était pas une mort naturelle ! C'était l'Assassin qui était sorti de l'ombre.

130 Le poison…

Mais comment ? Quand ? Tout ce qu'elle avait mangé, tout ce qu'elle avait bu, avait été goûté, testé… Rien n'avait été laissé au hasard.

Alors, comment ? Quand ?

135 Avec les dernières lueurs de lucidité qui lui restaient, Ésa se mit à chercher la clé du mystère. Il fallait qu'elle sache – il le fallait… avant de mourir.

Elle mesura l'engourdissement qui lui ralentissait encore le cœur… le froid glacial… le mal qu'elle éprouvait à extraire
140 ne fût-ce qu'un souffle de sa poitrine.

Comment l'assassin avait-il bien pu réussir son coup ?

Et soudain, éclair surgi du passé, un souvenir l'aida à comprendre. La peau tondue d'un agneau… une motte de graisse

odorante… une expérience de son père… destinée à mon-
145 trer comment certains poisons pouvaient être absorbés par la
peau. Du suint[1]… des onguents à base de suint. C'était
comme cela que l'assassin était parvenu à l'atteindre. Par son
pot d'onguent parfumé, indispensable à toute Égyptienne.
C'était dans l'onguent que se trouvait le poison.
150 Et demain… Hori… il ne saurait pas… elle ne pourrait pas
lui dire… Il était trop tard.
Le lendemain matin, une petite esclave épouvantée se mit à
courir dans toute la maison en hurlant que sa maîtresse était
morte dans son sommeil.

★

155 Imhotep contemplait le corps d'Ésa étendu sur sa couche.
Son visage reflétait la tristesse, mais on n'y lisait pas l'ombre
d'un soupçon.
Sa mère, conclut-il, était morte de vieillesse, ce qui était après
tout bien naturel.
160 – Elle était âgée, ajouta-t-il. Oui, très âgée. Le temps était à
coup sûr venu pour elle de rejoindre Osiris, et le poids de
tous nos soucis et de tous nos chagrins n'a pu que hâter sa
fin. Mais il ne semble pas qu'elle ait souffert. Louons Rê qui
dans sa miséricorde a permis que cette mort-ci n'ait été
165 l'œuvre ni d'un humain ni d'un esprit malfaisant. Aucune
trace de violence, ici. Voyez comme elle a l'air paisible.
Renisenb se mit à pleurer et Yahmose la réconforta. Hénet
arriva, tout soupirs et reniflements, clamant que personne ne
savait à quel point la mort d'Ésa était une perte irréparable ni

notes

1. suint : matière grasse que
sécrète la peau du mouton.

170 combien elle, Hénet, lui avait toujours été dévouée. Kameni rengaina ses chansons et prit une mine de circonstance.

Hori vint se tenir aux pieds de la morte. C'était l'heure qu'elle lui avait fixée pour leur rendez-vous. Il se demandait ce qu'elle comptait lui dire au juste.

175 Car il ne faisait pas de doute qu'elle avait eu quelque chose de bien précis à lui confier.

Maintenant, il ne le saurait jamais.

Mais il songea que, peut-être, il parviendrait à le deviner…

Hori – Renisenb – Kait –
(Yadmose)

Chapitre 21

2ᵉ MOIS DE L'ÉTÉ, 16ᵉ JOUR

16 mai

– Hori… tu crois qu'elle a été assassinée ?

– Oui, je le crois, Renisenb.

– Mais comment ?

5 – Je ne sais pas.

– Elle était tellement prudente !

Au chagrin de la jeune femme s'ajoutait la perplexité :

– Elle était sans cesse sur le qui-vive. Elle prenait toutes les
10 précautions imaginables. Tout ce qu'elle mangeait ou buvait était préalablement goûté.

– Je sais, Renisenb. Il n'empêche que je suis persuadé qu'elle a été tuée.

– Et dire que, de nous tous, c'était la plus avisée… la plus
15 futée ! Elle était sûre et certaine que rien ne pouvait lui arriver. Hori, il y a forcément de la magie là-dessous ! De la magie noire. Un mauvais sort jeté par un esprit malin.

– Tu crois ça parce que c'est ce qu'il y a de plus facile à croire. Les gens en font tous autant. Mais pas Ésa. Elle, elle n'aurait
20 pas gobé ça. Si elle était consciente – et si elle n'est pas morte dans son sommeil –, elle a compris que c'était là l'œuvre d'un être vivant.

— Elle savait duquel il s'agissait ?

— Oui. Elle avait trop ostensiblement étalé ses soupçons. Elle
25 était devenue dangereuse pour l'assassin. Et le fait qu'elle soit
morte prouve qu'elle ne s'était pas trompée.

— Et elle t'avait dit… qui c'était ?

— Non. Elle ne l'a pas fait. Elle n'a jamais cité de nom.
Néanmoins, ses soupçons et les miens, j'en suis convaincu, se
30 portaient sur la même personne.

— Alors, tu dois me le dire, Hori, pour que je puisse me tenir
sur mes gardes.

— Non, Renisenb, ta sécurité m'importe trop pour que je
fasse une chose pareille.

35 — Je suis en sécurité ?

Le visage d'Hori s'assombrit :

— Non, Renisenb, tu n'es pas en sécurité. Personne n'est en
sécurité. Mais tu l'es cependant bien davantage que si tu
connaissais la vérité… car tu représenterais alors pour l'assas-
40 sin un danger tel qu'il lui faudrait immédiatement te supprimer à tout prix.

— Mais qu'en est-il de toi, Hori ? Tu sais, toi.

— Je crois savoir, corrigea-t-il. Mais je n'en ai rien dit, rien
montré. Ésa n'a pas été raisonnable. Elle a parlé. Elle a mon-
45 tré vers qui se portaient ses soupçons. Elle n'aurait pas dû
faire ça, je le lui ai d'ailleurs bien reproché ensuite.

— Mais toi, Hori… S'il devait t'arriver quelque chose…

Elle s'interrompit, consciente de ce que les yeux d'Hori
lisaient au plus profond d'elle-même.

50 Ses yeux ardents et graves, auxquels rien ne pouvait échapper des secrets de son esprit et de son cœur.

Il lui prit les mains entre les siennes et les serra tendrement :

— Ne crains rien pour moi, petite Renisenb… Tout ira bien.

Oui, songea-t-elle, s'il le disait, tout irait bien. C'était étrange,
55 ce soudain sentiment de plénitude, de paix, de bonheur sans

nuages… C'était aussi merveilleux, aussi éloigné de tout que paraissait l'horizon quand on le contemplait depuis l'entrée du Tombeau… immensité sans fin où le monde des humains, ses récriminations[1], ses interdits ne pouvaient vous atteindre.

60 Brusquement, la voix presque rauque, elle s'entendit annoncer :

– Je vais épouser Kameni.

Hori lui lâcha les mains, sans hâte et d'un geste parfaitement naturel :

– Je sais, Renisenb.

65 – Mon père… tout le monde… Ils pensent tous que c'est la meilleure solution.

– Je sais.

Et il s'éloigna.

Les murs de la cour parurent alors se rapprocher et le brou-70 haha des voix montant de la maison et des silos à grain s'intensifier, se faire plus criard.

Renisenb n'avait plus qu'une idée en tête : « Hori s'en va… »

Elle l'appela timidement :

– Hori… où vas-tu ?

75 – Rejoindre Yahmose dans les champs. Il y a beaucoup de travail à abattre et beaucoup à noter sur les registres. La moisson tire à sa fin.

– Et Kameni ?

– Kameni nous accompagne.

80 – Mais j'ai peur, ici ! s'écria Renisenb. Oui, même en plein jour, avec tous les domestiques alentour, et Rê qui navigue dans les cieux, j'ai peur !

Il revint aussitôt sur ses pas :

– N'aie pas peur, Renisenb. Je te jure que tu n'as pas à avoir 85 peur. Pas aujourd'hui.

notes

1. récriminations : défauts.

— Mais demain ?

— À chaque jour suffit sa peine… et je te jure que tu n'es pas en danger aujourd'hui.

Elle le regarda, sourcils froncés :

90 — Mais nous sommes bel et bien en danger ? Yahmose, père, moi ? Et tu veux simplement dire que ce n'est pas moi qui suis menacée la première, c'est ça ?

— Essaie de ne pas penser à tout ça, Renisenb. Je fais tout ce que je peux, même s'il t'arrive de t'imaginer que je ne fais 95 rien.

— Je vois…

Elle le regarda, pensive :

— Oui, je vois. Ce sera d'abord Yahmose. L'assassin a déjà deux fois essayé le poison sur lui et ça n'a pas marché. Il va y avoir 100 la troisième tentative. C'est pour ça que tu ne le quittes plus jamais d'une semelle… pour le protéger. Après ça, ce sera le tour de père, et puis le mien. Mais qui peut bien haïr notre famille à ce point ?…

— Chut ! Tu ferais beaucoup mieux de ne pas parler de tout 105 ça. Fais-moi confiance, Renisenb. Essaie de chasser la peur de ton esprit.

Renisenb redressa la tête.

— J'ai confiance en toi, Hori, lui répondit-elle bien en face. Tu ne me laisseras pas mourir… J'adore la vie, et je refuse 110 l'idée de la quitter.

— Tu ne la quitteras pas, Renisenb.

— Toi non plus, Hori.

— Moi non plus.

Ils se sourirent et Hori s'en fut retrouver Yahmose.

★

115 Assise sur ses talons, Renisenb regardait Kait.

Sa belle-sœur apprenait à ses enfants à modeler des figurines dans de la glaise qu'elle humectait avec l'eau du bassin. Malaxant, pétrissant, esquissant des formes, s'aidant de la voix et du geste, elle faisait s'activer les deux petits garçons, très
120 absorbés par leur tâche. Hormis la tendresse maternelle, son visage ingrat était aussi inexpressif qu'à l'ordinaire. L'atmosphère de mort violente et de terreur de tous les instants dans laquelle ils vivaient n'altérait en rien la placidité de Kait.

Hori avait beau lui avoir recommandé de penser à autre
125 chose, Renisenb, avec la meilleure volonté du monde, n'arrivait pas à cesser de s'obnubiler sur[1] le sujet. Si Hori savait qui était l'assassin, si Ésa l'avait su, il n'y avait aucune raison pour qu'elle ne le sache pas elle aussi. Continuer à l'ignorer était sans doute plus prudent, mais aucun être humain ne pouvait
130 se satisfaire d'une telle situation. Elle voulait savoir.

Et ça ne devait pas être très difficile… même pas difficile du tout. Son père, ça allait de soi, ne pouvait pas avoir envie de tuer ses propres enfants. Ce qui laissait… Qui est-ce que ça laissait? En tout et pour tout, deux personnes : Kait et Hénet.
135 Des femmes, toutes les deux…

Et qui n'avaient sûrement aucune raison de tuer…

Pourtant, Hénet les détestait tous… Oui, aucun doute là-dessus, Hénet les détestait. Elle avait avoué détester Renisenb. Alors, pourquoi n'aurait-elle pas tout autant détesté les autres?
140 Renisenb essaya de se projeter dans les méandres tortueux et noirs de l'âme d'Hénet. Tout ce temps passé à vivre ici, à s'échiner[2], à protester sans trêve ni repos de son dévouement tout en mentant, en espionnant, en ne pouvant goûter de

notes

1. s'obnubiler sur : se préoccuper pour. **2. s'échiner :** se dévouer.

temps à autre que la joie mauvaise d'avoir réussi à semer la
145   zizanie… Oui, mais avoir débarqué ici en parente pauvre dans
les bagages d'une grande dame belle et adulée[1]… Avoir
côtoyé son opulence[2], avoir été témoin de son existence
d'épouse comblée, de mère féconde à la tête d'une progéniture aimante et resplendissante de santé… Qu'était-elle en
150   regard de sa cousine ? Une femme laide, mal aimée, mal
mariée, répudiée et dont l'unique enfant était mort en bas
âge… Oui, ça pouvait bien être de là qu'était venu tout le
mal. Comme la blessure d'un coup d'épieu que Renisenb un
jour avait vue. La plaie avait rapidement cicatrisé en surface,
155   mais au plus profond, l'infection avait longtemps couvé avant
de se propager et le bras avait enflé, était devenu dur au toucher. Il avait fallu que le médecin vienne et que, tout en réci-
tant les incantations appropriées, il plonge un petit couteau
dans les chairs tuméfiées[3]. Ç'avait été comme la rupture bru-
160   tale d'une digue. Un flot de matières putrides, nauséabondes,
en avait jailli à gros bouillons…
Oui, elle devait ressembler à cette blessure, l'âme d'Hénet.
Chagrins et humiliations trop hâtivement étouffés… chau-
dron de sorcière dont le couvercle laissait sourdre l'infect
165   bouillonnement de venin et de haine.
Mais est-ce qu'Hénet haïssait également Imhotep ?
Sûrement pas. Cela faisait des années qu'elle le flattait, qu'elle
le cajolait, qu'elle se prosternait à ses pieds… Elle avait su
faire naître en lui un sentiment de confiance aveugle… Une
170   telle dévotion ne pouvait quand même pas être feinte !
Et si elle le vénérait, si elle était prête à se damner pour lui,
pouvait-elle lui infliger sciemment ce cortège de chagrins
et de deuils ?

notes

1. **adulée :** adorée.   2. **opulence :** richesse.   3. **tuméfiées :** boursouflées.

Ah! mais, à supposer qu'elle le haïsse lui aussi… qu'elle le
175 haïsse depuis toujours… ne l'aurait-elle pas abreuvé de propos flagorneurs[1] dans le seul but de faire ressortir ses insuffi-
sances? À supposer que ce soit Imhotep qu'elle haïsse le plus,
quelle plus grande volupté, en ce cas, pour un esprit possédé
par le mal, que de lui infliger la torture de voir mourir ses
180 enfants un par un?…

– Qu'est-ce qu'il t'arrive, Renisenb?

Kait la regardait d'un œil rond :

– Tu en fais, une tête!

Renisenb sursauta.

185 – Je crois que j'ai envie de vomir, avoua-t-elle.

Et en un sens, c'était vrai. Les images qu'elle venait d'évoquer
lui donnaient la nausée.

Kait prit sa déclaration pour argent comptant :

– Tu as dû manger trop de dattes vertes. Ou peut-être que le
190 poisson avait tourné.

– Non, non, ce n'est rien de ce que j'ai pu manger. C'est
l'horreur dans laquelle nous vivons.

– Ah, ça?

Le ton de Kait était tellement indifférent que Renisenb en
195 fut stupéfaite :

– Mais enfin, Kait, tu n'as pas peur?

– Non, je n'ai pas l'impression, fit Kait en réfléchissant hon-
nêtement à la question. Non, s'il arrive quelque chose à
Imhotep, les enfants passeront sous la tutelle d'Hori. Et Hori
200 est honnête. Il saurait sauvegarder leur héritage.

– Mais Yahmose fera ça très bien!

– Yahmose va mourir, lui aussi.

notes

1. flagorneurs :
excessivement flatteurs.

— Tu dis ça avec un calme ! Ça ne te fait rien du tout ? Ça ne te ferait rien du tout de voir mourir mon père ou Yahmose ?

Kait réfléchit deux secondes. Puis elle haussa les épaules :

— Entre femmes, on peut tout se dire. Imhotep, je l'ai toujours trouvé injuste et tyrannique. Il a été ignoble de se laisser persuader de déshériter les enfants de sa chair et de son sang au profit de sa concubine. Je n'ai jamais pu souffrir Imhotep. Quant à Yahmose, c'est une nullité. Satipi l'a toujours mené par le bout du nez. Ces derniers temps, depuis qu'elle est morte, il a pris de l'autorité, il distribue des ordres. Lui, il ferait toujours passer l'intérêt de ses enfants avant celui des miens — ça n'est que trop naturel. Donc, s'il doit mourir, il vaut probablement beaucoup mieux pour mes enfants que ça se fasse — voilà comment je vois les choses. Hori n'a pas d'enfants, lui, et puis c'est quelqu'un de bien. Ce qui s'est passé ces derniers temps a été bien éprouvant, mais, toute réflexion faite, j'ai l'impression très nette que c'est ce qui pouvait nous arriver de mieux.

— Comment peux-tu dire ça aussi calmement, Kait, aussi froidement ? Alors que ton mari, que tu aimais, est mort le premier ?

Une expression indéfinissable passa sur le visage de Kait. Et le regard qu'elle posa sur Renisenb n'était pas dépourvu d'ironie :

— Il t'arrive parfois de ressembler à Téti, Renisenb. Je te jure : une vraie gamine.

— Tu ne pleures même pas Sobek, murmura lentement Renisenb. Non, j'ai remarqué ça.

— Écoute, Renisenb, j'ai observé les usages. J'ai fait ce qu'on est tenu de faire. Je sais comment est censée se comporter une femme veuve depuis peu.

— Oui... le moins qu'on puisse dire, c'est que tu n'en as pas rajouté... Alors... ça veut dire que... que tu n'aimais pas Sobek ?

Kait haussa les épaules :

– J'aurais dû ?

– Kait ! C'était ton mari… il t'a donné des enfants.

Kait regarda ses deux garçons toujours affairés avec la terre
240 glaise, puis Ankh qui se roulait dans l'herbe en chantonnant
et en agitant ses petites jambes en l'air. Son visage s'adoucit :

– Oui, il m'a donné mes enfants. De ça je lui suis reconnais-
sante. Mais lui, c'était quoi, après tout ? Un vantard plutôt
beau gosse… un type qui passait son temps à courir la
245 gueuse[1]. Ça lui aurait fait mal d'installer décemment une
maîtresse à la maison, une brave fille qui aurait pu nous donner un coup de main ! Non, il fallait qu'il aille dans les
bouges[2], qu'il dilapide des mille et des cents à boire et à s'offrir des danseuses ! Encore heureux qu'Imhotep ait été regar-
250 dant sur l'argent de poche et que Hori ait refait les comptes
plutôt deux fois qu'une quand ton frère venait de conclure
un marché ! Quel amour ou quel respect peut-on avoir pour
ce genre d'individu ? Et d'ailleurs, qu'est-ce que c'est, les
hommes ? On ne peut pas s'en passer pour faire des enfants,
255 un point, c'est tout. Parce que la force de l'espèce, ce sont les
femmes. C'est nous, Renisenb, qui passons le flambeau, qui
transmettons l'héritage. Quant aux hommes, qu'ils engen-
drent et meurent jeunes !

Les intonations de mépris avaient haussé la voix de Kait vers
260 des tonalités que seul un instrument de musique était censé
atteindre. Son gros visage ingrat était transfiguré.

Renisenb n'en croyait ni ses yeux ni ses oreilles.

---

notes

1. courir la gueuse : chercher
des femmes.

2. bouges : cafés mal
fréquentés.

« Kait est une force de la nature, se dit-elle. Elle est stupide, c'est vrai, mais d'une stupidité béate, comme il y a des imbéciles
265 heureux. Les hommes, elle les méprise, elle les hait ! J'aurais dû y penser plus tôt. Une fois déjà il m'est arrivé de la voir dans ce genre d'état… avec cette lueur menaçante, inquiétante, dans le regard. Oui, elle est forte, forte comme un bœuf… »

Sans même en être tout à fait consciente, elle s'était mise à
270 suivre des yeux les mains de Kait. Elles pétrissaient la glaise, la malaxaient… puissantes, musclées… et tandis qu'elles aplatissaient une boule, Rénisenb songea aux mains qui avaient enfoncé la tête d'Ipi dans le bassin et lui avaient long-temps, inexorablement, maintenu le visage sous l'eau. Oui, les
275 mains de Kait avaient très bien pu faire ça.

La petite Ankh qui, en roulant, était passée sur une épine poussa soudain un cri de douleur. Kait se précipita. Elle la prit dans ses bras et la berça sur son sein en roucoulant, le visage plein d'amour et de tendresse.

280 Alertée par les cris, Hénet fit irruption sous le portique :
– Quelque chose ne va pas ? La petite a poussé un tel cri ! J'ai cru que…

Elle s'interrompit, déçue. Sa mine sournoise, avide, illuminée d'une joie mauvaise à l'idée qu'il avait pu se passer un drame,
285 s'allongea.

Le regard de Renisenb passa d'une femme à l'autre.

La haine sur un visage. L'amour sur l'autre. Des deux, duquel fallait-il craindre le pire ?

★

—Yahmose, méfie-toi, méfie-toi de Kait !

290 — De Kait ? répéta Yahmose, visiblement interloqué[1]. Ma pauvre Renisenb…

— Je te préviens : elle est dangereuse.

— Kait-la-placide ? Notre Kait ? Ç'a toujours été une créature douce, soumise, pas maligne pour deux sous, mais…

295 Renisenb l'interrompit :

— Elle n'est ni douce ni soumise. Elle me fait peur, Yahmose. Je veux que tu te tiennes sur tes gardes.

— Sur mes gardes vis-à-vis de Kait ? fit-il, toujours incrédule. Je la vois mal semant la mort à tout va. Elle n'en a pas assez

300 dans le crâne pour ça.

— Je ne vois pas ce que l'intelligence aurait à faire là-dedans. S'y connaître en poisons, c'est tout ce dont il a fallu avoir besoin. Et tu sais bien qu'il y a des familles qui sont connues pour ça. Ça se transmet de mère en fille. Elles concoctent

305 leurs décoctions à partir de plantes dotées de pouvoirs particuliers. C'est le genre de savoir pour demeurée que Kait peut très bien posséder. Quand ses enfants sont malades, tu sais qu'elle leur prépare des infusions.

— Oui, c'est vrai, reconnut Yahmose après réflexion.

310 — Hénet aussi, c'est le mal incarné.

— Hénet… Alors là, d'accord. Aucun d'entre nous n'a jamais pu la souffrir. En fait, si père ne la protégeait pas…

— Il ne se rend pas compte qu'elle lui en fait accroire. Qu'elle se paie sa tête.

315 — C'est bien possible… Il n'aime rien tant que se faire passer la main dans le dos, déclara Yahmose sur le ton neutre du constat.

Renisenb faillit en rester bouche bée. C'était la première fois

notes

1. interloqué : surpris.

qu'elle entendait Yahmose formuler un semblant de critique
320 à l'encontre d'Imhotep. Lui qui avait toujours semblé totalement sous la coupe de son père !

Pas de doute, il devenait patent[1] que les rôles étaient maintenant inversés. Imhotep avait pris des années au cours de ces
dernières semaines. Il était désormais incapable de donner
325 des ordres, de prendre la moindre décision. Même physique-
ment, on le sentait très diminué. Il passait des heures à regarder dans le vague, les yeux embués, l'air absent. Il ne
comprenait parfois même plus ce qu'on lui disait.

– Tu ne crois pas que c'est elle qui…
330 Renisenb s'arrêta net. Elle regarda autour d'elle et chuchota :

– Tu ne crois pas que c'est elle qui a… qui a…

Yahmose la saisit par le bras :

– Tais-toi, Renisenb. Ces choses-là, mieux vaut ne pas en parler, même tout bas.
335 – Alors, toi aussi, tu crois que…

Il se fit pressant :

– Plus un mot pour le moment. Nous avons un plan.

Chapitre 22
2ᵉ MOIS DE L'ÉTÉ, 17ᵉ JOUR

Le lendemain était la fête de la
Nouvelle Lune. Il était impératif
qu'Imhotep monte au Tombeau
pour faire les offrandes rituelles.
5 Yahmose supplia son père de le laisser le remplacer pour
l'occasion, mais Imhotep se montra intraitable. Dans ce qui
n'était plus qu'une parodie lugubre de l'Imhotep d'autrefois,
il gâtifia :

notes

1. patent : évident.

– Si je ne fais pas les choses moi-même, comment puis-je être
sûr qu'elles seront faites convenablement ? Ai-je jamais
esquivé mes responsabilités ? N'ai-je pas toujours assuré votre
subsistance à tous ? Ne vous ai-je pas toujours entretenus,
tous autant que vous êtes…

Sa voix se brisa :

– Tous autant que vous êtes ? Tous autant que vous êtes… ?
Seigneur, j'avais oublié… Mes deux merveilleux fils… Mon
beau Sobek… Mon Ipi, tellement intelligent et que j'aimais
si fort… si fort. Ils m'ont été enlevés. Yahmose et Renisenb…
mes chers enfants… vous êtes toujours auprès de moi,
vous… mais pour combien de temps… combien de temps…

– De longues années encore, nous l'espérons bien.

Yahmose avait haussé la voix comme s'il s'adressait à un
sourd :

– Hein ? Quoi ?

Imhotep semblait avoir sombré dans l'inconscience.

Et puis soudain, à leur stupeur, il articula :

– Ça dépend du bon vouloir d'Hénet, après tout. Oui, ça
dépend du bon vouloir d'Hénet.

Yahmose et Renisenb échangèrent des regards consternés.

Très doucement et en prenant bien soin de détacher ses
mots, Renisenb lui fit remarquer :

– Je ne comprends pas, père. Que veux-tu dire au juste ?

Imhotep marmonna quelques mots inintelligibles. Puis,
haussant un peu la voix mais le regard comme aveugle et toujours explorant le vide, il répondit :

– Hénet me comprend. Elle m'a toujours compris. Elle sait à
quel point mes responsabilités sont écrasantes… écrasantes…
Oui, écrasantes… Et cette éternelle ingratitude… Il faut un
juste retour des choses. Il s'agit, je crois, d'un usage établi.
L'arrogance doit être punie. Hénet a toujours été modeste,
elle. Toujours humble et dévouée. Elle en sera récompensée…

Il se leva péniblement puis insista, avec solennité :

— Tu as bien compris, Yahmose ? Il faut désormais faire tout ce que veut Hénet. Les moindres de ses ordres doivent être
45 exécutés !

— Mais pourquoi cela, père ?

— Parce que je le dis. Parce que, si on fait ce que veut Hénet, il n'y aura plus de morts…

Il termina sa phrase en hochant la tête d'un air entendu et
50 s'en fut… laissant Yahmose et Renisenb médusés.

— Qu'est-ce que tout cela signifie, Yahmose ?

— Je ne sais pas, Renisenb. Parfois, je me demande si père sait encore ce qu'il fait et ce qu'il dit…

— Sans doute pas, non. Ce dont je mettrais en revanche ma
55 main au feu, Yahmose, c'est que ce qu'elle fait et ce qu'elle dit, Hénet, elle, le sait on ne peut mieux. Pas plus tard qu'hier, elle m'a déclaré que ce serait bientôt elle qui mènerait tout le monde à la baguette dans cette maison.

Yahmose posa la main sur le bras de sa sœur :
60 — Ne la mets pas hors d'elle. Tes sentiments, tu les caches mal, Renisenb. Tu as entendu ce que notre père a décrété ? Que, si on en passait par les quatre volontés d'Hénet, il n'y aurait plus de morts…

★

Assise sur ses talons dans la lingerie, Hénet inventoriait des
65 piles de draps. C'étaient de vieux draps et elle examina de près la marque portée au coin de l'un d'eux.

— Ashayet, marmonna-t-elle. Les draps d'Ashayet. Marqués à l'année de son arrivée ici – de notre arrivée à toutes deux… Ça ne date pas d'hier. Est-ce que tu sais seulement, dis-moi,
70 à quoi ils vont servir, tes draps, Ashayet ?

Elle sursauta et s'interrompit au beau milieu d'un petit rire mauvais. Le bruit qu'elle avait entendu dans son dos lui fit tourner à demi la tête.

C'était Yahmose :

75 — Qu'est-ce que tu fabriques, Hénet ?

— Les embaumeurs réclament encore des draps. Quand on pense aux piles et aux piles qu'ils ont déjà utilisées ! 400 coudées[1] rien qu'hier. Toutes ces funérailles, ça nous ruine en toile ! Il va falloir taper dans ces vieux draps-là. Ils étaient

80 de bonne qualité et ne sont pas trop élimés. C'étaient les draps de ta mère, Yahmose… Eh oui, les draps de ta mère…

— Qui t'a autorisée à les prendre ?

Hénet s'esclaffa :

— Imhotep m'a donné carte blanche. Des autorisations, je n'ai

85 plus besoin d'en demander. Il s'en remet à la pauvre vieille Hénet. Il sait qu'avec elle, tout ira toujours pour le mieux. Il y a belle lurette[2] que c'est moi qui abats tout le travail, dans cette maison. Mais je crois… qu'à compter de maintenant… je vais commencer à voir mes mérites enfin récompensés.

90 — Ça en a tout l'air, en effet.

Le ton de Yahmose était d'une douceur extrême :

— Mon père nous a dit que… que tout désormais dépendait de ton bon vouloir.

— Il a vraiment dit ça ? Eh bien, voilà qui fait en tout cas plai-

95 sir à entendre… mais je doute toutefois, Yahmose, que ça te fasse autant plaisir qu'à moi.

— Je n'irai pas jusqu'à prétendre le contraire, avoua Yahmose sans le moins du monde élever le ton mais sans non plus cesser de la dévisager.

100 — Si j'ai un conseil à te donner, Yahmose, ce serait de te ranger

notes

1. coudée : mesure de longueur égale à 50 cm.

2. belle lurette : longtemps.

à l'avis de ton père. Personne ne veut plus… d'ennuis, n'est-ce pas ?

— Là, j'avoue ne pas très bien saisir. Tu veux dire que… que nous ne voulons plus qu'il y ait encore des morts ?

105 — Des morts, il y en aura encore, Yahmose. Oh ! oui…

— Et qui va être le prochain à mourir, Hénet ?

— Qu'est-ce qui t'incite à croire que je devrais être au courant ?

— Le fait que tu en saches long. L'autre jour, par exemple, tu savais qu'Ipi allait mourir… Tu as un flair étonnant, ma

110 parole ! Tu es maligne comme pas deux, Hénet.

Hénet se rengorgea[1] :

— Tu commences à t'en rendre compte ! Eh non, je ne suis plus cette pauvre gourde d'Hénet, figure-toi. Je suis devenue celle qui sait.

115 — Et tu sais quoi, au juste, Hénet ?

La voix d'Hénet changea, se fit sèche, incisive :

— Je sais que je peux enfin faire ce qui me plaît dans cette maison. Qu'il n'y aura personne pour m'en empêcher. Imhotep, lui, s'en remet déjà à moi. Et toi, Yahmose, tu en

120 feras autant, non ?

— Et Renisenb, dans tout ça ?

Hénet éclata d'un petit rire de gorge :

— Renisenb ne sera plus ici.

— Tu crois que c'est Renisenb qui va être la prochaine à mourir ?

125 — Qu'est-ce que tu en penses, toi, Yahmose ?

— Je te le dirai quand toi, tu auras parlé.

— Peut-être ai-je simplement voulu dire que Renisenb allait se marier et… s'en aller loin d'ici.

— Qu'est-ce que tu as au juste en tête, Hénet ?

notes

1. se rengorgea : éprouva de la fierté.

130 Elle ricana :
– Ésa m'a dit un jour que ma langue pouvait être dangereuse.
Peut-être bien que c'est vrai !
Elle éclata d'un rire strident en se balançant sur ses jambes
repliées :
135 – Alors, Yahmose ? Quelle est ta conclusion ? Est-ce que je
peux enfin faire ou non ce qui me plaît dans cette maison ?
Yahmose la dévisagea longuement avant de répondre :
– Oui, Hénet. Tu es maligne comme pas deux, Hénet. Tu
feras comme il te plaira, Hénet.
140 Il se retourna. Hori arrivait de la grande salle :
– Ah, te voilà, Yahmose. Imhotep t'attend. Il est l'heure de
monter au Tombeau.
Yahmose acquiesça d'un signe de tête :
– J'arrive.
145 Le rejoignant sur le seuil, il poursuivit à voix basse :
– Hori… j'ai l'impression très nette qu'Hénet est devenue
folle à lier. Elle s'exprime comme une possédée. Je commence à croire que c'est elle qui est responsable de tout ce
qui nous est arrivé.
150 Hori ne répliqua pas tout de suite et, quand il le fit, ce fut sans
s'émouvoir et d'un ton détaché :
– C'est une femme bizarre… et redoutable, en effet.
Yahmose, baissa encore la voix :
– Hori, j'ai peur que Renisenb soit en danger.
155 – Tu penses qu'Hénet…
– Oui. Elle vient de me donner à entendre que Renisenb
serait la prochaine à… partir.
La voix d'Imhotep leur parvint.
– Va-t-il vraiment falloir que j'attende toute la journée ? s'im-
160 patientait-il. En voilà, des manières ! Personne ne se soucie
plus de moi. Personne ne voit ce que je souffre. Où est
Hénet ? Hénet me comprend, elle !

Du fond de la lingerie, le ricanement aigu d'Hénet leur parvint :

165 — Tu as entendu, Yahmose ? Hénet ! C'est Hénet qui mène la barque !

— Mais oui, Hénet… j'ai compris, approuva Yahmose toujours sans faire d'éclat. Le pouvoir, c'est toi qui l'as. Toi, mon père et moi… main dans la main… tous les trois…

170 Hori sortit retrouver Imhotep. Yahmose dit encore quelques mots à Hénet qui hocha la tête, le visage transfiguré par une joie mauvaise.

Puis Yahmose rejoignit Hori et Imhotep, s'excusa pour son retard et les trois hommes montèrent ensemble au Tombeau.

★

175 Pour Renisenb, la journée semblait ne devoir jamais finir. Incapable de rester en place, elle entrait et sortait de la maison, faisait les cent pas du portique au bassin et du bassin au portique.

Bracelet de cheville du roi Psousennes (XXIe dynastie, 1000 av. J.-C.).

Imhotep revint à midi et, après qu'on lui eut servi un repas, se réinstalla sous le portique où Renisenb le rejoignit.

180 Elle s'accroupit, bras entourant ses genoux repliés, et resta là à lui jeter de temps à autre un regard furtif. Il avait toujours son air absent, comme frappé de stupeur. Il parla peu. À une ou deux reprises, il poussa un profond soupir.

À un moment donné, il parut se reprendre et réclama Hénet.

185 Mais elle venait de partir porter des pièces de toile aux embaumeurs.

Renisenb voulut savoir où étaient Hori et Yahmose.

– Hori est aux champs de lin. Pour le mesurage des tiges et les évaluations de récolte. Yahmose, lui, s'est rendu aux
190 cultures vivrières. Tout lui tombe sur le dos, désormais… Sobek et Ipi, hélas! Mes fils… mes fils, si beaux…

Renisenb tenta aussitôt de changer de sujet :

– Kameni ne peut pas surveiller les ouvriers?

– Kameni? Qui est Kameni? Je n'ai aucun fils de ce nom.

195 – Kameni, le scribe. Kameni, celui qui va devenir mon mari.

Il la regarda, sidéré :

– Ton mari, Renisenb? Mais c'est Khay que tu vas épouser.

Elle soupira mais n'insista pas. Il lui semblait cruel d'essayer de ramener son père dans le présent. Pourtant, au bout d'un
200 moment, il sortit de sa torpeur pour s'exclamer :

– Bien sûr! Kameni! Il est parti donner des instructions au contremaître de la brasserie. Il faut même que j'aille le rejoindre.

Et il s'éloigna à grands pas en marmonnant avec, dans sa
205 démarche, un peu de son allant de naguère, ce qui rasséréna[1] Renisenb.

notes

1. rasséréna : rassura.

Peut-être cet engourdissement de ses facultés intellectuelles n'était-il que temporaire ?

Elle regarda autour d'elle. Le silence qui régnait depuis le matin dans la maison et dans la cour avait quelque chose de sinistre. Les enfants étaient de l'autre côté du bassin. Kait n'était pas avec eux et Renisenb se demanda où elle était passée.

Puis Hénet réapparut sous le portique. Après un coup d'œil à la ronde, elle vint se glisser furtivement auprès de Renisenb. Elle avait retrouvé ses manières serviles et son ton geignard :

– J'attendais que tu sois seule, Renisenb.

– Pourquoi, Hénet ?

Hénet baissa la voix :

– J'ai un message pour toi… d'Hori.

– Que veut-il ? s'enquit avidement Renisenb.

– Il demande que tu montes au Tombeau.

– Maintenant ?

– Non. Sois-y une heure avant le coucher du soleil. C'est la teneur de son message. S'il n'y est pas encore, il te demande de rester là-haut à l'attendre. C'est important, d'après lui.

Hénet se tut un instant, puis ajouta :

– Il m'avait bien recommandé d'attendre que tu sois seule pour te dire ça… et de prendre garde à ce que personne ne nous surprenne.

Sur quoi, elle s'en fut tout aussi furtivement.

Renisenb se sentit soudain l'esprit plus léger. Elle était heureuse à l'idée de retrouver la quiétude apaisante du Tombeau. Heureuse de voir Hori, de pouvoir lui parler à cœur ouvert. La seule chose qui l'intriguait était qu'il ait choisi Hénet comme messagère.

Pourtant, Hénet, si mal intentionnée qu'elle fût, avait fidèlement rapporté ses propos.

« Au fond, pourquoi sans arrêt craindre Hénet ? songea Renisenb. Je suis après tout plus forte qu'elle. »

240 Elle se leva d'un bond. Elle se sentait tout à coup très jeune, très sûre d'elle et bouillonnante de joie de vivre…

★

Sa mission accomplie auprès de Renisenb, Hénet retourna dans la lingerie. Elle jubilait intérieurement.

Elle se pencha sur les piles de draps qu'elle avait laissées en
245 désordre.

— Nous n'allons pas tarder à devoir piocher encore dans le tas, leur dit-elle avec un rire sardonique. Tu entends, Ashayet ? C'est moi la patronne ici, à présent, et je te signale que tes draps vont servir à faire des bandelettes qui envelopperont un
250 cadavre de plus. Et le cadavre de qui, à ton avis ? Hi, hi ! Tu n'as pas été capable de faire grand-chose, hein ? Toi et le fameux frère de ta mère, le nomarque ! La justice ! Quelle justice pourrais-tu rendre dans ce monde-ci ? Tu peux me le dire ?

Il y eut comme un frôlement derrière les ballots de draps et
255 elle tourna à demi la tête.

C'est alors qu'une immense pièce de toile s'abattit sur elle, lui obstruant la bouche et le nez. Une main de fer se mit à enrouler la toile autour de son corps, à l'enserrer de plus en plus, à l'emmailloter comme une momie jusqu'à ce qu'elle
260 ne puisse plus se débattre et que la mort l'immobilise enfin.

Au fil du texte

QUE S'EST-IL PASSÉ ?

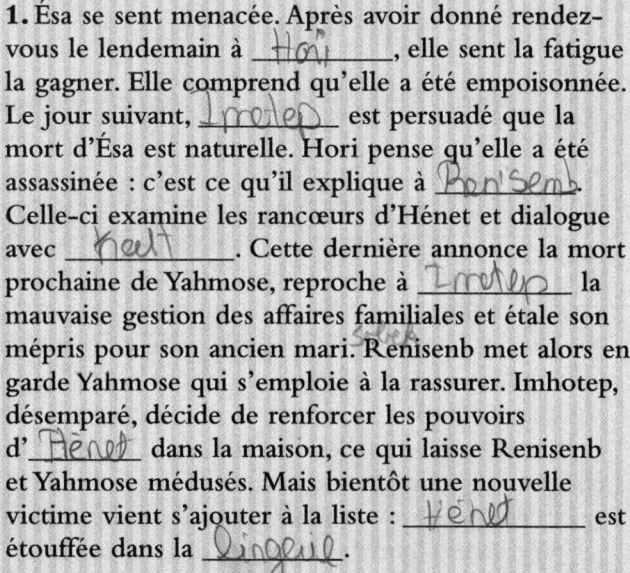

1. Ésa se sent menacée. Après avoir donné rendez-vous le lendemain à _Hori_, elle sent la fatigue la gagner. Elle comprend qu'elle a été empoisonnée. Le jour suivant, _Imhotep_ est persuadé que la mort d'Ésa est naturelle. Hori pense qu'elle a été assassinée : c'est ce qu'il explique à _Renisenb_. Celle-ci examine les rancœurs d'Hénet et dialogue avec _Henet_. Cette dernière annonce la mort prochaine de Yahmose, reproche à _Imhotep_ la mauvaise gestion des affaires familiales et étale son mépris pour son ancien mari. Renisenb met alors en garde Yahmose qui s'emploie à la rassurer. Imhotep, désemparé, décide de renforcer les pouvoirs d'_Hénet_ dans la maison, ce qui laisse Renisenb et Yahmose médusés. Mais bientôt une nouvelle victime vient s'ajouter à la liste : _Hénet_ est étouffée dans la _lingerie_.

AVEZ-VOUS BIEN LU ?

2. Que fait Ésa pour s'assurer que sa jarre de vin n'est pas empoisonnée ? _Quelqu'un le goutte 24 h avant qu'elle en prend et la_

3. Comment Ésa est-elle assassinée ? _Suite à Empoisonné par son orgueil_ _ferme que une clé._

4. Qui Hori va-t-il rejoindre dans les champs après que Renisenb lui a annoncé son mariage ? _Yahmose_

5. Qui qualifie Imhotep d'« _injuste et tyrannique_ » ?

6. Qui annonce à Renisenb qu'Hori la demande au Tombeau ? _Hénet_

ÉTUDIER LES PERSONNAGES

7. Que pouvez-vous dire du personnages d'Hénet?
Est-elle sympathique pour les lecteurs? Pourquoi?

ÉTUDIER LE VOCABULAIRE ET LA GRAMMAIRE

8. Après avoir donné le sens précis du mot
« *incantations* », vous donnerez le radical de ce mot,
puis les mots de la même famille.

9. Cherchez le sens et l'étymologie des mots
suivants : « *interloqué* », « *médusé* » et « *bée* » (dans
l'expression « *bouche bée* »). Donnez d'autres adjectifs
exprimant la surprise.

10. Cherchez le sens du mot « *sardonique* ».

11. Quelles sont les différentes catégories
d'adjectifs? Donnez un exemple, pour chaque
catégorie, emprunté au chapitre 20.

12. Relevez une phrase utilisant la locution
conjonctive « *après que* ». Quel est le temps du verbe
utilisé après cette locution?

ÉTUDIER LE DISCOURS

13. Qu'est-ce que le discours indirect?

14. Donnez un exemple de passage au discours
indirect dans le chapitre 20 et transposez-le en
discours direct.

ÉTUDIER LE GENRE

15. Qu'est-ce qu'une « preuve »?

16. A-t-on jusqu'ici des preuves qui peuvent accuser un suspect?

17. Quels personnages manifestent ici leur haine.

18. La haine peut-elle être le mobile d'un crime?

ÉTUDIER L'ÉCRITURE

19. Quelles sont les images utilisées pour décrire l'âme d'Hénet?

LIRE L'IMAGE

Voir document, p. 264.

20. Quel animal est représenté au centre du bracelet?

À VOS PLUMES!

21. Écrivez la fin de ce roman en proposant une solution surprenante... Vous pourrez élaborer en petits groupes plusieurs solutions et les comparer. La classe pourra ensuite débattre pour choisir la solution préférable.

DÉBAT

22. Expliquez pourquoi la lecture des romans policiers vous plaît ou vous déplaît!

RECHERCHES

23. Documentez-vous sur les attributs de la beauté (bijoux, maquillage, coiffure, etc.) et les vêtements des Égyptiens.

Chapitre 23

Renisenb — Hori — Yahmose

Chapitre 23

2e MOIS DE L'ÉTÉ, 17e JOUR

17 mai

Renisenb était accroupie à l'entrée de la petite salle taillée dans le roc et, perdue dans sa rêverie, elle contemplait le Nil.

Il lui semblait qu'une éternité s'était écoulée depuis la première fois qu'elle était ainsi montée au Tombeau juste après son retour au bercail. C'était ce jour-là qu'elle avait si gaiement déclaré à Hori que rien n'avait changé, que tout, sous le toit paternel, était resté exactement tel qu'elle l'avait laissé derrière elle en partant, huit ans plus tôt.

Elle se remémorait maintenant comment Hori lui avait répliqué qu'elle-même n'était plus la Renisenb qui s'en était allée pour suivre Khay, et avec quelle présomption[1] elle lui avait répondu qu'elle ne tarderait pas à la redevenir.

Et puis Hori s'était mis à lui parler des changements qui s'opèrent au plus profond de nous, d'une sorte de gangrène qu'aucun signe extérieur ne permettait de déceler…

Elle commençait à entrevoir ce qu'il avait en tête en lui disant ça. Il avait voulu la préparer. Elle était si sûre d'elle, si aveugle… si prête à ne voir en autrui que ce qu'il voulait bien lui montrer.

Il avait fallu l'arrivée de Nofret pour qu'enfin, ses yeux se dessillent[2]…

Oui, l'arrivée de Nofret. C'était à partir de là que tout avait basculé.

Avec Nofret s'en était venue la mort…

Que Nofret ait été ou non un esprit du mal, elle avait à coup sûr amené le mal avec elle…

Et le mal continuait de rôder alentour.

notes

1. présomption : assurance, prétention.　**2. se dessillent :** s'ouvrent.

291

30 Une fois encore, Renisenb se demanda si, oui ou non, l'esprit de Nofret était la cause de tous leurs malheurs…

Nofret, morte et toujours malfaisante…

Ou Hénet, malfaisante et toujours bien vivante… Hénet-la-servile, Hénet-la-fourbe, Hénet-la-flagorneuse[1]…

35 Renisenb frissonna, se secoua et se redressa lentement sur ses jambes.

Elle ne pouvait attendre Hori plus longtemps. Le soleil se couchait. Pourquoi Hori n'était-il pas venu au rendez-vous?

Une fois debout, elle jeta un dernier coup d'œil autour d'elle

40 et s'engagea dans le sentier qui descendait dans la vallée.

Tout était incroyablement calme, en cette fin de soirée. Calme et d'une beauté à vous couper le souffle. Qu'est-ce qui avait bien pu retarder Hori? S'il était venu, ils auraient au moins pu passer cette heure ensemble…

45 Des moments comme ceux-là, il n'y en aurait plus beaucoup. Très bientôt, quand elle serait la femme de Kameni…

Allait-elle réellement épouser Kameni? Tout en en éprouvant un choc, Renisenb eut l'impression de s'arracher enfin à sa léthargie, à cet état second qui, si longtemps, l'avait fait

50 acquiescer à tout. Elle se sentait comme la dormeuse qui se réveille après un rêve fiévreux. Anésthésiée par le doute et la peur, elle avait jusqu'à présent dit oui à tout ce qu'on lui avait proposé.

Mais elle était maintenant redevenue Renisenb, et si elle

55 épousait Kameni, ce serait parce qu'elle-même en avait décidé ainsi et non plus parce que sa famille avait arrangé ce mariage. Kameni, avec son beau visage et son rire éclatant! Elle l'aimait, non? C'est pour ça qu'elle allait l'épouser.

Ici, du haut de cette falaise, dans cette splendeur crépusculaire,

notes

1. *flagorneuse :* flatteuse.

60 tout n'était plus que clarté, évidence. Plus d'égarements possibles. Elle était Renisenb, elle marchait sur le toit du monde, sereine, libérée de sa peur... elle-même, enfin.

N'avait-elle pas dit un jour à Hori qu'il fallait qu'elle descende seule ce sentier à l'heure où Nofret était morte ? Qu'elle sente
65 alors ou non la peur la gagner, elle serait bien obligée de poursuivre sa route.

Eh bien, elle était en train de le relever, ce défi. C'était à peu près à cette heure-ci que Satipi et elle s'étaient penchées sur le corps de Nofret. Et également à peu près l'heure à laquelle
70 Satipi à son tour avait descendu ce sentier et s'était soudain retournée... pour s'apercevoir avec horreur que son destin l'avait rattrapée.

Et c'était aussi à cet endroit-là, à peu de chose près. Qu'avait bien pu entendre Satipi pour regarder soudain derrière elle ?
75 Des pas ?

Des pas... mais c'était bien précisément ce que Renisenb entendait maintenant : des pas qui descendaient le sentier dans son dos.

Son cœur faillit cesser de battre. Alors, c'était donc bel et bien
80 vrai ? Nofret était là, tout juste derrière elle, Nofret était là qui la suivait...

La terreur l'habitait tout entière, mais elle ne ralentit pas son allure – pas plus qu'elle ne l'accéléra. Sa peur, il lui fallait la dompter. À quoi bon craindre quand on n'a rien, sur la
85 conscience, qu'on puisse se reprocher ?

Elle se domina, rassembla tout son courage et, tout en continuant à marcher, tourna la tête.

Le soulagement la submergea. C'était Yahmose qui la suivait. Pas un esprit malfaisant resurgi d'outre-tombe, mais son frère
90 qu'elle aimait. Sans doute avait-il été retenu par sa tâche dans la chambre des offrandes et n'en était-il sorti qu'après qu'elle s'était éloignée.

Elle s'arrêta et poussa un petit cri de joie :

– Ah, Yahmose ! Quel bonheur que ce soit toi !

95   Il arrivait rapidement sur elle. Elle commençait une autre phrase – énumération de ses craintes stupides – quand, soudain, les mots se figèrent sur ses lèvres.

Ce n'était pas le Yahmose qu'elle connaissait – le gentil, le doux Yahmose, son frère. C'était un Yahmose dont les yeux

100 fulguraient[1], qui passait spasmodiquement sa langue sur ses lèvres sèches. Mains portées en avant, il avait les doigts crispés, recourbés comme les griffes d'un félin.

Il la foudroyait des yeux et, dans son regard, elle lut l'inéluctable. C'était le regard d'un homme qui a tué et qui s'apprête

105 à tuer encore. Exaltation malfaisante et jubilation morbide lui déformaient les traits.

Yahmose… leur assassin impitoyable n'était autre que Yahmose ! Derrière le masque de douceur, de bonté, il y avait… cela !

110 Elle qui avait toujours cru que son frère l'aimait… mais y avait-il jamais eu place pour un sentiment humain sous ce faciès bestial ?

Renisenb s'arracha un cri – oh ! un bien faible cri : le cri du désespoir.

115 La mort, elle le savait, était toute proche. Où donc aurait-elle pu trouver la force de résister à la poigne de Yahmose ? Là où Nofret était tombée, là où le sentier s'étrécissait, elle allait tomber à son tour pour s'en aller s'écraser et mourir elle aussi au pied de la falaise…

120 – Yahmose !

C'était une dernière supplication – et en criant ainsi son nom,

notes

1. fulguraient : brillaient comme l'éclair.

elle l'avait chargé de tout l'amour que depuis sa plus tendre enfance elle n'avait jamais cessé de vouer à son frère aîné. En vain. Yahmose partit d'un éclat de rire – un étrange éclat de
125 rire, satisfait, inhumain, quasi silencieux.

Puis il se rua en avant, les mains comme des serres qui n'avaient que trop attendu de pouvoir enfin lui broyer la gorge…

Renisenb recula contre la paroi de la falaise, les mains tendues en un réflexe de défense dérisoire. C'était donc cela, l'hor-
130 reur ?… C'était donc cela, la mort ?

Et puis elle entendit une sorte de froissement, comme si l'on avait effleuré la corde d'une lyre…

Quelque chose fendit l'air en sifflant. Yahmose chancela, se mit à vaciller, puis, dans un hurlement, s'écroula face contre
135 terre à ses pieds. Elle baissa les yeux, égarée, et vit l'empennage[1] de la flèche qui s'était plantée dans son dos. Alors seulement, elle osa risquer un œil en contrebas… où se dressait Hori, l'arc encore bandé à hauteur de l'épaule…

★

– Yahmose… Yahmose…
140 Hébétée, encore sous le choc, Renisenb répétait ce nom comme une litanie. On eût dit qu'elle ne parviendrait jamais à admettre ce qui venait de se passer.

Elle était accroupie sur le seuil de la petite salle creusée dans le roc, le bras d'Hori toujours autour de la taille. Elle n'aurait
145 su dire comment il l'avait aidée à remonter le sentier. Tout ce dont elle était capable, c'était de répéter inlassablement le nom de son frère d'une voix incrédule, horrifiée.

notes

1. empennage : partie de la
flèche munie d'une plume.

– Oui, Yahmose. Depuis le début, Yahmose, confirma doucement Hori.

150 – Mais comment ? Pourquoi ? Et comment est-il possible qu'il ait... enfin, il se serait empoisonné lui-même ? Mais il en est presque mort !

– Non, il n'a jamais risqué la mort. Il avait pris bien garde à la quantité de vin qu'il buvait : juste assez pour se rendre
155 malade. Et il a ensuite exagéré les symptômes et mimé la douleur. C'était pour lui le moyen imparable de détourner les soupçons.

– Mais ce n'est quand même pas lui qui a pu tuer Ipi ! Il ne tenait pas sur ses jambes, voyons !

160 – Ça aussi, c'était de la comédie. Tu te souviens de ce qu'avait dit Mersou ? Qu'une fois le poison éliminé, il retrouverait rapidement ses forces. Et c'est bien ainsi qu'il en a été.

– Mais pourquoi, Hori ? C'est ça, ce que je n'arrive pas à comprendre... Pourquoi ?

165 Hori soupira :

– Tu ne te souviens pas de ce dont je t'avais parlé un jour ? De cette sorte de gangrène, de ce ver qui rongeait le fruit ?

– Si. En fait, j'y ai repensé pas plus tard que ce soir.

– Tu m'as plus ou moins dit une fois que le mal était entré ici
170 dans les bagages de Nofret. Ce n'était pas vrai. Le mal était déjà là, enfoui au cœur même de la maison. L'arrivée de Nofret n'a fait que le débusquer de la pénombre pour l'exposer au grand jour. Sa présence a servi de révélateur. Kaït la douce, la maternelle, est devenue un monstre d'égoïsme, tout
175 entière préoccupée d'elle-même et du sort de ses seuls rejetons. Le jeune et beau Sobek s'est mué en matamore aviné[1],

notes

1. matamore aviné : vantard alcoolique.

en court-la-gueuse invétéré. L'adolescent charmeur, tout juste un peu trop gâté, qu'était Ipi, en intrigant aiguillonné par les plus vils intérêts. Au travers du prétendu dévouement d'Hénet, le venin n'a pas tardé à sourdre. Satipi s'est révélée tout à la fois mégère et poule mouillée. Imhotep lui-même n'a plus été qu'un tyran bouffi de prétention et buté.

— Je sais… je sais, fit Renisenb en se frottant les yeux. Inutile de me le dire. Tout cela, j'ai fini par le découvrir peu à peu… Mais pourquoi ces choses-là arrivent-elles… Pourquoi faut-il que cette gangrène, comme tu l'appelles, croisse et se développe sournoisement au plus profond des cœurs?

Hori haussa les épaules :

— Qui peut le dire? Il n'est pas impossible que croissance et développement soient dans l'ordre des choses… et que, si l'on ne croît ni ne se développe en vertu, en sagesse – voire tout bonnement en taille –, alors, on le fait à rebours, en exsudant[1] tout ce qu'on peut avoir de noir en soi. Pas impossible non plus qu'une existence tout entière à vivre fermé aux autres et replié sur soi-même ne vous prive à jamais de largeur de vues et d'imagination. Ou bien encore en est-il de ces choses comme des épidémies qui frappent un animal avant que la contagion ne s'étende au troupeau tout entier.

— Mais Yahmose… Yahmose semblait toujours le même.

— Oui, et c'est l'une des raisons, Renisenb, qui m'ont amené à le soupçonner. Les autres, plus expansifs, exorcisaient leur mal. Mais Yahmose avait toujours été un timide, facilement mené par le bout du nez, trop faible pour jamais se rebeller. Il vénérait Imhotep et s'épuisait à la tâche pour lui complaire ; or, Imhotep, tout en le trouvant bien intentionné, le jugeait lent et stupide. Il le méprisait. Satipi aussi, forte tête et nature

notes

1. exsudant : transpirant.

tyrannique, achevait de le brimer. Petit à petit, le poids du ressentiment est devenu pour lui fardeau intolérable. Plus il se montrait doux, plus au fond de lui la colère grondait.

210 Et c'est au moment précis où il escomptait récolter enfin le fruit de son zèle[1] et de son labeur, voir son mérite reconnu et devenir l'associé de son père, que Nofret est arrivée. C'est Nofret — et peut-être la beauté de Nofret — qui a soufflé sur le feu qui couvait. Elle a meurtri les trois frères dans leur

215 vanité d'homme. Elle a piqué Sobek au vif en le toisant de haut et en lui laissant clairement voir qu'elle le prenait pour une baudruche[2], elle a mis Ipi hors de lui en le traitant non comme un adolescent désirable mais comme un bambin dans ses langes, elle ne s'est pas privée de montrer à Yahmose

220 qu'il était à ses yeux bien plus une larve qu'un homme. C'est à partir de l'arrivée de Nofret que la langue de Satipi a finalement eu raison de l'endurance de Yahmose. Ses sarcasmes incessants, ses prétentions à une virilité plus grande que la sienne ont été la goutte d'eau qui fait déborder le vase. Et

225 quand, à bout de nerfs, il a croisé Nofret sur le sentier, il l'a précipitée dans le vide…

— Mais c'est Satipi qui…

— Non, non, Renisenb ! C'est à partir de là que tu t'es trompée. D'en bas, du pied de la falaise, Satipi a assisté au meurtre.

230 Tu comprends, à présent ?

— Mais Yahmose était avec toi aux champs !

— Depuis une heure seulement. Mais ne te rappelles-tu pas, Renisenb, que, quand on a trouvé le corps de Nofret, il était froid. Tu lui as toi-même touché la joue. Tu as pensé qu'elle

235 venait de tomber… mais c'était impossible. Elle était déjà

notes

1. **zèle :** travail ardent.

2. **une baudruche :** un homme sans force, sans consistance.

morte depuis deux heures au moins, sinon, avec le soleil qu'il faisait ce jour-là, jamais sa joue n'aurait pu te sembler froide. Satipi, elle, a assisté au meurtre. Et elle est restée à rôder aux alentours, affolée, ne sachant que faire ; et puis elle t'a vu arri-

240 ver et a essayé de t'éloigner.

– Quand as-tu compris tout ça, Hori ?

– J'ai deviné presque aussitôt. C'est le comportement de Satipi qui m'a renseigné. Elle était indubitablement en proie à une peur panique… et je n'ai pas tardé à me convaincre

245 que la personne qu'elle redoutait si fort n'était autre que Yahmose. Elle avait brusquement cessé de le bousculer et s'était mise comme par enchantement à jouer les épouses soumises. Ç'avait été pour elle un choc effroyable. Yahmose, qu'elle méprisait et mettait plus bas que terre, était l'homme

250 qu'elle avait vu tuer Nofret. Son univers s'en est trouvé cul par-dessus tête. Comme la plupart des femmes qui ont l'invective facile, elle était de ces gens qui tremblent devant leur ombre. Le nouveau Yahmose l'a terrifiée. Elle s'est mise à délirer tout haut dans son sommeil. Yahmose n'a pas tardé à

255 comprendre qu'elle représentait pour lui un danger…

Et maintenant, Renisenb, tu dois commencer à comprendre ce qui s'est réellement passé sous tes yeux le jour de la mort de Satipi. Ce n'est pas la vue d'un fantôme qui a provoqué sa chute. Elle a vu ce que toi-même tu as vu aujourd'hui. Elle

260 a lu sur le visage de l'homme qui la suivait – son propre époux – qu'il allait la précipiter dans le vide comme elle l'avait déjà vu faire pour une autre. Dans sa terreur, elle a tenté de lui échapper et elle est tombée. Et quand, aux portes de la mort, ses lèvres ont soufflé « Nofret », ce qu'elle essayait

265 de te dire, c'est que c'était Yahmose qui avait tué Nofret.

Hori s'interrompit un moment, puis reprit :

– Ésa avait découvert la vérité grâce à une remarque d'Hénet, qui n'avait d'ailleurs aucun rapport avec l'affaire. Hénet s'était

plainte de ce que je ne la regardais pas, elle, mais que j'affec-
tais de regarder à travers elle – ou par-dessus son épaule, je ne
sais plus – quelque chose qui était censé être dans son dos mais
qui en réalité n'y était pas. Sur quoi elle avait enchaîné en parlant de Satipi. En un déclic, Ésa avait compris à quel point la
réalité était plus simple que ce que nous avions imaginé. Satipi
n'avait pas regardé quelque chose par-dessus l'épaule de
Yahmose… c'était en fait Yahmose lui-même qu'elle avait
dévisagé. Pour vérifier la justesse de son hypothèse, Ésa y a fait
allusion mais de telle façon que personne – sauf Yahmose –
ne comprenne au juste où elle voulait en venir. L'anecdote
qu'elle a citée a fait mouche et il a accusé le coup – oh! très
brièvement, mais néanmoins suffisamment pour qu'elle
constate qu'elle avait vu juste. En contrepartie, Yahmose savait
dès lors qu'elle le soupçonnait. Et qu'à partir de ce soupçon,
le mécanisme tout entier n'était que trop facile à démonter…
jusqu'au faux témoignage du petit berger – gamin prêt à faire
n'importe quoi pour son bon « Maître Yahmose », y compris
ingurgiter le soir même une drogue qui allait le plonger dans
un sommeil dont il ne se réveillerait pas…

– Oh, Hori, c'est tellement difficile de croire que Yahmose ait
pu faire des choses pareilles ! Pour Nofret, oui, j'arrive à comprendre. Mais pourquoi les autres crimes ?

– Ce n'est pas facile à expliquer, Renisenb, mais une fois que
le cœur s'est ouvert au mal, le mal y prospère et prend le dessus, comme les pavots sauvages au beau milieu d'un champ
de blé. Ce désir de violence, Yahmose l'a sans doute toujours
eu en lui sans trouver le moyen de l'extérioriser. Sa faiblesse,
son éternelle soumission, il les exécrait. Je suis persuadé que
le meurtre de Nofret lui a procuré un fabuleux sentiment de
puissance. Il l'a immédiatement mesuré auprès de Satipi.
Satipi, qui l'avait toujours traîné plus bas que terre et qui
désormais longeait les murs comme une brebis bêlante.

Alors, toutes les rancœurs enfouies ont redressé la tête
– comme ce serpent un beau jour, devant le Tombeau. Sobek
et Ipi étaient l'un plus beau, l'autre plus intelligent que lui…
305 Il fallait que ces deux-là disparaissent. Alors seulement, il
serait maître et seigneur, réconfort et bâton de vieillesse de
son père ! La mort de Satipi avait accru le réel plaisir qu'il
éprouvait à tuer. Son sentiment de puissance s'en était du
même coup décuplé. C'est à partir de là que ce qui lui restait
310 d'humanité a progressivement perdu du terrain… et que
l'esprit du mal a pris possession de tout son être.
Toi, Renisenb, tu ne te posais pas en rivale à ses yeux. Autant
qu'il en soit encore capable, il avait toujours infiniment
d'affection pour toi. Mais l'idée que ton époux puisse un
315 jour partager avec lui le domaine était plus qu'il n'en pouvait supporter. Je crois qu'Ésa, en consentant à ton mariage
avec Kameni, avait deux idées derrière la tête : primo, si
Yahmose frappait encore, ce serait à Kameni qu'il s'en pren-
drait selon toute vraisemblance en priorité et, en tout état de
320 cause, elle savait pouvoir compter sur moi pour te protéger.
Sa seconde idée – car elle n'avait pas froid aux yeux –, c'était
de crever l'abcès. Yahmose, aisément surveillé par moi puisqu'il ne se doutait pas que je le soupçonnais, pourrait enfin
être pris sur le fait.
325 – Et c'est ce qui s'est passé, murmura Renisenb. Oh, Hori,
j'ai eu si peur quand je me suis retournée et que je l'ai vu…
– Je sais, Renisenb. Mais il fallait en passer par là. Tant que je
ne lâchais pas Yahmose d'une semelle, il n'avait aucun moyen
d'attenter à tes jours… mais cette situation ne pouvait pas
330 s'éterniser. Je savais que, si l'occasion lui était donnée de te
suivre sur le sentier et de te jeter dans le vide au même endroit
que les autres, il ne la laisserait pas passer. Ça n'aurait fait que
renforcer la thèse des esprits vengeurs venus de l'au-delà.
– Alors, le message qu'Hénet m'a transmis n'était pas de toi ?

335 Hori secoua la tête :

— Je ne t'ai envoyé aucun message.

— Mais pourquoi Hénet aurait-elle…

Renisenb s'interrompit, perplexe, puis reprit :

— Je n'arrive pas à comprendre le rôle d'Hénet dans tout ça.

340 — Je suis persuadé qu'Hénet connaît la vérité, fit Hori, pensif. Ce matin, elle était fort occupée à le laisser entendre à Yahmose — ce qui est d'ailleurs d'une grande imprudence. Il s'est servi d'elle pour t'inciter à monter jusqu'ici… ce qu'elle a dû être trop contente de faire étant donné qu'elle te hait,

345 Renisenb…

— Je sais, oui.

— Ce qui se serait passé par la suite… je me le demande. Hénet est bien du genre à s'imaginer que savoir la vérité lui donnera barre sur[1] Yahmose. Mais je ne crois pas que

350 Yahmose l'aurait laissée vivre longtemps. Peut-être même qu'au moment où je te parle…

Renisenb frissonna :

— Yahmose est devenu fou. Il s'est laissé posséder par le mal, mais il n'a pas toujours été comme ça.

355 — Non, encore que… Est-ce que tu te souviens, Renisenb, de la fois où je t'ai parlé de Sobek et Yahmose enfants et de la façon dont Sobek avait un jour cogné la tête de Yahmose contre le sol, et de l'intervention de ta mère qui était accourue les séparer et qui avait dit : « Il ne faut pas faire des choses

360 pareilles, Sobek ! C'est dangereux ! » ? Avec le recul, j'aurais tendance à croire qu'elle entendait par là que c'était faire des choses pareilles à Yahmose qui était dangereux. Rappelle-toi que, le lendemain, Sobek a été malade — soi-disant parce qu'il

notes

1. lui donnera barre sur : lui donnera le pouvoir sur.

avait mangé quelque chose qui ne lui avait pas réussi… Je suis
365 persuadé que ta mère connaissait fort bien la part de férocité
qui bouillonnait déjà dans le cœur de son gentil petit
Yahmose et qu'elle craignait d'assister un jour à l'explosion
de la gangue[1]…

Renisenb frémit de tout son être :

370 — Personne ne ressemble-t-il donc à l'image qu'il donne de
lui-même ?

Hori lui sourit :

— Si, ça existe. Kameni et moi, par exemple. L'un comme
l'autre, je crois que nous sommes bien tels que tu nous ima-
375 gines. Kameni et moi…

Ces derniers mots, il les avait prononcés d'un ton lourd de
sens et Renisenb comprit soudain qu'elle vivait un moment
décisif de son existence.

Hori poursuivait :

380 — …nous t'aimons tous les deux, Renisenb, tu dois bien le
savoir.

— Et pourtant, fit lentement Renisenb, tu as laissé organiser
mon mariage, tu n'as rien dit… pas un mot.

— C'était ta seule sauvegarde, Renisenb. Ésa avait eu la même
385 idée. Je devais jouer l'indifférence, le détachement, afin de
pouvoir constamment surveiller Yahmose sans pour autant
susciter son animosité.

Il se racla la gorge et reprit avec émotion :

— Dis-toi bien, Renisenb, que Yahmose et moi étions liés
390 depuis l'enfance. C'était mon meilleur ami. J'ai essayé d'influencer ton père, de l'inciter à lui donner la position, l'autorité dont il rêvait. J'ai échoué. Ça s'est fait trop tard. Et, bien
qu'intimement persuadé que Yahmose avait tué Nofret, j'ai

notes

1. gangue : enveloppe.

fait l'impossible pour ne pas y croire. J'ai même été jusqu'à
395 lui trouver des excuses. Yahmose, mon malheureux ami à l'esprit tourmenté mais que j'aimais si fort… Et puis sont venues la mort de Sobek, celle d'Ipi et, finalement, celle d'Ésa… Et j'ai dès lors compris que le mal, chez Yahmose, avait définitivement triomphé du bien. Et c'est ainsi que je l'ai tué de mes
400 propres mains. Une mort instantanée, presque indolore.

– La mort… toujours la mort.

– Non, Renisenb. Ce n'est pas à la mort que tu es confrontée aujourd'hui, mais à la vie. Avec qui vas-tu la partager, cette vie ? Avec Kameni ou avec moi ?

405 Renisenb regardait droit devant elle, loin, très loin, au-delà de la vallée, là où le ruban argenté du Nil se confond avec l'horizon. Devant elle, dans une clarté aveuglante, se découpait l'image de Kameni et son sourire quand ils s'étaient retrouvés face à face ce jour-là dans la barque.

410 Si beau, si fort, si impétueux… À ce souvenir, elle sentit son cœur s'emballer, son sang bouillonner en pulsations de plus en plus violentes dans ses veines. Oui, à cet instant-là, elle avait aimé Kameni. Et, là, tout de suite, elle l'aimait encore. Kameni pouvait prendre dans sa vie la place que Khay avait
415 naguère occupée.

« Nous serons heureux ensemble, se disait-elle… Oui, nous serons heureux. Nous vivrons ensemble, nous tirerons notre plaisir l'un de l'autre et nous aurons de beaux, de vigoureux enfants. Nous connaîtrons des jours tout entiers consacrés au
420 labeur… et puis des jours de plaisir tandis que notre barque dérivera sur le Fleuve… La vie redeviendra telle que je l'ai connue avec Khay… Que pourrais-je souhaiter de plus ? Qu'est-ce que je veux de plus que ça ? »

Et lentement – très lentement, en vérité –, elle tourna son
425 visage vers celui d'Hori. On eût dit qu'elle lui posait une question silencieuse.

Comme s'il la comprenait, il répondit :

– Tu n'étais encore qu'une enfant que je t'aimais déjà. J'aimais ton regard grave et l'absolue confiance avec laquelle tu venais vers moi pour me demander de réparer tes jouets cassés. Et puis, après huit ans d'absence, tu es revenue t'accroupir ici et tu m'as fait partager les pensées qui t'habitaient. Or, ton esprit, Renisenb, est bien différent de celui des autres membres de ta famille. Il ne tourne pas en rond sur lui-même, il ne cherche pas à s'encaisser entre des murs étroits. Ton esprit ressemble au mien ; il tente de voir au loin, par-delà le Fleuve, à la recherche de tout ce qui pourrait changer le genre humain, en quête d'idées nouvelles… d'un monde où tout serait possible à des êtres dotés d'assez de courage et armés d'un idéal…

– Je sais, Hori, je sais. Tout cela, je l'ai ressenti à tes côtés. Mais tout le temps, c'est trop pour moi. Il y aurait des moments où je n'arriverais pas à te suivre, des moments où je me sentirais seule et où…

Elle se tut, incapable de trouver les mots qui sauraient exprimer le tumulte de ses pensées. Quelle serait sa vie avec Hori ? Elle n'en avait pas la plus petite idée. Malgré sa douceur, malgré l'amour qu'il lui portait, il demeurait en lui des régions inconnues, des domaines inaccessibles, incompréhensibles. Oui, ils partageraient des moments rares, des émotions profondes… mais qu'en serait-il de leur vie quotidienne ? Elle lui tendit soudain les mains :

– Je t'en supplie, Hori, décide pour moi. Dis-moi ce que je dois faire !

Il sourit à la Renisenb enfant qu'elle était peut-être pour la dernière fois. Mais il ne lui prit pas les mains :

– Ce n'est pas moi qui peux te dicter ce que tu dois faire de ta vie, Renisenb… parce que c'est ta vie… et que toi seule, tu peux en décider.

460 Elle comprit alors qu'elle ne recevrait de lui aucune aide, et que, au contraire de Kameni, il ne ferait pas appel à ses sens pour l'amener à se déclarer. Si seulement Hori l'avait touchée… Mais non, il ne la toucha pas.

Et son choix lui apparut soudain dans ses termes les plus
465 simples : la voie facile, ou la voie étroite. Elle fut alors fortement tentée de se détourner, de redescendre le sentier de la falaise, de s'en aller en bas, vivre la vie normale, joyeuse, qu'elle connaissait déjà – qu'elle avait vécue naguère avec Khay. Là, elle goûterait le bien-être… son lot quotidien de joies et de peines
470 partagées, sans rien à redouter que la vieillesse et la mort.

La mort… À évoquer sa vie, la voilà qui avait parcouru tout le chemin qui vous ramène inexorablement à la mort. Khay était mort. Kameni, peut-être, mourrait aussi, et son visage, comme celui de Khay, s'effacerait lentement de sa mémoire.

475 Elle regarda alors Hori accroupi, très calme, à côté d'elle. Bizarre, qu'elle ne se soit jamais vraiment demandé à quoi il ressemblait… Sans doute n'en avait-elle jamais éprouvé le besoin…

Et alors elle parla, et le ton de sa voix fut celui-là même qu'elle avait eu pour lui déclarer – il semblait y avoir de cela
480 si longtemps – qu'elle descendrait un jour, et seule, le sentier à l'heure où le soleil se couche :

– J'ai choisi, Hori. C'est avec toi que je partagerai ma vie, pour le meilleur et pour le pire, et jusqu'à ce que la mort nous sépare…

485 Et, les bras d'Hori autour d'elle, le visage d'Hori soudain transfiguré par une tendresse nouvelle et blotti tout contre le sien, elle se sentit pénétrée d'une extase sans pareille.

« Si Hori devait mourir un jour, songeait-elle, son visage à lui, je ne l'oublierais pas… Hori est un chant qui résonnera
490 à jamais dans mon cœur… Ce qui signifie… que c'en est fini de la mort… »

Érection de l'obélisque de Louksor à Paris, le 25 octobre 1836.

Au fil du texte

QUE S'EST-IL PASSÉ?

1. Renisenb est venue au Tombeau pour rencontrer _Hori_ qui tarde à venir au rendez-vous. Sur le sentier, Renisenb entend des pas derrière elle. Elle est rassurée quand elle aperçoit _Yahmose_, mais celui-ci, métamorphosé, se précipite sur elle avant d'être atteint par une _flèche_.
Renisenb a été sauvée par _Hori_. Devant choisir entre _Kameni_, l'époux qui lui est destiné, et Hori, Renisenb décide, à la dernière page du roman, de partager sa vie avec _Hori_.

AVEZ-VOUS BIEN LU?

2. Combien de temps s'est-il écoulé depuis le début du roman? _8 mois   Fin Septembre à Fin Mai_

3. Où Renisenb se trouve-t-elle quand elle échappe de peu à la mort? _la falaise_

4. Comment le coupable a-t-il fait pour détourner les soupçons? _il a bu une petite quantité de poison_

5. « *Sa présence a servi de révélateur* » : de qui Hori parle-t-il quand il prononce cette phrase?

6. Quels sont les personnages survivants dans la maison familiale au terme du roman?
Imhotep - Renisenb - Kait- Hori - Kameni

ÉTUDIER LES PERSONNAGES

7. Que peut-on dire si l'on compare Kameni et Hori?

8. Le personnage de Renisenb a-t-il évolué depuis le début du roman?

ÉTUDIER LE VOCABULAIRE ET LA GRAMMAIRE

9. Que veut dire le mot « *gangrène* » ?

10. À quel champ lexical appartient ce mot? Relevez d'autres mots appartenant au même champ lexical dans ce chapitre.

11. Donnez l'étymologie du verbe « *fulgurer* » et cherchez des mots de la même famille.

12. Quelle est l'étymologie du mot « *matamore* » ? Donnez des synonymes de ce mot.

13. Pourquoi trouve-t-on du passé simple et du passé composé dans ce chapitre? Vous expliquerez à quoi correspond l'utilisation de chacun de ces temps en l'illustrant de deux exemples.

ÉTUDIER LE DISCOURS

14. Quel est le personnage qui parle le plus dans ce chapitre?

15. À quoi servent ses propos dans la construction du roman policier?

ÉTUDIER LE GENRE

16. Le choix du coupable vous surprend-il? Pourquoi?

17. Quel est le mobile du meurtrier?

18. La résolution de l'histoire sentimentale vous semble-t-elle surprenante?

ÉTUDIER L'ÉCRITURE

19. De quelle façon Agatha Christie a-t-elle procédé pour détourner les soupçons du véritable coupable ?

LIRE L'IMAGE

Voir document, p. 307.

20. Où trouvait-on les obélisques dans l'Égypte antique ?

21. Quelle place parisienne est aujourd'hui décorée de cet obélisque ?

À VOS PLUMES !

22. Rédigez un article de journal proposant un compte rendu critique du roman. Vous prendrez soin d'intégrer un petit résumé du roman destiné à inciter à la lecture et non à dévoiler l'intrigue.

DÉBAT

23. *« Je persiste encore, quand il m'arrive de relire ce livre, à avoir envie d'en récrire la fin »*, écrit Agatha Christie, qui avoue avoir changé la fin de son roman sous la pression de Stephen Glanville. Êtes-vous très satisfait du dénouement de ce roman ? Vous examinerez d'autres solutions éventuelles et évaluerez leur pertinence.

Agatha Christie photographiée le 10 mars 1923.

Retour sur l'œuvre

MOTS CROISÉS

Aidez-vous des définitions ci-dessous pour remplir cette grille.

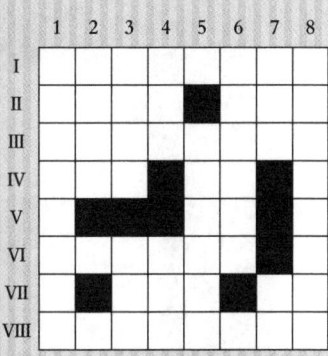

palindrome : mot pouvant se lire dans les deux sens (ex. radar, elle).

Horizontalement

I. Destinée à protéger les morts et les vivants, on en plaçait souvent plusieurs dans les bandelettes qui recouvraient le défunt lors de la momification.

II. Je viens d'une racine latine qui veut dire « tourner » et donne mon nom au tour cycliste d'Italie. / On me trouve comme abréviation dans le dictionnaire (par exemple, au mot « champ » vous me trouverez devant le mot « chant »).

III. Je suis le premier personnage de *La mort n'est pas une fin*.

IV. Sur mon dos, Agatha Christie a fait vivre 10 petits nègres... et, flottante, je suis délicieuse / Premières lettres de l'alphabet.

V. Pronom personnel du discours, face à me.

VI. Au début du roman, Khay m'accompagne sur le Fleuve Souterrain ; à la fin, ma barque est copieusement remplie !

VII. Palindrome★ populaire.

VIII. Ce que Yahmose veut faire.

312

Verticalement

1. Qualifie l'activité principale pendant des millénaires, celle d'Imhotep et de ses fils.

2. Les Égyptiens l'appréciaient beaucoup : les gourmets le mangeaient, les médecins l'appliquaient pour cicatriser les plaies !

3. Je peux être funéraire mais aussi électorale ! / Dans le roman, je bois la tasse après avoir bu quelques verres.

4. Dans les romans policiers, on ne me respecte pas vraiment. / Abréviation parfois utilisée pour désigner un tzigane, je viens de la langue tzigane ; mais j'existe aussi en anglais : quand on m'ajoute à un disque compact, je rentre dans l'ordinateur.

5. On me soupçonne d'avoir tué Nofret... mais je vais prendre rapidement le même chemin qu'elle !

6. Ma gloire date de la XIᵉ dynastie, et je deviens la capitale du nouvel État réunifié.

7. Je peux désigner une couleur ou un son, et mon homonyme peut baigner dans l'huile. / Si l'on me met un chapeau chinois, je deviens le Soleil.

8. À faire avant d'enfermer la momie dans le sarcophage.

RETROUVEZ LE FIL !

Les victimes sont nombreuses dans ce roman. Essayez de remettre dans l'ordre de leur disparition les différents personnages. Attention ! deux « intrus » se sont glissés dans la liste...

1. Renisenb	**4.** Nofret	**7.** Ésa	**10.** Ipi
2. Hénet	**5.** Satipi	**8.** Kameni	
3. Yahmose	**6.** Sobek	**9.** Le petit berger	

Les intrus sont : _____

L'ordre est : _____

LA BONNE DÉFINITION

Reliez chaque mot à sa définition.

Une felouque	1	A	Fruit comestible d'un arbuste épineux.
Un mausolée	2	B	Variété de vase funéraire où l'on déposait les viscères des défunts.
Un onguent	3	C	Roseau dont les anciens se servaient pour écrire.
Un canope	4	D	Petite embarcation légère pour naviguer sur le Nil.
Un calame	5	E	Premier ministre du pharaon.
Un jujube	6	F	Fonctionnaire responsable d'une région.
Un mastaba	7	G	Variété de pierres rouges ou orange.
Un vizir	8	H	Crème destinée à la peau.
Un nomarque	9	I	Monument funéraire de grande dimension.
La cornaline	10	J	Tombeau en forme de pyramide tronquée.

QUI SUIS-JE ?

Redonnez à chacun des dix dieux égyptiens suivants la définition qui le caractérise.

Amon	Anubis	Isis	Maât	Osiris
Ptah	Rê	Sekhmet	Seth	Thot

1. On pourrait me comparer à Caïn... Je me suis, en effet, débarrassé de mon frère. Je suis tardivement devenu le Dieu du Désert, le dieu rouge redouté par les Égyptiens, l'incarnation du Mal. Je suis _____.

2. Certains disent que j'ai une tête de chacal. C'est faux : j'ai une tête de chien ! Mais je leur fais peur ! On m'appelle aussi le « seigneur de la nécropole ». On me peint en noir, couleur du bitume. Je préside à l'embaumement. Je suis _____.

3. Je suis né à Thèbes, et Hénet m'apprécie particulièrement. Elle raconte qu'un jour je serai le plus grand des dieux d'Égypte... la flatteuse ! Elle a pourtant raison ! J'ai une belle coiffure avec deux hautes plumes, et mon nom signifie « cacher ». Je suis _____.

4. Déesse lionne, je viens de Memphis. Mon nom signifie « la puissante ». Il ne vaut mieux pas me contrarier car j'assouvis ma colère dans le sang. Sobek m'admire et m'invoque souvent. Je suis _____.

5. Sans me vanter, je suis la première déesse d'Égypte, et même les Grecs et les Romains me respecteront. On me représente, en général, coiffée d'un siège semblable à un escalier à trois marches. Modèle d'épouse, mère exemplaire, Satipi m'admire. Je suis _____.

6. Je suis le Soleil et le créateur du monde. Scarabée à l'aube, faucon au milieu de la journée, vieillard le soir, les Égyptiens imaginent que je suis avalé tous les soirs par ma mère Nout avant de renaître le matin. Je suis _____.

7. Dieu des Scribes et de la Sagesse, je suis aussi le patron des magiciens, et les Grecs m'assimileront à Hermès. Kameni ne jure que par moi.
Je suis _____.

8. À l'origine, j'étais un dieu de la Fertilité. Mon frère, quelque peu jaloux, m'a assassiné. Heureusement, ma fidèle épouse m'a ressuscité. Depuis, je suis le seigneur du monde souterrain : je procède à la pesée des âmes.
Je suis _____.

9. Selon les théologiens de Memphis, c'est moi qui ai créé le monde ! J'aime les artisans ou les artistes, comme vous voudrez — cette distinction n'a pas grande signification pour moi. Yahmose m'adore.
Je suis _____.

10. Je suis la gardienne de l'Ordre et de la Justice. On me représente avec une plume d'autruche sur la tête, plume qui sert à peser l'âme des défunts. Mon homonyme arabe veut dire « mort » ; on l'utilise encore quand on joue aux échecs !
Je suis _____.

Dossier
Bibliocollège

Structure
du roman

PARTIES	CHAPITRES
1. Le retour de Renisenb	*Chap. 1 :* découverte des familiers de la maison *Chap. 2 :* couples en conflit
2. Le retour d'Imhotep	*Chap. 3 :* Imhotep présente Nofret, sa concubine *Chap. 4 :* Imhotep se fâche
3. Le départ d'Imhotep	*Chap. 5 :* problèmes d'organisation au domaine *Chap. 6 :* Nofret l'indésirable
4. Haine réciproque	*Chap. 7 :* la gifle *Chap. 8 :* menaces en tout genre *Chap. 9 :* la mort de Nofret
5. Satipi coupable ?	*Chap. 10 :* interrogations sur la mort de Nofret *Chap. 11 :* la mort de Satipi *Chap. 12 :* hypothèses sur les morts

Événements et personnages	Victimes
• Présentation des hommes, puis des femmes. • Conflits opposant Satipi et Yahmose, Kait et Sobek, Ésa et Ipi, Ésa et Yahmose.	
• Malaise dans la famille devant Nofret. Flatteries d'Hénet et sarcasmes d'Ésa. • Imhotep réprimande Sobek et dédaigne Yahmose. Il soutient Nofret contre Kait : premières rancœurs contre Nofret.	
• Dialogue entre Imhotep et Hori. Kameni annonce des fraudes. Imhotep annonce son départ et Nofret reste. • Dialogue entre Hori et Renisenb. Climat de haine. Perfidies de Nofret, colère de Sobek. Kameni trouble Renisenb.	
• Renisenb découvre la haine chez Nofret. La gifle de Kait. Lettre de Nofret à Imhotep. • Nofret, victime d'incidents. Menaces de Satipi. La lettre d'Imhotep : menaces pour les enfants. Sobek furieux. • Angoisses de Renisenb. Ipi en colère. Satipi est étrange.	**Nofret**
• Imhotep prépare les funérailles. Satipi change. Dialogue entre Renisenb et Hori à propos de Nofret : accident, suicide ou crime ? • Satipi a peur. Doutes d'Ésa : les relations entre Kameni et Nofret. Satipi se précipite dans le vide… • Satipi, coupable aux yeux de Renisenb. Doutes. Hori fait l'éloge de Renisenb.	**Satipi**

Structure du roman

PARTIES	CHAPITRES
6. …Pas si simple !	*Chap. 13 :* soupçons sur Hénet
	Chap. 14 : la mort de Sobek
	Chap. 15 : mort d'un témoin
7. L'enquête relancée	*Chap. 16 :* les hypothèses d'Ésa
	Chap. 17 : mort d'un suspect
	Chap. 18 : Hénet accusée
	Chap. 19 : haineuse Hénet
8. Derniers meurtres	*Chap. 20 :* la mort d'Ésa
	Chap. 21 : soupçons sur les femmes
	Chap. 22 : Hénet, de la gloire au tombeau
9. Un dénouement surprenant	*Chap. 23 :* de l'angoisse au bonheur

ÉVÉNEMENTS ET PERSONNAGES	VICTIMES
• Le coffret à bijoux. Étrange Hénet. Le contrat d'Imhotep. Opposition d'Ésa à Ipi. Funérailles. • Les deux frères empoisonnés. Le témoignage du petit berger. Malédiction ? Renisenb découvre le coffret à bijoux. • Hénet annonce la mort du petit berger et accuse Nofret ! Renisenb et Ésa ; Ésa et Ipi : un nouveau suspect ; Ésa interroge Hénet.	**Sobek** **Le petit berger**
• Lettre à Ashayet. Ésa réfléchit ; les différents suspects et leur mobile : Ipi, Hénet, Kait, Kameni… • Hénet suspecte. Ipi menaçant. Yahmose empoisonné ? Renisenb et Kameni : sentiments troubles. Ipi assassiné. • Yahmose va mieux. Kameni veut épouser Renisenb. Ésa accuse Hénet. • Renisenb accepte d'épouser Kameni. L'amulette brisée. Doutes sur Kameni. Insinuations d'Hénet et aveux de haine.	**Ipi**
• Ésa se sent menacée. Elle veut voir Hori mais meurt empoisonnée. • Hori veut protéger Renisenb. Renisenb face à Kait et à Hénet : deux suspects. • Imhotep donne tout pouvoir à Hénet. Dialogue entre Yahmose et Hénet. Un message d'Hori pour Renisenb. Hénet assassinée.	**Ésa** **Hénet**
• Tentative d'assassinat sur Renisenb. Le meurtrier est tué par Hori. Explications d'Hori. Le choix de Renisenb…	**Le meurtrier**

Il était une fois Agatha Christie

VIVE LA LECTURE !

Date clé :

15 septembre 1890 : naissance d'Agatha Christie.

Agatha Miller, connue sous le nom de son premier mari Christie, naît le 15 septembre 1890 à Torquay dans le Devon, région de la côte sud de l'Angleterre à laquelle elle restera attachée toute sa vie. Son père est un riche Américain qui a émigré sur la « Riviera anglaise » pour mener l'existence tranquille d'un rentier. Il partage son temps entre mondanités, vie familiale et jeux. Sa mère est une femme moderne qui a décidé de ne pas envoyer sa fille à l'école et de se charger de son éducation !... Pendant toutes ces années, Agatha ne connaîtra qu'un seul professeur : celui de musique !

Entourée de domestiques bienveillants et d'une famille unie, elle bénéficie d'une enfance protégée et heureuse, d'une éducation libre et libérale. Elle apprend à lire dès l'âge de cinq ans. À une époque où la télévision n'existe pas, la lecture est la distraction favorite de beaucoup d'enfants, et Agatha, guidée par sa sœur Madge (qui a onze ans de plus qu'elle), lit avec passion. Elle découvre Hector Malot, Jules Verne et la comtesse de Ségur, avant de s'attaquer, dès l'âge de onze ans, à des auteurs plus difficiles : Charles Dickens (l'auteur de *David Copperfield*), Walter Scott (qui écrit des romans historiques), Alexandre Dumas. Grâce à Madge, elle découvre aussi les premiers grands auteurs de récits policiers : elle se passionne pour les enquêtes de Sherlock Holmes (Conan Doyle), pour les premiers grands romans policiers de Wilkie Collins (*La Dame en blanc*, en 1860, et *La Pierre de lune*, en 1868) et lit les maîtres du mystère de l'époque. Elle sera particulièrement enthousiaste lorsqu'elle découvrira, en 1908, les exploits de Rouletabille dans *Le Mystère de la chambre jaune* (Gaston Leroux). Très tôt apparaît ce goût pour les récits d'énigme qui accompagnera toute sa vie !

À LA DÉCOUVERTE DE L'ÉGYPTE

Malgré quelques difficultés pour la famille à la mort de son père (en 1901), la jeune Agatha pourra encore bénéficier d'une adolescence protégée et privilégiée. À seize ans, elle se rêve en cantatrice... Sa mère l'envoie à Paris pour étudier le chant et la musique, mais Agatha est d'une timidité telle que le moindre public la paralyse. Elle doit changer de cap !

Pour l'heure, sa mère décide de passer l'hiver avec elle au soleil de l'Égypte (1907). À 17 ans, elle découvre donc l'Égypte... ou plutôt les soirées du Caire ! En effet, Agatha est une jeune fille charmante que les officiers anglais en garnison courtisent et invitent souvent. En quatre mois, elle participe à une cinquantaine de bals, fréquente les courses de chevaux, les pique-niques mondains ou les jeux, mais refuse de participer à une expédition sur le Nil et de visiter de grands sites antiques. Il faut dire qu'à cette époque la tombe de Toutankhamon n'a pas encore été découverte et que l'Égypte antique n'est pas vraiment à la mode. Si on lui avait dit que quelques décennies plus tard elle écrirait un roman ancré dans cette Égypte antique, sans doute aurait-elle fait une moue dubitative !

DÉBUTS D'ÉCRIVAIN

À son retour d'Égypte en 1908, elle commence à écrire des nouvelles et des romans qu'elle envoie régulièrement

Dates clés :

1907 : voyage en Égypte.

1908 : premiers écrits (nouvelles et romans).

à des magazines. Mais ces écrits qu'elle signe de différents pseudonymes lui sont renvoyés. Elle reçoit cependant les encouragements d'un écrivain célèbre à l'époque (Eden Philpotts), à qui elle a adressé ses manuscrits. Mais la guerre approche et ses projets d'écriture passent au second plan.

En 1912, Agatha a rencontré un aviateur du R.F.C. (Royal Flying Corps, ancêtre de la Royal Air Force), Archie Christie, avec lequel elle se marie le 24 décembre 1914. Agatha Christie s'engage comme aide-soignante à l'hôpital de Torquay. Elle commence à étudier pour devenir préparatrice en pharmacie et aide-chimiste, et acquiert des connaissances précieuses... sur les poisons ! La rédaction de son premier récit d'énigme date de cette époque. Au cours d'une discussion, sa sœur Madge la met au défi d'écrire un roman policier dont on ne pourrait pas découvrir le coupable ! Le résultat de ce défi sera le premier roman policier d'Agatha Christie (*La Mystérieuse Affaire de Styles*) et la première apparition de son célèbre détective Hercule Poirot. Ce roman essuie différents refus d'éditeurs en 1918 avant d'être finalement accepté, deux ans plus tard, par un éditeur qui flaire le talent et fait signer à Agatha Christie un contrat d'exclusivité pour cinq romans ! Sa carrière de romancière est lancée.

Dates clés :

24 décembre 1914 : mariage avec Archie Christie.

1920 : publication de *La Mystérieuse Affaire de Styles*, son premier roman.

1926 : succès d'Agatha Christie avec *Le Meurtre de Roger Ackroyd*.

PASSION POUR L'ARCHÉOLOGIE

En 1926, Agatha Christie connaît un succès important avec un livre appelé à devenir un des romans policiers les plus fameux du siècle : *Le Meurtre de Roger Ackroyd*. Elle vit aussi une épreuve sentimentale difficile qui la mènera au divorce en 1928. Après cette séparation, elle décide de voyager. Elle réserve des places sur un bateau en partance pour les Antilles mais, fascinée par le récit de merveilleuses découvertes archéologiques faites en Irak, elle part finalement en train pour le Moyen-Orient, à bord du prestigieux Orient-Express. En Irak, elle découvre les fouilles d'Ur. L'année suivante, elle y retourne et rencontre un jeune archéologue passionné, Max Mallowan. De 15 ans son cadet, il deviendra, en 1930, son second mari.

Durant les années qui précéderont la Seconde Guerre mondiale, Agatha Christie continuera d'écrire des romans très régulièrement, tout en accompagnant son mari dans ses travaux et ses fouilles. Elle se rend avec lui en Irak puis en Syrie, participe aux recherches, reconstitue et dessine des objets, passe de longs mois sur les chantiers dans le désert. Elle aime imaginer la vie des gens à partir des détails retrouvés, reconstruire leur histoire à partir des fragments patiemment extraits de la terre. L'univers exotique de ses voyages transparaît à cette époque dans de nombreux romans (*Le Crime de l'Orient-Express, Mort sur le Nil, Rendez-vous avec la mort*), tandis que sa passion pour l'archéologie resurgit dans d'autres livres : *L'Affaire Prothéro, La Mort dans les nuages,* et surtout *Meurtre en Mésopotamie,* dont l'action se déroule sur un chantier de fouilles. Avec *La mort n'est pas une fin,* elle s'emploie à faire revivre tout un pan de la civilisation égyptienne : l'archéologue amateur se fait historienne.

Dates clés :

1928 : divorce.

1930 : second mariage avec Max Mallowan.

1976 : mort d'Agatha Christie.

LA REINE DU CRIME

« *Agatha Christie ? La seule femme pour qui le crime a payé* », disait d'elle Churchill qui fut Premier ministre en Angleterre. Jusqu'à sa mort en 1976, Agatha Christie continua à publier des romans policiers. Son bilan est impressionnant : 66 romans policiers, 6 romans écrits sous le pseudonyme de Mary Westmacott, 32 recueils de nouvelles, 16 pièces, 2 ouvrages autobiographiques et même des recueils de poésie. Plusieurs centaines de millions d'exemplaires vendus, des traductions dans plus de cent langues, du swahili au finnois. La « duchesse du crime » ne cessa toute sa vie d'écrire au moins un, deux, trois, voire cinq livres par an ! Son éditeur anglais avait trouvé un slogan pour le nouveau roman qu'il publiait avant Noël : « *A Christie for Christmas !* » Modeste, elle ne cessa de se considérer comme un écrivain amateur et un petit artisan ! Ce qui ne l'empêcha pas de devenir l'auteur de romans policiers le plus lu au monde et de recevoir les consécrations officielles dues à son prestige mondial : en 1971, la reine d'Angleterre la consacra « Dame of the British Empire ».

Prévoyante, elle avait depuis longtemps écrit la mort de ses deux personnages les plus fameux, Hercule Poirot et Miss Marple. Quand Agatha Christie disparut, deux romans posthumes parurent : *Poirot quitte la scène* et *La Dernière Énigme*… élégants et ultimes rappels après le baisser de rideau !

Au temps des pharaons

Vous trouverez dans votre livre d'histoire toutes les informations nécessaires sur le Nil, les pharaons, la structure sociale de l'Égypte ancienne, ses dieux et ses rites, son écriture et son agriculture. Les recherches qui vous sont demandées au fil des questionnaires vous feront découvrir la vie quotidienne et les usages de cette passionnante civilisation. Mais il est plus difficile d'obtenir des informations précises sur la XIe dynastie et l'actualité politique de l'an 2 000… avant Jésus-Christ. Le roman d'Agatha Christie nous offre l'occasion d'éclairer une histoire vieille de 4 000 ans !

D'OÙ VIENNENT LES DYNASTIES ?

L'histoire égyptienne, depuis 3100 av. J.-C. jusqu'à la mort du dernier pharaon (Nectanebo II) en 341 av. J.-C., est découpée en trente dynasties. Une dynastie désigne une succession de souverains d'une même famille. Le classement de l'histoire égyptienne antique en trente dynasties est le fait d'un prêtre gréco-égyptien nommé Manéthon, mort au IIIe siècle av. J.-C. Malheureusement, son *Histoire de l'Égypte* (qui comptait trente volumes !), ouvrage précieux relatant les événements depuis la plus haute Antiquité et qui décrivait les coutumes des habitants et leur religion, brûla avec la Grande Bibliothèque d'Alexandrie lorsque la ville fut prise par Jules César en 47 av. J.-C. Perte désastreuse car, avant l'invention de l'imprimerie, les livres étaient des manuscrits uniques ! Heureusement, son œuvre, très appréciée, a été abondamment citée par des historiens de l'époque, et grâce à l'un de ses admirateurs, Flavius Josèphe, on a conservé la liste des trente dynasties ! Les égyptologues d'aujourd'hui suivent toujours la chronologie de Manéthon sans avoir jamais pu le lire !

DIVISION OU UNION ?

L'Égypte antique est un pays qui s'étend en ruban sur plus d'un millier de kilomètres le long du Nil (*cf.* carte, p. 10). Il n'est évidemment pas facile de régner sur un si grand espace à l'âge de la felouque ! Le Nord (la région du delta, du Fayoum et de Memphis) et le Sud (la vallée et la région de Thèbes) ne sont pas aisés à unir et à contrôler. L'histoire de l'Égypte ancienne a ainsi oscillé entre des périodes d'union (appelées « empires ») pendant lesquelles un pharaon pouvait régner sur l'ensemble du territoire et des époques de division où les gouverneurs (les nomarques) n'obéissaient plus vraiment au pharaon et se déchiraient entre eux.

On distingue ainsi dans l'histoire égyptienne trois périodes d'union et trois époques troubles appelées « Périodes intermédiaires » :

- Ancien Empire (v. 2660-2180),
- *Première Période intermédiaire* (v. 2180-2040),
- Moyen Empire (v. 2040-1780),
- *Deuxième Période intermédiaire* (v. 1780-1570),
- Nouvel Empire (v. 1570-1070),
- *Troisième Période intermédiaire* (v. 1070-525).

Le roman d'Agatha Christie se situe exactement à la fin de la Première Période intermédiaire, alors que le Moyen Empire est en train d'émerger et que la réunification semble possible. On comprend mieux les rêves d'Hori dans le chapitre 11 : « *L'Égypte sera bientôt de nouveau*

À retenir :

L'Égypte ancienne : son histoire a oscillé entre des périodes stables (appelées « empires ») et des périodes de division (dites intermédiaires).

unie, forte et grande comme elle l'était autrefois [...] ; il n'était pas impossible que l'Égypte fût bientôt réunifiée. L'âge d'or des pyramides pourrait même revenir », est-il écrit au début de ce chapitre...

QU'APPORTA LA XIᵉ DYNASTIE ?

• Avant elle, le chaos !

De la VIᵉ dynastie (fin de l'Ancien Empire) jusqu'à la XIᵉ dynastie, l'unité de l'Égypte éclate et le désordre règne. L'autorité du pharaon n'est plus reconnue par les nomarques provinciaux qui se déchirent pour un pouvoir régional. Pendant 140 ans, les règnes et les dynasties vont se succéder à un rythme accéléré. L'instabilité politique est générale. Memphis, qui était la capitale de l'Ancien Empire, perd sa prépondérance.

• Thèbes, capitale contestée

Les rois de la XIᵉ dynastie sont, au départ, de simples nomarques installés à Thèbes, petite ville provinciale, surtout influente dans le sud du pays. Les trois premiers rois vont combattre et contrebalancer l'influence de la nouvelle ville forte des IXᵉ et Xᵉ dynasties : Héracléopolis. Ils engagent des guerres de conquête dans le sud du pays et maîtrisent en quelques années la moitié du pays, de Thinis jusqu'à Éléphantine. Antef II, deuxième roi de cette dynastie thébaine, se proclame alors pharaon et défie les villes et les nomarques du Nord en faisant de Thèbes la nouvelle capitale ! Mais le pays est encore divisé en deux zones d'influence : Thèbes au sud, Héracléopolis au nord.

• Montouhotep II, le réunificateur

« Montou fit l'éloge du roi Néphebet-Rê. Un grand soldat en

même temps qu'un homme pieux. Les gens du Nord, corrompus et froussards, ne lui résisteraient pas. Oui, une Égypte unie, voilà ce qu'il fallait. Et Thèbes ne pourrait qu'en tirer avantage » (Chapitre 11). Ce roi, dont Agatha Christie esquisse le portrait, est en fait Montouhotep II, qui régna pendant cinquante ans et fut le plus important des nomarques de cette XIe dynastie. C'est lui, en effet, qui détruisit définitivement le royaume héracléopolitain et s'assura le contrôle de la Basse-Égypte (le Nord), après avoir conquis la Moyenne-Égypte. Il est alors appelé « celui qui fait vivre le cœur du Double Pays » ou « l'unificateur des Deux Terres ». Le Nord et le Sud n'ont plus qu'un seul pharaon : le Moyen Empire commence !

• Réformes et conquêtes

Après la réunification, la paix et la prospérité revinrent. Montouhotep supprima l'hérédité de la charge de nomarque (c'est lui qui nommait directement désormais tous les nomarques) et en révoqua certains. Le rôle du vizir (Premier ministre du pharaon) devint très important : il fut chargé de la réunification et de l'administration du royaume. Les constructions de tombeaux et de temples reprirent, soulignant ainsi le retour à la stabilité politique dans le pays. Enfin, l'Empire s'agrandit vers le sud à la suite des campagnes nubiennes.

La Nubie, qui s'étend au sud d'Éléphantine, est riche en minerais précieux. Elle est, de plus, importante pour le commerce des produits exotiques (encens, huiles, ébène, ivoire, peaux d'animaux...). Le contrôle de cette région, souhaité et réalisé par Montouhotep II, renforça Thèbes, qui devint, en quelques décennies, la capitale incontestée de l'Égypte.

Roman policier et égyptologie

SUR LES CONSEILS D'UN AMI

Agatha Christie commence la rédaction de *La mort n'est pas une fin* en 1943, pendant la Seconde Guerre mondiale. À cette époque, elle travaille dans des hôpitaux, mettant à profit ses compétences d'infirmière acquises durant la Première Guerre mondiale. Son mari Max Mallowan (*cf.* p. 325), engagé dans les forces alliées, est envoyé en mission pendant plusieurs années, en Afrique du Nord et en Égypte. C'est un collègue et ami de son mari, Stephen R. K. Glanville, égyptologue réputé, qui suggère à Agatha Christie d'écrire un roman policier situé dans l'Égypte ancienne. Tâche difficile, qui nécessite une documentation historique importante, d'autant qu'Agatha Christie n'est pas une spécialiste de l'Antiquité égyptienne. Il faudra toute l'insistance amicale de Stephen Glanville pour qu'Agatha Christie ne se décourage pas, et elle reconnaîtra plus tard que « *sans son aide active et ses encouragements ce livre n'aurait jamais été écrit* ».

Entre les deux guerres, la curiosité pour l'Égypte ancienne a été relancée de façon spectaculaire et l'intérêt d'Agatha Christie a sans doute été éveillé, comme celui de ses contemporains, par la fabuleuse découverte de la tombe de Toutankhamon.

NAISSANCE DE L'ÉGYPTOLOGIE

Jusqu'au XVIIIe siècle, la connaissance de l'Égypte ancienne a reposé essentiellement sur les témoignages de voyageurs et écrivains de l'Antiquité. Hérodote, par exemple, arrive en Égypte vers 450 av. J.-C. et rassemble ses observations dans un ouvrage surtout consacré à la vie quotidienne et aux rites religieux du pays. Diodore de Sicile détaille le culte des animaux et Strabon décrit le pays dans sa *Géographie*. Plutarque consacre un livre au culte d'Isis et Osiris qui nous permet de mieux comprendre aujourd'hui les éléments de cette légende. Même si d'autres voyageurs apporteront de nouveaux témoignages avant la fin du XVIIIᵉ siècle, il faut attendre la campagne d'Égypte (1798-1801), décidée par Bonaparte, pour que l'étude systématique de l'Antiquité égyptienne voie le jour. En effet, ce dernier demanda à deux commissions de savants (plus de 150 personnes !) d'étudier très précisément les vestiges antiques et d'en faire un inventaire détaillé. L'aboutissement de ce travail fut un ouvrage monumental, composé d'une dizaine de volumes, dont la publication s'échelonna de 1809 à 1828. Si l'on ajoute à cette publication scientifique le succès d'un livre de Vivant Denon consacré à cette expédition et illustré par son auteur *(Le Voyage dans la Basse et Haute-Égypte pendant les campagnes du général Bonaparte)*, volume qui paraît en 1802 avant d'être traduit en anglais, on comprend mieux la curiosité croissante que suscitent l'Égypte et sa civilisation en ce début de XIXᵉ siècle. Enfin, la découverte de la pierre de Rosette (*cf.* p. 208), lors de l'expédition française, permet à Champollion (*cf.* p. 201) de déchiffrer définitivement les hiéroglyphes en 1822.

Date clé :

1798-1801 : campagne d'Égypte décidée par Bonaparte.

L'ÉGYPTOLOGIE ANGLAISE

Grâce au travail de Champollion, l'égyptologie connut un véritable essor au XIXᵉ siècle. Des savants français, allemands et anglais entreprirent des fouilles. Wilkinson (1797-1875), que l'on peut considérer comme le père de l'égyptologie anglaise, entreprit des fouilles à Thèbes et publia de nombreux travaux sur cette ville. D'autres égyptologues anglais s'intéressèrent à cette région : c'est le cas de Weigall et de Gardiner qui publièrent un catalogue des tombes thébaines en 1913. Davies et sa femme Anna Cummings consacreront leurs recherches au même sujet (de 1908 à 1939) et publieront un ouvrage en 5 volumes. Si l'on ajoute l'égyptologue américain Winlock, qui supervisa un nombre considérable de fouilles dans cette même région (entre 1906 et 1931) pour le Metropolitan Museum de New York, on a un bref aperçu de l'activité archéologique anglo-saxonne pour la seule ville de Thèbes en cette première moitié du XXe siècle.

Ce n'est donc pas un hasard si Agatha Christie choisit cette région comme cadre de son roman. Elle fait d'ailleurs référence aux documents découverts par la mission du Metropolitan Museum. On peut penser que les travaux de tous ces savants, connus de Stephen Glanville, ont servi pour la documentation historique du roman. Même si Agatha Christie n'était pas une égyptologue, son intérêt pour l'archéologie, ainsi que les conseils ou précisions de son ami Glanville expliquent la précision des informations qui émaillent son roman.

LA DÉCOUVERTE DE CARTER

L'égyptologie a longtemps été cantonnée au cercle des savants et des amateurs éclairés d'archéologie. Mais, entre les deux guerres, elle connut une publicité extraordinaire : la découverte de la tombe de

Roman policier et égyptologie

Toutankhamon, en 1922, fit la une des journaux, et un très large public se passionna pour le fabuleux trésor mis à jour par Howard Carter. Ce dernier avait commencé sa carrière à la fin du siècle dernier et participé à la découverte de la tombe de Montouhotep II, pharaon qui régna à l'époque relatée par Agatha Christie. Carter explora la Vallée des Rois, avant d'être engagé par un riche mécène américain, Lord Carnarvon, pour y entreprendre des recherches et des fouilles. Durant plus de dix années, les deux hommes prospectèrent sans succès, rêvant de découvrir enfin une tombe inviolée, préservée des pillages dont avaient été victimes les autres tombes. Leur obstination sera récompensée en novembre 1922, quand un escalier de pierre s'enfonçant dans le sol sera déblayé. Le rêve devient alors réalité. Howard Carter découvre la tombe de Toutankhamon, ses quatre pièces (l'antichambre, l'annexe, la chambre funéraire et la salle du trésor) remplies d'objets merveilleusement conservés. La découverte a un retentissement médiatique international : les journalistes se précipitent pour suivre l'exploration minutieuse de la tombe et découvrir les objets en or exhumés. Il faudra à Carter une dizaine d'années pour nettoyer, inventorier, empaqueter et transférer au musée du Caire toutes ces merveilles. Dix années durant lesquelles le public sera tenu en haleine, dix années d'un engouement populaire pour l'égyptologie qui ne faiblira plus. Le roman d'Agatha Christie, quelques années plus tard, en témoigne à sa façon.

Date clé :

1922 : découverte du tombeau de Toutankhamon par l'explorateur anglais Howard Carter.

Le genre policier

QU'ENTEND-ON PAR ROMAN POLICIER ?

On pourrait être tenté de répondre rapidement à cette question : un roman policier est un roman avec un policier. Eh bien, non ! En effet, on peut trouver des romans policiers... sans policier ! Il suffit de lire *La mort n'est pas une fin* pour s'en convaincre.

Par ailleurs, nous connaissons tous des textes parfois très anciens, des textes « fondateurs de la culture occidentale » où le crime est présent et où l'on rencontre des coupables, des victimes, des énigmes, des mystères... De l'*Iliade* et l'*Odyssée* de Homère à la Bible, des tragédies grecques aux histoires mythologiques antiques, le meurtre, la violence et les drames peuplent les plus anciens récits recueillis par les hommes. Mais on ne peut pas parler de roman policier pour autant.

Il faut attendre le XIXe siècle pour que l'on évoque vraiment un genre criminel à part entière, d'abord nommé « roman judiciaire » en France et « roman de détection » dans les pays anglo-saxons.

Le premier véritable récit de détection est l'œuvre d'un écrivain américain, Edgar Allan Poe. En effet, cet auteur est le premier à consacrer l'ensemble d'un texte à la résolution d'une énigme criminelle. Qui a tué ? Comment ? Pourquoi ? Voilà les questions auxquelles le détective de Poe s'emploie à répondre dans un texte intitulé *Double Assassinat dans la rue Morgue* (1841), alors que la police ne trouve pas la solution. Ce récit, plus court qu'un roman, nous raconte l'enquête, les observations et les raisonnements menés par le héros, tout le

À retenir :

Le genre policier : ne devient un genre littéraire à part entière qu'au XIXe siècle.

travail d'investigation et de réflexion qui conduit à l'explication d'un crime. Un (double) meurtre mystérieux, une enquête, un détective (qui n'est pas un policier !), une solution logique au terme de la lecture : tels sont les ingrédients de Poe qui ne seront pas forcément repris par tous les romans policiers postérieurs mais qui inaugurent le genre. Pour avoir une vision assez large de ce genre, on peut considérer que le roman policier est un roman qui se consacre essentiellement à l'exposition et à la résolution d'une énigme criminelle.

À retenir :

Le roman policier : roman consacré à l'exposition et à la résolution d'une énigme criminelle.

QUELS PERSONNAGES POUR LE ROMAN POLICIER ?

Au départ, donc, trois rôles fondamentaux que l'on retrouve dans beaucoup de romans policiers : la victime, le coupable, le détective qui peut être soit un amateur (chez Poe, par exemple), soit un policier (le commissaire Maigret, par exemple). À ce trio infernal vient s'ajouter le rôle du suspect, qui deviendra très important lorsque le roman d'énigme anglais se développera. Les romans d'Agatha Christie, par exemple, multiplient les suspects et s'amusent à égarer le lecteur en dirigeant les soupçons vers des innocents, tandis que les coupables semblent parfois « au-dessus de tout soupçon » !
L'écrivain cherche à masquer l'identité de son assassin et le lecteur essaie d'éviter les pièges pour le reconnaître. Si l'on veut identifier clairement les différents rôles du roman policier, on peut retenir un quatuor majeur :

1. la (ou les) victime(s),
2. le(s) détective(s),
3. les suspects,
4. le(s) coupable(s).

Plusieurs remarques s'imposent pour notre roman :

1. Comme dans beaucoup de romans d'Agatha Christie, les victimes sont nombreuses : au fil de la lecture, les cadavres se succèdent et les rangs s'éclaircissent. Le criminel est un véritable tueur en série...

2. Le suspense naît de la menace qui pèse sur les personnages que nous suivons sans connaître la prochaine victime. Agatha Christie crée un climat d'angoisse et d'attente qui fait aussi partie de son art romanesque.

3. Aucun personnage n'assume clairement la fonction du détective. Certains raisonnent et soupçonnent (Renisenb, Ésa, Hori), mais on ne suit pas l'enquête d'un Sherlock Holmes ou d'un Maigret égyptien.

4. Les suspects sont nombreux. Mais les plus crédibles sont souvent (toujours, peut-être !) les plus innocents. Bien malin celui qui pourra dire avant le dernier chapitre qui est le coupable !

Le roman policier a besoin d'au moins une victime (1). Alors l'enquête commence, menée par un ou plusieurs détectives (2). Dès lors, des suspects apparaissent (3). L'énigme criminelle s'achèvera quand le coupable sera découvert (4) ! Toute l'habileté d'Agatha est de maintenir des innocents comme suspects crédibles et de nous faire douter le plus longtemps possible !

POURQUOI LE GENRE POLICIER ?

Pourquoi a-t-il fallu attendre le XIXᵉ siècle pour voir vraiment se développer le roman policier ? Il y a bien eu, avant cette époque, des crimes, des délits, des enquêtes et des coupables dévoilés ! Alors ? Plusieurs raisons expliquent l'émergence d'un genre policier à cette époque.

Le genre policier

• Des raisons sociologiques

Le roman policier apparaît à une époque où les villes et l'industrialisation se développent. La criminalité devient une préoccupation majeure et la police urbaine s'organise (le premier corps de police urbaine apparaît en 1829 à Paris) ; le sentiment de peur et le souci d'ordre augmentent avec l'urbanisation. Le roman policier se nourrit des angoisses croissantes de la population ; il fleurit quand la lutte entre le crime et la justice devient un sujet d'actualité dans les villes.

• Des raisons éditoriales

La presse se développe au XIXe siècle, profitant de l'alphabétisation croissante de la population et des progrès techniques qui permettent la fabrication de journaux moins coûteux. La presse va exploiter la curiosité croissante du public pour les affaires criminelles et les enquêtes policières : la rubrique « faits divers » connaît un essor important. La passion des lecteurs pour les histoires de crime, depuis, ne s'est jamais démentie !

• Des raisons littéraires

Profitant de l'essor de la presse, toute une littérature qui tient compte de la demande populaire se diffuse. Les journaux publient, en effet, les romans sous forme de feuilletons et les écrivains imaginent des épisodes surprenants et des rebondissements pour obliger le lecteur à lire la suite. Le roman d'aventures se développe – en Angleterre, par exemple (pensez à *L'Île au trésor* de Stevenson...) –, tandis que les personnages de victimes innocentes, de criminels diaboliques et de justiciers intrépides se multiplient sur fond d'histoires troubles (ceux qui connaissent *Le Comte de Monte-Cristo* d'Alexandre Dumas peuvent reconnaître ces différentes figures !). Et même s'il ne s'agit pas ici de romans policiers, le genre policier prolonge le roman populaire « criminel ».

• Des raisons scientifiques

La police devient plus scientifique au XIXe siècle et la science s'intéresse de plus en plus à l'observation des détails les plus minimes, des indices les plus secrets. C'est l'époque où Pasteur, par exemple, identifie certaines bactéries infectieuses invisibles à l'œil nu. Le détective des romans policiers est souvent un héritier de cet esprit scientifique. Le héros d'Edgar Poe, le chevalier Dupin, se veut analyste et observateur ; Rouletabille, le personnage de Gaston Leroux, veut « *être logique et prendre la raison par le bon bout* ». Quant à Sherlock Holmes, le plus prestigieux prédécesseur d'Hercule Poirot en Angleterre, il est le roi de l'observation minutieuse, l'as de la trace, expert en mégots, en cendres et en empreintes. C'est sur ce travail d'expert que va se fonder l'enquête racontée par le récit policier.

Voilà quelques-unes des raisons qui nous permettent de comprendre pourquoi le roman policier ne devint pas un genre littéraire dans l'Antiquité, au Moyen Âge ou au XVIIe siècle !

Groupement de textes :
L'Égypte antique dans le roman

Après la campagne d'Égypte de Napoléon, la fascination pour l'Antiquité encore mystérieuse de ce pays ne se limita pas au cercle des égyptologues et des scientifiques. Très vite, la curiosité pour l'Orient en général, et pour l'Égypte en particulier, s'empara des artistes, inspirant en peinture un courant « orientaliste » et, dans les arts décoratifs, une vogue pour les motifs égyptiens. Pour de nombreux écrivains (Chateaubriand, Lamartine, Nerval, Fromentin, Flaubert, etc.), le « voyage en Orient » devint une expérience intellectuelle et spirituelle essentielle.

Si les récits de voyages orientaux se multiplient au XIXᵉ siècle, le roman et la nouvelle se nourrissent aussi des mystères de l'Égypte ancienne. Avant d'écrire le premier grand roman français consacré à l'Antiquité égyptienne (*Le Roman de la momie* paraît en 1858), Théophile Gautier avait déjà publié deux récits traduisant son « égyptophilie » : *Une nuit de Cléopâtre*, en 1838, et *Le Pied de la momie*, en 1840. Edgar Poe, le célèbre écrivain américain, publie en 1845 une nouvelle intitulée *Petite Conversation avec une momie*. Un siècle et demi plus tard, on ne compte plus les romans inspirés par l'Égypte antique. On peut cependant distinguer trois types d'ouvrages.

LES ROMANS HISTORIQUES

Ce type de romans reconstitue des épisodes plus ou moins inspirés par les connaissances que nous possédons sur cette époque. Le livre de Mika Waltari *(Sinouhé l'Égyptien)*, les textes de Naguib Mahfouz, les livres d'égyptologues tels que Guy Rachet ou Christian Jacq, mais aussi certains romans policiers « antiques » (notamment ceux d'Anton Gill, dont le détective est le scribe Huy, et plus récemment les romans de Serge Brussolo) et la bande dessinée *Papyrus* entrent dans cette première catégorie.

LES FICTIONS ARCHÉOLOGIQUES

Ces livres ancrés dans l'époque contemporaine nouent leur intrigue autour des recherches et des découvertes menées par des savants. Ils peuvent prendre la forme d'un roman policier (*La Malédiction de Chéops* de Jean Alessandrini ou *La Malédiction des pharaons* d'Elizabeth Peters), d'un roman d'épouvante (*La Vallée des morts* de Michael Paine) ou d'un roman d'aventures (*Indiana Jones Jr et le Tombeau du pharaon* de Lee Martin). De même, la bande dessinée d'Edgar P. Jacobs, *Le Mystère de la grande pyramide*, appartient à cette deuxième catégorie de récits.

LES RÉCITS FANTASTIQUES

Fantastiques ou terrifiants, ces récits sont consacrés à la découverte d'une momie. Ils constituent, depuis Théophile Gautier, une part importante de la production « égyptophile ». La momie, parce qu'elle place l'homme face au spectacle angoissant de la mort, devient une figure de l'imaginaire que l'on retrouvera dans la littérature et le cinéma fantastiques mais aussi, sous une forme plus légère, dans la littérature pour la jeunesse. Signalons quelques titres, en dehors des classiques déjà mentionnés :
La Momie d'Anna Rice, *Gédéon et le Professeur de momie* de Kathleen Karr, *La Malédiction de la momie* de R. L. Stine et *La Vengeance de la momie* d'Évelyne Brisou-Pellen.

Voici, d'ailleurs, un aperçu de la production littéraire dans ce domaine, plus particulièrement des romans destinés à un jeune public.

SUR LES TRACES DE LA MOMIE

Récit fantastique, la nouvelle de Katie Roden, intitulée *La Momie*, est présentée dans un livre très agréable. Le texte est abondamment illustré, tandis qu'une documentation simple et variée retrace l'histoire des momies depuis l'Antiquité jusqu'à nos jours. Le récit débute avec la profanation d'un tombeau : deux voleurs s'emparent de la main momifiée du pharaon Amôsis II et déclenchent sa fureur. Plus tard, des archéologues investissent la sépulture. Ils emportent la momie et les trésors du tombeau à Londres, sans se douter que la main dérobée a échoué dans une boutique d'antiquités londonienne. Les archéologues sont alors loin d'imaginer les horreurs qui les attendent…

Le vent tourbillonnait dans l'immensité du désert saharien et le sable fouettait un chien sauvage qui hurlait à la mort. Pourtant le calme régnait sur les dunes, dans les entrailles de la terre, au cœur du tombeau du prince Amôsis II. Les chants sacrés se mêlaient à la fumée de l'encens, créant une atmosphère magique. Aucun souverain n'aurait souhaité plus bel adieu.

Un sarcophage recouvert d'or trônait à l'entrée de la chambre mortuaire, l'ultime lieu de repos d'Amôsis, d'où son âme s'en irait vers l'autre monde. Le grand prêtre, Ménuf, commença la cérémonie de l'ouverture de la bouche, pour offrir à son maître le souffle de vie et lui permettre de s'adresser à Osiris, le dieu tout-puissant. Une offrande solennelle de nourriture s'ensuivit, puis l'on plaça le prince dans la chambre funéraire, entouré de ses biens les plus précieux. La grande porte se referma dans un vacarme assourdissant.

Des siècles s'écoulèrent et le sable recouvrit l'entrée du tombeau, désormais à l'écart du monde extérieur. Amôsis reposait en paix, son âme ayant rejoint les dieux. Mais la cupidité des hommes allait troubler son repos…

Katie Roden, La Momie, dans Sur les traces de la momie,
« Gamma », École active, 1997.

LA VENGEANCE DE LA MOMIE

Auteur de nombreux romans pour la jeunesse, Évelyne Brisou-Pellen nous livre ici un récit proche du conte, situé dans l'Égypte ancienne. À cette époque, déjà, on pillait les tombeaux des pharaons, dans l'espoir de revendre les objets dérobés. Khay, le héros du roman, est un jeune orphelin qui accompagne, au début du livre, une bande de voleurs à l'intérieur d'un tombeau. Trompé par les pilleurs, il est éloigné des lieux après une promesse de butin : lorsqu'il revient récupérer sa part, il s'aperçoit que les voleurs ont tout emporté sans attendre son retour ! Seule la momie, dépouillée, a été abandonnée. Khay décide alors de l'emporter et de devenir « montreur de momie ». Il sillonne la vallée du Nil pour exhiber sa trouvaille en échange de quelques subsides. Un chacal étrange le rejoint dans son périple : il devient son fidèle compagnon et semble le guider, voire le protéger. Les événements mystérieux vont alors se multiplier. La momie semble pourvue de pouvoirs surnaturels… La « vengeance de la momie », dont le tombeau a été profané, commence…

Les ombres se glissaient dans la nuit. Nul bruit. Quatre grandes ombres, et une petite qui suivait.

De temps en temps, une grande ombre se retournait, et bousculait la petite, en l'insultant, en menaçant. Mais la petite ombre s'accrochait, ne voulait pas renoncer : Khay avait fermement décidé que ce métier serait le sien, et il n'en démordrait pas.

« Va-t'en, Khay, retourne chez toi, tu es trop jeune. Pilleur de tombeaux, c'est un métier d'homme. »

Khay se laissait tomber à terre sous les gifles, puis il rampait sournoisement, et reprenait sa place à la fin de la file.

L'homme, devant lui, se découragea, et surtout, il ne voulait pas faire de bruit, pour que personne ne les entende. S'il frappait trop fort le garçon, celui-ci pouvait se mettre à crier, et leur expédition serait fichue.

Pourtant, il n'aurait pas raison de Khay : Khay était orphelin, et il avait appris depuis longtemps que, s'il voulait survivre, il devait se cramponner, ne jamais se laisser abattre, ni dicter sa conduite.

Ils s'arrêtèrent enfin. Sur le sol, apparaissait un espace plus sombre, en creux, bordé d'une longue pierre. Les quatre hommes se mirent aussitôt à genoux pour dégager le sable à grands coups de bras. Khay s'assit et les regarda faire.

Bientôt apparut un escalier. Deux marches, trois marches, dix. Une porte qui s'ouvrait dans un mur, sous le sable du désert. Pour les pilleurs de tombes, une porte n'est pas un problème. Le problème, c'est après, quand on est dans le couloir sombre.

Évelyne Brisou-Pellen, *La Vengeance de la momie*,
Hachette Livre, 1995.

LES PILLEURS DE SARCOPHAGES

Historienne de formation, Odile Weulersse se consacre depuis quelques années au roman historique pour la jeunesse. Elle aborde différentes époques et différents continents avec une prédilection pour les civilisations anciennes.

L'action de ce roman est située vers 1550 av. J.-C., au début de la période nommée Nouvel Empire. Cette époque est marquée par le conflit qui oppose les Hyksos, venus d'Asie, au pharaon Ahmôsis, installé à Thèbes.

Tétiki, le personnage principal, est accompagné, au cours de ses aventures, de deux fidèles compagnons : un nain et un singe !

Le héros est un jeune prince. Son père, Ramose, est en effet le nomarque d'Éléphantine. Un chef hyksos annonce son intention de prendre Thèbes et exerce un chantage sur Ramose pour l'obliger à s'allier avec lui. Mais ce projet d'invasion suppose de l'argent et les Hyksos dévoilent leur plan : ils iront dérober l'or là où il se trouve, c'est-à-dire dans le tombeau de Taa le Brave, le dernier pharaon momifié ! Dès lors, une course-poursuite semée d'embûches et de rebondissements s'engage entre Tétiki et les Hyksos. Tous rêvent de s'emparer du fabuleux trésor, pour des motifs bien différents…

Le pagne de travers, une longue mèche bouclée balayant son visage, debout dans sa barque de papyrus, Tétiki lance son boomerang sur un vol d'oiseaux qui remontent le Nil. Son petit singe Didiphor, bien calé à l'arrière de la barque, pousse quelques cris rauques pour encourager son maître. La tête de serpent du boomerang de bois frappe l'oiseau au cou, tandis que s'élève une grande clameur parmi les volatiles. Le pigeon tourbillonne lentement et tombe dans le fleuve.

Tétiki sourit de fierté : c'est le douzième oiseau qu'il abat dans l'après-midi et toujours du premier coup. Déjà Didiphor trempe sa patte dans le Nil pour attraper le gibier que le courant ramène près de la barque lorsqu'une voix sanglotante se fait entendre : « Tétiki… Tétiki… »

La voix vient de la rive de l'île Éléphantine.

« Attends, crie Tétiki sans se retourner. Nous mangerons ce soir des pigeons grillés avec de l'ail et des oignons. »

Didiphor ramasse le pigeon et le pose dans la barque, tandis que Tétiki reprend son boomerang qui dérive entre les roseaux de papyrus et le remet à sa ceinture. Puis il pousse un soupir de bonheur et contemple un instant les deux chaînes de montagnes qui entourent le fleuve. Elles sont désertiques et font un étrange contraste avec les petites îles verdoyantes qui entourent l'île Éléphantine. Pour Tétiki, Éléphantine est la plus belle province d'Égypte. Il est vrai qu'il n'en connaît point d'autre. Il vient juste d'avoir quinze ans. Il a de grands yeux bruns en amande, un profil régulier et un sourire éclatant.

Odile Weulersse, *Les Pilleurs de sarcophages*,
Hachette Jeunesse, 1984.

LA MALÉDICTION DU RÂ

Né en 1912, Naguib Mahfouz est le plus célèbre romancier contemporain du monde arabe. Prix Nobel de littérature en 1988, il est surtout reconnu pour sa peinture du monde égyptien moderne et pour ses descriptions de la vie au Caire. Il relate, dans une célèbre trilogie romanesque (*Impasse des Deux-Palais*, *Le Palais du désir* et *Le Jardin du passé*), la destinée d'une famille cairote au XXe siècle. Mais avant d'écrire sur le monde contemporain, Naguib Mahfouz publia des romans dits « pharaoniques », situés dans l'Égypte antique.

Dans *Akhenaton le renégat*, il raconte l'enquête menée par un jeune Égyptien contemporain du roi Akhenaton, sur la personnalité et le règne de ce roi controversé. Roi révolutionnaire pour les uns, hérétique pour les autres, Akhenaton tenta, en effet, de transformer profondément la religion et l'image du pouvoir pendant son règne, se heurtant aux prêtres et aux militaires. Dans ce magnifique roman, l'enquêteur laisse la parole aux différents témoins du règne d'Akhenaton, des plus hostiles aux plus favorables, livrant ainsi une image très riche et complexe du pharaon défunt. Au terme des divers entretiens demeure tout de même l'impression qu'Akhenaton, en voulant instaurer un régime pacifique, en luttant contre le polythéisme et en prêchant pour un dieu unique d'amour et de miséricorde, fut un révolutionnaire sacrifié sur l'autel des traditions.

Son deuxième roman « pharaonique », intitulé *La Malédiction du Râ*, est d'une lecture plus facile. Il ressemble aux légendes mythologiques du monde antique et se situe sous le règne de Kheops. Ce roi fit bâtir la plus grande pyramide d'Égypte, considérée pendant l'Antiquité comme la première des Sept Merveilles du monde. C'est sur la construction de cette pyramide que s'ouvre ce roman qui raconte comment un être élu et protégé par le dieu Râ va succéder au pharaon, remplaçant les descendants directs. Un prophète annonce, au début du roman, l'élection future, sur le trône d'Égypte, de Djedef, le fils du prêtre du dieu Râ – ce qui déclenche la colère du prince héritier. À la suite d'une tragique méprise, ce dernier assassine le fils d'une servante qu'il pense être son rival. Mais le futur pharaon est déjà en route vers sa destinée…

Kheops, fils de Khanum, le divin, le redoutable, était assis sur son trône doré, au balcon de son alcôve ouvrant sur les vastes et opulents jardins de son palais – le paradis éternel des colonnes de Memphis –, entouré de ses enfants et de ses parents les plus proches. La bordure dorée de sa tunique en soie brillait sous les rayons du soleil couchant. Il se reposait, calme et tranquille, appuyant sa tête sur un coussin de plumes d'autruche et son coude sur un autre brodé de soie dorée. Sa grandeur transparaissait sur son front élevé, son regard altier et son beau nez. Il inspirait la révérence due à un homme d'une quarantaine d'années à laquelle s'ajoutait l'aura de gloire des pharaons.

Il promenait son regard parmi ses enfants et amis, jetant parfois un coup d'œil devant lui, vers l'horizon, au-delà des arbres et des palmiers. D'autres fois, il se tournait à droite pour contempler la colline éternelle, celle d'où le sphinx guettait le lever du jour et qui enfermait les corps de ses parents et aïeux. Sur toute la surface de la butte, des centaines de milliers de créatures s'affairaient, terrassant les dunes et creusant le rocher, jetant les fondations de la pyramide du pharaon, qui voulait faire d'elle un monument capable de défier l'usure du temps et l'assaut des siècles.

Le pharaon se plaisait dans ces réunions familiales qui lui permettaient de se libérer du poids de sa vie publique et des traditions. Il devenait un père affectueux et un ami aimable, s'abandonnant aux causeries et aux confidences avec ses proches, évoquant aussi bien les sujets importants que les petits riens de la vie quotidienne. On échangeait des plaisanteries, on confirmait les bruits de couloir, on décidait de quelques destins… Ce jour-là – un jour enfoui dans les recoins de la mémoire, et dont les dieux voulurent qu'il fût celui du début de notre histoire –, on commença par parler de la pyramide que

Kheops souhaitait construire, demeure éternelle et refuge de son corps mortel. Mirabo, le génial architecte qui hissa l'Égypte au sommet de la gloire artistique, présentait l'avancement des travaux à son seigneur, décrivant les signes de magnificence de cette œuvre dont il était le responsable. Le roi écoutait plaisamment son ami l'artiste lorsque, soudain, il se rappela que dix années s'étaient écoulées depuis le début du chantier.

Naguib Mahfouz, *La Malédiction du Râ*,
L'Archipel, 1998.

LA VALLÉE DES MORTS

Le narrateur de ce roman d'épouvante et de mystères est un archéologue que tous les égyptologues connaissent bien : Howard Carter, le découvreur de la tombe de Toutankhamon en 1922. Le roman se situe au début du XXᵉ siècle et s'inspire librement de personnages et de faits historiques. Nous découvrons ainsi un savant français important, Gaston Maspero, qui dirigeait le Service des antiquités de l'Égypte. Nous croisons les frères Abd er-Rasul, qui conduisirent, en 1881, des archéologues jusqu'à la formidable cachette de Deir el-Bahari. En ce lieu secret, des dizaines de momies de pharaons avaient été cachées pendant l'Antiquité. Nous suivons les explorations et commentaires savants d'Howard Carter, passionné par l'Égypte ancienne.

Conformément aux données biographiques que nous connaissons, le début du roman raconte comment Howard Carter fut renvoyé des services officiels de recherche. Il est alors engagé par un riche Américain excentrique en tant que guide dans la Vallée des Rois. D'étranges momies d'enfants surgissent, qui inquiètent Howard Carter, et nos deux voyageurs vont croiser, au cours de leur enquête, des trafiquants célèbres, des prêtres bien surprenants et d'inquiétantes religieuses !

L'Égypte antique dans le roman

D'où viennent les momies d'enfants ? Telle est l'énigme que Howard Carter devra résoudre dans ce roman à l'imagination parfois cruelle, qui pourrait éprouver les cœurs sensibles…

La pleine lune domine la Vallée et, dans les collines de Thèbes, les chacals lui rendent hommage. Pendant que je me faisais virer de mon emploi au Caire, la Vallée avait subi l'assaut d'une de ces inondations éclair qui la dévastent à intervalles réguliers. Le déluge emporte sable, cailloux, rochers même, laissant derrière lui un paysage subtilement altéré. Pour une fois, les pilleurs de tombes sont restés chez eux. Les collines sont sillonnées par les innombrables tunnels qu'ils ont creusés pour passer de tombe en tombe. S'ils étaient là, la lumière de ma lampe les aurait certainement attirés. Cela peut sembler paradoxal, mais ces familles de pilleurs sont les meilleurs amis que j'aie ici, en Égypte, et, pourtant, je les connais à peine. Peut-être que la tempête les a temporairement chassés ; peut-être qu'ils sont partis chercher fortune ailleurs ; je ne sais pas. Mais, ce soir, je suis seul dans la Vallée des Rois.

Le fait que celle-ci se soit transformée durant mon absence me semble assez approprié. Il n'y a pas une semaine, j'étais inspecteur des Monuments, un homme important et influent, bien que sous-payé. Maintenant… je suis sans emploi, et ne sais que faire. Retourner en Angleterre, peut-être. Ou bien joindre une bande de pillards. Mourir, peut-être. Je n'en sais rien. Je préférerais rester honnête. Il y a toujours des touristes disposés à embaucher un guide ; je peux vendre mes aquarelles représentant les tombes et les statues. Mais si je n'arrive pas à assurer ma subsistance… En Égypte, un homme sans scrupule peut toujours trouver de quoi vivre, et même mieux qu'un honnête citoyen.

Mon renvoi fut si rapide que je n'arrive toujours pas à réaliser ce qui s'est passé. Et tout ceci à cause d'une bande de Français qui semaient le désordre à Louxor.

Michael Paine, *La Vallée des morts*, Pocket Junior, 1995.

Bibliographie

Ouvrages documentaires

• Sur l'Égypte

– Philip Ardagh, *L'Égypte ancienne*,
  « Les détectives de l'histoire », Casterman, 1998.
– Denise Basdevant, *Dieux et Pharaons d'Égypte*,
  « Le grenier des merveilles », Hatier, 1991.
– Georges Hart, *Mémoires de l'Égypte*,
  « Les yeux de la découverte », Gallimard, 1990.
– Norma Jean Katan, *Hiéroglyphes*, L'École des Loisirs, 1998.
– Pierre Miquel et Pierre Brost, *Au temps des anciens
  Égyptiens*, Hachette Jeunesse, 1990.
– Patricia Rigault et Thibaud Guyon, *L'Égypte à tombeau
  ouvert*, « Les docudéments », Gallimard, 1997.
– Jean-Michel Thibaux, *Pour comprendre l'Égypte antique*,
  Pocket, 1997.
– Jean Vercoutter, *À la recherche de l'Égypte oubliée*,
  « Découvertes », Gallimard, 1998.
– Pascal Vernus, *L'Égypte des pharaons*, « En savoir plus »,
  Hachette, 1994.

• Sur les pyramides et les momies

– Rosalie David, *Le Livre géant de la momie,* Gründ, 1993.
– Françoise Dunand et Roger Lichtenberg, *Les Momies. Un
  voyage dans l'éternité*, « Découvertes », Gallimard, 1991.
– David Maccauley, *Naissance d'une pyramide*,
  L'École des Loisirs, 1998.
– Jane McIntosh, *Trésors de l'archéologie*,
  « Les yeux de la découverte », Gallimard, 1994.

– James Putman, *Le Roman des momies,*
  « Les yeux de la découverte », Gallimard, 1993.
– James Putman, *Pyramides éternelles,*
  « Les yeux de la découverte », Gallimard, 1994.

ROMANS

• Lecture facile
– Bernard Barokas, *Mystère dans la Vallée des Rois,*
  « Folio Junior », Gallimard, 1995.
– Kathleen Karr, *Gédéon et le Professeur de momie,*
  L'École des Loisirs, 1994.
– Les Martin, *Indiana Jones Jr et le Tombeau du pharaon,*
  Hachette Jeunesse, 1992.
– Katie Roden, *Sur les traces de la momie,*
  « Gamma », École active, 1997.
– R. L. Stine, *La Malédiction de la momie,*
  Bayard Poche, 1996.
– R. L. Stine, *La Colère de la momie,* Bayard Poche, 1996.

• Lecture plus difficile
– Jean Alessandrini, *La Malédiction de Chéops,*
  Rageot éditeur, 1989.
– Théophile Gautier, *Le Roman de la momie,*
  Hachette Jeunesse, 1995.
– Anton Gill, *La Cité des mensonges,*
  « Grands détectives », 10/18, 1996.
– Elizabeth Peters, *La Malédiction des pharaons,*
  « Le Livre de Poche », L.G.F., 1998.

Imprimé en Italie par G. Canale & C. S.p.A. - Borgaro T.se (Turin)
Dépôt légal : 5583 - 08/1999 - Collection n° 46 - Édition n° 01
16/7846/5